Kruistocht van een koningin

Voor eerder verschenen boeken van
Simone van der Vlugt zie p. 485

Simone van der Vlugt

Kruistocht van een koningin

Ambo|Anthos
Amsterdam

Eerste druk juni 2025
Tweede druk juli 2025
Derde druk augustus 2025
Vierde druk september 2025

ISBN 978 90 263 6890 5

Omslagontwerp bij Barbara
Omslagillustratie © Alamy / Imageselect / Kathy Servian
Foto auteur © Wim van der Vlugt
Kaarten G-O graphics

Ambo|Anthos *uitgevers* vindt het belangrijk om op milieuvriendelijke en verantwoorde wijze met natuurlijke bronnen om te gaan. Bij de productie van het papieren boek van deze titel is daarom gebruikgemaakt van papier waarvan het zeker is dat de productie niet tot bosvernietiging heeft geleid.

Verspreiding voor België:
Veen Bosch & Keuning uitgevers nv, Antwerpen

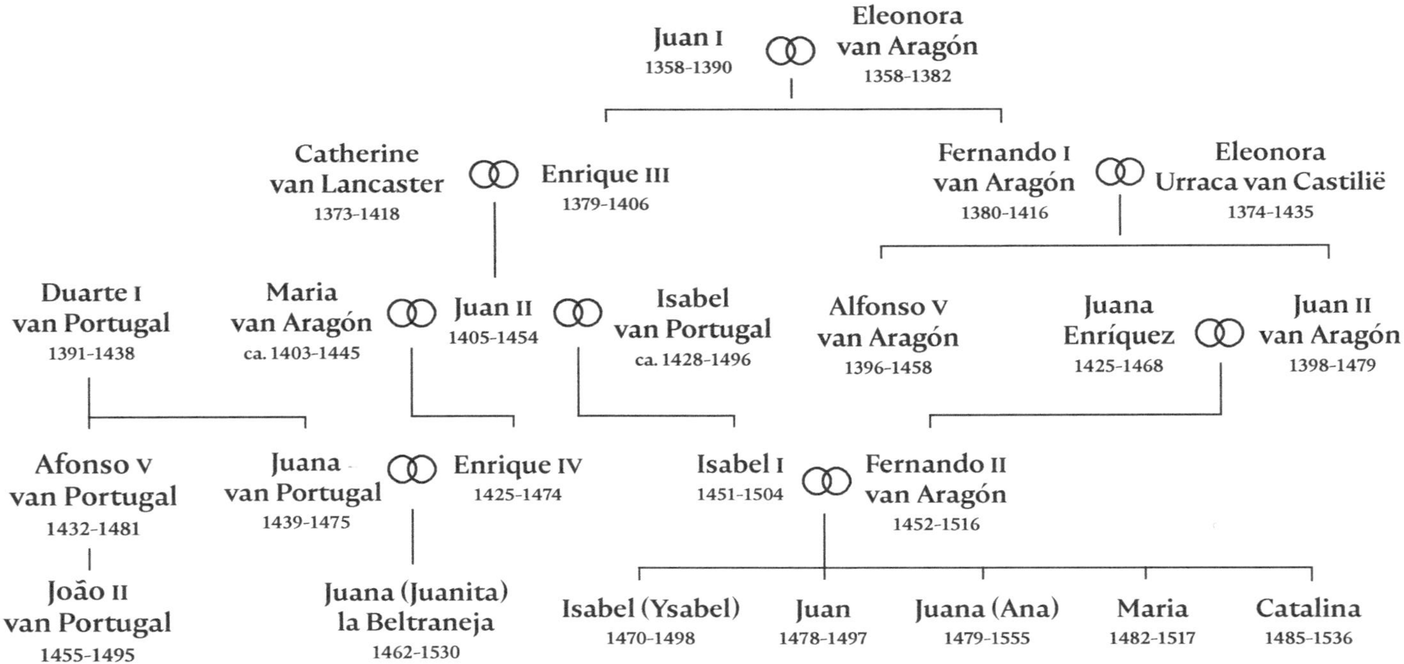
Juan I
1358-1390
Eleonora van Aragón
1358-1382
Catherine van Lancaster
1373-1418
Enrique III
1379-1406
Fernando I van Aragón
1380-1416
Eleonora Urraca van Castilië
1374-1435
Duarte I van Portugal
1391-1438
Maria van Aragón
ca. 1403-1445
Juan II
1405-1454
Isabel van Portugal
ca. 1428-1496
Alfonso V van Aragón
1396-1458
Juana Enríquez
1425-1468
Juan II van Aragón
1398-1479
Afonso V van Portugal
1432-1481
Juana van Portugal
1439-1475
Enrique IV
1425-1474
Isabel I
1451-1504
Fernando II van Aragón
1452-1516
João II van Portugal
1455-1495
Juana (Juanita) la Beltraneja
1462-1530
Isabel (Ysabel)
1470-1498
Juan
1478-1497
Juana (Ana)
1479-1555
Maria
1482-1517
Catalina
1485-1536

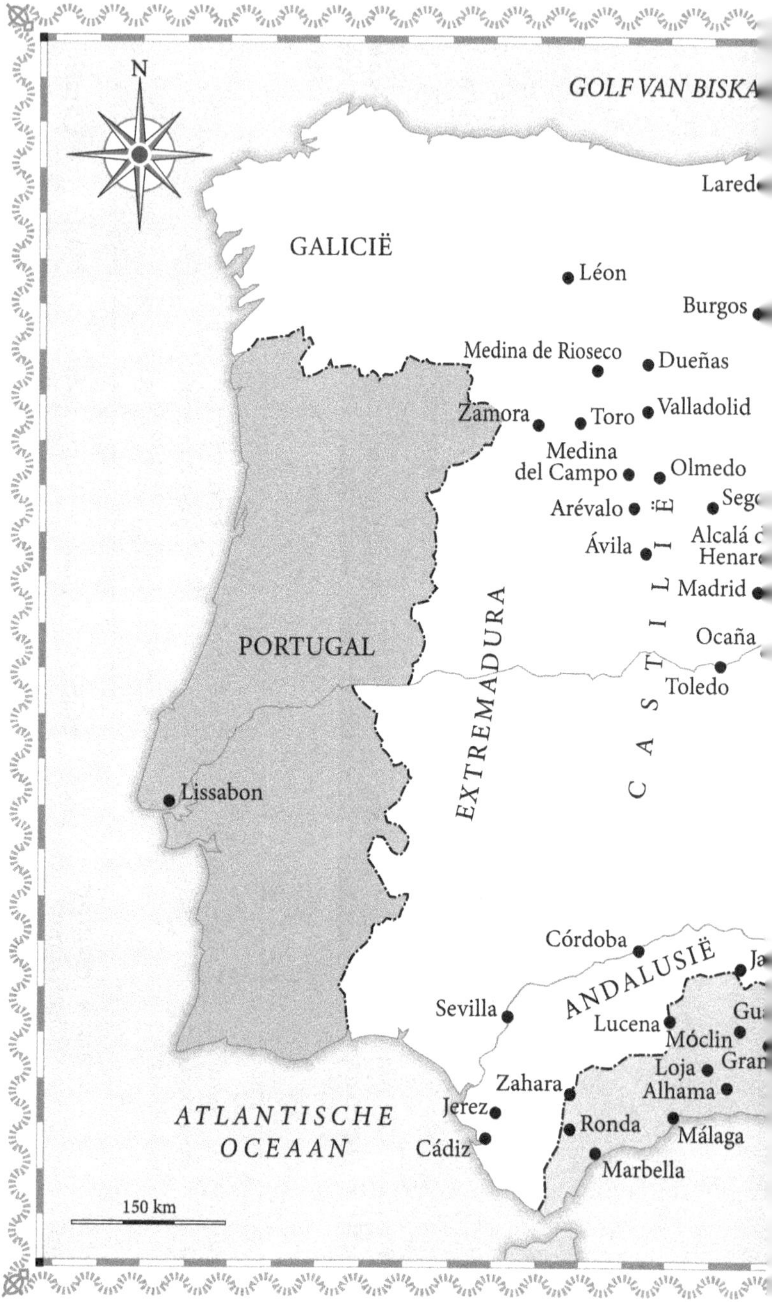
N
GALICIË
Léon
Burgos
Medina de Rioseco
Dueñas
Zamora
Toro
Valladolid
Medina del Campo
Olmedo
Arévalo
Ávila
Madrid
Ocaña
Toledo
CASTILIË
EXTREMADURA
PORTUGAL
Lissabon
Córdoba
ANDALUSIË
Sevilla
Lucena
Móclin
Loja
Alhama
Zahara
Jerez
Cádiz
Ronda
Málaga
Marbella
ATLANTISCHE OCEAAN
150 km

FRANKRIJK
ROUSSILLON
Perpignan
NAVARRA
CATALONIË
Zaragoza
Calatayud
ARAGÓN
Barcelona
Tarragona
Menorca
Mallorca
Valencia
Ibiza
MURCIA
Murcia
MIDDELLANDSE ZEE
Isabels
Spanje
Almería

N
ANDALUSIË
Baza
Móclin
Guadix
Granada
Loja
Alhama
GRANADA
Almería
Ronda
Málaga
Marbella
MIDDELLANDSE ZEE
Granada
50 km

DEEL I

1

Op de dag dat mijn leven compleet veranderde kleurde de wereld wit. Sneeuw was geen zeldzaamheid in het noorden van Castilië, maar de hoeveelheid die op die novemberdag in 1461 viel was dat wel.

Alfonso en ik waren met onze gouvernante Clara naar het klooster van San Francisco geweest, waar we onderwijs kregen, en op de terugweg gingen we opgewonden rechtop zitten. Het ene moment was de weg nog schoon en het volgende moment was hij bedekt door een laagje sneeuw dat snel groeide. Clara was bang dat de wielen van het rijtuig zouden vastlopen, en ze slaakte een zucht van verlichting toen we de brug over de bevroren rivier Arevalillo overstaken. Even later reden we door de stadspoort van Arévalo.

Het Plaza del Real was vol met kinderen die elkaar lachend met sneeuwballen bekogelden. Voor Clara ons kon tegenhouden sprongen Alfonso en ik uit het rijtuig en renden we het plein op. Ook al waren mijn broertje en ik in Arévalo opgegroeid, we kenden niemand van die jongens en meisjes. Het waren allemaal arbeiderskinderen. De zonen en dochters van de plaatselijke notabelen speelden niet op het plein, en aan

Clara's gezicht te zien was het ook niet de bedoeling dat wij dat deden. Ze riep ons, maar we luisterden niet. Ze probeerde ons te pakken als we voorbijrenden, maar we ontweken haar behendig. Ik bleef rennen en sneeuwballen gooien tot ik buiten adem raakte. Op een gegeven moment stond ik stil om tot rust te komen, en ik keek naar het paleis dat het Plaza del Real domineerde.

Eigenlijk was het geen echt paleis. Het was gewoon een groot huis, dat een van de smalle zijdes van het rechthoekige plein besloeg. Maar ik was pas tien, en het kleine stadspaleis, het plein en de straatjes van Arévalo waren mijn wereld. Ik was ook jong genoeg om een heilig ontzag te hebben voor mijn grootmoeder, en zij stond met haar armen over elkaar geslagen achter het venster naar Alfonso en mij te kijken.

'Kom Alfonso, we gaan naar binnen.' Ik greep de hand van mijn broertje en trok hem mee naar Clara.

Opgelucht nam ze ons mee naar het paleis.

Met onze mantels vol sneeuw liepen Alfonso en ik de hal in, waar grootmoeder met een streng gezicht op ons stond te wachten. 'Waarom waren jullie zo ongehoorzaam? Straks vatten jullie nog kou! Trek droge kleren aan en kom dan beneden. Jullie moeder en ik moeten jullie spreken.'

Terwijl we de trap op gingen wisselden Alfonso en ik een blik.

'Krijgen we straf?' vroeg Alfonso zacht.

Ik haalde mijn schouders op. Wat de straf ook werd, het spelen in de sneeuw was die waard geweest. Ik liep naar mijn kamer, waar een bediende klaarstond om me uit mijn natte schoenen en kousen te helpen, en een ander om me zo snel mogelijk in iets warms te steken. Eigenlijk waren vooral mijn handen koud. Ik blies erop en lachte dankbaar toen Beatriz, de gezelschapsdame van mijn moeder, met een stoof aan kwam lopen.

'Leg je handen er maar op,' zei ze. 'Wat zijn ze koud! Je had ook niet eens handschoenen aan.'

'Dat geeft niet. Het was leuk.'

'Nou, schiet maar op. Je grootmoeder wil jullie spreken,' zei Beatriz, en ze liep weg om te kijken of Alfonso al klaar was.

Ook al scheelden we tien jaar, ik beschouwde haar als een vriendin. Onze families waren bevriend en kwamen veel bij elkaar over de vloer. Vroeger, toen Beatriz twaalf was en ik nog een peuter, speelde ze altijd met mij. Onze band was zo sterk dat mijn moeder had gevraagd of Beatriz in het paleis wilde komen wonen.

Ik keek in de spiegel en lachte om mijn gezicht. Normaal gesproken zag ik erg bleek, maar nu waren mijn wangen rood van de kou, wat goed paste bij mijn roodblonde haar. Ik liet me een droog kapje omdoen en toen kwam Beatriz me halen.

Mijn moeder, die net als grootmoeder en ik Isabel heette, zat met gebogen hoofd bij de haard. Grootmoeder stond kaarsrecht naast haar en knikte naar een bankje. 'Isabel, Alfonso, ga even zitten.'

Een onrustig gevoel maakte zich van mij meester. Er was iets aan de hand, iets onaangenaams, en het had niets te maken met onze ongehoorzaamheid aan Clara. Terwijl Alfonso naast me plaatsnam, bestudeerde ik grootmoeder, in de hoop iets te zien wat me gerust zou stellen. Maar grootmoeder was heel goed in het verbergen van haar emoties. Dat had ze door haar positie wel geleerd. Zij was Isabel de Barcelos, dochter van hertog Afonso de Braganza, de machtigste edelman van Portugal. Ze was al oud, negenenvijftig jaar, maar ze regeerde ons kleine huishouden met vaste hand.

Mijn blik ging naar mijn moeder, die eindelijk opkeek. Aan haar rode ogen zag ik dat ze gehuild had en ik kreeg een beetje buikpijn.

'Luister,' zei grootmoeder. 'Er is een brief gekomen van jullie halfbroer, de koning. Hij wil dat jullie naar het hof in Segovia komen.'

'Gaan we naar Segovia?' Alfonso ging wat rechter zitten, met een verheugde uitdrukking op zijn gezicht.

Het leek mij ook leuk. We waren weleens in het paleis van Enrique geweest, maar toen waren we klein en ik kon me er niet veel van herinneren. Ik wist alleen nog dat ik er mijn ogen had uitgekeken.

'Wanneer gaan we? En hoelang blijven we?' riep Alfonso.

'Lang,' zei grootmoeder. 'Jullie broer vindt het tijd worden dat jullie opvoeding daar wordt afgerond. Helemaal ongelijk heeft hij niet. Op een dag zullen jullie je plaats moeten innemen aan het hof, dus jullie moeten de gebruiken daar leren kennen.'

Alfonso sprong overeind. 'Gaan we voor altijd? Dat wil ik niet!'

'Ga zitten, Alfonso.' Grootmoeder wees naar het bankje. 'We wisten dat dit zou gebeuren. Ik heb al heel vaak verteld dat jullie op een dag naar het hof zouden gaan.'

'Maar u zei als ik twaalf ben!' riep Alfonso.

Ik begreep zijn verontwaardiging. We waren opgegroeid in dit kleine maar gezellige stadspaleis, het was ons thuis. Toch voelde ik een lichte tinteling in mijn buik, die zich door de rest van mijn lichaam verspreidde en mijn hart sneller deed kloppen. Ja, dit was mijn thuis, maar daarbuiten lag nog een hele wereld.

‘Wanneer gaan we?’ vroeg ik gretig.

‘Morgen,’ zei mijn moeder. ‘Er komt een rijtuig om jullie op te halen, en een paar dagen later komen je grootmoeder en ik ook.’

‘Gaan jullie niet mee?’ Ontsteld keek Alfonso haar aan. ‘Waarom gaan we niet met z’n allen tegelijk?’

‘Luister, Alfonso,’ zei grootmoeder. ‘Je bent nu acht, oud genoeg om te weten dat sommige dingen gewoon niet anders kunnen. Als de koning je gebiedt te komen, dan kom je. Je moeder en ik moeten hier nog van alles regelen. Dus morgen vertrekken jullie en Beatriz gaat mee.’

We keken naar Beatriz, die zich op de achtergrond had gehouden en knikte.

Ik gaf Alfonso een stootje met mijn elleboog. ‘Dan gaan wij alvast met ons drieën. Spannend, toch?’

Alfonso knikte aarzelend en zowel mijn moeder als mijn grootmoeder keek me dankbaar aan. Mijn broertje liep langzaam de kamer uit, maar ik bleef staan en keek naar mijn moeder. In een opwelling sloeg ik mijn armen om haar heen, en ik voelde een trillende zucht door haar lichaam gaan.

‘Dus u komt snel?’ vroeg ik.

Mijn moeder streelde mijn rug. ‘Zo snel we kunnen. Ga nu maar met Beatriz kijken welke spullen je mee wilt nemen, lieverd.’

Ik begreep niet goed waarom ze zo verdrietig keek, maar er was weinig voor nodig om mijn moeder van streek te maken. Ze had regelmatig neerslachtige buien, en op die dagen kwam ze haar bed amper uit. *Profunda tristeza*, noemde grootmoeder dat: diepe triestheid. Ik vermoedde dat dat te maken had met de dood van mijn vader, koning Juan II. Daar had ze ontzettend veel verdriet van gehad, zo veel dat mijn grootmoeder

Portugal had verlaten om bij ons te komen wonen. Zelf had ik mijn vader amper gekend.

Ik holde de trap op naar mijn kamer om aan te wijzen wat er allemaal mee moest. Daar was ik snel mee klaar, want zoveel bezittingen had ik niet.

'Wat moet ik aan in Segovia? Mijn jurken zijn allemaal te klein,' zei ik tegen Beatriz, die stapeltjes kleding uit de kisten haalde en in reismanden legde.

'Ja, je hebt inderdaad iets nieuws nodig. Ik heb de zomen van je jurken al twee keer uitgelegd, en de stof begint ook een beetje te slijten. Maar ik denk dat de koning wel voor nieuwe kleding zal zorgen. Hij zal vast niet willen dat zijn broertje en zusje er als armoedzaaiers bij lopen.'

Armoedzaaiers? Ik keek naar mijn jurk en zag opeens wat Beatriz zag. Het fluweel vertoonde grote kale plekken.

'Ze zullen me uitlachen,' zei ik ongerust.

'Niemand zal je uitlachen. Je bent de halfzus van de koning, ze zullen niet durven.'

'Achter mijn rug dan.'

'Daar moet je je niets van aantrekken. Jij kunt er ook niets aan doen dat de koning zo weinig geld stuurt.'

'Waarom stuurt Enrique niets? We zijn toch broer en zus?'

Met een zucht sloot Beatriz de reismand en richtte zich op. 'Dat is een lang en ingewikkeld verhaal.'

'Vertel het me.'

'Een andere keer. Ik heb het nu te druk.'

Ik keek toe hoe Beatriz verderging met inpakken. Haar gezicht stond bedrukt en ik realiseerde me dat het voor haar moeilijk moest zijn om weg te gaan. Haar vader, Mosén Pedro de Bobadilla, was gouverneur van het garnizoenskasteel dat even buiten de muren van Arévalo stond, en de band met haar ouders en twee zusjes was heel hecht. Toch was ze bereid om voor ons haar familie te verlaten.

'Ik ben blij dat je met ons meegaat,' zei ik, 'maar blijf je niet liever hier?'

Met een glimlach keek Beatriz opzij. 'En jullie alleen laten gaan? Ik pieker er niet over.'

'En als mijn moeder en grootmoeder komen?'

'Dan blijf ik evengoed.'

Ik liep naar haar toe en sloeg mijn armen om haar heen. 'Gelukkig,' zei ik.

Toen we klaar waren met inpakken, liep ik de brede stenen trap af. In de hal bleef ik staan en keek het woonvertrek in. Mijn moeder zat nog steeds bewegingloos bij het haardvuur, haar gezicht vertrokken tot een masker dat ik maar al te goed kende.

Ik liep zachtjes weg en dwaalde wat door het paleis. In elke ruimte bleef ik een tijdje staan om afscheid te nemen. Van de ontvangstkamer zonder enige decoratie, de feestzaal waar nooit een feest was gegeven, de eetkamer waar we zelden gasten hadden ontvangen en de kinderkamer, waar mijn vader mij nooit had zien spelen.

Uiteindelijk liep ik naar de binnenplaats. In het midden stond een fontein met een beeldje van een nimf met een waterkruik, waar 's zomers water uit spoot. Maar het water in de fontein was nu bevroren, en de mozaïeken tegelvloer en stenen banken eromheen waren bedekt met een laagje sneeuw.

Ik bukte, maakte een bal en gooide die tegen het beeldje van de nimf. Raak. Ik maakte nog een sneeuwbal, en nog een, en bleef gooien, tot de fontein vol lag.

Achter me klonk een stem. 'Isabel, kom naar binnen, kind. Het is veel te koud buiten.'

Mijn grootmoeder stond in de deuropening.

'Ik heb het niet koud,' zei ik.

'Kom binnen.' Grootmoeder hield de deur open en ik gehoorzaamde. Ze wenkte me en ik liep met haar mee naar een vertrek waar we alleen 's zomers gebruik van maakten omdat er geen haard was.

'Ik heb iets voor je,' zei ze terwijl ze naar een kast liep. 'Ik wilde het pas op je naamdag geven, maar ik geef het je nu.'

Ze pakte een boek en hield het voor me omhoog. Het was in leer gebonden en er stond met gouden letters *La Poncella de Francia* op.

'De maagd van Frankrijk,' zei grootmoeder.

Vol bewondering bekeek ik het boek. 'Wat mooi. Waar gaat het over?'

'Over Jeanne d'Arc, een boerenmeisje dat op haar dertiende jaar visioenen kreeg van de heilige Catharina, Margaretha en de aartsengel Michaël. Zij droegen haar op om Frankrijk te bevrijden van de Engelsen.'

'Is dat echt gebeurd?'

'Jazeker. Je vader kende een aantal mensen uit Jeannes kringen, en hij heeft eens een brief van haar mogen ontvangen. Die bewaarde hij als een relikwie. Hij bewonderde Jeanne zozeer dat hij dit boek over haar heeft geschreven. Er zijn kopieën van, maar dit is het origineel en hij wilde dat jij het zou krijgen.'

Grootmoeder sloeg het boek open en liet me de eerste pagina zien. En daar stond het, in sierlijke letters: 'Voor mijn geliefde dochter, Isabel.'

Er schoten tranen in mijn ogen. 'Heeft mijn vader dat geschreven?'

Het was alsof mijn vader opeens voor me verscheen en me het boek persoonlijk overhandigde. Door een mist van tranen pakte ik het aan.

'Daar ben ik heel blij mee,' zei ik zacht.

'Hij wilde dat je het boek zou krijgen als je oud genoeg was. Als je het leest, bedenk dan dat God ons allemaal een taak in het leven heeft gegeven, lieverd. Die is niet altijd zo duidelijk als die van Jeanne, maar we hebben er wel een. Het is aan ons om uit te zoeken wat die taak is, en die dapper en zonder klagen te vervullen. Zul je dat onthouden, Isabel?'

Ze keek me indringend aan. Ik begreep niet helemaal waarom, maar ik drukte het boek tegen mijn borst en knikte ernstig.

Als kind had ik geen besef van de armoedige omstandigheden waaronder we leefden. Ik voel nog de kilte in het paleis aan het Plaza del Real in Arévalo, waar alleen het woonvertrek voorzien was van een haard, waar geen wandtapijten aan de muren hingen om de tocht te weren, en waar geen glas in lood in de vensters zat, zoals in de kastelen van mijn halfbroer, de koning. Maar daar was ik aan gewend, ik wist niet beter.

We verlieten Arévalo alleen om naar het klooster te rijden waar Alfonso en ik les kregen, en naar het nabijgelegen Medina del Campo. Ik kwam graag in die stad. De gebouwen waren er groter en mooier, en de mensen gingen er elegant gekleed. Je hoorde er allerlei talen vanwege de vele buitenlandse handelaren die de plaats bezochten.

Jammer genoeg kwamen we er niet vaak, maar wel als er jaarmarkt werd gehouden. Dan stonden er rijen kramen onder de booggalerijen van het plein, en ik vergaapte me aan de balen met glanzende stoffen, met kralen bestikte beursjes, handschoenen, sieraden en ander moois dat aantrekkingskracht op een jong meisje kan hebben. We konden echter zelden iets kopen. Het bleef bij kijken en dromen. Dat ik een prinses was en recht had op mooie spullen besefte ik niet.

Er zijn momenten waarop ik me afvraag of mijn vader van mijn moeder gehouden heeft. Misschien wel, op zijn manier. Waarschijnlijk is hij nooit over de dood van zijn eerste vrouw, Maria van Aragón, heen gekomen. Zij hadden een goed huwelijk dat dertien jaar duurde, en waarin ze een zoon kregen: Enrique.

Eén erfgenaam voor de troon was een kwetsbare situatie. Er moesten meer kinderen komen, maar dat gebeurde niet. Dat mijn vader weigerde om Maria te verstoten zei genoeg over zijn liefde voor haar. Toen ze stierf was hij gebroken van verdriet. Maar er moest meer nageslacht komen, en dus hertrouwde hij op zijn tweeënveertigste met mijn moeder, de negentienjarige Isabel van Portugal. Dankzij haar schoonheid wist ze mijn vader een tijdje geboeid te houden, en zij aanbad hem. Mijn vader was een aantrekkelijke man: lang, met dik roodblond haar en een opgewekt karakter.

Zijn plotselinge dood moet een enorme klap voor mijn moeder zijn geweest. Aan het hof van Enrique, die de troon had overgenomen, was ze niet welkom en dus nam ze Alfonso en mij mee naar het kleine stadspaleis in Arévalo, waar ze er helemaal alleen voor stond, tot mijn grootmoeder haar kwam helpen.

Die laatste nacht lag ik uren naar de gordijnen om mijn hemelbed te kijken zonder te kunnen slapen. We gingen naar het hof. Morgen al.

Waarom zo plotseling? Alfonso had gelijk, het had nog een paar jaar moeten duren. Kon Enrique na al die jaren opeens niet meer wachten om Alfonso en mij te zien?

Dat kon ik me moeilijk voorstellen, hij kende ons amper. Enrique was zesentwintig jaar ouder dan ik en ik had hem maar een paar keer gezien. Bij die gelegenheden was hij heel aardig geweest, maar dat verklaarde niet waarom hij opeens wilde dat wij bij hem kwamen wonen.

Misschien omdat zijn vrouw, Juana, in verwachting was, bedacht ik. Misschien wilden ze dat hun kind met ons zou opgroeien.

Het leek me wat vergezocht, maar het was de enige reden die ik kon bedenken.

Ik zou het morgen wel horen.

2

De volgende dag dooide het. Het smeltwater droop van het leien dak, en de keien op het Plaza del Real waren bedekt met een grijze massa. Terwijl ik me door Beatriz liet kleden, klonk buiten het hoefgetrappel van tientallen paarden. Ik vloog naar het venster, maar kon door het oliedoek dat ervoor gespannen was niet zien wat er gebeurde.

'Ik denk dat jullie escorte er al is, maar dat zal nog even moeten wachten,' zei Beatriz.

Ik ontdekte een gaatje in het doek en tuurde naar de ridders die zich voor het paleis opstelden. Achter hen kwamen twee rijtuigen het plein op rijden, voorzien van het koninklijk embleem op de deuren.

'Is dat allemaal voor Alfonso en mij?' vroeg ik, onder de indruk.

'Ja, voor jullie veiligheid.' Beatriz schikte een paar plooien van mijn jurk en deed een stap naar achteren. 'Die zit goed. Nu je haar nog.'

Vlug en behendig maakte ze een kapsel waarvan een deel van mijn haar los op mijn rug kwam te hangen, en een deel ingevlochten onder een netje verdween.

‘Zo, klaar,’ zei Beatriz. ‘Ik ga Alfonso helpen, ga jij maar alvast naar beneden. Eet niet te veel, anders word je misselijk onderweg.’

Ik ging naar beneden en schoof aan tafel, waar mijn moeder al zat. Ze leek niet veel belangstelling te hebben voor het fruit dat de bedienden op tafel zetten. Ze zat maar wat voor zich uit te kijken, en toen Alfonso de eetkamer binnenliep begon ze te huilen.

Ik sprong overeind om haar te troosten, Alfonso keek met een bedrukt gezicht toe.

‘Kom, kom, wat is dit nou allemaal?’ Grootmoeder kwam met energieke passen binnen en fronste. ‘Isabel, hou op met huilen, je maakt je kinderen overstuur. Alfonso en Isabel, ga zitten en eet wat. Jullie hebben een lange reis voor de boeg.’

‘Hebben die ridders de hele nacht gereden?’ vroeg Alfonso.

‘Ja,’ zei grootmoeder. ‘De koning heeft blijkbaar haast.’

Het idee dat ik die avond in een vreemd bed zou liggen, ver weg van alles wat me lief en vertrouwd was, maakte me opeens heel nerveus.

‘Ik heb geen trek.’

‘Ik ook niet,’ zei Alfonso.

Grootmoeder stond op het punt om ons een reprimande te geven, maar ze bedacht zich en knikte slechts. ‘Ik laat wel iets voor onderweg klaarmaken.’

In de hal klonken voetstappen van bedienden die de reiskisten en manden neerzetten bij de deur, waar ze werden overgenomen door knechten die alles in het tweede rijtuig plaatsten.

Ik besefte dat we alleen maar eerder zouden vertrekken nu we het ontbijt hadden overgeslagen. Toen iedereen opstond, rende ik weg om nog één keer in mijn slaapkamer rond te lopen, maar daarna was er geen ontkomen meer aan.

In de hal stonden Clara en onze leraar, Gonzalo Chacón, klaar om afscheid te nemen. Clara huilde, want zij zouden ons niet achternareizen. Alfonso en ik omhelsden hen, en daarna moeder en tot slot grootmoeder. Iets in de uitdrukking op haar gezicht wakkerde een gevoel van onrust in mij aan, en er schoten tranen in mijn ogen.

'Dus jullie komen snel?' vroeg ik.

'Zo snel we kunnen.' Grootmoeder drukte me even tegen zich aan. 'Ik ben trots op je, Isabel. Vergeet dat nooit. Je lijkt precies op je vader.'

Ze liet me los en ik volgde Beatriz en Alfonso naar buiten, naar het voorste rijtuig. Een kordon ridders schermde ons af van de nieuwsgierige blikken van omstanders, die zich verzamelden op het plein. Een dienaar zette een trapje neer voor het portier en hielp me instappen. Ik ging zitten en keek om me heen, naar het baldakijn van groen laken boven mijn hoofd en naar de wollen kleden langs de houten wanden die ons tegen de ergste kou moesten beschermen. Op de houten banken lagen kussens en dekens.

Alfonso en Beatriz stapten ook in. Ze zaten nog maar net of de koetsier spoorde de paarden aan en de dieren kwamen in beweging. Ik schoof het leren gordijn voor het raamwerk in het portier opzij zodat ik kon zwaaien, maar het rijtuig maakte een scherpe draai waardoor ik het zicht op moeder en grootmoeder verloor. Terwijl we ons vasthielden aan leren lussen ratelden de wielen over het Plaza del Real en even later reden we door de stadspoort.

Het werd een lange reis. Buiten floot een koude wind, die ondanks de wandkleden door de kieren en gaten naar binnen drong. Alfonso en ik kropen dicht tegen Beatriz aan. Ze deed woordspelletjes met ons, en toen me dat verveelde begon ik aan mijn boek over Jeanne d'Arc. Het was echter vrij donker in het rijtuig en het schudden en hobbelen maakte me al snel misselijk.

Een paar keer stopten we zodat we in een herberg naar het gemak konden, maar die onderbrekingen duurden maar kort.

Na bijna een ochtend rijden schoof Beatriz het gordijn voor het raampje opzij en zei: 'We zijn er bijna. Ik zie het alcazar.'

Alfonso en ik verdrongen ons voor het raampje. Het alcazar stond op een steile rots en verhief zich hoog boven het glooiende landschap. De gele torens staken zacht af tegen de bleke winterlucht.

Ik voelde een kriebel van nervositeit in mijn buik. Naast me keek Alfonso vol ontzag omhoog. Zijn hand zocht de mijne en ik kneep er zachtjes in.

Vanaf de voet van de rots slingerde een weg omhoog, tot aan de stadspoort van Segovia. We gingen onder het poortgewelf door, staken een plein over dat overspannen werd door een Romeins aquaduct, en reden vervolgens door smalle straten verder omhoog, naar het alcazar van mijn broer.

Het stond op een uitgestrekt plateau, voorafgegaan door een groot plein met bomen waarvan de kale takken naar de wolken leken te grijpen. Aan het einde van het plein rees een vierkante toren dreigend op.

Alfonso's gezicht was witjes, en ik voelde me ook niet echt op m'n gemak. Heimwee overspoelde me, naar mama en grootmoeder, naar de vertrouwdheid van ons kleine maar gezellige paleis, naar Arévalo.

Het rijtuig was al bij de ophaalbrug en we stapten uit, stijf van het lange zitten. Een koude wind wervelde om ons heen en ik huiverde in mijn dunne mantel.

In de ontvangsthal was het al niet veel warmer. We werden begroet door een dienaar die voor ons boog en die ons vroeg hem te volgen. Hij leidde ons naar een vertrek waar een vuur brandde, en waar banken stonden met kussens en dekens.

Na zo'n lange reis hadden we er geen van drieën behoefte aan om te zitten. We liepen wat heen en weer en bekeken de voorstellingen op de wandtapijten tot de deur openging. Een deftig geklede man met een donkere huid en krullend zwart haar verscheen in de deuropening.

'Welkom in Segovia, Koninklijke Hoogheden,' zei hij terwijl hij een buiging maakte. 'Mijn naam is Juan Pacheco, markies van Villena. Ik heb als jongeman onder uw vader gediend, en nu ben ik de adviseur van uw broer, de koning. Zijne Majesteit zal u later ontvangen. Mag ik u voorgaan naar uw verblijf?'

Hij glimlachte ons toe, maar er ontbrak iets aan die glimlach, die zijn ogen niet bereikte en te snel verdween.

Zonder op een reactie te wachten draaide Don Pacheco zich om en verliet het vertrek. Wij volgden. Achter zijn rug wisselden Beatriz en ik een blik.

Via een met blauwe en gele tegeltjes gedecoreerde gang kwamen we in een kleine ruimte met een brede stenen trap, en eenmaal boven gingen we weer een gang in. Aan het einde ervan bleef Don Pacheco staan en hij opende een deur die toegang gaf tot een gemeubileerd vertrek met een haard. Onze bagage stond in het midden van de kamer.

'Uw verblijf,' zei Don Pacheco. 'Die deuren daar geven toegang tot de drie slaapkamers. Maak het u gemakkelijk. Ik zal zorgen dat er een maaltijd wordt gebracht. Hebt u verder nog wensen?'

Ik was te moe om iets te kunnen bedenken, maar Beatriz niet. Ze stuurde ons naar onze kamers, en terwijl ik die bekeek hoorde ik haar op indringende toon met Don Pacheco praten. Toen we terugkwamen, vertrok hij net.

'Nou,' zei Beatriz opgewekt, terwijl ze om zich heen keek. 'Zullen we dan onze spullen maar gaan uitpakken?'

Nog dezelfde middag werden we uitgenodigd bij koningin Juana, die zowel onze schoonzus als onze achternicht was. We deelden een voorouder met haar, koning João van Portugal, die een eeuw geleden regeerde en die haar grootvader was en de overgrootvader van Alfonso en mij.

We betraden een schitterend vertrek met beschilderde wanden, tapijt op de vloer en elegante meubels. Juana zat kaarsrecht in een mooie gebeeldhouwde stoel, omringd door hofdames, en bekeek ons vol belangstelling. Ze was eenentwintig jaar en erg knap, maar als er iets níét mooi aan haar was geweest, zouden haar juwelen en kleding daar wel de aandacht van afgeleid hebben. Ik kon mijn ogen niet afhouden van haar lila japon met trechtervormige mouwen, en de met edelstenen versierde vlechten die ze opgerold aan weerszijden van haar hoofd droeg.

Beatriz had net, in onze kamer, met Alfonso en mij geoefend op de manier waarop we de koning en koningin moesten begroeten, en ze had ons op het hart gedrukt alleen te spreken als ons iets werd gevraagd. Dat maakte me een beetje nerveus, maar Juana glimlachte zo vriendelijk dat de zenuwen snel verdwenen. Ik maakte soepel een reverence.

'Isabel en Alfonso, wat heerlijk om jullie weer te zien,' zei Juana op warme toon. 'Wat zijn jullie groot geworden, ik weet niet wat ik zie. Hebben jullie een goede reis gehad?'

'Heel goed, dank u,' zei ik.

Alfonso praatte me na, waarop Juana in de lach schoot.

'Zijn ze niet schattig?' zei ze tegen haar hofdames.

Die knikten en glimlachten, waarop ik hen wat beter bekeek. Ook zij waren prachtig gekleed, in fleurige japonnen met wijde mouwen. Twee van hen zaten te borduren, één bladerde in een boek en de laatste speelde met een jong katje.

'O, wat lief!' Het ontglipte me voor ik er erg in had, en achter me hoorde ik Beatriz haar adem inhouden.

Juana keek naar het katje en zei: 'Doña Guiomar, geef dat dier eens aan mijn schoonzusje.'

De jonge vrouw stond op en overhandigde het diertje aarzelend aan mij.

'Hij is voor jou,' zei Juana. 'Als welkomstgeschenk.'

Doña Guiomar keek beteuterd maar ze herstelde zich snel. 'Hij heet Feliz,' zei ze zachtjes.

'Isabel en Alfonso zijn uitstekend in staat om zelf een naam voor dat dier te bedenken,' zei Juana op bestraffende toon.

'Zeker, Majesteit.' Met neergeslagen ogen ging Doña Guiomar weer zitten.

De verdrietige uitdrukking op haar gezicht ontging mij niet, en ik moest de neiging onderdrukken om het katje terug te geven. Maar een geschenk mocht je nooit afslaan of bekritiseren, en al helemaal niet als het van de koningin afkomstig was.

'Dank u. Ik zal goed voor hem zorgen.' Ik probeerde het beweeglijke diertje in bedwang te houden, maar toen hij met zijn nageltje een haak in mijn jurk maakte, gaf ik hem snel aan Alfonso.

'Maak je maar geen zorgen over je jurk,' zei Juana. 'Die is toch te klein. Is dit de beste die ze heeft?'

Voor het eerst richtte ze zich tot Beatriz, die een kniebuiging maakte en bevestigend antwoordde.

'Daar moeten we dan wat aan doen. Ik zal mijn kleermakers

opdracht geven jullie maten op te nemen en nieuwe kleding te maken, want zo kunnen jullie er niet bij lopen aan mijn hof.'

De vraag wanneer we mijn broer te zien kregen brandde op mijn tong, maar ik herinnerde me op tijd Beatriz' waarschuwing dat we alleen mochten spreken als de koningin ons iets vroeg. Alfonso was echter wat korter van geheugen.

'Waar is Enrique?' vroeg hij.

Ik keek verschrikt opzij, maar Juana's glimlach verdween geen moment van haar gezicht.

'Alles op zijn tijd,' zei ze. 'De koning heeft het druk. En jullie krijgen het ook druk. Alfonso, jij komt onder de hoede van Juan Pacheco. Isabel, jij blijft bij mij. Omdat je van koninklijken bloede bent, sta ik je een persoonlijke bediende toe.' Ze knikte naar Beatriz. 'Jullie kunnen nu gaan. Zodra de kleermakers jullie maten hebben opgenomen, verwacht ik Isabel en Beatriz hier terug. Alfonso wordt opgehaald door Don Pacheco.'

Met een kort knikje gaf ze aan dat het onderhoud beëindigd was, en een beetje beduusd verlieten we de kamer. Een soldaat begeleidde ons terug naar onze vertrekken.

Beatriz' mond was vertrokken tot een smalle streep, en eenmaal binnen, met de deur dicht, kon ze zich niet langer inhouden.

'Hoe durft ze! Wat een vreselijk mens!'

'Juana? Maar ze was toch heel aardig?' zei Alfonso verbaasd. 'We hebben een poes van haar gekregen.'

'Die ze van een hofdame afpakte. Maar daar gaat het niet om,' zei Beatriz op gedempte toon. 'Isabel zou naar haar rang en stand behandeld moeten worden, maar ze wordt gewoon aan dat groepje hofdames toegevoegd. Ik vraag me af wat ze met jou van plan is, Alfonso.'

‘Ik vind het niet erg,’ zei ik. ‘Hofdames zijn toch ook van hoge stand?’

‘Maar geen prinsessen, zoals jij. Je zou je eigen hofdames moeten krijgen.’

‘Waarom moet ik met die ene man mee?’ vroeg Alfonso kleintjes. ‘Ik wil liever bij jullie blijven.’

‘Ik vind dat ook niet fijn,’ zei ik. ‘Hij keek ons zo raar aan.’

Beatriz zuchtte en legde een hand op Alfonso’s schouder. ‘We kunnen er weinig aan doen, lieverd.’

‘Ik hoop dat mama en grootmoeder ook snel komen,’ zei Alfonso somber.

Er werd geklopt, en op Beatriz’ ‘ja’ kwamen er twee kleermakers binnen. Ze namen onze maten op en zodra ze klaar waren werden we opgehaald. Beatriz en ik door een soldaat, Alfonso door Don Pacheco. In de gang draaide Alfonso zich nog even om en zwaaide naar me.

Ik zwaaide terug. Het deed me pijn om mijn broertje weg te zien lopen; hij zag er erg klein en verloren uit naast die lange man.

Veel tijd om daar bij stil te staan kreeg ik niet, want de soldaat stond ongeduldig te wenken en bracht ons terug naar de vertrekken van Juana. Zodra ik binnenkwam stond ze op en kondigde ze aan dat ze me een rondleiding ging geven. Beatriz en de hofdames liepen mee, een knappe hoveling eveneens. De jongeman boog met een vriendelijke glimlach voor me en stelde zich voor als Beltrán de la Cueva, de hofmeester van de koning. Juana en hij leken erg op elkaar gesteld te zijn, hij mocht zelfs naast ons komen lopen.

‘Ik ben zo blij dat je er bent, Isabel,’ zei Juana, terwijl we door de grote zaal liepen. ‘Ik heb natuurlijk gezelschap genoeg, maar dat is anders. Jij bent familie. Mijn schoonzus én mijn achternicht. Ik wil je graag beter leren kennen.'

'Dat wil ik ook graag,' zei ik.

'Familie is belangrijk,' zei Beltrán.

'Ja. Nu ik moeder word besef ik dat nog meer.' Juana bleef staan voor een van de boogvormige vensters met groenig, wat wazig glas.

Ik keek naar de weg die tussen twee heuvels door slingerde en vroeg: 'Is dat de weg naar Arévalo?'

Juana knikte.

'Dus als mijn moeder komt, kan ik haar vanaf hier zien aankomen?'

'Ja, als je hier de hele dag zou gaan staan, maar dat lijkt me geen goed idee.'

'Wanneer komt ze? Weet u dat?'

'Niet zo formeel, lieverd. Dat is niet nodig als we onder ons zijn. En nee, ik weet het niet. Misschien morgen of overmorgen. Kom, ik zal je iets bijzonders laten zien.'

Juana legde haar hand op mijn schouder en voerde me mee naar een andere ruimte. Beltrán slenterde achter ons aan, maar hij hield zijn pas in toen Juana een handgebaar maakte.

Zodra ik de zaal binnenliep, werd ik overweldigd door een overvloed aan glans en kleuren. Alles in de ruimte straalde rijkdom uit, van de wandtapijten en de met mozaïektegels ingelegde vloer tot het met gouden panelen bedekte plafond. Bovenaan de muren waren beelden te zien van voormalige koningen en koninginnen, zittend op hun troon, allen met een scepter in de hand.

Met open mond keek ik in het rond.

'Mooi hè?' zei Juana, tevreden over het effect dat alle pracht op mij had. 'Dit is de Zaal van de Koningen. Hij is in 1258 gemaakt door je voorvader, Alfonso de Tiende. Die beelden zijn alle monarchen die over Castilië hebben geregeerd. Kijk maar, het begint met koningin Uracca en eindigt met jouw broer. En die plek wordt van de kleine die ik bij me draag.' Juana legde een hand op haar buik en wees met de andere hand naar de lege plek aan het einde van de beeldenreeks. 'Een meisje heeft ook recht op de troon, maar we hopen natuurlijk dat het een jongetje wordt.'

Ik liet mijn blik langs de beelden glijden, die zo levensecht waren dat het leek alsof mijn voorouders aan mij werden voorgesteld. Tot dat moment had ik niet zo stilgestaan bij mijn afkomst, maar opeens realiseerde ik me dat Alfonso en ik uit deze koningen en koninginnen waren voortgekomen. Dit was onze familie.

Ik deed een paar stappen naar voren en keek op naar de beeltenis van mijn vader, Juan II. Voor het eerst voelde ik verdriet omdat ik hem nooit echt had gekend.

Blijkbaar merkte Juana het, want ze keek me van opzij aan en zei op zachte toon: 'Ik wil dat je dit alcazar als je thuis gaat beschouwen, Isabel.'

Bij het woord 'thuis' dacht ik aan een andere plek, maar ik besefte wel, nu ik oog in oog stond met mijn voorvaderen, dat dit inderdaad ook mijn thuis was. Ik had het recht om hier rond te lopen, mooie kleren te dragen en met respect behandeld te worden.

Ik rechtte mijn schouders en liep langzaam langs de beelden. 'Wanneer denk je dat mijn broer tijd heeft om ons te ontvangen?'

'Dat hoor je vanzelf,' zei Juana. 'Het is heel nobel van Enrique dat hij jou en je broertje uit dat armoedige paleis heeft gehaald, maar jullie zijn niet zijn hoogste prioriteit. Hij heeft het druk, dus wacht rustig af tot hij jullie laat komen.'

Het was niet zozeer wat ze zei als wel haar toon die een waarschuwing inhield. Een waarschuwing dat er grenzen waren aan wat ik kon zeggen, en dat mijn wensen er totaal niet toe deden. Ik boog mijn hoofd, en toen ik opkeek glimlachte ze weer, maar de prettige sfeer was verdwenen.

'sAvonds laat, in de beslotenheid van onze kamer, besprak ik het voorval met Beatriz. Alfonso was nog in de grote zaal, waar de hovelingen gezamenlijk aten, dus we konden rustig praten.

We nestelden ons op de kussens in de vensterbank en Feliz sprong op mijn schoot. Terwijl ik hem streelde zei ik: 'Juana leek me heel aardig, maar nu weet ik dat niet meer zo zeker. Het ene moment doet ze vriendelijk en het volgende moment kijkt ze alsof ze me haat.'

'Ik denk niet dat ze je haat, maar Alfonso en jij vormen wel een bedreiging voor haar kind,' zei Beatriz. 'Als het een jongetje is en hij blijft leven, dan is er een troonopvolger, maar als het kind sterft, zal Alfonso Enrique opvolgen. En jij bent de volgende in lijn. Als Juana een dochter krijgt, hebben Enrique en zij een probleem, want de meeste edelen hebben liever een man op de troon. Maar als Juana een zoon krijgt, blijft Alfonso een gevaar, omdat hij ouder is en de troon kan opeisen zodra hij twaalf is.'

'Dus wij zijn hier omdat Alfonso misschien op een dag koning zal worden?'

Beatriz knikte.

De deur ging open en Alfonso kwam binnen.

'Daar ben je! Hoe was je middag?' vroeg Beatriz.

'Goed. Don Juan heeft me de dierentuin laten zien. Er zitten leeuwen en luipaarden!' Alfonso ontblootte zijn tanden en kromde zijn handen tot klauwen. 'Morgen krijg ik les in Engels, Frans en Latijn. Ik moet elke dag leren, zegt Don Pacheco. Weten jullie al wanneer mama en grootmoeder komen?'

'Nee, dat is nog niet bekend, lieverd.'

'Don Pacheco wist het ook al niet! Hoe kan dat nou? Ze kómen toch zeker wel?' riep Alfonso uit.

'Natuurlijk,' suste Beatriz. 'We moeten gewoon even geduld hebben.'

Met zijn uitroep had Alfonso mijn eigen twijfel verwoord, en ik voelde de onrust groeien die ik uit alle macht in bedwang probeerde te houden.

3

De volgende dag kon nog steeds niemand ons vertellen wanneer onze moeder en grootmoeder zouden komen. Wie wel kwam, was Enrique. We hadden hem tijdens het diner niet gezien, want hij at altijd in zijn eigen vertrekken, maar op de tweede avond wandelde hij onaangekondigd onze kamer in. Hij was groot, enorm zelfs. Zijn lichaam vulde de ruimte, die opeens aan de kleine kant leek.

Een paar hartslagen lang keken we hem alleen maar verbaasd aan. Toen werd Beatriz zich ervan bewust dat de koning voor ons stond en maakte ze een diepe reverence. Met een enkele handbeweging spoorde ze Alfonso en mij aan om haar voorbeeld te volgen.

'Niet nodig, niet nodig.' Enrique maakte een afwerend gebaar. 'Zo, dus jullie zijn er. Welkom.'

Het lag op het puntje van mijn tong om te zeggen dat we er al anderhalve dag waren, maar ik knikte alleen maar braaf. Intussen wierp ik tersluiks een blik op Alfonso, die onze broer met grote ogen aanstaarde.

Enrique torende boven ons uit en keek op ons neer met felblauwe ogen. Zijn dikke, rossige haar kon niet verhullen dat hij een extreem hoog voorhoofd had, en zijn baard gaf hem een woest voorkomen. Hij ging gekleed in een wit Moors hemd met zilverkleurig kantwerk en een wijde groene pofbroek, en zijn muts had wel wat van een omgekeerde bloempot.

'Dank u, Majesteit,' zei Beatriz, met neergeslagen ogen. 'Prinses Isabel en prins Alfonso zijn zeer verheugd om van uw hof te mogen deel uitmaken.'

'Ja,' zei Enrique. 'Nou, dat is mooi.' Hij klonk een beetje ongemakkelijk, alsof hij geen idee had wat hij verder moest zeggen.

Wij wisten het ook niet, het was niet aan ons, en er viel een gespannen stilte.

'Hoe oud zijn jullie nu?' informeerde Enrique, Alfonso en mij beurtelings aankijkend.

'Ik ben tien jaar, Majesteit, en Alfonso is acht,' zei ik.

'Tien en acht.' Enrique knikte wat en richtte toen zijn aandacht op Beatriz. 'En u bent...?'

Ik dacht dat hij haar leeftijd bedoelde, maar Beatriz schatte de vraag beter in. 'Beatriz de Bobadilla, Majesteit. Mijn vader is Mosén Pedro de Bobadilla, gouverneur van het garnizoenskasteel van Arévalo.'

'Natuurlijk. Welkom in Segovia. Ik hoop dat jullie het hier naar je zin zullen hebben.' Enrique keek om naar de gang, alsof hij er in gedachten al liep, maar zo gemakkelijk liet Beatriz hem niet ontkomen.

Nu ze toch in gesprek met hem was, stelde ze de vraag die Alfonso en mij op de lippen brandde.

'Majesteit, namens de prins en prinses wilde ik graag informeren wanneer zij hun moeder kunnen verwachten.'

Verbaasd keek Enrique haar aan. 'Hun moeder? Hier?'

'Ja, Majesteit. Ons is verteld dat zij haar kinderen achterna zou reizen, maar we weten niet precies wanneer. De prins en prinses missen haar.'

'Dat begrijp ik.' Enrique krabde aan zijn hoofd, waardoor zijn hoofddeksel scheef ging staan. 'Ik vrees dat er sprake is van een misverstand. Mijn broertje en zusje zijn hier om in het hofleven ingewijd te worden, maar voor hun moeder is helaas geen plaats. Zo groot is dit alcazar ook weer niet, er verblijven al te veel hovelingen. Maar mijn stiefmoeder mag natuurlijk altijd op bezoek komen. Dat is geen probleem.'

Het was alsof mijn bloed koud werd en stolde in mijn lichaam. Ik kon geen woord uitbrengen, staarde mijn oudste broer vol ongeloof aan. Naast me hoorde ik Alfonso schokkerig ademen, en mijn hand zocht de zijne. Niet alleen om hem te steunen, maar ook om hem te waarschuwen. Ik kneep in zijn hand, hoopte dat hij zou begrijpen wat dat betekende: niets zeggen. Laat het aan Beatriz over.

Beatriz pleitte voor ons, smeekte Enrique om zijn beslissing te heroverwegen, om haar desnoods naar Arévalo terug te laten gaan zodat onze moeder haar plaats kon innemen, maar Enrique bleef weigeren, vriendelijk maar beslist. Over grootmoeder had hij het al helemaal niet.

Tegen de tijd dat Beatriz niet langer durfde te smeken huilde Alfonso, en ik bijna. Ik deed mijn best om mijn tranen tegen te houden terwijl ik mijn halfbroer in de ogen probeerde te kijken. Maar hij draaide zijn hoofd weg, en op dat moment begreep ik dat hij heel goed wist wat hij ons aandeed, dat er andere belangen speelden dan onze opvoeding. Zíjn belangen.

Net zo plotseling als hij gekomen was, vertrok Enrique ook weer. Alfonso en ik waren zo overstuur dat Beatriz ons meetrok naar de houten bank bij de haard, waar we tegen haar aan gingen zitten en uithuilden. Feliz gaf me kopjes, maar ik had geen aandacht voor hem. Beatriz troostte Alfonso en mij, en pas toen we wat gekalmeerd waren begon ze te praten. Haar stem trilde licht.

'Jullie grootmoeder had al zo'n vermoeden dat dit ging gebeuren, maar ze kon er niets tegen beginnen. Als de koning een bevel geeft, dan gehoorzaam je. De commandant van de koninklijke garde zei dat hij orders had gekregen om jullie desnoods te dwingen, maar zover wilden jullie moeder en grootmoeder het niet laten komen. We hoopten dat zij jullie snel achterna konden reizen, maar dat staat Enrique dus niet toe.'

'Waarom niet?' vroeg Alfonso wanhopig. 'Ze hebben toch niets verkeerd gedaan?'

'Nee, daar gaat het niet om. De koning wil jullie om politieke redenen van jullie moeder en grootmoeder scheiden,' zei Beatriz. 'Veel edelen zijn niet tevreden over de manier waarop hij Castilië regeert en willen liever jou, Alfonso, op de troon hebben. Er dreigt een opstand omdat Enrique de belastingen wil verhogen, en hij is bang dat jullie moeder, samen met jullie grootmoeder, die opstand zal ondersteunen. Nu jullie hier in het alcazar zijn, zullen ze dat niet doen.'

'Maar dan zitten we hier dus gevangen!'

'Jullie blijven hier vast niet lang. Op dit moment ben jij de troonopvolger, Alfonso, maar als Enriques kind geboren wordt, is er een nieuwe opvolger en dan kunnen jullie terug naar huis.'

De toekomst zag er opeens wat minder somber uit. Feliz sprong op mijn schoot en ik streelde hem.

'Wanneer komt het kindje?' vroeg ik.

'Eind februari of begin maart. Over iets meer dan drie maanden dus.'

Drie maanden. Dat was nog steeds ontzettend lang, maar het was wel te overzien. En moeder en grootmoeder mochten op bezoek komen, dat had Enrique zelf gezegd. Opeens viel me een gedachte in.

'Wat gebeurt er als er iets verkeerd gaat?' vroeg ik. 'Als het kindje niet blijft leven?'

Beatriz sloeg een kruis. 'God verhoede dat,' zei ze.

Na het nieuws dat ik mijn moeder en grootmoeder lange tijd niet zou zien, was ik dagenlang van slag. Alfonso en ik leefden grotendeels gescheiden van elkaar. Hij was stil en teruggetrokken als hij 's avonds terugkwam in onze vertrekken, maar 's nachts kroop hij af en toe bij mij in bed, en dan sloeg ik mijn arm om hem heen en sliepen we samen verder.

We kregen nieuwe kleding, gemaakt van prachtige, glanzende stoffen, maar ik zou alles met plezier teruggegeven hebben als ik daardoor naar huis had gekund.

Regelmatig lag ik 's nachts uren wakker, met Feliz op een dekentje naast me, luisterend naar de geluiden van het alcazar, waar het nooit helemaal stil was. Er klonk altijd wel ergens gefluister en onderdrukt gelach, of ik hoorde de soldaten die de wacht hielden voor onze slaapkamerdeur hoesten.

Soms, als het eerste ochtendlicht zich aandiende, liet ik me uit bed glijden en ging ik op het bankje in de vensternis zitten om naar buiten te kijken, naar de weg die naar Arévalo leidde. Dan maakte ik plannen om een paard te stelen en naar huis te vluchten, of om vermomd als dienstmeisje mee te reizen op een boerenwagen. Maar elke keer als de dag aanbrak en het alcazar tot leven kwam, liet ik me door Beatriz aankleden en mijn haren vlechten, waarna we, begeleid door de soldaten, naar de vertrekken van Juana liepen.

Enrique besloot dat ik goed onderwijs moest krijgen, en mijn ochtenden werden gevuld met lessen in dans, muziek, Frans, Engels en Arabisch. 's Middags, als ik met de andere hofdames in Juana's privévertrekken verbleef, had ik tijd om te lezen.

Het verhaal van Jeanne d'Arc fascineerde me vanaf de eerste bladzijde. Als jong meisje hoorde ze stemmen en kreeg ze visioenen van engelen die haar opdroegen om Charles VII, de kroonprins van Frankrijk, te helpen. Frankrijk was op dat moment in oorlog met Engeland, en de Engelsen waren aan de winnende hand. Ze hadden een groot deel van het noorden bezet en stonden op het punt om hun koning, Henry VI, tot koning van Frankrijk te laten kronen. De engelen die Jeanne toespraken lieten haar weten dat God haar opdracht gaf om kroonprins Charles naar Reims te brengen, waar de Franse koningen van oudsher gekroond werden. Ze moest dwars door vijandelijk gebied naar Chinon reizen, waar Charles verbleef, en zorgen dat ze het oppercommando over zijn leger kreeg.

Ademloos volgde ik Jeannes gevaarlijke tocht naar Chinon, waar ze na veel moeite de kroonprins te spreken kreeg en hem ervan wist te overtuigen dat ze door God gestuurd was. Ze kreeg een gevechtsopleiding, er werd een harnas voor haar gemaakt en vervolgens trok ze aan het hoofd van het Franse leger naar de belegerde stad Orléans. En hoe ongelooflijk het ook klonk, Jeanne overwon. Ze slaagde erin de Engelsen te verdrijven en daarna heroverde ze vele steden. Een halfjaar na haar aankomst in Chinon lukte het haar zelfs om Charles naar Reims te leiden en hem tot koning van Frankrijk te laten kronen. De troon van Frankrijk was gered. Door een meisje! Koning Charles was Jeanne zo dankbaar dat hij haar tot de adelstand verhief en ze werden goede vrienden.

Ik was zo gegrepen door het boek dat ik meteen opnieuw begon toen ik het uit had. De tweede keer las ik langzamer, met meer aandacht voor de manier waarop Jeanne zich staande hield aan het hof en in de strijd. Met name één uitspraak van haar bleef me bij: 'Wie met God reist, reist nooit alleen.'

Het gemis van mijn moeder en grootmoeder bleef groot, maar na een paar weken begon ik me iets meer thuis te voelen in het alcazar. Ik kon goed opschieten met Guiomar, de hofdame die Feliz aan mij had moeten afstaan, en met graaf Alfonso de Quintanilla. Hij was een lange man van een jaar of veertig, met een smal gezicht en een ringbaardje. Toen hij zich aan me voorstelde, vertelde hij dat hij nog in dienst was geweest van mijn vader. Nu behoorde hij tot Enriques raad van adviseurs.

Blijkbaar had hij gehoord dat ik nieuwsgierig was naar de dierentuin, want op een zonnige middag in december nam hij me er mee naartoe. De kooien stonden op wat lagergelegen terrein. Ik had weleens tekeningen gezien van leeuwen, luipaarden en beren, maar in het echt waren ze nog veel imposanter.

'Waar komt die vandaan?' vroeg ik, wijzend naar een grote leeuw.

'Uit Afrika,' zei graaf De Quintanilla. 'Speciaal voor uw broer de koning hier naartoe gebracht. Mooi is hij, hè?'

De leeuw draaide zich om en liep langzaam weg. Ik voelde medelijden in me opwellen. Dit ontzagwekkende dier, een koning in zijn eigen rijk, rende vast liever over de vlakten in plaats van rondjes te lopen in dit veel te kleine verblijf.

'Gisteren heb ik uw broer, prins Alfonso, hier rondgeleid,' zei de graaf. 'Voor de vierde keer al. Hij kan er geen genoeg van krijgen.'

'Hoe gaat het met Alfonso?'

'Goed. Hij is slim en leergierig, en hij vindt de lessen die hij krijgt interessant.'

'Ik zou hem graag wat vaker willen zien. 's Avonds is hij moe en gaat hij meteen naar bed.'

Alfonso de Quintanilla wierp me een meelevende blik toe. 'Het valt vast niet mee voor jullie om opeens hier te wonen, zonder jullie moeder.'

'Nee. We missen haar.'

'Houd Juana te vriend. Zij neemt de beslissingen.'

'Was het ook haar idee om Alfonso en mij naar Segovia te brengen?'

De graaf antwoordde niet en keek van me weg.

'En waarom moesten Alfonso en ik per se hier naartoe komen? Frans en Engels kunnen we thuis ook wel leren,' vroeg ik door.

'Er zijn hier veel betere docenten. U bent een prinses, u hoort aan het hof onderwezen te worden.'

'Maar waarom mag mijn moeder niet komen? Enrique heeft gezegd dat er te weinig ruimte is, maar er staan heel veel kamers leeg.'

'Ik weet het niet, Hoogheid.'

Door de manier waarop de graaf opnieuw van me wegkeek wist ik dat hij loog.

'Heeft het te maken met die opstand?' vroeg ik.

'Een opstand? Wat weet u daarvan?' Hij keek me onderzoekend aan.

Door de manier waarop hij dat vroeg en de onderzoekende manier waarop hij mij aankeek, besefte ik dat ik niet had moeten laten merken dat ik daarvan afwist en ik probeerde te redden wat er te redden viel.

'Ik heb er iets over opgevangen, maar ik begrijp niet wat dat met ons te maken heeft. Is Enrique bang dat wij daaraan willen meedoen?'

'Twee kinderen? Nee, dat denk ik niet. Maar uw moeder misschien wel.'

Het idee dat mijn moeder, met haar zwaarmoedige buien, een opstand zou beginnen maakte me aan het lachen, en mijn oude grootmoeder zag ik zoiets ook niet doen. Er moest een andere reden zijn waarom hij Alfonso en mij naar Segovia had laten komen, en het enige wat ik kon bedenken was het feit dat we zijn broer en zus waren.

Ik wees naar een kooi met bontgekleurde vogels en we liepen ernaartoe om ze te bewonderen. Toen ik door wilde lopen, hield de graaf me tegen en keek hij me ernstig aan.

'Ik wil u waarschuwen. Het hof is een slangenkuil. Mensen doen zich voortdurend anders voor dan ze zijn. De koning is erg gesteld op prins Alfonso en u, maar er zijn mensen in zijn directe kring die in jullie een bedreiging van hun macht zien.'

Ik staarde hem aan, opeens een beetje bang. 'Een bedreiging van hun macht? Wat bedoelt u?'

'Ik kan het niet uitleggen, ik heb al te veel gezegd. Ik wil u aanraden om niemand te vertrouwen. En als ik zeg niemand, dan bedoel ik ook echt niemand.'

'U ook niet?'

De graaf schoot in de lach en legde even zijn hand op mijn schouder. 'Voor mij hoeft u niet bang te zijn. Maar dat zullen anderen ook zeggen.'

Ik besloot Alfonso de Quintanilla's raad op te volgen en niemand te vertrouwen. Jeanne d'Arc had tijdens haar verblijf aan het hof ook alleen op God vertrouwd. En op zichzelf. Ze liet zich allerlei nieuwe vaardigheden bijbrengen, zoals zwaardvechten en paardrijden in volle wapenuitrusting. Ze leerde lezen en schrijven, en zorgde ervoor dat ze de Engelse taal beheerste, zodat de vijand haar niet kon misleiden als die tijdens onderhandelingen Engels sprak.

Ik hoefde niet te kunnen zwaardvechten, maar in navolging van Jeanne deed ik erg mijn best tijdens de taallessen die ik kreeg. Arabisch bijvoorbeeld. Ik had veel liever Latijn geleerd, de taal van de Kerk, maar ik begreep dat Arabisch nuttig was in een koninkrijk waarvan zeker de helft van de inwoners Moors was.

Enrique sprak vloeiend Arabisch. Om de een of andere reden voelde hij zich sterk aangetrokken tot de Moorse gebruiken. Hij vond het leuk om zich in Arabische kostuums te hullen, hij droeg zelfs regelmatig een tulband, en zijn persoonlijke vertrekken waren ingericht met kamerschermen vol Moorse geometrische patronen, oosterse lantaarns en felgekleurde zitkussens.

Juana bracht haar dagen door in een apart deel van het paleis, waar ze aan het hoofd stond van haar eigen hofhouding. Ze was altijd omringd door haar hofdames, die met haar uit Portugal waren meegekomen en ze spraken onderling hun moedertaal.

De eerste weken leken ze zich niet te realiseren dat ik half Portugees was. Ik reageerde nooit op hun geroddel en lachte niet om hun grapjes, waardoor ze dachten dat ik die taal niet beheerste. Tegen de tijd dat ze doorhadden dat ik ieder woord verstond, had ik al heel wat vertrouwelijkheden opgevangen. De meeste geheimpjes interesseerden me niet erg, op één na. Toen ik dat nieuws opving kostte het me moeite om mijn gezicht in de plooi te houden. Alleen Beatriz, die geen Portugees verstond, had in de gaten dat ik iets had opgevangen dat absoluut niet voor mijn oren bedoeld was. Ik stootte met opzet een beker om, zodat ik een excuus had om naar mijn kamer te gaan om iets anders aan te trekken. Beatriz volgde me.

'Wat was dat nou?' vroeg ze, terwijl ze de deur achter ons dichtdeed.

Ik trok haar mee naar het venster en zei zacht: 'Doña Guiomar en Doña Catalina hadden het over Juana's zwangerschap. Ze hadden het over de vader van haar kind. De échte vader.'

Beatriz was minder geschokt dan ik had verwacht, wat me een beetje tegenviel.

'Beltrán de la Cueva?' vroeg ze.

'Ja! Hoe weet je dat?'

'Ik vang ook weleens iets op.'

'Doña Guiomar wist het zeker. Volgens haar kan Enrique helemaal geen kinderen verwekken, en zij kan het weten want ze is al jaren zijn minnares. Ze zei dat Juana al zes jaar getrouwd is met Enrique en dat dit haar eerste zwangerschap is. Enriques vorige vrouw, Blanca van Aragón, is zelfs nooit in verwachting geraakt. Volgens haar hebben Enrique en Juana iets geregeld.'

'Iets geregeld?'

'Ja, ik weet niet wat ze daarmee bedoelde. Jij?'

Naast me haalde Beatriz een keer diep adem. 'Laat aan niemand merken dat je dit hebt gehoord, Isabel. Ook niet aan Alfonso.'

'Wat hebben ze dan geregeld?'

'Niets. Zolang we niets zeker weten, gaan we ervan uit dat het roddels zijn.'

'Maar als het kind niet van Enrique is, dan zou Alfonso later koning moeten worden,' fluisterde ik.

'Ja, en daarom moet ik er niet aan denken wat er kan gebeuren als iemand erachter komt dat jullie van die geruchten op de hoogte zijn.'

Er ging een huivering door me heen. 'Ik zeg niets. Geen woord.'

4

Zoals beloofd sprak ik met geen woord over de wettigheid van Enriques kind, maar de kwestie liet me niet los en ik hield mijn oudste broer goed in de gaten. Als Enrique al niet de vader was, dan leek hij zich daar niet veel van aan te trekken. Hij behandelde Juana altijd vriendelijk, en Beltrán, de hoveling die aldoor om Juana heen hing, bleef zijn vertrouweling. Hij verkoos hem zelfs boven Juan Pacheco, die daardoor een bloedhekel had aan Beltrán.

Beltrán was jong en knap, ik kon me best voorstellen dat Juana zich tot hem aangetrokken voelde. Misschien was hij inderdaad de vader van haar kind, maar ik vond het wel vreemd dat Enrique zo vriendelijk tegen hem bleef. Misschien vond mijn broer het niet erg dat Juana en Beltrán zo hecht waren, bedacht ik.

Enrique en Juana konden goed met elkaar opschieten, maar ze leidden gescheiden levens. In het alcazar leefden ze ieder in hun eigen deel, en beiden hadden ook nog een eigen woning in de stad. Juana verbleef vaak in het Palacio San Martín, een groot vierkant paleis dat grensde aan de Joodse wijk. Ik kwam daar zelf ook graag, want van daaruit gingen we regelmatig, bewaakt door soldaten, de stad in. Het was heerlijk om buiten de paleismuren te zijn en rond te kijken in de drukke straten vol werkplaatsen. Ik reageerde dan ook heel enthousiast toen ik hoorde dat het hof zich ging verplaatsen naar Madrid, omdat Enrique de jaarlijkse bijeenkomst van de Cortes, de volksvertegenwoordiging, moest voorzitten. Juana voelde zich goed genoeg voor de reis, en ook het weer werkte mee: het was zonnig en niet al te koud.

Ik had nog niet veel van Castilië gezien en verheugde me op de reis. Feliz ging mee, in een mandje aan mijn voeten.

We namen de oude Romeinse weg die door het laagste deel van het Guadarrama-gebergte leidde, een tocht die vier dagen in beslag zou nemen. Ik was gewend aan de vlaktes rond Arévalo en inmiddels ook aan de golvende velden rond Segovia, maar de dennenbossen, valleien en bergmeren waren nieuw voor mij. Van achter het raampje van de reiskoets genoot ik van de wilde natuur om mij heen, van de roofvogels die hoog door de lucht scheerden en de herten en vossen die op de vlucht sloegen als onze wagens langskwamen.

Juana hield zich goed, maar de reis viel haar toch zwaarder dan ze had gedacht. Hoeveel dekens en kussens er ook voor haar meegenomen waren, ze vond het moeilijk om een comfortabele houding te vinden en rust te nemen in de voorthobbelende wagen.

Zelf was ik ook blij toen we na dagenlang door elkaar geschud te zijn in Madrid aankwamen. Het was bij lange na niet zo'n grote stad als Segovia, eigenlijk was het maar een dorp, gelegen op een desolate hoogvlakte. Ik begreep niet goed waarom de Cortes daar bijeenkwam, en toen ik er wat over zei antwoordde Juana dat Madrid centraal lag.

In vergelijking met andere steden mocht de plaats dan niet

veel voorstellen, het oude alcazar op de heuveltop deed niet onder voor dat van Segovia. Het Moorse beeldhouwwerk, de kleurrijke tegelwanden en met bladgoud beklede plafonds waren adembenemend.

Juana had er weinig aandacht voor. De reis had haar erg vermoeid en ze moest veel rust houden. Ze maakte zich zorgen over het kindje, en om haar aandacht af te leiden las ik haar voor uit mijn boek over Jeanne d'Arc.

'Wat een bijzonder verhaal,' zei Juana. 'Heeft ze echt bestaan? Ik had nog nooit van haar gehoord.'

'Het is allemaal echt gebeurd. Stel je voor, een vrouw in een harnas! En daarin moeten vechten!'

'Dat kan niet erger zijn dan rondlopen met een kind in je buik en moeten bevallen.' Juana ging moeizaam verzitten en wreef over haar rug. 'Mijn hele lichaam doet pijn. Mijn rug, mijn knieën, alles.'

Ik keek haar meewarig aan. 'Kan ik iets voor je doen?'

'Voorlezen is wel fijn. Enrique heeft boeken meegenomen, vraag maar of hij er een kan missen.'

Ik knikte en liep naar de vertrekken van mijn broer. Ik wachtte in een voorvertrek tot hij me kon ontvangen en gaf Juana's verzoek aan hem door.

'Juana wil voorgelezen worden?' Enrique trok zijn dikke rode wenkbrauwen op. 'Ik heb nooit gemerkt dat ze belangstelling heeft voor literatuur.'

'Ze verveelt zich,' zei ik.

Enrique knikte en pakte een boek van tafel. 'Fijn dat je Juana zo trouw bijstaat, Isabel, dank je,' zei hij, terwijl hij zich naar me toe draaide. 'Het doet me plezier dat jullie zo goed met elkaar overweg kunnen.'

'Ik heb haar het verhaal van Jeanne d'Arc voorgelezen.'

'Over een vrouw in mannenkleren? En dat heeft ze helemaal aangehoord?' Enrique schoot in de lach. 'Dan kun je geweldig voorlezen óf ze verveelt zich inderdaad verschrikkelijk.'

'Ik denk allebei,' zei ik, en Enrique lachte nog harder.

Op 3 maart begon de bevalling, en een aantal hovelingen verzamelde zich in Juana's slaapkamer om er getuige van te zijn. Ook Beatriz en ik waren aanwezig. Ik had nog nooit een kind geboren zien worden en ik verwachtte dat het er meteen uit zou komen, maar ik kreeg al snel door dat God niet van plan was om het Juana zo gemakkelijk te maken. Sterker nog, het werd een ware beproeving.

Ik was vervuld van afschuw om haar ellende, waar geen einde aan leek te komen. Ze nam verschillende houdingen aan om de pijn te verlichten, maar haar gekerm en gegil werden er niet minder door. De kamer vulde zich met de steeds sterkere stank van zweet en braaksel, en na een lijdensweg van een dag en een nacht beviel Juana eindelijk, totaal uitgeput, van een meisje.

Zodra het kind geboren was, ging er een golf van opluchting door het vertrek, maar niet lang daarna zag ik de ontgoocheling op de gezichten. En ook al was ik oprecht blij dat Juana en het kind de bevalling overleefd hadden, ik kon het niet helpen dat ik opeens weer aan mijn eigen situatie dacht en zelf ook even moest slikken omdat het geen jongetje was.

Twee maanden later, ik was net elf geworden, reisden we door naar het iets zuidelijker gelegen Toledo, waar edelen en gezagdragers uit de belangrijkste steden trouw zwoeren aan de kleine prinses, die ook de naam Juana had gekregen.

Alfonso was als eerste aan de beurt. Hij liep over het middenpad naar het altaar, waar aartsbisschop van Toledo, Carrillo van Acuña, met de kleine Juana stond. Alfonso kuste haar handje, legde de eed af en ondertekende diverse documenten.

Daarna was ik aan de beurt. Ook ik sprak de voorgeschreven woorden van trouw en gehoorzaamheid uit, en ik schreef mijn naam op de stukken perkament die voor me neergelegd werden. Elke keer als ik tekende, vroeg ik me af of ik trouw zwoer aan de dochter van Enriques hofmeester. Niet dat dat iets veranderde aan onze bloedband; de kleine Juana was via haar moeder sowieso familie van me. Als ze Enriques rode haar geërfd had, was er reden geweest om aan te nemen dat ze toch zijn dochter was, maar Juanita, zoals het meisje algauw werd genoemd, was net zo donker als haar moeder en Beltrán.

Wie haar vader ook was, Alfonso en ik hadden het aan Juanita's geboorte te danken dat we eindelijk met onze moeder en grootmoeder zouden worden herenigd. We mochten niet terug naar Arévalo, maar Enrique stond wel toe dat zij een paar dagen op bezoek kwamen. Eind mei keerden we terug naar Segovia en werd er een bode naar Arévalo gestuurd.

Het was een halfjaar geleden dat we afscheid hadden genomen van moeder en grootmoeder, en op de dag van hun komst waren Alfonso en ik bloednerveus. We waren ook bezorgd over wat het gemis met onze moeder had gedaan.

Samen met Beatriz wandelden we in de lentezon rond op het plein tot de reiswagen aankwam. Feliz sloop om me heen, op jacht naar muizen en insecten. Ik hield het grote smeedijzeren toegangshek onafgebroken in de gaten, en toen het eindelijk openzwaaide ging er een rilling van blijdschap door me heen.

Grootmoeder stapte als eerste uit, gevolgd door onze

moeder. Tot mijn opluchting zag ze er stralend uit. Ze had een nieuwe japon aan, haar haren hingen niet om haar gezicht maar waren kunstig gevlochten, en het belangrijkste: ze lachte.

Alfonso en ik vlogen op haar af en ze sloeg haar armen om ons heen. We huilden alle drie. Daarna omhelsden we grootmoeder en het duurde lang voor we elkaar loslieten.

'Eindelijk!' zei grootmoeder. 'Lieve schatten, wat heb ik jullie gemist. Hoe gaat het?'

We zeiden dat het goed ging, dat we haar ook vreselijk gemist hadden, en we begonnen opnieuw te huilen. Het duurde een tijdje voor we gekalmeerd waren. Toen we elkaar loslieten keek mijn grootmoeder naar Beatriz, die zich op de achtergrond had gehouden.

'Dank je, lieve Beatriz,' zei ze.

Het moet vreemd geweest zijn voor mijn moeder om terug te zijn in het alcazar waar ze zo gelukkig was geweest met mijn vader, waar ze zelf koningin was geweest, en waar ze nu slechts geduld werd. Kort na haar aankomst hadden grootmoeder en zij een gesprek met Enrique, maar daar lieten ze niets over los. Wel leek de verstandhouding daarna iets verbeterd. De eerste avond aten Alfonso en ik met moeder en grootmoeder in onze eigen kamer, maar de avonden daarna dineerden we met de rest van het hof in de zaal.

Enrique had toestemming gegeven voor een verblijf van vier dagen, waarin Alfonso en ik ontslagen waren van onze verplichtingen. We probeerden de gesprekken vrolijk en luchtig te houden, maar uiteindelijk kwam de manier waarop we van elkaar gescheiden waren ter sprake.

'Enrique had me geschreven dat hij wilde dat jullie naar

Segovia kwamen,' zei mijn moeder. 'We hebben alles geprobeerd om hem op andere gedachten te brengen, maar hij stond erop. Jullie laten gaan was het moeilijkste dat ik in mijn hele leven heb gedaan. Gelukkig zijn we nu weer bij elkaar.' Moeder knipperde haar tranen weg en lachte naar ons. Ze spreidde haar armen en we kropen dicht tegen haar aan.

Toen mijn moeder ging rusten had ik even een moment alleen met grootmoeder. Om te voorkomen dat we werden afgeluisterd wandelden we over het plein en deden we alsof we het uitzicht bewonderden. Dat was ook mooi, met al die verwilderde olijf- en amandelbomen op de helling en de zachtgroene velden die zich voor ons uitstrekten, maar ik had er weinig belangstelling voor.

'Waarom hebt u niet aan míj verteld dat mama en u niet welkom waren aan het hof?' vroeg ik. 'Ik zou wel begrepen hebben dat we Enrique moesten gehoorzamen.'

Met een glimlach keek ze op me neer. 'Ik vergeet af en toe hoe groot je al bent, en hoe wijs. Ja, je zou het wel begrepen hebben, maar je zou toch overstuur zijn geraakt. Alfonso zou dat gemerkt hebben, en als jullie huilend waren vertrokken, zou dat te veel zijn geweest voor je moeder.'

'Hoe gaat het met haar?'

'Ze heeft het zwaar gehad, maar ik heb haar altijd voorgehouden dat ze jullie terug zou zien, en dat is goddank ook gebeurd. Gelukkig vond Enrique het goed dat Beatriz meeging. Zij beloofde op jullie te zullen letten, en desnoods...'

'Desnoods?' herhaalde ik, toen ze stilviel.

'En desnoods met jullie te ontsnappen als er gevaar dreigde.'

Hoewel graaf De Quintanilla me ook al had gewaarschuwd, kon ik me niet voorstellen dat Alfonso en ik in gevaar waren geweest, en dat zei ik ook.

'Enrique is altijd heel aardig tegen ons,' voegde ik eraan toe.

'Zolang het goed gaat met de kleine Juana vormen jullie geen bedreiging voor hem, maar ik zou me geruster gevoeld hebben als hij een zoon had gekregen. Vertrouw evengoed maar niemand en richt je tot God.'

'Net als Jeanne d'Arc.'

'Je hebt het boek gelezen?'

'Al een paar keer! Het is prachtig. Ik zou Jeanne graag een keer willen ontmoeten.'

Grootmoeder keek me opmerkzaam aan. 'Dat zal niet gaan. Ze leeft niet meer. Ik dacht dat je de rest van het verhaal inmiddels wel gehoord had.'

'Gaat het dan nog verder?'

'Ja, je vader is op een bepaald punt gestopt met vertellen. Het eindigt ook niet zo leuk,' zei grootmoeder met een zucht. 'Nadat Jeanne prins Charles in Reims had laten kronen was haar missie volbracht, maar ze ging door met haar strijd tegen de Engelsen. Bij Parijs ging het mis en werd ze gevangengenomen. Koning Charles had haar kunnen laten bevrijden, of losgeld voor haar kunnen betalen, maar dat heeft hij niet gedaan. Jeanne was ongelooflijk geliefd onder de Franse bevolking, veel geliefder dan hij. Waarschijnlijk was hij jaloers en beschouwde hij haar als een bedreiging. Hoe dan ook, hij stak geen vinger uit om haar te redden. Zelfs niet toen de Engelsen Jeanne van hekserij beschuldigden en haar ter dood veroordeelden. Ze is op de marktplaats van Rouen op de brandstapel gezet.'

Ik was zo geschokt dat ik geen woord kon uitbrengen.

'Het spijt me, kind,' zei grootmoeder. 'Je vader was ook helemaal van slag toen het nieuws hem bereikte. Ik denk dat hij haar dood daarom niet in zijn boek heeft opgenomen, maar het heeft geen zin om de waarheid te ontkennen. Het is beter om die onder ogen te zien zodat je er lessen uit kan trekken.'

'Wat voor lessen?'

'Dat wij vrouwen leven in een mannenwereld,' zei grootmoeder, 'en dat we heel voorzichtig moeten omgaan met onze macht.'

Het afscheid, twee dagen later, was moeilijk, maar met het vooruitzicht van een nieuw bezoek slaagden we erin om elkaar zonder al te veel drama gedag te zeggen.

In de dagen daarna hield Jeannes dood me erg bezig. Ik was diep verslagen door het nieuws dat mijn heldin op zo'n vreselijke manier aan haar einde was gekomen. Waarom was koning Charles haar niet te hulp gekomen? Ze had nota bene zijn land en zijn kroon voor hem gered!

Ik dacht lang na over het feit dat de koning zich bedreigd voelde door Jeannes populariteit bij het volk, en vervolgens over mijn eigen positie aan het hof. Jeannes leven kende grote verschillen met dat van mij, maar ook overeenkomsten. Ik was ervan overtuigd dat Enrique op zijn manier gesteld was op Alfonso en mij, maar in de lange, stille uren van de nacht vroeg ik me af wat hij zou doen als er inderdaad een opstand zou uitbreken en hij zou moeten kiezen tussen zijn kroon en ons. Uit niets bleek dat er een opstand werd voorbereid, maar zowel grootmoeder en Beatriz als De Quintanilla hadden erover gesproken, dus er moest wel iets gaande zijn.

Ik gedroeg me voorbeeldig maar bleef waakzaam, en ik luisterde zo veel mogelijk gesprekken af om te peilen of er gevaar dreigde voor Alfonso en mij.

Niets wees daar echter op. Juana organiseerde het ene feest na het andere in het Palacio San Martín, waarbij ik met tegenzin aanwezig was. Ik hield niet van die feesten. Mijn schoonzus en haar hofdames hulden zich in veel te doorzichtige Moorse kleding en dronken zoveel dat ze de ochtend erna niet aanspreekbaar waren en er een zure lucht om hen heen hing.

Juanita liet ze achter in het alcazar bij haar min. Soms wekenlang, en elke keer als we terugkeerden, leek er een heel ander kind in de wieg te liggen. Het ene moment sliep Juanita nog voornamelijk, maar twee maanden later lag ze al aandachtig om zich heen te kijken. Nog wat later kon ze zelf haar lappenpopje of de hemel rond de wieg pakken. Ze begon te brabbelen en lachte stralend als ze haar min zag. Ze lachte niet naar haar moeder. Sterker nog, ze begon te huilen als Juana haar op de arm nam en ze kalmeerde pas als haar min haar weer overnam.

'Vind je dat niet vervelend?' vroeg ik, toen we de kinderkamer verlieten na een mislukt moeder-en-dochtermoment.

'Ja, natuurlijk wel,' zei Juana. 'Maar het is niet anders. Ik kan moeilijk zelf de hele dag voor haar zorgen.'

'We zouden haar mee kunnen nemen naar het palacio.'

'Dat is geen geschikte plek voor een klein kind. Ik kom daar om een leuke tijd te hebben, zoals vroeger in Portugal. Om weer even mezelf te zijn.'

Het kwam er zo verlangend uit dat ik Juana aandachtig aankeek. 'Heb je heimwee?'

'Elke dag.'

'Ik weet hoe dat voelt.' Het was gewaagd om te klagen over mijn eigen omstandigheden, maar Juana haalde alleen haar schouders op.

'Het is niet anders,' zei ze. 'We krijgen in het leven allemaal te maken met dingen waar we geen invloed op hebben. Dat hebben we maar te accepteren.'

We sloegen een hoek om en liepen onder de booggalerij door. Sinds de geboorte van haar dochter was Juana niet meer zo afstandelijk naar mij toe, en ik vroeg me af of dit een goed moment was om te smeken of ik terug naar huis mocht. Maar terwijl ik liep te twijfelen, voegde Doña Catalina zich bij ons, en ze staken samen de patio over. Ik volgde, één pas achter hen, boos op mezelf dat ik het niet meteen had gevraagd.

'Ik denk niet dat Juana en Enrique ons ooit nog naar huis laten gaan,' zei ik toen Alfonso en ik die avond een wandelingetje maakten. We liepen rondjes over het plein, waarbij we afwisselend zicht hadden op de rode daken van Segovia en op de golvende velden.

Het was een warme dag in juli en de stenen gloeiden nog na. Overal om ons heen tjirpten krekels. Feliz had de hele dag in de koele gang gelegen en sloop nu rond om de insecten te vangen. Ik benijdde hem om zijn speelsheid en vrijheid, terwijl ik het vertrouwen begon te verliezen dat zo'n leven ooit voor mij zou zijn weggelegd.

'Nee,' zei Alfonso na een korte stilte. 'We mogen niet naar huis. Ze gaan ons uithuwelijken.'

'Wát?'

Alfonso keek om zich heen en trok mij mee naar een plekje waar wat minder hovelingen rondliepen.

'Ik heb vanmiddag een gesprek tussen Enrique en zijn adviseurs afgeluisterd. Hij wil ons naar het buitenland sturen, zo ver mogelijk hier vandaan.'

Verbluft keek ik mijn broertje aan. Met die mogelijkheid had ik, dom genoeg, geen rekening gehouden. 'Met wie wil hij ons dan laten trouwen?'

Alfonso raapte een handvol steentjes van de grond en gooide

ze een voor een over het muurtje rond het plateau. 'Dat weet ik niet. Ik wil niet trouwen en ik wil al helemaal niet naar het buitenland. Dan zien we elkaar nooit meer, en mama ook niet. We moeten vluchten.'

'Hoe? En waarnaartoe?'

Beatriz, die met een paar andere dames in gesprek was maar ons nooit uit het oog verloor, kwam rustig naar ons toe lopen. 'Wat is er?'

'Alfonso heeft gehoord dat Enrique ons wil uithuwelijken,' zei ik. 'Heb jij daar iets over opgevangen?'

'Nee, geen woord.' Beatriz fronste. 'Maar het verbaast me niet. Als jullie getrouwd zijn met bondgenoten van hem, vormen jullie geen gevaar als er een opstand uitbreekt.'

'Misschien kiest Enrique wel de eerste de beste echtgenoot voor mij, zodat hij van me af is,' zei ik somber. 'Een stokoude man.'

'En voor mij een stokoude vrouw,' zei Alfonso. 'Maar dat doet hij vast niet. Hij is onze broer!'

Beatriz reageerde niet, en ik evenmin, want ik begreep heel goed dat onze broer Enrique en Enrique de koning twee compleet verschillende personen waren.

5

In de weken die volgden hoorde ik niets over huwelijksplannen voor Alfonso en mij, en ik probeerde er ook niet aan te denken. Ik zocht steun bij mijn geloof, zoals Jeanne altijd had gedaan.

Jeanne was als een goede vriendin. Ik had haar verhaal zo vaak gelezen dat ik haar gedachten en uitspraken, die allemaal van een diep vertrouwen in God getuigden, van buiten kende. Dikwijls, als mijn gevangenschap en het verlangen naar huis me te veel werden, klonken haar bemoedigende woorden in mijn hoofd. Ik bracht veel tijd door in de kapel van het alcazar.

Tot mijn verrassing gaf Juana mij toestemming om het klooster van Santa Cruz, onder aan de rots van het alcazar, te bezoeken. Ik had er door de hoge boogvensters in de zaal vaak op neergekeken, en meermalen aangegeven dat ik er graag eens naartoe wilde.

Op een warme dag in augustus was het zover. Begeleid door een escorte reed ik te paard de slingerende weg af. Mijn komst was aangekondigd, en ik werd ontvangen door een eenvoudig geklede geestelijke, Tomás de Torquemada, die de prior bleek te zijn. Hij was een jaar of veertig, klein van gestalte, en hij had doorgegroeide wenkbrauwen boven vriendelijke donkere ogen. Bij de hals van zijn habijt was nog net een stukje van zijn boetekleed van paardenhaar zichtbaar.

Hij heette me welkom en leidde me rond, in een wolk van wierook die zich losmaakte van zijn zwarte pij. We brachten een bezoek aan de prachtige kapel en liepen toen verder onder de booggalerijen, waarbij ik voortdurend eerbiedig werd begroet door passerende monniken.

Broeder Tomás nam me mee naar de kloostertuin. Daar, omringd door kruiden en bloemen, gingen we in de schaduw van een vijgenboom op een bankje zitten.

'Dank u voor de rondleiding,' zei ik. 'Ik kan het klooster zien liggen vanuit het alcazar en ik wilde er altijd al graag naartoe.'

'Het alcazar heeft toch ook een mooie kapel?' zei broeder Tomás.

'Ja, maar ik was benieuwd naar het klooster. En het leek me fijn om even weg te zijn uit het alcazar.'

'Bevalt het u daar niet?'

Dat was een wel heel directe vraag. In plaats van antwoord te geven verjoeg ik een hagedisje dat op de stenen bank klom.

'Ik begrijp het,' zei broeder Tomás vriendelijk. 'Wees maar niet bang, Hoogheid, alles wat u zegt blijft onder ons. Ik weet dat u daar niet uit vrije wil bent.'

Ik dacht aan alle waarschuwingen om niemand te vertrouwen en bleef zwijgen.

'De koning en koningin zijn heel aardig tegen me,' zei ik, toen de stilte ongemakkelijk werd.

'Dat is goed om te horen, maar ik begrijp dat het toch moeilijk voor u is. Ik had dezelfde leeftijd als u toen ik het klooster in ging. Mijn ouders hadden besloten dat een opleiding tot geestelijke het meest geschikt voor mij was, maar zelf zag ik dat heel anders. Natuurlijk vond ik het een eer om God te dienen, maar ik was er niet zeker van of het strenge regime van een klooster iets voor mij zou zijn. Gelukkig viel het mee. Als jongetje was ik graag buiten, en ik mocht in de kruidentuin en in de boomgaard werken. Ik vond een andere Vader, één die altijd bij me was.'

'Miste u toen uw familie niet meer?'

'Jawel, maar anders.' Broeder Tomás keek peinzend voor zich uit en voegde eraan toe: 'In het diepst van ons wezen zijn we allemaal alleen, Hoogheid. Ieder van ons heeft een taak in het leven en daar worden we al vroeg op voorbereid. God heeft u niet zomaar van uw moeder gescheiden, daar heeft Hij een bedoeling mee.'

'Net als bij Jeanne d'Arc?'

'Ja, inderdaad.'

'Wat voor taak dan?'

'Dat weet ik niet, dat weet Hij alleen. Het is soms moeilijk om te begrijpen wat Hij van ons wil. Het kan ook best lang duren voordat dat duidelijk wordt, soms wel jaren.'

'Járen?'

'Zeker. Dat kan moeilijk zijn, maar er komen zeker betere tijden.'

Ik keek naar de punten van mijn schoenen, die onder de zoom van mijn jurk uitstaken, en zei mismoedig: 'Ik hoop dat het iets korter duurt dan jaren.'

'Dat denk ik wel. Binnen een jaar bent u hier weg.'

Met een ruk keek ik opzij. 'Hoe weet u dat?'

'Volgend jaar wordt u twaalf, dan hebt u de huwbare leeftijd bereikt. Ik heb gehoord dat de koning huwelijksplannen voor u heeft.'

'Weet u ook met wie?' vroeg ik gespannen.

'Met prins Fernando van Aragón.'

Dat was een aangename verrassing. Fernando was de kroonprins van Aragón, Valencia, Catalonië en Sicilië. Zijn zus Blanca was getrouwd geweest met Enrique en na haar dood was mijn broer met Juana getrouwd.

Ik had Fernando één keer ontmoet, toen we allebei zes jaar waren. Hij was mijn achterneef; we deelden een overgrootvader, koning Juan I. We hadden leuk gespeeld met elkaar, maar daarna had ik hem nooit meer gezien.

Toch stelde het me gerust dat de keus op Fernando was gevallen. Ik zou in ieder geval niet uitgehuwelijkt worden aan een oude man in een ver land. Op een dag zou ik zelfs koningin van Aragón zijn. Ik zou mijn moeder laten overkomen, en dan zorgde ik er wel voor dat we niet meer uit elkaar gehaald werden.

Ik glimlachte. Broeder Tomás had gelijk, God had een plan voor mij.

Ik voelde me opeens een stuk beter, en toen ik afscheid nam vroeg ik: 'Mag ik nog eens terugkomen, broeder Tomás?'

'Vanzelfsprekend,' zei hij. 'Zo vaak u wilt.'

Met Juana's toestemming bezocht ik broeder Tomás regelmatig. Hij maakte altijd ruimschoots tijd voor me vrij. Terwijl we praatten wandelden we door de kruidentuin en de boomgaarden, zodat broeder Tomás toezicht kon houden op de monniken die daar werkten.

Het werd me algauw duidelijk dat hij geen hoge dunk had van mijn oudste broer en zijn vrouw. Met name hun voorliefde voor Moorse gebruiken stoorde hem. Toen ik hem vertelde dat Juana dikwijls Moorse feesten gaf, en dat Enrique de gewoonte had om op een kussen op de grond te zitten en een waterpijp te roken, wond broeder Tomás zich vreselijk op.

'Een goede christen neemt de gebruiken van een andere religie niet over. Dat is blasfemie. Dit koninkrijk zou niet zoveel problemen hebben als er maar één godsdienst was. Meerdere geloven naast elkaar geeft chaos, en van chaos komt oorlog,' zei hij verhit.

'Oorlog?'

'Ja, het gaat al jaren slecht in Castilië. De handel kwijnt weg, de mensen lijden honger en de koning doet er niets aan. En intussen nemen de Moren ons land over. Jouw voorvader Alfonso de Zesde, heeft ze twee eeuwen geleden uit Castilië verdreven, naar Granada, maar hun aantal wordt steeds groter. De mensen zijn bang, Hoogheid. Ze vinden Enrique te slap, ze willen een vorst die hen beschermt. Zeker nu de Ottomanen ons bedreigen.'

'De Ottomanen?'

'Hebt u nooit van het Ottomaanse Rijk gehoord? Dat is een groot islamitisch rijk dat is opgericht door een Turkse krijgsheer, Osman de Eerste. Inmiddels heerst zijn nazaat, sultan Mehmet, over een groot deel van de Balkan en Klein-Azië.'

Die namen zeiden mij niets, maar door broeder Tomás' ernstige gezicht begreep ik dat hij zich zorgen maakte over dat Ottomaanse Rijk.

'In 1453 hebben de Ottomanen Constantinopel veroverd. Toen was u drie jaar, dus dat zult u niet weten, maar ik was drieëndertig en die dag was de meest verschrikkelijke van mijn leven,' zei broeder Tomás. 'Voor heel de christelijke wereld was het een verschrikkelijke dag. Sultan Mehmet kondigde aan dat hij van plan was om de islam over het westen te verspreiden en dat hij niet zou rusten tot Rome was gevallen. Hij slaagde erin Constantinopel te veroveren, wat een enorme schok was voor de christelijke wereld. De sultan veranderde de naam in Istanbul en trok verder met zijn leger. Naar Hongarije, waar iedereen die tegenstand bood onthoofd werd, en waar honderden jonge vrouwen als slavin in de harem van de sultan terechtkwamen. Ik heb nog lang nachtmerries gehad over de verhalen die ik hoorde, omdat ik besefte dat de Ottomanen op een dag deze kant op zouden komen.'

'Maar dat is toch niet gebeurd,' zei ik.

'Nog niet. Op dit moment maken ze een enorme opmars door Griekenland, en ik hoef u niet te vertellen hoe gemakkelijk ze van daaruit naar Aragón kunnen oversteken. En welke kant zullen de Moren in Andalusië dan kiezen?'

Ik begreep wat broeder Tomás bedoelde en probeerde hem gerust te stellen.

'Dat zal God nooit toestaan. Hij zal ons beschermen.'

'We moeten zelf ook maatregelen nemen, Hoogheid. God heeft geen medelijden met domoren. We moeten alles op alles zetten om een aanval te voorkomen.'

'Net als Jeanne d'Arc. Zij moest van God de kroonprins van Frankrijk helpen en dat is haar gelukt. En daarna heeft ze een leger aangevoerd en de Engelsen verslagen.'

'Nou, ze heeft ze niet allemaal verslagen, maar ze heeft wel de Franse kroon gered, dat is waar. En op een dag zal ook hier een koning opstaan die de wapens oppakt en de Moren verdrijft. Ik heb lange tijd gedacht dat Enrique die koning was, maar nu is mijn hoop gevestigd op uw jongste broer. En op u.'

'Op mij?'

'Ja, u kunt invloed uitoefenen op prins Alfonso als hij koning wordt.'

'Dat gebeurt niet. Juanita wordt koningin.'

'Ik denk het niet,' zei broeder Tomás. 'Het Castiliaanse volk wil Enrique en zijn onechte dochter niet, het wil Alfonso. De mensen willen een koning die hen beschermt tegen de Ottomanen, en die de Moren in Granada naar hun eigen land terugjaagt. Alfonso kan die koning zijn, en u kunt hem helpen om het ware geloof te beschermen.'

'Jeanne kreeg ook een opdracht van God. Is dat wat u bedoelt met dat iedereen een taak in het leven heeft?'

'Ja,' zei broeder Tomás. 'Dat is precies wat ik bedoel.'

Terug in het alcazar liep ik regelrecht naar de Zaal van de Koningen om naar de beeltenissen van mijn voorouders te kijken. Ik ging ze een voor een langs, prentte me hun namen in en bestudeerde hun gezichten. Bij Alfons VIII, die twee eeuwen geleden koning van Castilië was, bleef ik wat langer staan. Ik keek naar zijn gezicht, naar zijn lange golvende haar, en opeens viel de gelijkenis met mijn broertje me op. En met mezelf. Onze voorvader had hetzelfde roodblonde haar als wij, en zijn priemende blik leek me ergens toe aan te willen sporen. Ik wilde meer over hem weten. Er moesten geschriften over hem bewaard gebleven zijn. Waarschijnlijk lagen ze in de bibliotheek van het alcazar.

Begeleid door een soldaat liep ik ernaartoe. In een kamertje dat de entree tot de bibliotheek vormde zaten een paar klerken te werken. Ze waren al wat ouder en stonden moeizaam op om te buigen toen ze me zagen. Enriques secretaris, Alfonso de Palencia, was een stuk jonger, ik schatte hem eind dertig. Hij kwam met een vriendelijke glimlach naar me toe.

'Waarmee kan ik u helpen, Hoogheid?' vroeg hij.

'Ik zou graag meer willen weten over mijn familiegeschiedenis, en ik vroeg me af of er hier iets over te vinden was,' zei ik.

'Zeker, u bent op de juiste plek. Ik ben niet alleen de eerste klerk van de koning maar ook zijn chroniqueur.'

'Wat is dat?'

'Iemand die alle belangrijke gebeurtenissen uit iemands leven optekent. Koningen en koninginnen worden niet graag vergeten, maar het is ook van belang voor hun nageslacht dat hun daden herinnerd worden. Uit de levensloop van je voorouders kun je belangrijke lessen trekken.'

'Kom ik ook in dat boek voor?'

'Natuurlijk.'

'Mag ik het zien?'

Palencia liep naar zijn schrijftafel, waarop een dik boek opengeslagen lag. Hij bladerde terug en zei: 'Eens kijken, 1451. Ja, hier bent u geboren.'

Hij deed een stapje opzij en ik keek gefascineerd naar de tekst. Het had iets magisch om mijn naam en geboortedag in die sierlijke letters opgetekend te zien. Er stonden nog een paar bijzonderheden bij, zoals de datum waarop ik was gedoopt en het feit dat Alfonso en ik in Arévalo woonden, maar meer niet.

'Gaat u ook opschrijven dat we naar Segovia zijn gekomen?'

'Natuurlijk, ik schrijf alles op. Dat is mijn taak. Komt u maar eens mee.' Palencia ging me voor naar een ruimte waarvan de wanden volledig in beslag werden genomen door kasten. De planken lagen vol rollen perkament en er stonden rijen in leer gebonden boeken. Palencia pakte een boek, legde het op tafel en sloeg het open. De eerste letter van het eerste woord nam met zijn kleurig geschilderde krullen een groot deel van de bladzijde in beslag, maar daarna ging de tekst verder in een keurig, gelijkmatig handschrift.

'Dit is de kroniek van de Visigotische vorsten die vóór de Romeinse tijd over Castilië hebben geregeerd.' Palencia draaide zich om en pakte een ander boek. 'En dit gaat over de vorsten ná de Romeinse tijd, toen de Moren het koninkrijk veroverden. Wat wilde u precies weten?'

'Alles.'

Hij lachte. 'Dan raad ik u aan om bij het begin te beginnen. U zult de boeken alleen wel hier moeten raadplegen. Ze mogen de bibliotheek niet verlaten.'

'O,' zei ik. 'Maar overdag ben ik bij de koningin. Ik wilde ze graag tussendoor lezen.'

'Er staan veel ouderwetse woorden in die misschien wat moeilijk te begrijpen zijn, maar ik heb kopieën gemaakt in hedendaags taalgebruik. Daar mag u er een van meenemen.' Palencia rommelde in de kast en pakte er een wat dunner boek uit. 'Dit is een samenvatting voor het onderwijs van prinsen en prinsessen. Krijgt u geen geschiedenisles?'

'Nee, alleen Engels, Frans en Arabisch. En handvaardigheid. Ik zou die samenvatting heel graag willen lenen.'

'U mag hem hebben.'

Stralend keek ik hem aan. 'Dank u wel!'

'Graag gedaan. Het doet me plezier dat u zo geïnteresseerd bent in geschiedenis.'

'Ik heb ook een boek over Jeanne d'Arc gelezen.'

'Ah, Jeanne d'Arc! Fascinerend verhaal, en een fascinerende vrouw. Maar dat waren uw voorouders ook. Wist u dat Castilië twee keer een koningin op de troon heeft gehad?'

'Koningin Uracca en Berenguela.'

'Inderdaad. Het is nog niet eens zo lang geleden dat zij regeerden. Uracca werd gekroond in het jaar 1109 en Berenguela in 1217.'

Ik vond het behoorlijk lang geleden, maar ik knikte beleefd.

'De geschiedschrijving van uw vader en uw broer staat hier trouwens niet in.' Palencia tikte met zijn vinger op het boek met de samenvatting. 'Die van uw vader is wel af, maar met die van koning Enrique ben ik natuurlijk nog bezig.'

'Mag ik eens terugkomen om in dat boek te lezen?'

'U mag in alle boeken kijken, maar niet in deze twee. Wat ik opschrijf is niet voor ieders ogen bestemd, dat moet ik eerst aan de koning voorleggen.'

Ik knikte, bedankte Palencia en we liepen terug naar het secretariaat. De oude klerken kwamen opnieuw overeind en bleven staan tot ik het vertrek verlaten had.

Vanaf dat moment deed ik niets anders dan lezen, en alles wat ik te weten kwam vertelde ik aan Beatriz. Ze was verbaasd en verheugd over mijn plotselinge interesse in mijn familiegeschiedenis.

'Heel goed,' zei ze. 'Jullie horen die verhalen te kennen. Vooral jij, Alfonso.'

'Waarom? Ik word toch geen koning,' zei Alfonso, met een onverschillige blik op de kroniek.

'Dat weet je maar nooit,' zei Beatriz. 'Juanita is nog klein, en een meisje bovendien. Er is echt wel een kans dat je ooit koning wordt, dus neem een voorbeeld aan je zus en verdiep je in je familiegeschiedenis.'

Ik klopte op de stoel naast me en Alfonso liet zich er met tegenzin op neervallen.

'Ik heb de hele dag al geleerd,' zei hij.

'Maar dit gaat over onze voorouders. Het is heel interessant.'

Omdat Alfonso duidelijk niet van plan was om ook maar een blik op de kroniek te werpen, las ik hem voor over de Moorse legerleider Tariq die in het jaar 711 vanuit Noord-Afrika overstak naar Gibraltar. Zonder al te veel moeite veroverde hij het diepe zuiden van Castilië en hij noemde het al-Andalus.

Daarna veroverde hij ook de rest van het land. Alleen in het hoge noorden hielden de Visigotische vorsten stand door hun krachten te bundelen.

De Moren lieten de joden en christenen rustig in hun midden leven, zonder ze te verplichten zich te bekeren tot de islam. Aan die vreedzame situatie kwam een einde toen een ander Moors volk, de Almohaden, naar Andalusië voer en de macht greep. Het regime dat ze invoerden was zo agressief dat koning Alfons VIII van Castilië zich gedwongen zag om de strijd met hen aan te binden. Bij Las Navas de Tolosa, in Andalusië, behaalde hij in 1212 een geweldige overwinning, wat het einde betekende van de heerschappij van de Almohaden. In de jaren daarna veroverde Alfons' zoon Fernando de steden Sevilla, Córdoba, Jerez en Cádiz en lijfde hij die in bij Castilië. En nu werd alleen het koninkrijk Granada nog bezet door de Moren. Zij noemden het een emiraat, maar het gebied hoorde natuurlijk gewoon bij Castilië.

'En jij bent naar koning Alfons vernoemd,' zei ik tegen mijn broertje. 'Wat vind je daarvan?'

Alfonso haalde zijn schouders op. 'Het maakt mij niet uit.'

Mij maakte het wel wat uit, heel veel zelfs. Hoe meer ik te weten kwam over de verbeten strijd van mijn voorouders tegen de Moren, hoe meer Enriques passiviteit me ergerde. Ik had hem graag willen vragen of hij zich geen zorgen maakte over de opmars van de Ottomanen en over het grote aantal Moren in ons land, maar hij was net vertrokken voor een rondreis door Castilië en León.

Sultan Mehmet was ondertussen bezig met een zegetocht door Hongarije en Roemenië, waar aan het hof druk over werd gesproken.

Ik was bang. 's Nachts lag ik vaak wakker, met Feliz dicht tegen me aan, en als ik sliep droomde ik over Moorse krijgers die met kromzwaarden in hun hand Europa overspoelden. Overdag zocht ik steeds vaker mijn heil in het klooster van broeder Tomás om samen te bidden.

Terwijl de zomerwarmte plaatsmaakte voor wat koeler weer, en mijn wereld zich weer beperkte tot de zalen van het alcazar, moest ik mijn best doen om een gevoel van somberheid niet te laten overheersen. Alle dagen leken op elkaar, en mijn leven kwam me zo zinloos voor dat ik 's morgens met tegenzin opstond.

Half november 1462 keerde Enrique terug naar Segovia, en kort na zijn aankomst in het alcazar liet hij me naar zijn privévertrek komen. Ik had wel een vermoeden waarom: in april zou ik twaalf worden. Waarschijnlijk had Enrique koning Juan van Aragón gesproken en de datum vastgelegd voor mijn huwelijk met Fernando.

Ik had er geen bezwaar tegen om met mijn achterneef te trouwen, ik keek er zelfs naar uit. Het zou een opluchting zijn om het alcazar te verlaten.

Enrique zat op een rijk geborduurd kussen op de grond, met voor hem een dienblad met empanadillas. Hij gebaarde naar het kussen tegenover hem, en ik liet me erop neerzakken.

'Eet wat,' zei Enrique. 'Ze zijn heerlijk.'

Ik nam een deegbroodje, dat een vulling had van warm vlees, rozijnen en pijnboompitten. Enrique keek me verwachtingsvol aan.

'Lekker,' zei ik.

'Veel mensen denken dat de empanadilla een Castiliaanse lekkernij is, maar hij is van oorsprong Moors. Zoals zoveel gerechten. Toen de Moren eeuwen geleden naar Andalusië kwamen brachten ze hun eetgewoonten mee, en daar ben ik ze heel dankbaar voor.' Enrique pakte nog een broodje en nam een hap.

'Niet alleen hun keuken,' zei ik.

'Nee, ook hun medische kennis en hun vermogen om dit soort schitterende dingen te maken.' Enrique wees naar de zoldering, die met ingenieus ingelegd houtsnijwerk en bladgoud versierd was.

'Het is prachtig.'

'Het is meer dan prachtig, het is verbluffend. Dit alcazar is nog niets, je zou dat van Sevilla eens moeten bekijken. Of de moskee in Córdoba. Alleen het paleis van de Moorse sultan schijnt die gebouwen te overtreffen.'

'Het Alhambra.'

'Ja, dat schijnt van een duizelingwekkende pracht te zijn.'

Ik keek mijn broer onderzoekend aan. 'Stoort het je niet dat Granada een Moors koninkrijk is?'

Enrique haalde zijn schouders op. 'Dat is immers al eeuwen het geval. We hebben veel aan de Moren te danken, Isabel, en als we in vrede naast elkaar kunnen leven, waarom zouden we dat dan niet doen?'

'Omdat het óns land is?'

'Dat hebben wij ook maar zelf bedacht. Lang voor de Moren kwamen was dit land van de Romeinen.'

'Ja, en zij noemden het Hispanië. Maar dat maakte het land niet van hen. Want daarna kwamen de Visigoten, en wij stammen van hen af. Daarom hebben wij roodblond haar en een lichte huid.'

Enrique lachte. 'Je weet er veel vanaf. Palencia vertelde me dat je hem hebt opgezocht in de bibliotheek en dat je veel belangstelling had voor de kronieken van onze voorouders.'

'Ja, ik hou van lezen, en vooral over vroeger. Er is zoveel gebeurd! Als ik in het alcazar rondloop stel ik me altijd voor hoe onze voorvaderen hier aten, sliepen en op hun troon zaten. En hoe ze vertrokken om tegen de Moren te gaan vechten. Daarom vond ik het ook zo fijn om hiernaartoe te gaan, want koning Alfonso de Tiende kwam hier heel graag. Zijn voorvaderen hebben nog tegen de Romeinen gevochten.'

Enrique keek me aandachtig aan, terwijl hij op een hap van zijn empanadilla kauwde. 'Maar er zijn ook Romeinen gebleven, de Moren zijn erbij gekomen, en zoals ik het nu zie, zijn we één volk. Allemaal nakomelingen van de volkeren die hier vóór ons leefden.'

'Maar als onze voorvaderen de Moren niet hadden verdreven, zou de sultan dat dan ook zo zien? Of zouden we dan nu zijn slaven zijn?'

'Welnee. De islam is een vredelievende godsdienst die andere religies tolereert. In Granada leven Joden, Moren en christenen zonder problemen naast elkaar, en zo hoort het. Dat is de manier waarop ik wil regeren, vanuit liefde en verdraagzaamheid.' Enrique veegde zijn mond af. 'Maar dat is niet waar ik het met je over wilde hebben. Ik heb goed nieuws. Er is een interessant huwelijksaanzoek voor je gekomen.'

Ik ging wat rechter zitten, in de verwachting dat hij Fernando's naam zou noemen.

'Van koning Edward van Engeland,' zei Enrique.

De glimlach op mijn gezicht verdween. 'Engeland?'

'Ja, Edward van York is tweeëntwintig jaar en net gekroond. Hij is jong en knap, aardig en sportief. De ideale echtgenoot voor jou.'

'Maar ik zou toch met Fernando gaan trouwen?'

Enrique wuifde mijn woorden weg. 'Een verbintenis met

Aragón lijkt me toch niet zo'n goed idee, het wordt Edward van York.'

Hij begon alle voordelen van een huwelijk met Edward op te sommen, maar ik luisterde amper. Paniek nam bezit van me en het kostte me moeite om niet te laten blijken hoe geschrokken ik was.

'Wat is er? Ben je niet blij?' vroeg Enrique verbaasd.

Ik besloot mijn broer niet tegen me in het harnas te jagen met een ondankbare reactie. Als ik rustig bleef, kon ik hem misschien nog op andere gedachten brengen.

'Jawel, ik moet alleen even wennen aan het idee. Ik spreek nog niet zo goed Engels.'

'Dat leer je zo, je bent slim genoeg. Maak je daar maar geen zorgen over.'

'En ik zou niet meer bij mijn moeder op bezoek kunnen.' Ik kon niet voorkomen dat mijn stem trilde.

'Nee, dat wordt moeilijk,' gaf Enrique toe. 'Maar bedenk eens wat je daarvoor terugkrijgt. Je zou koningin van Engeland worden!'

Ik slaagde erin iets van een glimlachje tevoorschijn te toveren. In mijn hoofd raasde het nog steeds, maar ik wist dat het er niet toe deed wat ik van het huwelijksaanzoek vond. Er was mij niets gevraagd, alleen iets medegedeeld.

'Mooi, dat is dan geregeld,' zei Enrique opgewekt. 'Ik zal Edward van York laten weten dat je zijn aanzoek in overweging neemt.'

In een mist van tranen liep ik terug naar mijn kamer, waar Beatriz op me wachtte. Ze stond op toen ik binnenkwam, keek me vragend aan en ik stortte me in haar armen.

6

Vanaf dat moment deed ik niets anders dan bidden. Op mijn knieën smeekte ik God om Enrique van gedachten te laten veranderen en mij met Fernando te laten trouwen.

Misschien kwam het door de intensiteit van mijn gebeden, of wellicht vond God Engeland ook niet zo'n goed idee, want door aanhoudend slecht weer duurden de huwelijksonderhandelingen eindeloos.

Ik kreeg er weinig van mee omdat ik met Juana en haar hofdames voornamelijk in het Palacio San Martín verbleef, dat kleinere ruimtes had die beter te verwarmen waren. Dat er buiten mij om over mijn toekomst was besloten was al erg genoeg, maar dat ik ook niets hoorde over de voortgang van de onderhandelingen maakte de spanning nog groter.

Nu we bijna onafgebroken in het Palacio San Martín zaten, nam Juana haar dochter daar wel mee naartoe, maar ze bemoeide zich nog steeds weinig met haar. Eén keer per dag ging ze even bij Juanita kijken, de rest van de tijd besteedde ze aan feesten en spelletjes doen, en aan flirten met knappe hovelingen die haar het hof maakten.

Al dat lege vermaak vermoeide me. Ik zat liever in een rustig hoekje te lezen, opgelucht dat Juana me mijn eigen gang liet gaan. Er was wel altijd een soldaat die me bewaakte, maar ik kon me vrij bewegen in het palacio. Als ik geen zin meer had om te lezen, ging ik naar de kinderkamer om met Juanita te spelen. Ze was inmiddels tien maanden en heel schattig, met haar donkere krullen en grote bruine ogen. Ik vond het leuk om tijd met haar door te brengen en ik nam Feliz altijd mee. Juanita's blijdschap om mij te zien deed me plezier, en ik was trots dat ze zo'n duidelijke voorkeur voor mij had, al kwam dat waarschijnlijk ook door Feliz. Op een morgen, tijdens het bezoek van haar moeder, stak ze haar armpjes naar mij uit, en ze begon te huilen en stribbelde tegen toen Juana haar bleef vasthouden.

Woedend droeg Juana haar over aan de verzorgster en verliet de kinderkamer.

'Voortaan blijf je daar vandaan,' beet ze me toe in de gang. 'Het is niet jouw taak om voor Juanita te zorgen, jij hebt daar niets te zoeken.'

De winter ging over in het vroege voorjaar, de dagen werden weer langer en de zon hervond de kracht om het koude alcazar te verwarmen. We keerden terug naar Segovia. Intussen was er nog steeds geen zicht op een huwelijk, terwijl ik op 22 april al twaalf zou worden.

Enrique stuurde een bode naar Engeland. Lange tijd hoorden we niets, maar toen kwam het nieuws dat koning Edward onverwacht was getrouwd met zijn minnares, Elizabeth Woodville.

Doña Guiomar was erbij toen de bode het bericht overbracht aan Enrique. Nadat ze mijn broer alleen had gelaten met zijn boosheid en teleurstelling, liep ze naar mij toe om me het nieuws in te fluisteren. Ik kon mijn vreugde niet verborgen houden en vloog haar om de hals.

Maar Enrique had haast om me uit te huwelijken en vond al snel een nieuwe kandidaat: koning Afonso v van Portugal. Hij was Juana's oudste broer, en dus mijn achterneef.

'Afonso heeft je portret gezien en wil je graag ontmoeten,' zei Enrique. 'Het zou een ideale verbintenis zijn, misschien nog wel beter dan met Edward van York. Je bent half Portugees, je spreekt de taal, dat zal het een stuk gemakkelijker voor je maken. Ik heb Afonso gevraagd of je moeder en grootmoeder welkom zijn aan zijn hof en hij schreef dat er voor familie natuurlijk altijd plaats is.'

'Heeft de koning dat gezegd?'

'Ja. Is dat geen goed nieuws?'

Hoewel ik veel liever met Fernando was getrouwd, was ik inderdaad blij met de toezegging dat ik met mijn moeder herenigd zou worden. We zouden met z'n allen aan een luxueus hof wonen, te midden van familie. Ik had weinig keus, en dus stemde ik in met een ontmoeting met mijn achterneef.

Half mei vertrok ik met Juana in een grote reiswagen naar de grens van Castilië voor een ontmoeting met koning Afonso. Beatriz en twee hofdames gingen mee, de wagen bood genoeg plaats, maar Juanita was nog te klein voor de lange tocht en bleef thuis. Feliz mocht ook niet mee, en ik miste hem al toen we de stadspoort uit reden.

Desondanks genoot ik. Het was volop lente en de velden kleurden geel van het koolzaad, dat fel afstak tegen de blauwe lucht. Ik kon er geen genoeg van krijgen om naar buiten te kijken, maar Juana eiste mijn aandacht op door jeugdherinneringen op te halen en haar broer aan te prijzen.

‘Hij is zo knap!’ zei ze. ‘De knapste van al mijn broers.’

‘En de oudste.’

Ze keek me verbaasd aan. ‘Hij is eenendertig, dat is toch niet zo oud? Het had erger gekund. Je zult een geweldige echtgenoot aan hem hebben. Mijn vader stierf toen mijn moeder in verwachting was van mij, en mijn moeder overleed toen ik zes was. Afonso was toen dertien en de beste broer die je je maar kunt wensen. Hij heeft altijd voor mij gezorgd, en pas toen ik vijftien was huwelijkte hij me uit aan Enrique. Ik vond het vreselijk om afscheid van hem te moeten nemen. En niet alleen van hem, ik had ook een sterke band met mijn andere broers en zussen, en met mijn grootmoeder. Zij zorgde voor ons na de dood van onze ouders.’

Ze praatte maar door, verloor zich in jeugdherinneringen en ik luisterde. Ik besefte opeens hoe erg het voor haar moest zijn geweest om het warme nest in Lissabon te verlaten en uitgeleverd te worden aan Enriques onverschilligheid. Net zo erg als het voor *míj* was.

De ontmoeting met Afonso vond plaats in het landhuis van een van zijn edelen, in het plaatsje El Puente de Arzobispo. Van veraf zagen we de vierkante toren met het rode pannendak al boven de cipressen en olijfbomen uitsteken. Een stenen poort met zware houten deur gaf toegang tot het terrein, en we reden een pad op dat omzoomd was door bougainville. De kamerheer van de koning ontving ons en begeleidde ons naar binnen.

Voor Afonso en ik aan elkaar werden voorgesteld, kreeg ik de gelegenheid om me op te frissen en te verkleden. Intussen begroette Juana haar broer. Ik hoorde hun blije uitroepen in de hal en ik glimlachte. Hoewel ik zelf niet veel tijd kon doorbrengen met mijn broertje, was ik blij voor Juana na haar verhaal over haar jeugd. Het was duidelijk dat ze me graag zag trouwen met haar broer, want ze had speciaal voor de gelegenheid een schitterende jurk voor me laten maken. Mijn haar werd kunstig gekapt en er werden zelfs witte bloemetjes in gestoken. Het leek mijn trouwdag wel. Ik voelde me hoogst ongemakkelijk toen ik de ontvangstzaal in liep. Zonlicht viel door het Moorse raamwerk naar binnen en legde patronen op de stenen vloer.

Vanaf zijn zetel bekeek Afonso mijn entree vol belangstelling, Juana stond stralend naast hem. Ik hield mijn blik respectvol op de vloer gericht en maakte een reverence. Toen pas sloeg ik mijn ogen op.

Mijn achterneef was niet onknap, maar hij leek wel vijftig. Hij had een flinke baard en zijn donkere haar was achterovergekamd, zodat de diepe rimpels in zijn voorhoofd niet te missen waren. Hij begroette me met een brede glimlach en stond op.

'Isabel! Wat een genoegen om je te ontmoeten. Je bent nog mooier dan Juana me verteld heeft.' Hij kuste mijn hand en bleef hem vasthouden. 'Heb je een goede reis gehad?'

'Heel goed, Majesteit. Dank u.' Ik neeg mijn hoofd.

'Fijn. Ik wil er alles over horen vanavond, tijdens het banket. En over jou, ik wil je graag leren kennen.' Hij drukte nogmaals een kus op mijn hand.

Ik wisselde voorzichtig een blik met Beatriz.

'Wat vond je van hem?' vroeg ze toen we even later in onze kamer waren.

'Ik weet het niet.'

'Ik ook niet, maar hij was duidelijk verrukt van jou.'

Afonso was inderdaad heel vriendelijk, en als we een gewoon

familiebezoek hadden afgelegd zou ik me wel op mijn gemak hebben gevoeld, maar de gedachte dat hij mijn echtgenoot zou worden, dat we samen in één bed zouden liggen, met alles wat daarbij hoorde, maakte me nerveus.

Die avond tijdens het banket en de volgende dag was ik geen moment met hem alleen, maar Afonso's blik was voortdurend op mij gericht. Elke keer als onze ogen elkaar ontmoetten glimlachte en knipoogde hij op een speciale manier die me een wee gevoel in mijn maag bezorgde.

Bij het afscheid liep hij mee naar buiten, waar het rijtuig al klaarstond, en zei: 'Juana vertelde me dat je heel vroom bent en dat je graag leest. Daarom wil ik je dit graag schenken.'

Hij wenkte twee bedienden, die kwamen aanlopen met een getijdenboek dat zo zwaar was dat ze het voor me moesten blijven vasthouden. Afonso sloeg het boek open, en toen ik de geïllustreerde gebeden zag vergat ik even mijn reserves.

'O, wat prachtig!' riep ik.

In de bibliotheek van het alcazar stonden ook veel mooie boeken, maar zo'n schitterend exemplaar had ik nog nooit gezien. Elke bladzijde was prachtig versierd met kleurrijke vogels en bloemen, en met vergulde hoofdletters.

'Maar Majesteit, dat is veel te veel,' zei ik, een beetje ongemakkelijk.

'Niets is te veel voor jou. Ik zal de wereld aan je voeten leggen als je met me trouwt, Isabel.' Zijn glimlach was verdwenen, hij keek me ernstig aan. 'Ik hoop snel je antwoord te mogen ontvangen.'

'Onze kennismaking was me een groot genoegen, maar ik kan geen beslissing nemen zonder mijn broer te hebben geraadpleegd,' zei ik, dankbaar dat Beatriz me had aangeraden om dat als reactie te geven.

Ik aanvaardde de hand waarmee Afonso me in de wagen hielp, en ik wuifde naar hem toen we vertrokken. Juana installeerde zich naast me; ze wilde weten wat ik van haar broer vond. Ik zei dat ik hoofdpijn had en sloot mijn ogen.

Hoofdpijn had ik niet, maar ik was wel moe en had veel om over na te denken. In de stille schemerwereld achter mijn oogleden probeerde ik me een voorstelling te maken van een leven aan de zijde van Afonso en toen kwam de hoofdpijn alsnog.

Natuurlijk begreep ik heel goed waarom Enrique me graag zag trouwen met Afonso. Ik zou ver weg in het buitenland zitten, waar ik de troonopvolging van Juanita niet in gevaar kon brengen. Als koningin van Portugal zou ik niets te vertellen hebben, want het land had al een troonopvolger, prins João, een zoon uit Afonso's eerste huwelijk. Ik zou veilig opgeborgen zijn.

Maar God had andere plannen met mij. Een paar maanden na de ontmoeting met de koning brak er een grote opstand tegen Enriques regering uit, waardoor de huwelijksonderhandelingen met Afonso moesten worden uitgesteld.

De Castilianen protesteerden tegen nieuwe belastingen die Enrique had ingevoerd om zijn lege staatskas te vullen, en ze waren kwaad omdat hij had gelogen over de afkomst van de kleine Juanita. Ze noemden de prinses spottend 'La Beltraneja'; een verwijzing naar haar echte vader. Maar wat het volk echt woedend maakte was dat Enrique Alfonso en mij in het alcazar gevangenhield. Er werden bevrijdingspogingen gedaan, maar die liepen op niets uit.

Het waren lange, spannende maanden. Mijn moeder en grootmoeder kreeg ik niet meer te zien en ik mocht alleen onder bewaking op het plein wandelen.

Het jaar 1463 liep ten einde zonder dat er veel aan onze situatie veranderde. In heel Castilië gistte en broeide het, in alle steden braken voortdurend rellen uit. De opstand was als een herfststorm die na enige tijd afzwakte en dan weer opstak. Het volk eiste onze vrijlating, wilde een andere, jongere koning die meer oog had voor hun problemen. De winter van 1463 op 1464 was vol van dreiging. Ik had nachtmerries, droomde regelmatig dat Alfonso en ik vermoord werden door edelen die loyaal waren aan Enrique. De ene keer werden we vergiftigd, de andere keer over de muren van het alcazar gegooid. Maar er gebeurde niets van dat alles, en met de komst van het voorjaar en het lengen van de dagen werd ik wat rustiger.

Het werd zomer, en op een warme ochtend kwam Juan Pacheco onze vertrekken binnen met de boodschap dat Alfonso onmiddellijk mee moest komen. Hij wilde niet zeggen waarom, maar Beatriz ging voor Alfonso staan en weigerde hem mee te geven als ze geen tekst en uitleg kreeg. Ik was blij dat Beatriz zich niet liet overrompelen, al had Pacheco haar toestemming natuurlijk helemaal niet nodig. Desondanks gaf hij een korte verklaring.

'Er vindt vandaag een ontmoeting plaats tussen de koning en de opstandelingen, waarbij de aanwezigheid van de prins vereist is,' zei hij.

'Waarom?' vroeg Beatriz wantrouwig. 'Dat is toch iets tussen de koning en de rebellen?'

'Prins Alfonso is het symbool van de opstand, zijn aanwezigheid geeft extra betekenis aan de afspraken die worden gemaakt.' Pacheco stak zijn hand uit naar Alfonso. 'We hebben het hier over gehad. Gaat u mee?'

Beatriz hield mijn broertje tegen. 'Welke afspraken? En waar vindt die ontmoeting plaats?'

'De exacte plaats is geheim, en...'

'Ik ga trouwen. Met Juanita,' zei Alfonso.

Er viel een stilte waarin Beatriz en ik hem stomverbaasd aankeken. Hij had het heel rustig gezegd, alsof hij er al langere tijd van op de hoogte was.

Pacheco kuchte achter zijn hand. 'De rebellen zijn bereid om de opstand te staken als prins Alfonso tot troonopvolger wordt benoemd. Koning Enrique heeft daarmee ingestemd, maar onder de voorwaarde dat zijn dochter met prins Alfonso trouwt. Op die manier zal prinses Juanita toch koningin worden.'

Ik kon mijn oren niet geloven, en ook Beatriz moest het nieuws even verwerken.

'Heb je daarmee ingestemd?' vroeg ze aan Alfonso.

Hij stond er een beetje schutterig bij, wist zich met zijn houding niet goed raad.

'Als er daardoor vrede komt...' zei hij. 'Het zal natuurlijk nog jaren duren voor we gaan trouwen. Juanita is pas twee. En na Enriques dood zal ik koning zijn, dus ja, ik ben het ermee eens. Vanmiddag worden de details van de overeenkomst besproken en als het goed gaat, benoemt Enrique me dan meteen tot troonopvolger.'

'Waarom heb je niets gezegd?' vroeg ik verbijsterd. 'We vertellen elkaar altijd alles.'

'Het was geheim. Ik heb het zelf gisterochtend pas gehoord.'

Dat Alfonso mij niet in vertrouwen had genomen deed pijn, maar ik besloot om blij voor hem te zijn. Mijn broertje zou op een dag koning worden, dat was goed nieuws.

'Hoe staat het met de afspraken over prinses Isabel?' vroeg Beatriz.

Daar had ik nog niet eens aan gedacht. Het werd me steeds

duidelijker dat trouwen de enige manier was om hier vandaan te komen, maar op de keus van mijn toekomstige echtgenoot had ik geen enkele invloed. Bezorgd en hoopvol tegelijk keek ik Pacheco aan.

'Dat weet ik niet, daar heeft de koning nog niet over beslist.' Pacheco wenkte Alfonso. 'We moeten gaan, Hoogheid.'

Gehoorzaam liep Alfonso naar Pacheco toe. Daarbij passeerde hij mij, en ik pakte zijn arm vast. Hij keek me aan, maar ik wist eigenlijk niet goed wat ik wilde zeggen en ik liet hem weer los.

'Het komt wel goed, Isa. We zien elkaar snel weer.' Alfonso gaf me een kus op de wang en volgde Pacheco de gang in. Hij keek nog één keer om, glimlachte naar me en toen waren ze weg.

De kalmte waarmee Alfonso met Pacheco was vertrokken verbijsterde me. Ik was dagenlang van slag omdat hij blijkbaar wist dat hij weg zou gaan en hij dat niet met mij had gedeeld. Beatriz vermoedde dat Alfonso onder druk was gezet om te zwijgen, maar dat verzachtte de pijn niet. Mijn broertje en ik waren altijd zo hecht, hij had toch wel íéts kunnen laten doorschemeren?

Enrique hield woord en benoemde Alfonso tijdens een eenvoudige plechtigheid op een eeuwenoude ceremoniële plek bij Toros de Guisando tot zijn erfgenaam, op voorwaarde dat hij met Juanita zou trouwen. Alfonso stemde in, de rebellen stemden in en vervolgens nam Pacheco mijn broertje mee. Niet terug naar Segovia, maar naar Ávila, het bolwerk van de opstand. Daar maakte Pacheco bekend dat hij de kant van de rebellen koos en hij eiste dat Enrique onmiddellijk zijn troon opgaf ten gunste van Alfonso. Ook Enriques chroniqueur Palencia en graaf De Quintanilla verlieten Segovia om zich bij de opstand aan te sluiten.

Enrique was razend door hun verraad. Hij riep mij bij zich en in de beslotenheid van zijn kamer ondervroeg hij me eindeloos. Had ik geweten van hun plan om over te lopen?

'Nee, echt niet! Ik zweer het!' zei ik. 'Alfonso heeft me er niets over verteld.'

Enrique gaf me het voordeel van de twijfel, maar onze goede verstandhouding leek voorbij.

In korte tijd was ik twee broers kwijtgeraakt. Als Beatriz er niet was geweest, zou ik niet geweten hebben hoe ik de dagen door moest komen, zo verdrietig was ik.

Zelfs nu zijn troon in gevaar was kon Enrique geen beslissing nemen. Het ene moment overwoog hij om de rebellen tegemoet te komen, het andere moment eiste hij hun hoofden. Hij trok wel Alfonso's benoeming tot troonopvolger in, maar dat had alleen maar tot gevolg dat nog meer geestelijken zich bij de opstand aansloten, zoals aartsbisschop Carrillo van Acuña, de oom van Juan Pacheco.

Mijn dertiende geboortedag ging in eenzaamheid voorbij, en over een huwelijk met koning Afonso werd niet meer gesproken. In de lange, eentonige maanden zocht ik steun bij mijn geloof. Mijn bezoekjes aan het klooster van broeder Tomás waren stopgezet, maar het was hem wel toegestaan mij te bezoeken. We spraken veel over mijn situatie, over Alfonso en de toestand van het koninkrijk. De impasse tussen de koningsgezinden en de opstandelingen duurde voort, met Enrique in Segovia en Alfonso met zijn getrouwen in Ávila, beiden druk bezig de nog weifelende steden aan hun kant te krijgen.

Beatriz en ik borduurden en deden spelletjes. Vooral met

schaken vermaakten we ons hele middagen. Ik speelde met Feliz, en ik las. Gelukkig waren er boeken genoeg in het alcazar om mijn leeshonger te stillen, want een heel jaar verstreek op die manier. Beatriz legde mijn jurken uit omdat ik geen nieuwe meer kreeg van Juana, terwijl mijn lichaam snel veranderde. Ongemerkt was ik even lang geworden als Beatriz, mijn maandstonden begonnen en mijn boezem liet zich ook door het dikste fluweel niet meer verhullen.

Twee maanden na mijn veertiende geboortedag bereikte ons nieuws dat het alcazar op zijn grondvesten deed schudden. Overal in de gangen, kamers en zalen stonden groepjes hovelingen vol ongeloof te praten, maar de berichten waren zo gedetailleerd dat ze wel waar moesten zijn.

'De opstandelingen hebben buiten de muren van Ávila een groot podium gebouwd,' hoorde ik graaf De Quintanilla vertellen. 'Ze hebben er een levensgrote pop met een hermelijnen mantel en een kroon op een troon gezet, en er een houten zwaard en de scepter bij gelegd. Heel Ávila schijnt te zijn uitgelopen om te zien wat er ging gebeuren. Toen het veld vol mensen stond, kwamen aartsbisschop Carrillo en Juan Pacheco met prins Alfonso aanlopen. De aartsbisschop hield een korte dienst en nam de pop de kroon af. Een van de edelen haalde de scepter weg, en een ander sloeg de pop van de troon en vertrapte hem op het podium. Het moet een ongelooflijk schouwspel zijn geweest. De mensen wisten niet wat ze zagen!'

'En toen?' vroeg Doña Guiomar verbijsterd.

'De aartsbisschop leidde prins Alfonso naar de troon, zegende hem en plaatste de kroon op zijn hoofd. Daarna wendde hij zich tot de menigte en riep: "Lang leve Alfonso, de nieuwe koning van Castilië en León!"'

De hovelingen die zich om graaf De Quintanilla hadden

verzameld keken elkaar onthutst aan.

'De prins is tot koning gekroond? Maar dat is blasfemie! Enrique is onze koning!' zei iemand.

Opeens praatte iedereen door elkaar, tot Beltrán de la Cueva achterdochtig vroeg: 'Hoe weet u dat allemaal zo goed, Don De Quintanilla?'

De graaf beantwoordde zijn blik rustig. 'Iedereen buiten het alcazar weet dit. Het hele land praat erover. Misschien kloppen niet alle details, maar koning Enrique ís symbolisch onttroond, en de prins ís tot koning van Castilië en León gekroond. Dat zijn feiten.'

Ik had sprakeloos staan luisteren en maakte me op Beatriz' teken onopvallend los van het groepje rond de graaf. We liepen samen onder de booggalerij door tot we zeker wisten dat we alleen waren. Toen stonden we stil en keken elkaar aan.

'Ik kan het niet geloven,' zei ik. 'Alfonso kóning?'

'Je hebt nu twee broers die zich koning noemen. Daar komen problemen van.' Beatriz' gezicht stond zo zorgelijk dat de angst me om het hart sloeg.

'Ik heb het gevoel dat iedereen naar me kijkt,' fluisterde ik.

'Dat doen ze ook,' zei Beatriz. 'Er kan er maar één echt de koning zijn, en als Alfonso dat wordt, ben jij tweede in de lijn van troonopvolging. Kijk goed uit, Isabel, want vanaf nu heb je pas echt vijanden.'

7

De kans dat mijn broertje iets overkwam was levensgroot, en ik bad elke dag voor zijn veiligheid. Beatriz was bezorgder over die van mij en liet me geen moment meer alleen. Ik wist dat ze een mes aan haar gordel droeg, verborgen in een plooi van haar jurk.

Juana sprak amper tegen me en verdroeg me alleen in haar buurt omdat ze me in de gaten wilde houden. Opeens kregen Enrique en zij weer haast om mij uit te huwelijken. Mijn broer zocht contact met vorsten in het buitenland en stelde een huwelijk met mij voor in ruil voor steun.

Ik besprak mijn zorgen met broeder Tomás in het biechthokje van de kapel in het alcazar, de enige plek waar we ongestoord vertrouwelijkheden konden uitwisselen.

'Weet je nog hoe wanhopig je was toen je als tienjarige hier kwam, en hoe oneerlijk je het vond dat Hij je van je moeder scheidde?' zei hij. 'Ik vertelde je toen dat alles wat ons overkomt een bedoeling heeft, en dat die vanzelf duidelijk wordt.'

'Denkt u dat het Gods wil was dat Alfonso koning werd?'

'Daar ben ik van overtuigd. Maar Alfonso is nog jong, hij zal jouw hulp hard nodig hebben. Je bent intelligent en leergierig, je kunt veel voor hem betekenen. Samen kunnen jullie van Castilië weer een krachtig koninkrijk maken en de strijd met de Moren aangaan.'

Hij keek me dwingend aan, maar ik was met mijn hoofd meer bij de problemen van dat moment.

'Enrique heeft gezegd dat Alfonso's kroning heiligschennis is,' zei ik. 'Heeft hij gelijk? Enrique is een gezalfde koning, aangesteld door God zelf. Hij kan toch niet zomaar afgezet worden?'

'In principe niet,' zei broeder Tomás. 'Niet door mensen in ieder geval, maar als de Heer hem zijn koningschap niet waardig vindt, dan kan Hij hem ten val brengen. Dat lijkt nu te gebeuren. Een koning die een andere religie omarmt en die zich wil laten opvolgen door een onwettige dochter dient God en zijn land niet.'

'Als hij de kans krijgt zal Alfonso zijn land goed dienen,' zei ik.

'Daar ben ik van overtuigd,' zei broeder Tomás met een glimlach. 'En hij zal worden bijgestaan door zijn zuster.'

Zoals altijd voelde ik me na mijn gesprek met broeder Tomás een stuk beter. Als Alfonso's kroning Gods wil was, dan verliep alles volgens een plan waar ik geen invloed op had. Ik moest erop vertrouwen dat het goed kwam. Vanaf dat moment ontstond er een rust in me die Juana meteen opviel.

'Waarom loop je zo te glimlachen?' vroeg ze.

'Ik verheug me op het banket van vanavond,' zei ik.

Ze keek me wantrouwig aan, en terecht, want als ik ergens een hekel aan had dan was het wel aan die urenlange eetfestijnen. Tussendoor kon er worden gedanst, maar ook dat was niet aan mij besteed, want er was niemand met wie ik wilde dansen.

Verrassend genoeg had Beatriz wél zin in het banket. Ze was al een tijd in een opvallend goed humeur, en die avond ontdekte ik waarom.

Tijdens de maaltijd zag ik haar voortdurend blikken wisselen met een aantrekkelijke man met blauwe ogen en lichtbruin haar. Het was Andrés Cabrera, gouverneur van Segovia en een van Enriques vertrouwelingen. Andrés was een edelman van Joodse afkomst die zich tot het christendom had bekeerd, een zogenaamde *converso*. Als schatmeester en hoofd van Enriques huishouding had hij de leiding over de alcazars van Madrid en Segovia.

Na het eten danste Andrés voortdurend met Beatriz, en opeens werd me iets duidelijk wat me blijkbaar lange tijd was ontgaan.

'Don Cabrera? Hoelang speelt dit al?' vroeg ik toen ze met een kleur op haar gezicht naast me kwam zitten.

'Een paar weken. Ik heb niets gezegd omdat ik niet wist of hij het serieus meende, maar dat is dus wel zo.'

Ik gaf een kneepje in haar arm. 'Wat leuk voor je! En nu? Wat zijn jullie plannen?'

'We maken geen plannen, daar is het nog te vroeg voor. Voorlopig vind ik het genoeg om met hem te dansen en te wandelen.'

Ik gunde Beatriz haar geluk en knikte haar hartelijk toe, maar eigenlijk was ik helemaal niet zo blij. Beatriz zorgde al zo lang voor me dat ik me geen leven zonder haar kon voorstellen. Natuurlijk wist ik dat ze op een dag zou trouwen, en dat dat ook hoog tijd werd. Ze was zesentwintig, slim en beeldschoon. Aan belangstelling van mannen had ze geen gebrek, maar die interesse had eerder nooit wederzijds geleken.

Mijn blik gleed naar Andrés, die net in mijn richting keek

en naar me glimlachte. Met enige moeite glimlachte ik terug.

'Maak je geen zorgen, lieverd,' zei Beatriz. 'Ik blijf bij je zolang je me nodig hebt. Andrés heeft me verzekerd dat hij over onze veiligheid zal waken en ons op de hoogte zal houden van wat de koning met jou van plan is. Of hij ooit mijn echtgenoot wordt weet ik nog niet, maar is hij voor nu geen geweldige bondgenoot?'

Het was niet de eerste keer dat ik Beatriz had onderschat, maar wel de laatste.

Andrés bleek lang niet meer zo loyaal aan Enrique te zijn als hij was geweest. Hij voelde genegenheid voor Enrique maar had ook begrip voor de opstandelingen. Hij had er grote moeite mee dat mijn broer mij vasthield in het alcazar, en hij stelde Beatriz op de hoogte van de huwelijkskandidaten die voor mij werden benaderd. Maar blijkbaar liepen die plannen steeds op niets uit, want ik hoorde er vervolgens nooit meer iets over.

De zomer van 1465 was zinderend heet. 's Morgens werden er doeken gehangen voor de vensters van de grote zaal en gingen de luiken en gordijnen dicht, 's middags, als de zon de andere kant van het kasteel met volle kracht trof, werd ook daar alles verduisterd. De rozenstruiken in de tuin konden de droogte niet aan en lieten hun rode en witte blaadjes vallen. Op het heetst van de dag blakerde het plein in de hitte en pas aan het einde van de middag kon er in de schaduw van de bomen weer wat gewandeld worden.

Via broeder Tomás en Andrés bereikte me af en toe nieuws over Alfonso. Hij verbleef nog steeds in het hooggelegen, stevig omwalde Ávila. Er hadden zich veel belangrijke steden aan zijn zijde geschaard, maar evenveel plaatsen waren Enrique trouw gebleven. De opstand zat in een impasse, het land werd niet meer geregeerd en in de steden heerste chaos. Misdadigers konden ongestraft hun gang gaan, niemand greep in.

Intussen duurde mijn gevangenschap maar voort. Ik miste mijn moeder en grootmoeder. Ik miste Alfonso. Hoe ging het met hem? Was hij gelukkig, als koning van elf jaar, omringd door volwassenen die allemaal op hun eigen voordeel uit waren? En waarom ondernamen ze geen actie tegen Enrique? Ik vermoedde dat Alfonso's raadsheren wilden wachten tot 17 november, de dag waarop Alfonso twaalf werd en oud genoeg was om te regeren.

De zomer vergleed, het werd oktober en toen november, en ik wachtte in spanning de geboortedag van mijn broertje af. De zeventiende november verstreek zonder dat er iets gebeurde, en ook in de weken daarna bleef het rustig. Ik begreep er niets van. Waar wachtte Alfonso op? Ik had gehoopt, nee, erop gerekend dat hij mij zou komen bevrijden, maar in de winter hoefde ik niet op een aanval te rekenen. Als er iets gebeurde, zou dat op zijn vroegst in de lente zijn. En dus vestigde ik al mijn hoop op het voorjaar.

Het was dat zinloos verglijden van de tijd en van mijn jeugd dat me tot wanhoop dreef. Zo langzamerhand wist ik niet eens meer wat vrijheid was, en het viel me zwaar om vertrouwen te blijven houden.

Het voorjaar kwam, ik werd vijftien en ik wilde zo graag weg dat het me zelfs speet dat mijn huwelijk met mijn achterneef, koning Afonso, niet was doorgegaan. Niet dat ik me op die verbintenis had verheugd, maar dan was ik in ieder geval herenigd met mijn moeder.

Op een stralende dag in mei zat ik op een bankje op het plein met Beatriz te praten over de toekomst.

'Ik begrijp niet waarom ik niets meer hoor over huwelijksplannen voor mij,' zei ik. 'Eerst moet ik met alle geweld trouwen en dan wordt het opeens stil.'

'Omdat het nog steeds onrustig is in Castilië. Waarschijnlijk wachten de kandidaten even af.'

'En Fernando dan? Ik zou toch met hem gaan trouwen?'

'Zijn vader is in oorlog met Frankrijk, dus ik denk dat ze wat anders aan hun hoofd hebben,' zei Beatriz. 'De gebieden Roussillon en Cerdagne zijn ooit veroverd door een voorvader van koning Juan, en nu willen de Fransen ze terug. Ik heb gehoord dat koning Juan en Fernando naar Perpignan zijn gegaan om de stad te verdedigen.'

Een dienaar kwam aanlopen. Hij boog en zei: 'De koning wil u spreken, Hoogheid.'

Beatriz en ik keken elkaar aan. We kwamen allebei overeind, maar de dienaar zei: 'Alleen de prinses, Doña.'

'Ik loop met de prinses mee en wacht in de gang,' zei Beatriz.

De dienaar haalde zijn schouders op en begeleidde me naar Enriques deel van het alcazar. Voor ik mijn broers kamer in ging, knikte Beatriz me bemoedigend toe.

Enrique stond bij het openstaande venster. Een briesje waaide naar binnen en nam de geur van seringen mee. Ergens op het dak koerden duiven, een lieflijk geluid dat een belofte leek in te houden voor wat komen ging.

Ooit torende Enrique boven me uit, maar ik was flink gegroeid en ook al was hij nog steeds een stuk groter, ik hoefde niet meer zo naar hem op te kijken. Ik maakte een reverence en keek hem afwachtend aan.

'Ik heb groot nieuws,' zei mijn broer met een glimlach. Hij nodigde me niet uit om te gaan zitten en dus bleef ik staan en wachtte gespannen af.

'Juan Pacheco is bereid de kant van de opstandelingen te

verlaten en weer in mijn dienst terug te keren.'

Dat was niet het nieuws dat ik verwacht had, en ik zag ook niet in wat het met mij te maken had, maar een schok was het wel.

'Terúgkeren? Nadat hij je zo verraden heeft?'

'Ik kon het ook nauwelijks geloven. Hij schreef dat hij spijt heeft, dat hij in het belang van Castilië dacht te handelen, maar dat hij daar nu niet meer zo zeker van is.'

Het zou van weinig respect getuigen als ik mijn broer vroeg of hij echt zo dom was om dat te geloven, maar de gedachte stond blijkbaar op mijn gezicht te lezen.

'Mensen kunnen tot inkeer komen, Isabel,' zei Enrique. 'Luister, ik moet Juan wel een kans geven. Ik heb geen andere keus. Als leider van de opstand heeft hij ontzettend veel invloed, en als hij terugkeert naar mijn kant zullen veel edelen volgen.'

'Maar waarom heeft Don Pacheco spijt? Hij heeft Alfonso tot koning laten kronen, hij kan via hem regeren. Ik begrijp niet wat hij ermee opschiet als hij terugkeert naar het hof.'

'Het zal er wel mee te maken hebben dat Alfonso twaalf is geworden en dat hij nu zelfstandig beslissingen mag nemen. Hij kan Juan dus ook buitenspel zetten. Wie weet is dat al gebeurd. Of Juan beseft dat ik toch de aangewezen persoon ben om de problemen in Castilië op te lossen.'

Die eerste mogelijkheid leek me de meest waarschijnlijke, maar ik hield mijn gedachten voor mezelf. Het was voor het eerst sinds lange tijd dat ik een gesprek voerde met mijn broer en ik wilde onze verstandhouding niet bederven.

'Dus je bent van plan om Don Pacheco te vergeven?' vroeg ik.

'Zoals ik al zei, ik heb geen keus. Ik kan me niet veroorloven deze handreiking te negeren.'

'Ik begrijp het.'

Enrique keek langs me heen en haalde een hand door zijn rode haar. Hij leek slecht op zijn gemak, en ik was meteen op mijn hoede. Dit gesprek was nog niet afgelopen, het was slechts een inleiding geweest.

'Juan heeft wel een paar voorwaarden gesteld bij zijn terugkeer,' zei Enrique.

Een verrader die niet om genade smeekte maar voorwaarden stelde? Het werd steeds gekker. En wat had dat met mij te maken? Een strakke band leek zich om mijn borst te spannen.

'Wat voor voorwaarden?' vroeg ik, toen Enrique niets meer zei.

'Hij heeft geëist dat ik jou met zijn broer, Pedro Girón, laat trouwen.'

'Wat?' bracht ik met dunne stem uit.

Ik had Pedro Girón nooit ontmoet, en door de verhalen die over hem de ronde deden had ik daar ook geen enkele behoefte aan. Hij was de veertig gepasseerd en had een slechte reputatie. Vóór Alfonso en ik naar Segovia kwamen was hij, samen met Juan, een van de belangrijkste mannen aan Enriques hof geweest, tot Beltrán in de gunst kwam.

Pedro Girón was meester van de militaire religieuze Orde van Calatrava en stond bekend om zijn gewelddadige aard. En met die man wilde mijn broer me laten trouwen.

'Enrique, alsjeblieft! Dit kun je me niet aandoen!'

'Het spijt me, maar als ik mijn troon wil behouden moet ik wel. Het was een harde voorwaarde, er valt niet over te onderhandelen.'

'Natuurlijk wel! Je kunt Pacheco's voorstel afwijzen en de strijd voortzetten. Dat zou ík doen. Ik zou geen verraders omarmen, ik zou ze laten onthoofden!'

'Nee, ik wil rust en vrede voor dit land. Wat voor ceremoniën ze ook hebben uitgevoerd met Alfonso, ík ben de koning en het is mijn plicht om voor vrede in dit koninkrijk te zorgen. En dat is jouw plicht, als prinses van Castilië, net zo goed. Daarom heb ik Juans voorstel geaccepteerd.'

Ik kreeg te weinig lucht en mijn benen trilden zo hevig dat ik me amper staande kon houden.

'Ik trouw niet met die man. Ik weiger,' zei ik hees.

Aanvankelijk had er nog enig mededogen in Enriques blik gelegen, maar mijn laatste woorden deden zijn gezicht verharden.

'Denk je dat ík het prettig vind om die verrader tegemoet te komen?' barstte hij los. 'Dat ík het leuk vind om mijn enige zuster te laten trouwen met de broer van iemand die ik het liefst ter dood zou brengen? Ik kan niet anders! Wij hebben koninklijk bloed in onze aderen en dat schept verplichtingen. Jij gaat, net als ik, aan die verplichtingen voldoen: je trouwt met Pedro Girón.'

Uit alle macht zocht ik naar een argument dat een huwelijk onmogelijk maakte, en opeens herinnerde ik me iets.

'Pedro Girón is meester van de Orde van Calatrava. Dat is een religieuze orde. Hij is gebonden aan een eed van kuisheid en hij heeft gezworen dat hij niet zal trouwen.'

'Dat klopt, en daarom heb ik de paus geschreven en beloofd de Moren uit Granada te verdrijven in ruil voor dispensatie. Die heeft hij gegeven. Ik heb het document hier liggen.' Enrique draaide zich om en pakte een stuk perkament. Hij stak het me toe, maar ik pakte het niet aan. Ongetwijfeld stond erin wat Enrique zei.

Als het zin had gehad om op mijn knieën te vallen en te smeken dan had ik dat gedaan, maar ik wist wel beter. Ik had altijd gehoopt dat mijn halfbroer op me gesteld was, misschien zelfs van me hield. Nu wist ik dat hij me alleen naar Segovia had gehaald om me ooit te kunnen gebruiken, als een belangrijk schaakstuk dat je pas inzet als er geen andere uitweg meer is.

Alles viel op zijn plaats. De lijdzaamheid waarmee Juan Pacheco had geaccepteerd dat Beltrán hem had verdrongen als favoriet van de koning, de voortvarendheid waarmee hij Alfonso onder zijn hoede had genomen en ten slotte de ontvoering. Pacheco en Girón moesten dit plan samen hebben uitgedacht en in alle rust hebben uitgevoerd. Een huwelijk tussen mij en Pedro Girón zou de familie Pacheco in de directe lijn van troonopvolging plaatsen, hen misschien zelfs wel aan de macht brengen als Alfonso kwam te overlijden en ik hem opvolgde.

De eerste uren na mijn gesprek met Enrique was ik radeloos en kon ik alleen maar huilen. Feliz gaf me kopjes en ik drukte hem tegen me aan. Ook Beatriz probeerde me te troosten, maar ze slaagde er evenmin in om me tot bedaren te brengen, en uiteindelijk pakte ze me beet en keek me indringend aan.

'Wees maar niet bang, jij trouwt niet met die vreselijke man,' zei ze op besliste toon. 'Ik vermoord hem. Echt, Isabel, ik vermoord hem zodra hij arriveert.'

Door de kalmte waarmee ze die woorden uitsprak wist ik dat ze het meende.

Ik schudde mijn hoofd. 'Niet doen. Ze zullen je terechtstellen en dan ben ik jou ook nog kwijt. Kan Andrés mijn broer niet op andere gedachten brengen?'

'Zoveel invloed heeft Andrés ook weer niet, vrees ik.'

Ik sloeg mijn handen voor mijn gezicht en begon weer te huilen.

Ook broeder Tomás was vervuld van afschuw bij het idee dat ik met Girón zou trouwen, en hij bedacht een plan om me uit het alcazar te krijgen. Hij zou langskomen met een novice, met wie ik van kleding moest wisselen zodat we langs de wachters konden glippen. Het was een onzinnig idee, want ik werd streng bewaakt. We zouden nog niet eens het einde van de gang halen en broeder Tomás zou worden onthoofd.

'Nee,' zei ik terwijl ik opstond. 'Er is er maar één die iets voor me kan doen.'

Ik klopte op de deur en liet de wachters weten dat ik naar de kapel van het alcazar wilde. Ze begeleidden me ernaartoe en hervatten hun wacht bij de ingang.

Langzaam liep ik de ruimte met helderwitte muren binnen. Zonlicht viel door het gebrandschilderde glas in de vensters en verspreidde zich als een goddelijke zegen over het altaar. Ik knielde neer op de plavuizen en begon te bidden zoals ik nog nooit had gedaan.

Ik smeekte God om me te sparen voor het afschuwelijke lot dat voor me lag. Ik probeerde te onderhandelen, bezwoer dat ik alles zou doen om Castilië te zuiveren van de vijanden van het christendom.

Ik had gevraagd om een teken dat Hij naar me luisterde, maar het enige wat er gebeurde was dat we naar Madrid afreisden om de afstand voor Girón te verkorten.

Onderweg kon ik alleen maar huilen of naar buiten staren, doodmoe van het piekeren. Ik overwoog te ontsnappen, maar ik had geen idee waar ik naartoe moest, en sowieso zou ik niet ver komen.

In het alcazar van Madrid waren de voorbereidingen voor de bruiloft al in volle gang. Overal waren decoraties van bloemen opgehangen, in de keuken stonden de koks gebogen over een enorme suikertaart en een groep naaisters was bezig om mijn trouwjapon, bestikt met parels, in elkaar te zetten.

Terwijl Pedro Girón met een leger van drieduizend lansiers op weg was naar Madrid, bleef ik God smeken en beloftes doen. Pas toen ik flauwviel van vermoeidheid werd ik, tegen mijn wil, naar mijn kamer gebracht, maar zodra ik me wat beter voelde hervatte ik mijn gebeden. Ik kon niet geloven dat dit huwelijk deel uitmaakte van Gods plannen, en ik smeekte Hem om ze aan te passen.

Op de dag dat Girón in Madrid zou aankomen verscheen er niemand. Pas de volgende dag arriveerde er een met stof overdekte bode, met het bericht dat de bruidegom onderweg ziek was geworden. Hij had koorts en keelpijn gekregen en was in Jaén gebleven om te herstellen, maar hij was alleen maar zieker geworden. Volgens de arts die snel gehaald werd leed hij aan een ontsteking van zijn amandelen, die uitgroeide tot een abces. In de loop van de dag werd het gezwel zo groot dat Girón bijna geen adem meer kreeg. Er waren nog een paar artsen bij geroepen, en een van hen had geprobeerd het abces weg te snijden, maar was daar niet in geslaagd. Na een lange doodsstrijd was mijn aanstaande echtgenoot twee dagen voor ons huwelijk gestikt.

8

Verdwenen was mijn twijfel over Gods bedoelingen met mij. Ik wist nu zeker dat Hij aan mijn kant stond. Pedro Giróns plotselinge dood was niet minder dan een wonder.

Ook Enrique en Juana leken dat te beseffen, want Juana ging een stuk voorzichtiger met me om en Enrique maakte geen huwelijksplannen meer voor mij. Iedereen in het alcazar wist hoe vurig ik had gebeden om een wonder, en er werd met een zeker ontzag naar me gekeken.

We keerden terug naar Segovia. God maakte weinig haast om iets aan mijn situatie te veranderen, maar ik klaagde niet. Integendeel, ik dankte Hem elke dag en hoopte dat Hij Fernando voor mij in gedachten had.

In september van dat jaar trouwde Beatriz met Andrés. Ik gunde mijn vriendin haar geluk, al was ik even bang dat ze me zou verlaten. Gelukkig was daar geen sprake van. Andrés bezat een huis in Segovia, maar samen met Beatriz betrok hij een paar kamers in het alcazar, zodat zij mij kon blijven dienen. Ook toen ze in verwachting raakte bleef ze aan mijn zijde.

De herfst kondigde zich aan, met dagen die steeds wat korter, en gelukkig ook wat koeler, werden. Eind oktober stond ik op met een vervelend, onrustig gevoel. Het was een winderige dag met laaghangende bewolking die haar lading niet loste maar dreigend boven het alcazar bleef hangen. Zelfs in de zaal waar door de hoge boogvensters altijd veel licht naar binnen viel was het schemerig.

Enrique en Juana hielden in de aangrenzende troonzaal audiëntie voor edelen en burgers die hun verzoeken kwamen doen, maar die werd onderbroken door een kamerheer die mijn broer iets in het oor fluisterde. Enriques ogen gleden naar mij, en ik wist dat hij slecht nieuws had gekregen. Nieuws dat mij aanging. Ik zette me schrap.

De eerste aan wie ik dacht was Alfonso, en toen aan mijn moeder, maar het bericht ging over grootmoeder. Ze was de dag ervoor, op 26 oktober, in haar slaap overleden, vierenzestig jaar oud.

Gezien haar leeftijd had ik er rekening mee gehouden dat ze op een dag zou overlijden, en ik had gedacht dat ik dan zou schreeuwen of in tranen zou uitbarsten. Dat deed ik niet, ik huilde dagenlang stilletjes.

Juana was opvallend aardig en ook Enrique deed een poging om me te troosten, maar dat betekende weinig voor me. Ze hadden me beter toestemming kunnen geven om de begrafenis bij te wonen, maar die kreeg ik niet. Mijn enige troost was dat Alfonso die vrijheid wel had.

Juan Pacheco was diep getroffen door de dood van zijn broer, maar ongetwijfeld ook ontsteld omdat zijn plannetjes niet doorgingen. Zijn wroeging over zijn ontrouw aan Enrique was opeens verdwenen, en tot mijn stomme verbazing keerde hij terug naar het kamp van Alfonso. Ik sprak erover met broeder Tomás.

'Waarom neemt Alfonso hem terug? Hoe kan hij Pacheco nog vertrouwen?' vroeg ik.

'Ik denk dat Pacheco hem heeft gelijmd met mooie praatjes,' zei broeder Tomás. 'En ik denk ook dat Alfonso's raadslieden hem liever in de buurt hebben zodat ze hem in de gaten kunnen houden. Ik maak me zorgen, Hoogheid. Wat Castilië nodig heeft is eenheid, en een koning die het land kan beschermen. Met alle respect, maar uw broers zijn daar geen van beiden toe in staat. Enrique is te zwak en Alfonso is te jong, en beiden zijn ze omringd door slechte adviseurs. En intussen jaagt het Ottomaanse leger door de Balkanlanden. Hebt u al gehoord dat sultan Mehmet Albanië heeft aangevallen?'

Ik schudde mijn hoofd, wilde het ook eigenlijk niet horen, maar als broeder Tomás over de Moren begon was hij niet te stoppen.

'Terwijl koningen, edelen en burgers elkaar hier naar het leven staan, komt sultan Mehmet steeds dichterbij,' zei hij. 'De Ottomanen lijken ver weg, maar er zit maar één zee tussen.'

Het leek mij ook verstandiger als mijn broers samen ten strijde trokken tegen de sultan. Ik liet een dienaar een kaart brengen en keek waar Albanië lag, en inderdaad, zo heel ver bij ons vandaan was het Ottomaanse leger niet. Het hoefde alleen maar de Middellandse Zee over te steken. Zou het daarna naar Italië gaan of deze kant op komen? Waarschijnlijk naar Italië, want daar lag Rome, de Heilige Stad waar sultan Mehmet zijn zinnen op had gezet. Ik kon me niet voorstellen dat God zou toestaan dat Rome, de stad van de paus, werd ingenomen, maar ik bedacht dat Hij ook niet had voorkomen dat Constantinopel viel.

In het voorjaar van 1467 beviel Beatriz van een dochter, die ook Beatriz werd genoemd. Het meisje was niet alleen voor Beatriz en Andrés een groot geluk, ik genoot er zelf ook van om haar te knuffelen, haar eerste lachje en woordjes te horen en haar te zien opgroeien tot een dreumes. Het deed me denken aan de periode waarin ik me bekommerde om Juanita, toen haar moeder alleen maar aan feesten dacht. Als Juana haar vervolgens niet bij mij vandaan had gehouden, hadden we een sterke band kunnen opbouwen, maar in plaats daarvan kreeg ik mijn nichtje, dat nu bijna vijf was en door gouvernantes werd opgevoed, amper te zien.

Ik kan niet zeggen dat ik ongelukkig was in die periode. Enrique en Juana lieten me mijn gang gaan en ik had wat oppervlakkige vriendschappen gesloten aan het hof, maar ik was inmiddels zestien en mijn geduld met Gods plan raakte op.

'Hoelang moet ik hier nog zitten? Waar wacht ik eigenlijk op?' klaagde ik na mijn wekelijkse biecht.

'God stelt u inderdaad wel op de proef,' zei broeder Tomás. 'Maar het kan niet lang meer duren.'

Ik keek hem sceptisch aan. 'Hoe weet u dat zo zeker?'

'Omdat het voorbestemd is,' antwoordde hij. 'Omdat de Ottomanen komen en iemand ze zal moeten tegenhouden.'

De eerste voortekenen van verandering kwamen een paar maanden later, toen Alfonso, inmiddels dertien, en zijn raadsheren besloten dat het tijd was om een einde te maken aan de impasse. Ze hadden genoeg steun onder de bevolking verworven en geld bijeengebracht om een groot leger samen te stellen. Enrique had geen andere keus dan hetzelfde doen. De twee legers zouden elkaar treffen op 20 augustus bij Olmedo, niet ver van Medina del Campo.

Ik was doodsbang toen ik dat hoorde.

'Alfonso heeft helemaal geen gevechtservaring. Straks sneuvelt hij nog!' zei ik wanhopig.

'Hij zal vast goed beschermd worden. Alfonso is belangrijk voor de opstandelingen, ze laten hem echt niets overkomen. De kans is zelfs groot dat hij achter de gevechtslinie wordt gehouden.'

Beatriz probeerde me gerust te stellen, maar ik was op van de zenuwen en liep rondjes over het plein.

'Kon ik maar contact met hem krijgen. Als ik zeker wist dat hij niet meevecht zou dat zo'n verschil maken.'

'Echt, ik denk dat je daar wel van uit kunt gaan. Als Alfonso sneuvelt stort de hele opstand ineen. Kom, laten we naar binnen gaan, Juana's optreden begint zo.'

Met tegenzin volgde ik Beatriz naar de zaal waar Juana een muzikale middag had georganiseerd en waar ze zelf zou zingen. Blijkbaar zat ze niet zo over haar echtgenoot in als ik over mijn jongste broer.

Dat ze daar ook geen reden toe had hoorde ik een paar dagen later, toen het nieuws over het verloop van de veldslag binnenkwam. In alle vertrekken van het alcazar werd er door de hovelingen over gesproken.

Het was een verbeten strijd geworden. Enrique werd gesteund door de machtige bisschop Pedro de Mendoza, Alfonso door de even machtige aartsbisschop Alfonso Carrillo. Het was maar goed dat ik niet had geweten dat mijn broertje helemaal niet uit de strijd was gehouden, en dat hij dapper meegevochten had. Aartsbisschop Carrillo, in een scharlakenrode mantel met wit kruis over zijn harnas, streed vlak naast hem. Hoewel hij al vroeg in de strijd gewond raakte aan zijn arm, was hij in Alfonso's buurt gebleven en had hij diverse keren zijn leven gered, waar ik hem diep dankbaar voor was.

Ook Enrique was ongedeerd gebleven, maar dat kwam doordat hij veilig vanaf een heuveltop naar de veldslag had gekeken en was gevlucht toen zijn troepen in het nauw werden gedreven. Maar ze sloegen terug, en de slag eindigde onbeslist. Beide partijen eisten echter de overwinning op. Enrique werd als een held onthaald toen hij terugkeerde, en Juana deed niet anders dan hem prijzen. Over Alfonso hoorde ik niets meer.

Een paar weken lang bleef het rustig, en half september reisde Enrique voor bestuurszaken af naar Madrid. Juana nam haar intrek in het Palacio San Martín. Ze hield me nog steeds dicht bij zich, dus ik moest mee. Hoewel de manier waarop ze naar me kon kijken me nerveus maakte, vond ik de feesten die ze gaf wel leuk. Toen we 's middags aankwamen in het palacio werden net de voorbereidingen getroffen voor een Moors bal. Overal stonden palmbomen en kamerschermen met geometrische motieven, er lagen kussens op de vloer en langs de wanden stonden tafels met bladen vol gesuikerde meloen, noten, falafel en allerlei soorten gebakjes. Ik sloot Feliz op in mijn kamer om te voorkomen dat hij voortdurend op de tafels sprong.

Juana en ik stonden net, met onze Moorse feestkleding al aan, te proeven van al het lekkers toen de commandant van de koninklijke garde haastig binnenkwam.

'Ik heb verontrustend nieuws, Majesteit,' zei hij met een buiging. 'Een boodschapper vertelde me net dat het leger van prins Alfonso in aantocht is.'

Juana verslikte zich in een hap van haar dadelgebakje, en toen ze uitgehoest was vroeg ze: 'Hoe ver zijn ze ons genaderd?'

'Ze zijn al bijna bij de stadspoort, Majesteit.'

'Hoe is dat mogelijk? Je ziet een leger toch lang van tevoren aankomen?' Vol ongeloof keek Juana hem aan.

'Het is niet zo'n groot leger, eigenlijk zelfs vrij klein. Het leek erop dat het voorbij zou trekken, maar op het laatste moment sloeg het toch de weg naar de stad in.'

Het was duidelijk dat het Juana moeite kostte om een woede-uitbarsting in te houden. 'Dat mag u een keer uitleggen, maar niet nu. Hoeveel tijd hebben we nog?'

'Niet veel, Majesteit. We moeten hier onmiddellijk weg. Dit huis is slecht te verdedigen, de kathedraal is veiliger.'

Juana gaf hem een kort knikje en draaide zich om naar haar gevolg. 'Jullie hebben het gehoord. Verzamel alles van waarde en wacht in de hal.'

'Met alle respect, Majesteit, er is geen tijd om spullen te pakken. We moeten hier nú vandaan,' zei de commandant.

Even leek het erop dat Juana tegen hem uit zou vallen, maar ze haalde alleen diep adem en knikte. De commandant draaide zich om en gaf zijn mannen instructies om iedereen onmiddellijk naar de kathedraal te brengen.

Ik had ademloos geluisterd en mijn hart begon te bonzen. Alfonso kwam eraan! Dat was geweldig, maar het kon ook voor mij gevaarlijk worden als hij de stad ging beschieten.

In de chaos van angstig heen en weer lopende hovelingen keken Beatriz en ik elkaar aan.

'Gaan we naar de kathedraal?' vroeg Beatriz zacht. 'Of nemen we het risico?'

Opeens drong het tot me door dat dit inderdaad een kans was om te ontsnappen. Of Alfonso erin slaagde om de stad in te nemen of niet, in de paniek die straks zou uitbreken konden we wellicht onopgemerkt wegkomen.

'We nemen het risico,' fluisterde ik.

Zo onopvallend mogelijk trokken we ons terug en glipten we een deur door naar een andere zaal. Opeens bleef ik staan.

'Wacht! Feliz zit nog in mijn kamer!'

'Daar hebben we nu geen tijd voor, Isabel.' Beatriz trok me mee door gangen en kamers naar de achterkant van het huis, waar de keuken zich bevond. We vlogen erdoorheen en Beatriz rukte aan de deur. Hij zat op slot.

'En nu?' Ik keek over mijn schouder naar de gang, bang dat we teruggehaald zouden worden.

'Hierin!' Beatriz deed een andere deur open, die naar de kelder leidde.

'Als ze ons vinden, zitten we in de val,' zei ik.

'Ze hebben geen tijd om ons te zoeken. We verbergen ons tot iedereen weg is en daarna zien we wel verder. Kom, snel.'

We haastten ons de stenen trap af, de grote, overwelfde ruimte in en zochten een weg tussen de wijnvaten, manden en zakken die aan weerszijden van een smalle doorgang stonden opgestapeld. In een donkere hoek verborgen we ons.

Boven klonken voetstappen, mijn naam werd een aantal keer geroepen, daarna werd het stil. Onze dunne feestgewaden waren niet de beste kleding om lange tijd mee in een koude kelder door te brengen, en Beatriz en ik kropen dicht tegen elkaar aan.

'Alfonso komt eraan,' zei ik, nog altijd beduusd door het nieuws.

'Ja,' zei Beatriz. 'We hoeven alleen maar te zorgen dat we de stad uit komen en je bent weer bij hem. Hopelijk schiet hij de poort aan stukken.'

We zwegen verder, omdat onze grootste hoop en diepste angst niet uitgesproken hoefden te worden. We wisten dat ik voor de rest van mijn leven opgesloten zou worden als ik voor die tijd gevonden werd. Beatriz niet. Het was haar taak om mij te dienen, en mijn ongehoorzaamheid zou haar niet aangerekend worden, maar ik was haar dankbaar dat ze bij me bleef.

Urenlang zaten we daar terwijl we onze gebeden afwisselden met fluistergesprekken. Of misschien leek het alleen maar uren te duren en kroop de tijd gewoon stroperig langzaam voorbij. Ik dacht aan Feliz, die vast niet meer in mijn kamer zat. Daar hadden de wachters natuurlijk als eerste naar mij gezocht, en Feliz kennende was hij meteen naar buiten gerend, het huis door, de straat op, op zoek naar mij. Ik wist dat ik grotere problemen had, maar het zou wel ongelooflijk veel pijn doen als ik mijn kat kwijt was.

Op een gegeven moment hoorden we geschreeuw en het geluid van paardenhoeven, en Beatriz en ik keken verschrikt op. Doodstil wachtten we af wat er ging gebeuren. Het gedreun van zware laarzen klonk, eerst nog ver weg maar toen heel dichtbij. Er werden bevelen geschreeuwd.

'Dat kan Alfonso niet zijn,' fluisterde ik. 'Ik heb helemaal geen beschietingen gehoord.'

Beatriz haalde een mes onder haar gewaad vandaan. Ze schoof naar voren, zodat ik achter haar kwam te zitten, en wachtte, het mes in haar hand geklemd.

Na een tijdje ging de deur open en klonken er voetstappen op de trap. Een paar soldaten verspreidden zich door de kelder en doorzochten hem vluchtig. Net toen we dachten dat ze weggingen, trok een van hen het wijnvat waar wij achter zaten opzij. Verrast keek hij op ons neer.

Terwijl hij zijn kameraden riep, stonden wij op. Beatriz hield het mes voor zich uit. De soldaten keken er lacherig naar en een van hen wilde haar naar zich toe trekken, maar ze haalde naar hem uit. Ik duwde haar zachtjes opzij en deed een paar passen naar voren.

'Ik ben prinses Isabel van Castilië en León, en dit is mijn hofdame, Beatriz de Bobadilla,' zei ik zo rustig mogelijk. 'Dank u dat u gekomen bent om ons uit onze gevangenschap te bevrijden. U zult daar royaal voor beloond worden.'

Uit niets kon ik opmaken of er soldaten van Alfonso of van Enrique tegenover ons stonden, maar ik hoopte dat het vooruitzicht van een beloning de mannen ertoe zou bewegen ons te laten gaan.

'Wat hebben we hier?' Een wat oudere man, gekleed in het uniform van een commandant, kwam aanlopen en monsterde mij met een snelle blik. Hij had waarschijnlijk al gezien dat we een Moors feest wilden houden, want hij liet zich niet van de wijs brengen door mijn kleurrijke Moorse kleding. 'Hoogheid,' zei hij, en hij maakte een buiging.

De soldaten deden verschrikt een stap terug. Beatriz kwam naast mij staan, met het mes voor zich uit.

'Dat is niet nodig,' zei de commandant geruststellend. 'Mijn naam is Diego Sanchez en ik ben commandant in het leger van koning Alfonso. Segovia is in onze handen. Wilt u mij volgen?'

Sprakeloos keken Beatriz en ik elkaar aan. Het duurde even voor ik weer iets kon uitbrengen.

'Heeft mijn broer de stad zo snel veroverd? Hoe komt het dat we daar zo weinig van gemerkt hebben?'

'Omdat er niet gevochten is, Hoogheid. Medestanders van de koning hebben de poort van binnenuit geopend.'

'En de koningin? Waar is zij?'

'De koningin en haar dochter zijn aangehouden en gevangengenomen. U hebt niets meer van hen te vrezen. U bent vrij, Hoogheid.'

Met grote stappen liep Sanchez voor ons uit, naar de feestzaal. We waren nog niet eens halverwege toen iets zwarts op me af schoot en luid mauwend tegen me op klauterde en in mijn nek kroop.

'Feliz!' Ik tilde mijn kat op en hield hem dicht tegen me aan. 'Je hebt me gevonden! Knappe poes.'

'Is die van u, Hoogheid? Hij liep al een tijdje achter ons aan,' zei Sanchez. 'Hoe die beesten toch altijd weten waar ze moeten zijn is me een raadsel.'

Het was mij ook een raadsel, maar niet een waar ik me in verdiepte. Opgelucht en blij volgde ik de commandant, terwijl ik Feliz streelde en hem prees om zijn speurderskwaliteiten. Maar in de feestzaal aangekomen bleef ik abrupt staan.

Tussen de sierlijke pilaren stond een jongeman, in zwarte kleding en een maliënkolder. Hij liet de punt van zijn zwaard achteloos ronddraaien op de stenen vloer terwijl hij met iemand praatte. Toen hij ons hoorde binnenkomen draaide hij zich om, en even was hij verbijsterd. Daarna brak er een stralende lach door op zijn gezicht en opende hij zijn armen. Ik zette Feliz op de grond, rende op mijn broer af en vloog hem om de hals.

'Ik ben zó blij dat je gekomen bent,' zei ik met tranen in mijn ogen.

'Natuurlijk ben ik gekomen.' Alfonso sloeg zijn armen om me heen. Hij was lang geworden, bijna een kop groter dan ik. 'Ik had al veel eerder naar Segovia willen komen, maar Enriques leger versperde me steeds de weg. Maar omdat hij dacht dat hij de slag bij Olmedo gewonnen had, werd hij onvoorzichtig en daar hebben we gebruik van gemaakt.'

Hij liet me los en begroette Beatriz, die zich bescheiden op de achtergrond had gehouden. Daarna wendde hij zich tot de jongeman die achter hem stond en zei: 'Isabel, Beatriz, dit is Gonzalo Fernández de Córdoba, mijn steun en toeverlaat. Hij is een goede vriend geworden. Gonzalo, mag ik je voorstellen aan mijn zuster, prinses Isabel, en aan Doña Beatriz de Bobadilla.'

Gonzalo boog diep, waardoor ik zicht had op zijn donkere krullen en slanke nek, en toen hij zich oprichtte hielden we elkaars blik even vast.

Ik reikte Gonzalo mijn hand en hij kuste hem licht, wat me een plezierig gevoel bezorgde.

Op dat moment kwam graaf De Quintanilla de zaal in lopen, gevolgd door Juan Pacheco. 'Uwe Hoogheid, het verheugt mij om u in goede gezondheid te zien,' zei de graaf stralend.

'Dank u, Don De Quintanilla,' zei ik opgewekt. 'Ik had niet verwacht dat een bal waar ik helemaal geen zin in had toch zo feestelijk voor me zou worden.' Vervolgens wendde ik me tot Pacheco, die met een onechte glimlach voor me boog.

'Goedenavond Don Pacheco,' zei ik koeltjes. 'Mijn oprechte deelneming met het overlijden van uw broer. Wat jammer toch dat van mijn huwelijk met hem niets gekomen is.'

Er flikkerde iets in Pacheco's ogen, maar hij nam mijn woorden met een beleefd knikje in ontvangst. Ik richtte me weer tot De Quintanilla en praatte verder alsof Pacheco er niet was.

'Ik hoorde dat Juana gevangengenomen is,' zei ik.

'Dat klopt. We moeten nog even kijken wat een goede plek is. Misschien een bewaakt klooster.'

'En Enrique?'

'Voor zover ik weet zit hij nog in Madrid. Er zal wel een boodschapper naar hem op weg zijn om te vertellen dat hij Segovia kwijt is.' Alfonso grijnsde.

Ik draaide me met een brede glimlach om naar Beatriz. 'Het is echt voorbij. We zijn vrij!'

'Ja. Eindelijk.' Beatriz glimlachte terug, maar ze friemelde aan haar gewaad en keek wat ongemakkelijk. Ik begreep het.

'Je wilt naar je man en kind.'

'Nu u veilig bent... inderdaad, Hoogheid. Met uw permissie.'

'Natuurlijk heb je mijn permissie. Jouw plaats is bij je gezin.'

We keken elkaar aan en een golf van droefheid overspoelde me. 'Bedankt voor alles wat je voor me hebt gedaan, Beatriz.'

Ik omhelsde haar en we hielden elkaar een tijdje vast.

'Dit is geen afscheid voor altijd,' zei Beatriz zacht. 'We komen elkaar vanzelf weer tegen.'

Ik knikte, met een zwaar hart, omdat ik wist dat dat weleens een hele tijd kon duren.

Na een vrolijke avond met mijn broer in het Palacio San Martín, waarbij we de lekkernijen voor het Moorse feest opaten, wilde ik maar één ding: naar huis. Eindelijk, na zes lange jaren, kon ik terug naar Arévalo. Dat moment was zo onverwacht gekomen dat ik bijna niet kon geloven dat het waar was.

Alfonso temperde mijn blijdschap. Hij vertelde dat hij onze moeder een paar keer had bezocht en dat het niet zo goed met haar ging. Het overlijden van grootmoeder had haar in een diepe zwaarmoedigheid doen wegzakken.

'Als ze ons allebei weer bij zich heeft, zal het wel beter gaan,' zei ik. 'Ze kwijnt gewoon weg van verdriet.'

'Ik weet het niet, het lijkt nu anders.'

Mijn uitgelaten stemming was op slag verdwenen. We zwegen een tijdje en toen vroeg ik: 'Wat doet Pacheco hier? Waarom heb je hem teruggenomen?'

'Omdat ik hem liever als bondgenoot heb dan als vijand.'

'Vertrouw je hem dan nog?'

'Ja. Hij zei dat hij naar het hof was teruggegaan om erachter te komen of Enrique bereid was oorlog te voeren om zijn troon te verdedigen, of dat hij openstond voor een schikking.'

'Een schikking?'

'Ja, een verdeling van Castilië, waarbij we ieder over ons eigen deel zouden regeren. Maar Enrique wees dat voorstel af. Hij leek ook niet van plan om tegen mij op te trekken, hij liet alles maar een beetje op z'n beloop, en toen Pacheco begreep dat Enrique geen gevaar voor mij vormde kwam hij terug.'

'Hm. Vreemd verhaal.'

'Geloof je hem niet?'

'Nee, het klinkt alsof Pacheco op twee paarden wedt. Volgens mij vertelt hij jullie allebei een ander verhaal. Zodra jouw kansen keren gaat hij terug naar Enrique, let maar op.'

Alfonso leunde geërgerd naar achteren. 'Ik kan echt wel beoordelen of iemand liegt of niet. Don Pacheco is altijd heel goed voor mij geweest, bijna als een vader. Dat kan ik van Enrique niet zeggen.'

'Omdat Pacheco jou nodig had voor zijn plannetjes om zelf aan de macht te komen.'

'Is er eigenlijk wel íémand die jij vertrouwt?'

'Ja, Beatriz en jou. Tot nu toe heb ik verder weinig reden gehad om mensen te vertrouwen. Ik luister naar mijn gevoel, en dat zegt dat we op onze hoede moeten zijn voor Juan Pacheco.' Ik keek naar het beledigde gezicht van mijn broer en legde mijn hand op die van hem. 'Misschien heb ik het mis, jij kent hem beter dan ik. Maar van een afstand zie je de dingen soms scherper. Ik zeg niet dat ik ervan overtuigd ben, ik vraag je alleen om op te passen. En anders doe ik dat wel voor je. Daarvoor heb je me immers uit Segovia gehaald.'

Ik lachte erbij, om het gesprek wat luchtiger te maken, en Alfonso glimlachte.

‘Je hebt gelijk, ik moet mijn ogen openhouden,’ zei hij. ‘Maar ik vind het moeilijk om de mensen op wie ik gesteld ben te moeten wantrouwen.’

‘Dat is het ook,’ zei ik, ‘maar je leeft nu in een wereld waarin iedereen iets van je wil, dus je hebt geen keus.’

9

We besloten naar Arévalo te gaan zodra Alfonso in Segovia orde op zaken had gesteld. Enrique had niet gereageerd op de verovering van zijn favoriete stad, maar ik wist dat het een verschrikkelijke klap voor hem moest zijn.

In de tussentijd voegde aartsbisschop Carrillo van Acuña, de oom van Juan Pacheco, zich bij ons. Hij was een lange, stevig gebouwde man van in de vijftig met een ernstig gezicht. Dat hij familie was van Pacheco was duidelijk te zien; zelfs als hij glimlachte leek het alsof hij ergens pijn had.

'Het is mij een eer en genoegen om kennis te maken, Hoogheid,' zei hij na een stijve buiging.

'Het genoegen is geheel aan mijn kant, Excellentie. Ik geloof dat ik u moet bedanken voor het beschermen van mijn broer tijdens de veldslag bij Olmedo. Zonder u had hij het er niet levend van afgebracht, als ik de verhalen moet geloven.'

'De prins heeft dapper gevochten. Hij was een voorbeeld voor zijn mannen.'

'Dat is fijn om te horen. Ik heb begrepen dat u gewond bent geraakt tijdens het gevecht?'

'Een snee van een zwaard in mijn arm. Ik ben behandeld,

het komt wel weer goed. Ik ben blij dat de prins Segovia in handen heeft. Het is nu belangrijk om door te zetten.'

'Maar eerst gaan we naar Arévalo,' zei Alfonso, die samen met Pacheco had staan luisteren.

'Met alle respect, Majesteit, ik denk dat het verstandiger is om andere steden die loyaal zijn aan Enrique te veroveren,' zei Pacheco. 'Zoals de aartsbisschop al zei is het belangrijk om nu door te zetten.'

Alfonso schudde beslist zijn hoofd. 'Mijn zus heeft haar moeder jaren niet gezien. De oorlog kan wel een paar dagen wachten. Zo ver is Arévalo niet.'

Pacheco en Carrillo probeerden hem om te praten, maar Alfonso hield voet bij stuk. De Quintanilla viel hem bij met het argument dat een paar dagen extra niet veel uitmaakte, en daar was ik hem dankbaar voor. Uiteindelijk gaven Pacheco en zijn oom toe.

Eind september reden we met z'n allen, omringd door soldaten van de koninklijke garde, naar Arévalo. Ook Alfonso's vriend Gonzalo ging mee.

Het was vreemd om eindelijk de weg in te kunnen slaan die ik zes jaar lang vanuit het alcazar alleen met mijn ogen had kunnen volgen. Elke stap van het paard bracht me dichter bij de plaats waar ik was opgegroeid en waar ik de gelukkigste jaren van mijn leven had doorgebracht. Ik herinnerde me weinig van de tocht die ik op mijn tiende had gemaakt. Het enige wat ik nog wist was dat het toen winter was, en dat de velden bedekt waren met sneeuw.

Dat was nu niet het geval, integendeel. Er lag een hete zomer achter ons en de zon had al het vocht uit het landschap gezogen en dorre gele aarde achtergelaten. De blaadjes van de olijfbomen in de boomgaarden hingen ingedroogd aan de takken, en kleine waterlopen waren veranderd in droge beddingen vol stenen. De zon had haar krachten nog niet opgebruikt en scheen onbarmhartig op ons neer. Mijn jurk plakte aan mijn lichaam en ik was blij dat Mencia, de hofdame die Alfonso voor mij in dienst had genomen, mijn haar hoog had opgebonden.

Na uren rijden naderden we Arévalo. Met bonzend hart keek ik om me heen naar alles wat zo vertrouwd was: het garnizoenskasteel even buiten de stadsmuren en de Romeinse brug die de rivier overspande. We reden de stadspoort door, de straatjes in die ik zo goed kende, en uiteindelijk kwamen we op de Plaza del Real.

Ontroerd maar ook verwonderd keek ik tegen de gevel van mijn ouderlijk huis op. Het paleis leek kleiner dan ik me herinnerde, een stuk armoediger ook. De zachtgele verf op de muren bladderde, het dak miste een groot aantal dakpannen en zat vol vogelpoep. Maar het maakte niet uit. Het was thuis.

Terwijl de bedienden zich om onze paarden en bagage bekommerden, en het plein vol stroomde met mensen die naar ons zwaaiden en ons toejuichten, gingen Alfonso en ik naar binnen. We werden warm ontvangen door Clara en Don Chacón, die ons mee wilden nemen naar de zaal om iets te eten, maar ik wilde eerst naar mijn moeder.

Diep in mijn hart was ik ervan overtuigd dat ze zo'n last had van haar *profunda tristeza* omdat ze mij zo miste. Onze hereniging zou vast het verschil maken.

Clara bracht me naar haar kamer en ik ging naar binnen. Op het eerste gezicht leek er niets aan de hand. Mijn moeder was keurig gekleed en gekapt, en er verscheen een verraste uitdrukking op haar gezicht toen ze me zag.

Ik vloog op haar af en omhelsde haar zo stevig als ik durfde. Ze voelde aan alsof ze kon breken.

'Mama! Ik heb je zo gemist!'

Mijn moeder maakte zich voorzichtig los uit mijn omhelzing en keek me een beetje angstig aan.

'Mama, ik ben het, Isabel,' zei ik op indringende toon.

'Isabel? Zo heet ik ook. En mijn moeder ook. Mijn moeder is dood, wist u dat al?'

Ik kon haar alleen maar aanstaren, ik wist niet hoe ik moest reageren. Clara, die bij de deur stond, schoot me te hulp. Ze liep naar mijn moeder toe, legde een hand op haar arm en zei: 'Dit is uw dochter Isabel. Ze was een tijdje in Segovia, maar nu is ze terug. Is dat niet fijn?'

In verwarring keek mijn moeder haar aan. 'Ja,' zei ze onzeker. 'Ja, dat is fijn. Bezoek is altijd fijn.'

Mijn moeder mocht mij dan niet meer herkennen, ik haar wel. De manier waarop ze haar kap schikte en de zachtheid van haar gebaren waren niet aangetast door de verwarring waar ze aan leed. Het was niet veel, en het deed me verdriet om haar zo te zien, maar ze bleef mijn moeder. Ik kon haar hand vasthouden en haar een kus geven, liefkozingen waarbij ze zich een beetje ongemakkelijk voelde, maar die ze niet afwees.

'Ben jij echt mijn dochter?' vroeg ze telkens weer. Dan knikte ik, waarop ze me aandachtig aankeek en op haar lip beet.

'Je bent het vergeten, maar dat geeft niet,' zei ik. 'Ik ben evengoed blij om thuis te zijn.'

'Ik ook,' zei ze. 'Ik vind het prettig om met je te praten. Je hebt een mooie haarkleur. Mijn man heeft ook van dat mooie roodblonde haar. En het is ook heel dik, het wil nooit netjes zitten.'

'Als ik geen kap draag, wil mijn haar ook niet zo netjes zitten.'

Ze sloeg geen acht op mijn woorden, keek naar een hoek van de kamer en glimlachte. 'Nu moet je maar eens gaan,' zei ze, terwijl ze opstond. 'Mijn man is thuisgekomen.'

Ik verliet de kamer en in de gang bleef ik even staan, overmand door verdriet. Ik miste Beatriz opeens ontzettend en ik bleef maar naar de vloer staren, vechtend tegen mijn tranen. Toen ik opkeek stond Gonzalo voor me.

'Gaat het, Hoogheid?' vroeg hij zacht.

Ik schudde alleen mijn hoofd.

'De prinses is in goede handen,' zei Gonzalo. 'Wat ik van uw broer begrepen heb, is dat ze zelf niet in de gaten heeft wat haar toestand is en dat ze er ook geen last van heeft.'

'Dat is waar. Ze leek niet ongelukkig, goddank.'

'Hebt u behoefte aan gezelschap of wilt u liever even alleen zijn?'

Zijn vriendelijkheid en begrip troffen me. Aan het hof had ik geleerd om een snelle inschatting van iemand te maken, en mijn voorgevoelens hadden me nooit bedrogen. Ik voelde dat deze jongeman net zo oprecht was als hij overkwam.

'Gezelschap lijkt me fijn,' zei ik.

We liepen naar de patio, waar de avondzon schitterde in het water van de fontein. De hitte hing nog tussen de muren, die deels aan het oog onttrokken werden door weelderige paarse bougainville.

'Hier speelde ik als kind altijd,' zei ik. 'Of ik zat te lezen, daar, in dat hoekje.'

'Dit paleis lijkt me een heerlijke plek om op te groeien.'

'Dat klopt, maar mijn moeders somberheid overschaduwde dat wel.'

‘Had de prinses daar toen ook al last van?’

‘Ja, zolang ik me kan herinneren. Alfonso en ik zijn eigenlijk door onze grootmoeder opgevoed.’

‘Dat vertelde hij inderdaad.’

‘Mijn broer lijkt erg op je gesteld te zijn. Ik ben blij dat je er voor hem bent. Waar kom je vandaan?’

‘Uit Córdoba. Mijn vader is graaf Pedro Fernández de Córdoba. Zodra de opstand tegen koning Enrique uitbrak heeft hij zich daarbij aangesloten, maar hij is vorig jaar onverwacht overleden. Mijn broer is ouder dan ik en heeft het familielandgoed geërfd. Daarom ben ik het leger ingegaan.’

‘Bevalt dat je, of had je liever het landgoed beheerd?’ vroeg ik.

‘Nee, het leger past beter bij mij. Ik hou van zwaardvechten, paardrijden en reizen. Het was een enorme kans dat ik in dienst van koning Alfonso kon komen. Hij kan altijd op mij rekenen.’ Gonzalo bleef staan en keek me ernstig aan. ‘En u ook. Dat beloof ik.’

‘Dank je,’ zei ik. ‘Ik denk dat we je steun hard nodig zullen hebben.’

Die avond bespraken Alfonso en ik de gezondheid van onze moeder met Clara en Chacón. Volgens Clara kwam ze haar kamer niet meer uit. Het liefst zat ze in een half verduisterd vertrek uit het venster te staren.

‘Of ze zit in zichzelf te praten,’ zei Clara. ‘Ze voert hele gesprekken.’

‘Gesprekken? Met wie?’ vroeg ik.

‘Met uw vader en uw grootmoeder. Ze denkt dat ze in haar kamer zijn.’

‘Maar ons is ze vergeten,’ zei Alfonso.

Ik legde troostend mijn hand op zijn arm. 'Daar kan ze niets aan doen.'

'Nee, de prinses lijdt aan een ziekte van de geest,' zei Chacón. 'Aan veel lichamelijke aandoeningen is wel wat te doen, maar de geest...' Somber schudde hij zijn hoofd.

We zwegen een tijdje, tot Clara en Chacón opstonden om te gaan slapen. Ze vroegen of we nog iets nodig hadden, maar ik zei dat Alfonso en ik ons wel redden, en toen vertrokken ze.

Bij het licht van een paar dikke kaarsen keken mijn broer en ik elkaar aan.

'We zouden een klooster kunnen zoeken waar mama verzorgd kan worden,' zei Alfonso.

'Ik denk dat ze liever thuis is. Clara zorgt goed voor haar en er zitten uitstekende artsen in de stad. En ze heeft mij.'

'Hoe bedoel je, ze heeft jou? Je blijft hier toch niet? Ik dacht dat je met mij mee zou gaan!'

'Mama heeft me nodig.'

'Ik heb je ook nodig, Isabel!' Alfonso pakte mijn pols. 'Alsjeblieft, ga met me mee. Ik kan het niet alleen, je moet me helpen.'

Ik wist niet wat ik moest zeggen en keek hem eens goed aan. Wat ik zag was een eenzame jongen van dertien die al zijn hoop op zijn oudere zus had gevestigd. Een jongen die alleen volwassenen om zich heen had, mensen die allemaal iets van hem wilden en allemaal hun eigen plannen hadden. Hij had gelijk, hij had mij nodig. We hadden elkáár nodig.

'Ik blijf bij je,' zei ik. 'Vanaf nu nemen we het samen op tegen Enrique, maar onder één voorwaarde.'

'Je zegt het maar,' zei Alfonso. 'Ik vind alles goed.'

10

Zonder aarzelen gaf Alfonso mij het grootste geschenk dat een mens maar kan krijgen: vrijheid. De vrijheid om zelf een echtgenoot te kiezen en om naar Arévalo terug te gaan wanneer ik maar wilde. Voor hem was de zaak geregeld met niet meer dan een instemmend knikje, maar ik lag de halve nacht wakker in mijn oude meisjesslaapkamer, vervuld van vreugde en opwinding. Ik zou mijn leven kunnen leiden zoals ík dat wilde, zonder enige verantwoording aan iemand te hoeven afleggen! Ik kon het bijna niet geloven.

'Mag ik u iets adviseren?' vroeg De Quintanilla, toen hij de volgende dag van Alfonso's toezegging hoorde. 'U zou er verstandig aan doen om te zorgen dat die afspraak op schrift komt te staan.'

'Waarom? Mijn broer houdt zijn woord echt wel.'

'Uw broer wel, maar als hem iets overkomt of als hij het koningschap kwijtraakt, dan ben ik van zijn opvolger niet zeker.'

'Dat is waar,' zei ik. 'Dank je voor het advies.'

Dezelfde dag liet ik de afspraak tussen Alfonso en mij op schrift stellen, tot groot ongenoegen van Pacheco en aartsbisschop Carrillo.

Ongetwijfeld hadden ze al een paar huwelijkskandidaten voor mij in gedachten, en het nieuws dat ik daar van nu af aan zelf over besliste beviel hun helemaal niet. Ze zouden eraan moeten wennen, want nu ik de regie over mijn leven terug had was ik niet van plan die weer uit handen te geven.

Voorlopig hoefde ik geen afscheid van mijn moeder te nemen, want Alfonso besloot om hof te houden in het paleis van Arévalo. Juana en haar dochter waren ondergebracht in het kasteel van aartsbisschop Fonseca in Alaejos, en Enrique had ingestemd met een wapenstilstand van zes maanden.

De zomer liep op zijn einde, de herfst trad in en op 17 november 1467 vierden we Alfonso's veertiende verjaardag. Het werd een groot feest, waar ook mijn moeder van genoot. Nu we veel tijd met haar doorbrachten kwam er af en toe een glimp van herkenning bij haar terug die ons heel gelukkig maakte. Wat mij betrof kon deze winter niet lang genoeg duren.

Half december kreeg ik een brief van Beatriz, die met haar gezin in de stad Aranda de Duero woonde. Ze schreef dat het goed met haar ging en dat ze opnieuw in verwachting was. Ze vertelde ook dat Enrique in Madrid een teruggetrokken leven leidde, en dat hij zich het verlies van Segovia erg aantrok. Meer dan het verlies van zijn vrouw, die in het alcazar van Sevilla onder luxe omstandigheden gevangen werd gehouden. Hij startte wel onderhandelingen met De Quintanilla en Carrillo over haar vrijlating, maar hij begon geen oorlog om haar.

Kerstmis vierden we in kleine kring, met Clara, Chacón en Gonzalo. Alfonso had zijn raad toestemming gegeven om naar huis te gaan om kerst te vieren met familie, maar Gonzalo koos ervoor om bij ons te blijven.

'Córdoba is ver weg en de wegen zijn slecht,' zei hij.

Tijdens het kerstmaal zat hij tegenover mij. Ik probeerde

niet te vaak naar hem te kijken, maar dat was niet makkelijk. Hij zag er goed uit in zijn wambuis van zachtgroen leer met zilveren biezen. Zijn donkere haar glansde en een te lange lok viel voortdurend over zijn voorhoofd. Hij streek hem ongeduldig weg en duwde hem achter zijn oor, maar de lok gleed telkens terug.

Ik trok een haarspeld uit mijn kapsel en gaf hem die voor de grap. Hij borg hem op in een leren zakje aan zijn gordel en zei: 'Die bewaar ik de rest van mijn leven.'

Twee dagen na kerst kregen we bezoek van een neef van Chacón; een lange, roodharige edelman van achtentwintig jaar die Gutierre de Cárdenas heette. Hij was bevelhebber van het leger van León, een koninkrijk dat bij Castilië hoorde maar een eigen leger had, en hij kwam zijn diensten aanbieden.

'Ik volg uw strijd al geruime tijd, Majesteit,' zei Gutierre tegen Alfonso, 'en ik geloof in u. Ik zou graag aan uw zijde willen strijden voor een betere toekomst voor Castilië en León.'

'Hartelijk dank, Don De Cárdenas,' zei Alfonso, met een ernst en waardigheid die ik niet van hem kende. 'Het verheugt mij dat u mijn kant hebt gekozen. Welkom.'

Gutierre zwoer ook mij trouw. Dat hoefde hij niet te doen, ik was immers geen koningin, maar hij deed het toch, en toen ik in zijn felblauwe ogen keek wist ik dat deze man voor ons van grote waarde zou zijn.

De winters op de hoogvlakte van Castilië kunnen meedogenloos koud zijn. Dat was die van 1467 op 1468 ook, maar tegelijk was het de warmste en gelukkigste tijd van mijn leven. Er viel veel sneeuw en de fonteinen in Arévalo waren wekenlang bevroren, maar ik heb het geen moment koud gehad. Het was alsof de elementen geen vat op me hadden, alsof ik van binnenuit werd verwarmd. Het beschutte leven met mijn familie in Arévalo was alles wat ik nodig had, en ik had het niet erg gevonden als het altijd zo was gebleven.

Maar de winter ging voorbij en in het vroege voorjaar hervatten mijn broers de strijd om het koningschap. Enrique had weinig zin in veldslagen en probeerde de grote steden met privileges aan zijn kant te krijgen, maar Alfonso ging met zijn leger op elke stad af die hem weigerde trouw te zweren.

Opnieuw braken in de steden hevige gevechten uit. Veel Joden en Moren waren op de hand van Enrique, die hun religies altijd had toegestaan, maar de christenen, die in de minderheid waren en zich bedreigd voelden, hadden hun hoop op Alfonso gevestigd.

Eind mei bereikte ons het nieuws dat Toledo, de stad die Alfonso van het begin af aan trouw was geweest, was overgestapt naar het kamp van Enrique. Alfonso raakte helemaal overstuur toen de bode het hem vertelde.

'Waarom?' riep hij. 'Toledo is míjn stad! Wat is er gebeurd?'

De Quintanilla probeerde hem te kalmeren. 'Misschien is het nog niet zo definitief als het klinkt. Aartsbisschop Carrillo zal wel snel komen, dan weten we meer.'

Carrillo arriveerde inderdaad twee dagen later in Arévalo, maar hij had weinig goed nieuws te melden. Het stadsbestuur was de slepende burgeroorlog beu en stelde meer vertrouwen in koning Enrique dan in Alfonso, die ze te jong vonden om een krachtig bestuur te kunnen neerzetten.

Ik probeerde Alfonso te troosten, maar ik was zelf ook uit het veld geslagen. Toledo was belangrijk vanwege zijn strategische ligging en had een grote historische waarde omdat het de eerste stad was die onze voorvader Alfonso VI in 1085 had heroverd op de Moren.

'Dit is heel verontrustend,' zei Carrillo tijdens de bespreking die middag. 'Andere steden zouden Toledo's voorbeeld kunnen volgen. We móéten ingrijpen, en snel ook.'

'Dat ben ik met u eens,' zei De Quintanilla met een besliste knik. 'Hoe we nu reageren kan bepalend zijn voor de uitkomst van de strijd. U moet laten zien dat u een vorst bent die hard kan optreden.'

'Goed,' zei Alfonso. 'Verzamel een leger. We gaan naar Toledo.'

Hemelsbreed was het niet ver van Arévalo naar Toledo, maar de route door het Guadarrama-gebergte was zwaar en dus kozen we voor de Romeinse weg via Ávila. Alfonso zond bodes vooruit naar die stad met het bevel aan de autoriteiten om een groot leger te verzamelen.

Steeds meer vooraanstaande edelen en geestelijken kwamen uit eigen beweging onze gelederen versterken, en we verwelkomden ze allemaal hartelijk.

Ook Enriques chroniqueur, Alfonso de Palencia, sloot zich hij ons aan. Hij had zich teruggetrokken in een klooster in Salamanca en was daar aan zijn kroniek blijven werken. Ik was blij hem weer te zien.

'Ik ben benieuwd wat u allemaal hebt opgeschreven,' zei ik.

Hij lachte en antwoordde: 'In ieder geval niet wat ik had verwacht, Hoogheid. De rollen zijn wel heel plotseling omgedraaid.'

'Zeker,' zei ik. 'Ik kan niet wachten om te lezen hoe het verhaal verdergaat.'

Hij lachte opnieuw, maar zijn gezicht werd meteen weer ernstig. 'De prins wil via Ávila reizen, maar daar heerst de pest, dus het lijkt me verstandiger om via El Espinar te gaan.'

'De pest?' Verschrikt keek ik hem aan. 'Komt u uit Ávila?'

'Natuurlijk niet, dan zou ik hier niet zijn,' zei Palencia. 'Maar pest verspreidt zich snel, dus het lijkt me verstandig om de weg door de bergen te nemen.'

'Ik zal het aan Alfonso voorleggen,' zei ik.

Eind juni 1468 gingen we op weg, begeleid door Gutierre de Cárdenas en zijn troepen. Alfonso had besloten om toch in de richting van Ávila te rijden, in plaats van de moeilijke bergachtige route via El Espinar te nemen, maar veiligheidshalve zouden we vóór Ávila naar het oosten afbuigen.

De oude Romeinse weg mocht dan de snelste en gemakkelijkste route zijn, het werd evengoed een zware reis. Het was bloedheet. De *meseta*, zoals de eindeloze vlakte van Castilië genoemd werd, bood geen enkele beschutting tegen de zon. De lucht boven de rode aarde trilde van de hitte.

Op het heetst van de dag hielden we halt in een dorp om in de schaduw op adem te komen, maar al snel gingen we verder.

Aan het einde van de middag stopten we, moe en verhit, in het stadje Cardeñosa. Gutierres troepen sloegen hun kamp op in het veld achter de herberg waar we van plan waren te overnachten.

De herbergier, zenuwachtig omdat hij koninklijk bezoek had, liet de gelagkamer voor ons ontruimen en haalde extra koks. Hij bleef maar heen en weer lopen, en vroeg steeds of alles naar wens was voor de Koninklijke Hoogheden.

We zaten rustig te eten en bespraken intussen de plannen voor de herovering van Toledo. Aanvankelijk voerde Alfonso het hoogste woord, maar hij werd steeds stiller. Na een tijdje schoof hij zijn forelpastei, waar hij maar een paar happen van gegeten had, van zich af en kondigde hij aan dat hij naar zijn kamer ging.

'Je ziet bleek. Je wordt toch niet ziek?' vroeg ik.

Zonder te antwoorden liep mijn broer de gelagkamer uit. Gonzalo schoof zijn stoel naar achteren en volgde hem. Bezorgd keek ik hen na.

'De koning is moe, Hoogheid,' zei De Quintanilla. 'Het was een warme dag. Als hij een nacht goed geslapen heeft zal het wel beter gaan.'

Ik knikte, maar ik was er niet gerust op nu de pest rondwaarde, en ik besloot na het diner even bij hem te gaan kijken. Zodra ik uitgegeten was ging ik naar boven. Alfonso lag op zijn rug op het bed, één arm naast zijn lichaam en de andere over zijn buik geslagen. Hij had zich niet omgekleed.

Gonzalo, die op de rand van zijn eigen bed zat, kwam overeind.

'Waarom heeft hij zijn kleren nog aan?' vroeg ik.

'De koning wilde niet dat ik hem hielp met omkleden. Hij liet zich zo op zijn bed vallen. Toen heb ik zijn laarzen maar uitgetrokken en hem met rust gelaten.'

Ik liep naar het bed en bekeek mijn broers gezicht. Zijn mond stond wat open, maar zijn ademhaling was normaal. Ik legde mijn hand tegen zijn wang en constateerde dat die koel was.

'Het lijkt niet op de pest,' zei Gonzalo geruststellend.

'Nee,' zei ik. 'Waarschijnlijk is hij inderdaad gewoon moe door de hitte. Laat hem maar slapen. Controleer regelmatig of hij geen koorts heeft en waarschuw me onmiddellijk als dat wel het geval is.'

Gonzalo knikte. We keken elkaar aan en hij legde zijn hand op mijn schouder.

'Ik houd hem in de gaten,' zei hij. 'Gaat u maar lekker slapen. U bent zelf vast ook moe.'

Ik glimlachte naar hem en ging naar mijn kamer, die ik deelde met Mencia. Ze stond onze bagage uit te pakken en keek me vragend aan.

'En? Hoe is het met de koning?'

'Hij slaapt. Maar ik vind het wel vreemd. Hij heeft geen koorts maar lijkt wel ver weg te zijn. Zo heb ik hem nog nooit gezien.' Ik zette langzaam mijn kap af en Mencia liep naar me toe om me te helpen.

'Misschien heeft hij iets onder de leden dat hij eruit moet slapen. Nachtrust is het beste medicijn.' Mencia hielp me uit mijn jurk, pakte mijn nachthemd en trok het over mijn hoofd.

Daar had ze gelijk in, maar ik kon maar niet vergeten dat de pest rondging. Ik gleed onder het laken, ging op mijn zij liggen en staarde voor me uit. Het was nog steeds warm en ik vreesde dat het een slapeloze nacht zou worden, maar ik sliep vrij snel in.

Ik werd pas wakker toen er op mijn deur werd geklopt, snel en hard. Het was nog donker. Zonder op antwoord te wachten kwam Gonzalo binnen, een blaker met een kaars in zijn hand. Hij zei iets over niet wakker worden en zijn gezicht was doodsbleek.

Op blote voeten rende ik naar de kamer van mijn broer, gevolgd door Gonzalo. Hij had kaarsen aangestoken, die een zwak schijnsel verspreidden. Desondanks zag ik meteen dat Alfonso nog in precies dezelfde houding lag. Ik schudde aan zijn arm, maar hij reageerde niet. Zijn ogen waren gesloten en hij haalde reutelend adem.

Ik stormde de gang in en riep om hulp. Even later kwam De Quintanilla aanrennen, en niet veel later Pacheco en Carrillo, allen in nachtkleding. De graaf boog zich over Alfonso heen, kleedde hem deels uit en bevoelde zijn armen, benen en liezen. Ik wist waar hij naar zocht en ik begon over mijn hele lichaam te trillen.

'Geen builen,' zei hij. 'Maar zijn tong is helemaal zwart. Wat mankeert die jongen? Haal een arts!'

'Die heb ik al laten roepen. De herbergier gaat hem halen.' Gonzalo stond er als verstijfd bij. 'Ik dacht dat Zijne Majesteit sliep, maar toen ik bij hem ging kijken hoorde ik dat hij moeite had met ademen.'

'Je had bij hem moeten waken,' beet ik hem toe.

Hij verbleekte, en meteen had ik spijt van mijn harde toon, want dat had ik hem immers niet opgedragen. Ik dacht zelf ook dat Alfonso sliep.

Gonzalo trok zich zwijgend terug en kwam een tijdje later terug met de dokter.

Die kon alleen maar vaststellen wat wij ook al hadden gezien: Alfonso's lichaam vertoonde geen enkel teken van de pest, maar zijn tong was zwart en opgezwollen.

'Wat is er met hem aan de hand?' vroeg Carrillo.

'Het lijkt op de pest,' zei de dokter. 'Maar het is vreemd dat de koning geen builen heeft. Heeft een van u klachten?'

We schudden allemaal ons hoofd.

'Zijn bloed werkt sowieso tegen hem, daar moet hij wat van kwijt,' zei de arts. 'Ik ga hem aderlaten, maar dat had eigenlijk gisteravond al moeten gebeuren. Wat de oorzaak ook is, het heeft zijn werk heel lang kunnen doen.'

'Kunt u hem nog redden?' fluisterde ik.

De arts, die over Alfonso heen gebogen stond, rechtte zijn rug en keek me vol medeleven aan. 'Ik zal mijn best doen, Hoogheid.'

Ik zonk op mijn knieën en begon te bidden, de anderen volgden mijn voorbeeld.

Ik was ervan overtuigd dat God mijn broer niet zou laten sterven. Dat kon geen onderdeel uitmaken van Zijn plan. Er zou een wonder gebeuren, Alfonso zou weer normaal gaan ademen en zijn ogen openen.

Terwijl het langzaam licht werd, brachten wij lange, bange uren door aan Alfonso's bed. Ik liet hem geen moment alleen, kuste zijn hand en vertelde hem hoeveel ik van hem hield. Zei dat we een taak hadden, wij samen. Dat ik niet zonder hem kon. Dat ik had moeten luisteren naar mijn voorgevoel en meteen een arts had moeten waarschuwen. Dat ik op z'n minst bij hem had moeten blijven.

Ik bad met hetzelfde vuur als toen ik dreigde te worden uitgehuwelijkt aan Pedro Girón. Mijn knieën deden pijn van het knielen en mijn stem begaf het bijna.

Maar deze keer luisterde God niet. Hij gunde mijn broer zelfs geen snelle dood, maar liet hem nog een dag en een nacht leven. Meerdere artsen, de beste die er waren, spoedden zich naar Cardeñosa en bogen zich over hem heen. Wat hem precies mankeerde wisten ze niet, maar het was duidelijk dat ze niets voor hem konden doen. In de middag van 5 juli 1468 stierf Alfonso, terwijl ik zijn hand vasthield en hem keer op keer om vergeving vroeg.

11

De eerste uren na Alfonso's dood kon ik niet geloven dat ik mijn broer kwijt was. De schok was zo groot dat het me verbaasde dat mijn hart gewoon bleef kloppen. Ik zat naast zijn lichaam terwijl mijn tranen onophoudelijk stroomden, ik sprak tegen hem, kuste hem, en aan het einde van de dag stond ik moeizaam op en ging naar buiten.

Het was nog steeds warm, maar ik had behoefte aan licht en buitenlucht. Achter de herberg lag een mispelboomgaard en daar liep ik naartoe. Een paar arbeiders die het fruit aan het plukken waren pakten haastig hun manden en gingen ergens anders aan het werk.

Wat verderop, in het veld, lag het soldatenkamp van Gutierre. Er hingen zwarte wimpels aan de tenten.

Ik zuchtte en hief mijn gezicht naar de zon. De zonnestralen vielen tussen de takken van de bomen door en streelden troostend mijn gezicht. Een vleugje wind nam de bedwelmende geur van overrijpe mispels mee.

Ik keek om me heen en verbaasde me over de vredige rust. Mijn broer was dood, de klokken zouden moeten luiden, er zou geweeklaag moeten klinken, maar in het dorp was het een dag als alle andere.

'Isabel...'

Ik keek om en zag Gonzalo op een paar passen afstand staan. Zijn ogen waren rood.

'Gonzalo,' zei ik.

Hij liep naar me toe en kwam voor me staan.

'Het spijt me zo,' zei hij hees. 'Kon ik de tijd maar terugdraaien, dan zou ik sneller ingegrepen hebben. Ik begrijp het als u mij niet meer in uw buurt wilt hebben.'

Ik keek naar zijn bleke gezicht, naar de pijn en het verdriet in zijn ogen, en ik pakte zijn hand.

'Je had inderdaad sneller moeten handelen, maar dat geldt ook voor mij. We konden niet weten hoe ernstig zijn toestand was, ik had het zelf ook niet in de gaten. Je bent bij hem gebleven en hebt mij gewaarschuwd toen je zag dat het misging. Je hebt gedaan wat je kon.'

'Dus u stuurt me niet weg?'

'Nee, ik wil graag dat je blijft. Als je dat zelf ook wilt, natuurlijk.'

'Toen ik bij koning Alfonso in dienst kwam, heb ik hem trouw gezworen. Nu doe ik hetzelfde aan u. Ik zweer dat ik u zal dienen en beschermen.'

'Ik ben geen koningin.'

'Nog niet. Maar ik neem aan dat u Alfonso's plaats inneemt.'

'Daar wil ik nog niet over nadenken. Mijn broer is net een paar uur dood.'

'Ja, en ik kan me voorstellen dat het heel moeilijk is, maar u moet aan de toekomst denken. En het liefst voordat bekend wordt dat uw broer gestorven is.'

Hij had gelijk, en toen ik terugkeerde naar mijn kamer en daar Pacheco en Carrillo aantrof, dacht ik dat ze de troonopvolging met me wilden bespreken. Het ging echter om iets anders.

'De artsen kunnen niet met zekerheid zeggen dat koning Alfonso aan de pest gestorven is,' zei Carrillo. 'Ze hebben het vermoeden dat er gif in het spel was.'

Ik stond in één keer stil, met het gevoel dat alle lucht uit me geslagen werd.

'Gíf? Wat voor gif?'

'Nachtschade of wolfskers. Daar is weinig van nodig.'

'En wie...' De adem stokte in mijn keel. Ik kon mijn vraag niet eens afmaken, maar Carrillo begreep hem zo ook wel.

'Iedereen had iets in Alfonso's forelpastei kunnen doen, zowel het personeel als een insluiper. En diegene kan ook een aanslag op úw leven plegen, Hoogheid.'

'Ja,' zei ik, duizelig van schrik.

'We hebben het net besproken en we willen u zo snel mogelijk naar Ávila brengen,' zei Pacheco. 'Daar bent u veilig.'

'Zolang we niet weten wie de dader is, ben ik nergens veilig,' zei ik, nerveus draaiend aan een van mijn ringen.

'Nee, daarom denken we dat het verstandig is om zo snel mogelijk naar Ávila te gaan. Daar zit het grootste deel van onze aanhang.'

'U wilt vluchten naar een stad waar de pest heerst? Dat lijkt me geen goed idee.'

'Ik wilde ook niet voorstellen om in de stad zelf te verblijven. Er zijn genoeg kloosters in de omgeving waartoe u uw toevlucht kunt nemen. Kloosters kunnen goed worden bewaakt en er lopen niet voortdurend mensen in en uit.'

'En mijn broer?'

'Ik stel voor dat we het lichaam van de koning naar het klooster van San Francisco in Arévalo brengen,' zei Carrillo. 'Zodra de situatie weer veilig is, kunnen we hem begraven met alle eer die hem toekomt.'

'Nee, we nemen hem mee naar het klooster bij Ávila,' zei ik.

'Dat lijkt me geen goed idee. De koning moet in een wagen worden vervoerd, en dat zou ons te veel ophouden. Daarnaast neem ik aan dat u uw broer wilt laten begraven in Arévalo. Het is beter als hij daar rechtstreeks naartoe gaat, gezien de hitte.'

Carrillo klonk heel beslist, en hij had natuurlijk gelijk. Het viel me zwaar om van mijn broer gescheiden te worden, maar ik had geen keus.

Ik knikte langzaam en kwam overeind. 'Goed. Laten we dan maar gaan.'

De heren verlieten het vertrek en terwijl Mencia mijn bezittingen inpakte, liep ik naar de kamer waar Alfonso lag opgebaard om afscheid van hem te nemen. Door de half openstaande deur zag ik dat er al iemand bij hem was. Gonzalo stond met gevouwen handen bij het bed. Ik bleef staan en observeerde hem. Zijn houding en gezichtsuitdrukking verrieden oprecht verdriet, maar ik kon me er niet toe zetten naar binnen te gaan en onze rouw te delen. Ik bleef maar naar hem kijken, mijn hoofd vol vragen.

Die middag, na een moeilijk afscheid van mijn broer, verlieten we Cardeñosa. Zonder ook maar één keer te stoppen reden we naar het klooster van Santa Ana, even buiten de muren van Ávila. Ik huilde de hele weg. Gonzalo reed naast me en wierp steeds weer een blik op me, maar hij zei niets. Ik vroeg me af of er nog een andere reden was dat hij zich geen raad wist met mijn verdriet. Hij was zo plotseling in ons leven gekomen, wat wist ik nou eigenlijk van hem? En hoe goed had Alfonso hem gekend?

Mijn wantrouwen deed me pijn, maar ik moest mezelf die vragen wel stellen. Ik stelde ze over alle anderen die aan tafel hadden gezeten.

De Quintanilla en Pacheco wisten dat forelpastei Alfonso's favoriete gerecht was, Gonzalo hoogstwaarschijnlijk ook. Carrillo kon het weten via zijn neef. En Gutierre de Cárdenas? Kon hij zijn omgekocht door Enrique, of had hij wellicht op eigen houtje gehandeld? Niemand in Cardeñosa had geweten dat we daar zouden overnachten, het moest wel iemand uit mijn eigen kring zijn geweest.

Gedurende de hele rit sprak ik geen woord, ik galoppeerde maar voort, tot de muren en torens van het hooggelegen Ávila in zicht kwamen. Tegen die tijd waren mijn tranen opgedroogd en had ik mijn strategie bepaald, een die ik in Segovia goed geleerd had: ik zou met niemand mijn gedachten delen en alleen op mezelf vertrouwen. Alleen had ik deze keer Beatriz niet naast me. Deze keer was ik echt alleen.

In het klooster van Santa Ana werden we gastvrij ontvangen. Ik kreeg de gastenkamer tot mijn beschikking. Mijn reisgezelschap verbleef in een ander deel van het gebouw, en dat kwam me goed uit. Alleen Mencia, die had besloten om alles wat ik in mijn kamer at en dronk voor te proeven, hield ik bij me.

Ook Gonzalo had zichzelf die taak toebedeeld en hoewel hij hem consequent uitvoerde tijdens de gezamenlijke maaltijden zorgde dat er niet voor dat mijn wantrouwen helemaal verdween.

Veel tijd om te rouwen om de dood van mijn broer kreeg ik niet. Nu Alfonso's overlijden officieel bekendgemaakt was, moest ik laten weten of ik hem wilde opvolgen of niet. Ik voelde me amper in staat om een toekomst zonder Alfonso onder ogen te zien, laat staan om na te denken over de troonopvolging, maar ik had geen keus.

'Ik heb geïnformeerd bij het stadsbestuur en Ávila staat aan uw kant,' zei Carrillo terwijl we door de kloostertuin wandelden.

'Dat is mooi, maar niet alle steden zullen mijn kant kiezen. En wat moet ik dan doen? Een leger samenstellen en optrekken tegen Enrique? Als vrouw ben ik in het nadeel.'

'Niet per se. Ik denk dat u wel degelijk kans maakt om de strijd te winnen als u het tegen koning Enrique opneemt. Als we u tot koningin uitroepen, zal de steun groot zijn.'

'De weerstand ook.'

'We zullen u goed beschermen.'

'Hoe? Door me op te bergen in een klooster of kasteel? Ik zou opnieuw een gevangene zijn, van een onzichtbare vijand, en daar voel ik niets voor. Als ik de troon opeis, is de kans groot dat mij ook iets overkomt. Gonzalo en Mencia proeven alles voor, maar er zijn meer manieren om een einde aan iemands leven te maken.'

'Dus u wilt het ópgeven?'

Verbaasd keek ik opzij. 'U klinkt boos.'

'Niet boos, teleurgesteld. Ik begrijp niet hoe u Castilië in de steek kunt laten. We waren zo dicht bij een nieuwe regering, en ik heb zoveel voor uw broer gedaan!'

'En dat waardeer ik natuurlijk, maar...'

'Maar u bent bang dat u vergiftigd wordt. Wat ik begrijp, maar ik begrijp niet dat u de voorzorgsmaatregelen die ik voorstelde niet eens wilt overwegen. Ik dacht dat u uit krachtiger hout gesneden was, maar uiteindelijk bent u maar gewoon een bange vrouw.'

'Wát zegt u?' Ik bleef staan, perplex door zijn woorden.

'Wat ik zei, Hoogheid. Niet dat ik het u aanreken, ik had dit moeten zien aankomen.'

Woede welde in me op. Ik zocht naar woorden om de aartsbisschop te vertellen wat ik van zijn reactie vond, maar toen ik mijn mond opende stak hij gebiedend zijn hand op.

'Mag ik u erop wijzen dat het heel goed mogelijk is dat Enrique Alfonso heeft laten vermoorden?' vroeg hij op afgemeten toon.

'Dat besef ik. En als ik niet wil dat mij hetzelfde overkomt, is het beter om mijn vijanden in de waan te laten dat ik niets achter Alfonso's dood zoek. Dat heeft niets met bangheid of met mijn geslacht te maken, maar met gezond verstand.

Ik wil dat u bekendmaakt dat mijn broer niet is vergiftigd maar dat hij aan de pest is gestorven, zodat er weer rust komt in het land. Ik ben bereid om Enrique als rechtmatige koning te erkennen, maar alleen als hij toegeeft dat zijn dochter onwettig is en dat ik na zijn dood de rechtmatige troonopvolger ben.'

'Ik wil u toch verzoeken om hier nog eens goed over na te denken. Ávila heeft u al als koningin erkend, Sevilla staat ook aan uw kant en meer steden zullen volgen.'

'Wat zal volgen is een burgeroorlog die zich jaren voortsleept en die Castilië nog verder zal verzwakken. Eerlijk gezegd geloof ik niet dat ik de strijd kan winnen, dus ik wacht rustig af. Als Enrique mij tot zijn opvolger benoemt, ben ik tevreden.'

'En als de koning weigert?' vroeg Carrillo.

'Dan kunnen we altijd nog oorlog voeren. Maar ik denk dat Enrique zal kiezen voor rust en vrede.'

'Het kan nog járen duren voor u op de troon komt. Uw broer is sterk en gezond.'

'Als hij nog jaren koning blijft,' zei ik, 'dan is dat Gods wil.

Carrillo had zichtbaar moeite om zijn ergernis te verbergen, maar deze keer gaf ik hém niet de gelegenheid om te reageren. Ik nam mijn rokken bijeen en liep weg.

Natuurlijk begreep ik de teleurstelling van de aartsbisschop. Hij had zijn politieke loopbaan, zijn geld en bezittingen, zijn léven op het spel gezet door de opstand te steunen. Hij had Alfonso's kant gekozen omdat mijn broertje jong en beïnvloedbaar was, waardoor Carrillo in feite het land zou regeren. Nu zag hij die glanzende toekomst in rook opgaan en was ik zijn enige redding. Ik was echter niet van plan om mijn leven voor hem in gevaar te brengen, en hoe Carrillo ook op me inpraatte, ik weigerde vastbesloten om me tot opvolger van mijn broertje te laten uitroepen. Uiteindelijk had de aartsbisschop geen andere keus dan mijn voorstel aan Enrique voor te leggen.

In de dagen die volgden wachtte ik gespannen op Enriques antwoord. Ik kende mijn broer. Althans, ik dacht hem te kennen. Enrique had een hekel aan conflicten, en ik wist dat hij geschrokken was van Alfonso's grote aanhang. Hij maakte zich ongetwijfeld ook zorgen over mijn kansen. Een uitgestoken hand zou hij misschien wel aannemen.

Intussen begroeven we Alfonso met groot ceremonieel in het klooster van San Francisco in Arévalo. Het was de meest trieste dag van mijn leven. Gelukkig was mijn moeder, die weer was verdwaald in haar nevelige brein, zich er niet van bewust dat ze haar zoon verloren had.

Op aandringen van mijn raadsheren keerden we meteen na de begrafenis terug naar het klooster van Santa Ana in Ávila. Daar, tussen de nonnen, wachtte ik af.

Op een bloedhete dag, toen ik koelte zocht onder een booggalerij, kwam een non met een verzegelde brief aanlopen.

'Voor u, Hoogheid,' zei ze.

Haastig verbrak ik het zegel en vouwde de brief open. Mijn blik ging naar de handtekening, die niet van Enrique maar van

Fernando was. Een lichte teleurstelling maakte zich van me meester, maar die maakte al snel plaats voor blijdschap. Mijn achterneef, die zelf een broer en twee zussen verloren had, condoleerde me zo meelevend dat ik me werkelijk getroost voelde. Mijn vinger gleed over de plek waar hij zijn naam had geschreven. Vervolgens vouwde ik de brief heel klein op en stopte hem in de buidel aan mijn gordel.

12

Enriques antwoord kwam twee weken later, en tot mijn vreugde reageerde hij positief. Ik had gehoopt dat hij bereid was om zijn dochters rechten opzij te schuiven om zijn troon veilig te stellen, maar ik had het niet echt verwacht en het was een grote verrassing dat hij instemde met mijn voorstel.

Vanaf dat moment spoedden de bodes zich heen en weer tussen Ávila en Madrid. Na een lange periode van onderhandelingen sloten mijn broer en ik in augustus 1468 een overeenkomst. Enrique gaf officieel toe dat Juanita niet zijn dochter was, en dat ik de eerste in lijn was om hem op te volgen. Hij beloofde dat ik niet meer tot een huwelijk gedwongen zou worden, op voorwaarde dat ik een echtgenoot koos die ook naar zíjn zin was. Als zoenoffer schonk hij me de steden Ávila, Medina del Campo en nog een paar kleinere plaatsen verspreid over Castilië.

Pacheco leidde de onderhandelingen en bracht veel tijd met Enrique door. Het verbaasde me dan ook niets dat ik op een gegeven moment het bericht kreeg dat hij zich weer aan de kant van mijn halfbroer had geschaard. Ik verwachtte min of meer dat Carrillo hem zou volgen, maar tot mijn verrassing en blijdschap was de aartsbisschop woedend over het gedrag van zijn neef en koos hij zonder aarzelen mijn kant.

Twee maanden na Alfonso's dood, op 18 september 1468, trof ik Enrique aan de rand van een pijnbomenbos bij Toros de Guisando, een eeuwenoude heilige plaats op enkele mijlen van Ávila. Er stonden vier granieten stieren in het veld. Niemand wist wie ze daar had neergezet en waarom, maar de mystieke betekenis van de plek maakte het de aangewezen locatie voor een verzoening.

Carrillo leek zich erbij te hebben neergelegd dat ik niet wilde strijden voor de troon, en met de aartsbisschop en Gonzalo aan mijn zijde wachtte ik, te paard, op mijn broer. Enrique arriveerde met tweehonderd lansiers en duizend ruiters, die met veel trompetgeschal en vlaggengewapper hun plek innamen op het grasland.

Omringd door een groep hoge edelen kwam Enrique, in slobberige kleding en met een eenvoudige zwarte mantel om zich heen geslagen, naar mij toe gereden. Juan Pacheco bevond zich vlak achter hem, wat Carrillo een verachtelijk gesnuif ontlokte.

'Daar hebben we onze overloper,' zei hij.

Ik reageerde niet. Pacheco interesseerde me weinig, ik wilde alleen dat de overeenkomst snel officieel werd gemaakt.

Enrique hield zijn paard in en steeg af. Geholpen door Gonzalo liet ik me ook uit het zadel glijden. Langzaam liep ik naar mijn broer toe, knielde voor hem en kuste zijn hand. Hij maakte een gebaar dat dat allemaal niet nodig was, en ik kwam overeind. We keken elkaar in de ogen.

'Isabel,' zei hij.

'Enrique...'

Het was al die tijd windstil geweest, maar opeens wervelde er een warme bries om ons heen. Alfonso, dacht ik, en tranen schoten me in de ogen.

'Niet huilen,' zei Enrique. 'Ik heb je vergeven.'

Een van de voorwaarden in het Verdrag van Guisando was dat ik tot aan mijn huwelijk onder de hoede van Enrique zou komen te staan. Om weer wat nader tot elkaar te komen zouden Enrique en ik voorlopig in het herenhuis van Gutierre in Ocaña verblijven. Gutierre had zijn woning beschikbaar gesteld om bij mij in de buurt te kunnen blijven. Ook Gonzalo en Mencia hielden me daar gezelschap, maar Carrillo was niet welkom, en dus nam hij zijn intrek in een fort in het naburige Yepes.

Ik zag ertegen op om met mijn broer samen te leven, maar zodra we arriveerden in Ocaña was de sfeer gezellig en ontspannen. Desondanks proefde Gonzalo tijdens het diner alles onverstoorbaar voor, wat mijn broer een goedkeurend knikje ontlokte.

In de weken die volgden nodigde Enrique me regelmatig uit om muziek te maken of paard te rijden. We speelden schaak en ik luisterde naar mijn broers eindeloze verhalen over literatuur. Onze verstandhouding werd steeds beter. Zo goed dat hij me een eigen hofhouding gaf en me een paar stadjes schonk waar ik inkomsten uit kon halen. We kozen ervoor om niet over politiek te praten, en ook de namen Juana en Juanita vielen niet.

Juana was woedend dat Enrique haar dochter onwettig had verklaard, en kort na het sluiten van het Verdrag van Guisando was ze erin geslaagd om met de zesjarige Juanita het kasteel in Alaejos te ontvluchten. Ik vroeg Enrique waarom hij geen moeite had gedaan om haar uit handen van de opstandelingen te bevrijden.

'Omdat ze een minnaar heeft: de neef van de aartsbisschop van Sevilla, Pedro de Castilla,' zei hij. 'Hij heeft haar geholpen te ontsnappen. Ze wonen nu in Buitrago, bij de familie De Mendoza.' Hij zweeg heel even en voegde er toen aan toe: 'Ze is hoogzwanger van haar nieuwe liefde.'

Geschokt keek ik naar mijn broer, die opeens alleen oog had voor zijn maaltijd. Ik opende mijn mond om iets meelevends te zeggen, maar hij stak gebiedend zijn hand op, en toen zweeg ik maar.

's Nachts in bed dacht ik na over zijn woorden. Dus Juana had zich met een ander getroost, én ze was weer op vrije voeten. De familie De Mendoza was zeer rijk en machtig, die zou er vast alles aan doen om Juanita op de troon te krijgen. Dat nieuws was al genoeg om ondersteboven van te raken, maar wat me echt trof was dat Juana dus gemakkelijk in verwachting kon raken, en dat het probleem van haar eerdere kinderloosheid inderdaad bij Enrique moest liggen. Dat maakte de kans dat Juanita zijn dochter was wel heel klein. Blijkbaar besefte hij dat nu zelf ook.

Zoals ik al vermoedde beschermde de familie De Mendoza Juana goed. Vanuit hun kasteel probeerde Juana Enrique er schriftelijk van te overtuigen dat Juanita echt van hem was. Waarschijnlijk wilde Enrique dat diep in zijn hart maar al te graag geloven, want al na een paar weken begon hij afstand van me te nemen.

Hij dineerde steeds vaker alleen en nodigde me niet meer zo vaak uit voor muziekavondjes, tot die helemaal ophielden. Ik begreep er niets van.

'De koning heeft spijt van zijn beslissing om u tot troonopvolger te benoemen,' zei Gutierre. 'Hij voelt zich gemanipuleerd en wil zijn dochter rehabiliteren.'

We wandelden over de binnenplaats van zijn huis, waar het water van een fontein de lucht verfriste.

'Waarom? Hoe groot zal de kans zijn dat Juanita van hem is?'

'Klein, maar er is een kans, en de koning wil het graag geloven.'

'Tegen beter weten in?' Ik zuchtte diep. 'Hij heeft haar nota bene zelf onwettig verklaard.'

'Hij zegt dat dat onder dwang is gebeurd en wil het herroepen. En hij is van plan om u uit te huwelijken.'

'Dat kan hij niet. In het Verdrag van Guisando staat dat ik zelf een echtgenoot mag kiezen,' zei ik.

'Mits de koning het met uw keuze eens is.'

'Maar dat wil niet zeggen dat hij me zomaar kan uithuwelijken.'

'Als de koning het verdrag nietig verklaart kan hij dat wel degelijk.'

'Dat zou grote opschudding veroorzaken in het land. De mensen zullen niet accepteren dat Enrique zijn belofte verbreekt.'

Gutierre haalde zijn schouders op. 'Hij is de koning. Hij kan doen wat hij wil.'

Ik bleef bij de fontein staan, zo dichtbij dat er spetters op mijn gezicht belandden. Ze verkoelden mijn huid aangenaam.

'Hoe serieus zijn die plannen om mij uit te huwelijken? Voert hij al gesprekken?' vroeg ik.

'Ja, en er is veel belangstelling. U bent jong en mooi, en...'

'Wíé, Gutierre?'

'Richard Plantagenet, de jongere broer van koning Edward. En opnieuw koning Afonso van Portugal. Koning Afonso heeft de voorkeur van uw broer.'

'Niet weer,' zei ik met een zucht.

Er was een tijd geweest dat ik niet onwelwillend stond tegenover een huwelijk met mijn neef, maar intussen was er veel veranderd. Ik weigerde echter niet. Althans, niet met zoveel woorden. Het leek me beter om de verstandhouding met mijn broer, die zich net herstelde, niet in gevaar te brengen door openlijk tegen hem in te gaan. Toen hij me bij zich riep en de huwelijkskandidaten aan me voorlegde, veinsde ik dankbaarheid dat hij een echtgenoot voor me zocht en vroeg ik om bedenktijd.

Mijn meegaande houding stemde Enrique tevreden, maar toen ik vroeg of ik een paar dagen bij mijn moeder mocht doorbrengen, wilde hij me geen toestemming geven om Ocaña te verlaten.

'Hij is bang dat je op de vlucht slaat,' zei Gonzalo toen we in een prieel in de tuin zaten. De herfst had ingezet, maar de zon die door de goudgele bladeren scheen had nog kracht en er hing een milde warmte onder de bomen. Feliz sloop om ons heen op jacht naar een muis, mijn hofdames wachtten op het wandelpad.

Ik was even stil na Gonzalo's woorden. Niet omdat ze me een nieuw inzicht gaven, maar omdat vluchten precies was wat ik van plan was.

'Daar denk ik inderdaad aan,' zei ik. 'Ik zou kunnen vluchten en met iemand van mijn eigen keus trouwen. Met Fernando.'

Gonzalo wierp me een snelle, onderzoekende blik toe. 'Meen je dat?'

'Ik zal toch met iemand moeten trouwen en Fernando lijkt mij de beste keus.'

'Hij is je achterneef.'

'Ja, en daarom zal er dispensatie gevraagd moeten worden bij de paus. Maar dat moet ook gebeuren als ik met koning Afonso trouw.'

We keken elkaar aan.

'Ik zie je niet graag trouwen met koning Afonso,' zei Gonzalo zacht. 'En evenmin met prins Fernando. Eigenlijk zie ik je liever met niemand trouwen.'

Ik probeerde te glimlachen, maar wist dat het er wat triest uitzag.

'Het is altijd de bedoeling geweest dat Fernando en ik zouden trouwen, en van alle kandidaten is hij de beste keus.' Ik wendde me van Gonzalo af, niet bestand tegen de manier waarop hij me aankeek.

'Ik weet niet of Fernando geïnteresseerd is, maar ik ga aartsbisschop Carrillo vragen om hem te polsen,' zei ik.

'Reken maar dat hij geïnteresseerd is. En anders zorgt zijn vader wel dat hij interesse krijgt. Koning Juan is in staat zijn zoon naar het altaar te slépen. Het is altijd zijn droom geweest om Castilië en Aragón te verenigen.'

'Juan krijgt Castilië niet,' zei ik. 'Ik trouw niet met hém.'

'In zekere zin wel. Hij zal zich overal mee gaan bemoeien. En heb je je gerealiseerd hoe gevaarlijk het is om prins Fernando te benaderen? Als Enrique erachter komt, kent hij geen genade.'

Mijn oude wantrouwen laaide weer op en ik keek hem fronsend aan. 'Denk je dat ik me erop verheug om te trouwen met iemand die ik nauwelijks ken? En dat ik niet weet hoe riskant het is om achter Enriques rug om plannen te maken? Ik ben bereid dat risico te nemen, en ik kan wel wat steun gebruiken.'

‘Het spijt me.’ Gonzalo stond op en keek op me neer. ‘Natuurlijk heb je mijn steun. Als je een bode nodig hebt om prins Fernando een bericht te sturen, dan zeg je het maar. Ik zal dat met liefde en plezier doen.’

Het woord ‘liefde’ benadrukte hij licht maar onmiskenbaar. Ik kwam ook overeind en we bleven tegenover elkaar staan, dichterbij dan betamelijk was. Gonzalo’s halflange donkere haar glansde in de zon. Zijn blik bracht me van mijn stuk, deed mijn wantrouwen en irritatie wegsmelten.

‘Dank je,’ zei ik zacht, en na die woorden liep ik haastig weg.

Nog dezelfde dag stelde ik Gutierre op de hoogte van mijn beslissing om Fernando een huwelijksaanzoek te doen. Hij stuurde een geheime boodschapper naar aartsbisschop Carrillo, die nog steeds in het fort van Yepes verbleef. Mijn getrouwen juichten mijn besluit toe, en er werd besloten om Alfonso Palencia in het diepste geheim naar Aragón te sturen.

Tien dagen later keerde hij terug met een antwoord: prins Fernando was zeer verheugd over het aanzoek en had het, met toestemming van koning Juan, zonder aarzelen geaccepteerd.

Aartsbisschop Carrillo leidde de onderhandelingen vanuit Yepes en hield mijn getrouwen en mij op de hoogte via omgekochte bedienden. Er moest veel vastgelegd worden en de besprekingen gingen de hele herfst door. Fernando bleek twee kinderen te hebben uit een eerdere, onwettige relatie. Die verhouding was voorbij, maar Fernando wilde dat ik ervan wist. De twee kinderen, die bij hun moeder woonden, stonden ons huwelijk wat mij betreft niet in de weg. Ik maakte me meer zorgen over het feit dat we neef en nicht in de tweede graad waren en dat we pauselijke toestemming nodig hadden om te kunnen trouwen. Het kon maanden duren voor we een akkoord uit Rome kregen, en zoveel tijd hadden we niet.

Koning Juan loste het probleem op door de aartsbisschop van Sevilla te laten weten dat Fernando en ik als kinderen al pauselijke toestemming voor ons huwelijk hadden gekregen. Die had hij niet op schrift, maar de aartsbisschop geloofde hem en verleende namens de paus dispensatie.

Langzaam en eentonig gleed de winter voorbij. Om wat frisse lucht te krijgen maakte ik dagelijks een wandelingetje door de tuin, waar de mimosa al bloeide. Mijn kalmte was schijn, ik liep voortdurend te piekeren. Als mijn echtgenoot zou Fernando in de toekomst, indien ik de troon erfde, koning van Castilië worden, waardoor ik geen zeggenschap meer zou hebben over mijn koninkrijk. Ik had dan ook duidelijk gemaakt dat ík zou regeren en dat Fernando geen enkele invloed op mijn beslissingen kon uitoefenen. Mijn tweede eis luidde dat we in Castilië zouden gaan wonen en dat ik nooit verplicht zou worden om me in Aragón te vestigen.

Het waren twee heel ongebruikelijke voorwaarden, en we kwamen maar niet tot overeenstemming. Ik wist niet hoe Fernando erover dacht, maar koning Juan vond het onacceptabel dat zijn zoon zou worden uitgesloten van de Castiliaanse troon. Ik hield echter voet bij stuk.

Het was altijd Juans droom geweest om over Castilië te heersen. Hij was een neef van mijn vader, maar had er niet tegen opgezien om een oorlog met hem te beginnen om Castilië in handen te krijgen. Maar mijn vader was een goed strateeg en bezat een sterk leger dat korte metten maakte met dat van Juan. Nu rook de oude vos opnieuw een kans.

Ik was niet achterlijk, ik begreep heel goed wat de koning van plan was, en ik bleef bij mijn eis dat ik, en alleen ik, na

Enriques dood over Castilië zou regeren.

Terwijl Palencia de brief met mijn onverbiddelijke antwoord naar Barcelona bracht, ontving Enrique eind januari de aartsbisschop van Lissabon om namens koning Afonso een huwelijksovereenkomst met mij te sluiten.

Enrique en ik ontvingen de aartsbisschop met een uitgebreid diner. Ik luisterde naar de complimenten die de aartsbisschop van koning Afonso moest overbrengen, en ik knikte en glimlachte. Ik gedroeg me zo inschikkelijk en onderdanig als ik kon opbrengen, maar ik hield me op de vlakte, want de minste instemming van mijn kant zou worden opgevat als een huwelijksbelofte, en die was bindend.

'De eer is zo groot, excellentie. Bedankt u Zijne Majesteit alstublieft met het grootste respect. Ik zal zijn aanzoek zeker in overweging nemen,' zei ik met neergeslagen ogen.

De aartsbisschop had op wat meer gehoopt en keek hulpzoekend naar Enrique, maar die kreeg er ook niet meer uit. Ik bleef die woorden herhalen tot ik eindelijk permissie kreeg om te gaan. De volgende dag vertrok de aartsbisschop weer, met een boodschap die koning Afonso ongetwijfeld niet naar de zin was.

Uiteindelijk gaf koning Juan toe, waarschijnlijk omdat hij bang was dat koning Afonso mij voor zijn neus zou wegkapen. Hij vroeg me een trouwbelofte op schrift te stellen, wat ik deed. Daarmee was er een einde gekomen aan het maandenlange kat-en-muisspel. Op 5 maart 1469 werd door middel van volmachten de huwelijksovereenkomst tussen Fernando en mij gesloten.

Ik had een echtgenoot. Nu moesten we nog bij elkaar zien te komen.

Terwijl maart verstreek kostte het me steeds meer moeite om mijn ongedurigheid te verbergen. De vastentijd viel me zwaar, en er leek veel meer regen te vallen dan in andere jaren. De amandelbomen rond het paleis hielden hun knoppen stevig dicht, wachtend op de zon. Ik wachtte ook, op een kans om te ontsnappen. Enrique liet me scherp in de gaten houden en al bij het kleinste wandelingetje werd ik gevolgd door soldaten. Gelukkig had hij de zoektocht naar een echtgenoot voor mij even gestaakt; andere problemen hielden hem bezig.

Half februari was het Ottomaanse leger Oostenrijk binnengevallen, waarbij meer dan twintigduizend mensen waren omgebracht, en volgens de laatste berichten was sultan Mehmet druk bezig een zeevloot uit te rusten. Hij zou tweehonderdvijftig oorlogsschepen hebben, bemand met minstens tachtigduizend soldaten. Hun bestemming was niet bekend, maar alle landen aan de Middellandse Zee zetten zich schrap.

De dreiging was zo groot dat het bezoek van de ambassadeurs uit Engeland en Portugal werd uitgesteld. Eind april – ik was net achttien geworden – braken in Andalusië grote opstanden uit tegen Enriques regering die hem dwongen om naar het zuiden af te reizen om de onlusten neer te slaan.

'Ik vertrouw erop dat je me gehoorzaamt en tijdens mijn afwezigheid niet trouwt, Isabel,' zei Enrique. 'We hebben een afspraak gemaakt voor het oog van God.'

'Dat weet ik,' zei ik met neergeslagen ogen. 'En ik weet ook dat je je inspant om een goede echtgenoot voor mij te vinden. Daar ben ik je zeer dankbaar voor.'

'Goed,' zei Enrique, gerustgesteld. 'Heb je al besloten aan wie je de voorkeur geeft?'

Ik deed alsof ik twijfelde. 'Prins Charles is jong maar lelijk.

Er is me verteld dat hij spillebenen heeft en dat hij halfblind is. Koning Afonso is knapper, maar ook veel ouder dan ik. Ik weet niet wat ik moet doen, dus ik denk dat het beter is om de beslissing aan jou over te laten.'

Een brede glimlach gleed over Enriques gezicht. 'Heel goed. Als ik terug ben uit Sevilla zal ik een besluit nemen.'

De volgende dag vertrok hij naar Andalusië.

Het was bijna een jaar geleden dat Alfonso was overleden en ik kondigde aan dat ik naar Arévalo ging om zijn graf te bezoeken. Dat was mijn plicht. Niemand had het recht om me dat te verbieden, zelfs Enrique niet. Waarschijnlijk was de sterfdag van onze broer aan zijn aandacht ontschoten, want hij had geen instructies achtergelaten. Juan Pacheco was met hem mee naar Sevilla en de commandant van de wacht was niet in de positie om mij tegen te houden.

Half mei vertrok ik, vergezeld door Gonzalo, Gutierre en Mencia. Het brak mijn hart dat ik Feliz moest achterlaten, maar ik had geen keus. Het zou te veel opvallen als ik hem meenam.

Na een vermoeiende reis van twee dagen arriveerden we in Arévalo. De rode stenen van het paleis leken te branden in de avondzon, en ook in mij leek alles te gloeien. Ik kon bijna niet geloven dat het gelukt was. Ik was vrij! Maar mijn vreugde maakte al snel plaats voor nervositeit. Het was twee jaar geleden dat ik mijn moeder voor het laatst gezien had en ook al had Clara me schriftelijk op de hoogte gehouden over haar toestand, ik wist niet wat ik moest verwachten.

Clara verwelkomde mij met tranen van blijdschap.

'Ik heb me zo'n zorgen gemaakt,' zei ze. 'Ik was bang dat koning Enrique u zou uithuwelijken aan de een of andere vorst in het buitenland, en dat ik u nooit meer zou zien.'

'Dat was ook bijna gebeurd.' Ik liep het paleis binnen en keek om me heen. 'Waar is mijn moeder? Hoe gaat het met haar?'

'Ze is in goede gezondheid, maar geestelijk is ze nog wat verder achteruitgegaan.' Clara ging me voor naar de eerste verdieping en deed een deur open.

In een hoek van de kamer zat mijn moeder zachtjes te zingen. Ik herkende haar bijna niet, en zij mij al helemaal niet. Ze was mager geworden, en ze reageerde schrikachtig toen ik haar begroette.

'Ze moet even aan u wennen,' zei Clara geruststellend. 'Als ze u wat vaker ziet is ze niet meer bang.'

Ik legde mijn hand op de magere witte hand van mijn moeder. Ze trok hem terug.

'Noemt ze mijn naam weleens?' vroeg ik.

'Om eerlijk te zijn is dat al lange tijd niet gebeurd.'

'En Alfonso? Weet ze dat hij dood is?'

Er verscheen een onzekere uitdrukking op Clara's gezicht. 'Ik heb het haar niet verteld. Ik hoop dat ik daar goed aan heb gedaan.'

'Vraagt ze weleens naar hem?'

'Nee, Hoogheid. Ik weet niet waar uw moeders geest is, maar hij is niet hier.'

Het liefst had ik mijn moeders handen stevig beetgepakt en haar diep in de ogen gekeken om haar terug te halen, maar aan haar lege blik zag ik dat dat geen enkele zin had.

13

Graaf De Quintanilla stuurde een boodschapper naar prins Fernando en naar Carrillo om hun te laten weten dat we Ocaña hadden verlaten. De aartsbisschop voegde zich twee dagen later bij ons, samen met Palencia en De Quintanilla.

'Dat hebt u goed gedaan, Hoogheid,' zei hij.

'Niet slecht voor een bange vrouw, bedoelt u?' Ik proefde het genoegen om de aartsbisschop even uit het veld geslagen te zien, al duurde dat maar kort.

'Het had ook anders kunnen aflopen. U hebt geluk gehad.'

'U noemt dat geluk,' zei ik, 'maar ik noem het Gods hulp.'

'Misschien hebt u gelijk. Ik heb u onderschat en daar bied ik mijn welgemeende verontschuldigingen voor aan.' Carrillo maakte een stijve buiging.

'En die accepteer ik, Excellentie. U hebt veel voor mij gedaan en daar ben ik u dankbaar voor. We moeten geen ruzie maken maar samenwerken, want we zijn er nog lang niet.'

'Dat is zeker waar, Hoogheid,' zei Carrillo. 'Maar ik zal alles doen wat in mijn vermogen ligt om u op de troon te krijgen.'

Daar twijfelde ik geen moment aan, en ik wist ook precies waarom hij dat wilde. Voorlopig had ik de aartsbisschop echter hard nodig en stond ik toe dat hij de touwtjes in handen nam. Hij leidde de herdenkingsdienst van Alfonso in het franciscanenklooster van Arévalo. Het werd een zware mis, vol gezangen, psalmen en gebeden.

Na afloop bleef ik nog even bij mijn broers graf staan, overweldigd door de pijn van het nooit geheelde verdriet. Ik vertelde mijn broer hoeveel ik van hem hield, hoe erg ik hem miste en wat er allemaal was gebeurd sinds zijn overlijden.

Daarna zweeg ik, verloren in herinneringen.

Zachte voetstappen klonken achter me en even later kwam Gonzalo naast me staan. Hij zei niets, keek alleen naar het graf, en zo stonden we samen, dicht naast elkaar. Er ging een troostende werking uit van zijn rustige nabijheid, sterker dan woorden hadden kunnen zijn.

Hoelang we daar gestaan hebben weet ik niet, het kan niet heel lang zijn geweest, maar zo voelde het wel. De rust werd verstoord door De Quintanilla, die via het middenpad kwam aanlopen.

'Slecht nieuws, Hoogheid. De koning is ervan op de hoogte dat u Ocaña heeft verlaten. Hij is woedend,' zei de graaf. 'Hij heeft gedreigd u streng te straffen als u niet onmiddellijk terugkeert. Zijn troepen zijn al onderweg, met een arrestatiebevel.'

'Dan vertrekken we. Staat alles klaar?'

'Zoals altijd, Hoogheid,' zei de graaf. 'Juan Vivero, de echtgenoot van Carrillo's nicht, heeft al een paar keer zijn gastvrijheid aangeboden in zijn huis in Valladolid. Het is een groot, versterkt palacio waar u veilig de komst van prins Fernando kunt afwachten.'

'Goed. Laten we gaan.' Ik draaide me om en verliet de kapel, op de voet gevolgd door Gonzalo en de graaf.

Valladolid lag ten noorden van Arévalo, in een bergachtig gebied. We besloten om gebruik te maken van de beschermende duisternis, maar dat betekende dat we niet snel konden reizen en een groot deel van de nacht nodig zouden hebben om de stad te bereiken.

Het deed me pijn om mijn moeder alweer te moeten verlaten, maar ik had geen keus. Binnenkort, als ik voor de kerk getrouwd was met Fernando, kon ik haar zo vaak zien als ik maar wilde. Die gedachte dreef me voort tijdens de lange tocht door de nacht. Het was gevaarlijk om in het donker te rijden, en de fakkeldragers konden maar een beperkt deel van de weg verlichten. De kans bestond dat we werden overvallen of dat we zouden verongelukken, maar om de een of andere reden was ik niet bang. Ik voelde een beschermende kracht om me heen die me voortdreef.

Het was nog steeds donker toen we de stadspoort van Valladolid bereikten. Er stond een soldaat op de uitkijk, die ons door een zijdeurtje binnenliet en ons naar het huis van Juan Vivero bracht. Met kappen over onze hoofden reden we door de smalle straten naar het hart van de stad.

De soldaat hield halt en klopte op een groene poortdeur. Die ging meteen open en we reden klepperend de binnenplaats op. Juan Vivero kwam haastig naar buiten lopen, gevolgd door zijn echtgenote. Ze waren keurig gekleed, en ik besefte dat ze de hele nacht opgebleven waren om mij te ontvangen.

'Welkom, Uwe Hoogheid.' Vivero maakte een diepe buiging. 'Mijn naam is Juan Vivero en dit is mijn vrouw, María.'

'Dank u voor uw gastvrijheid,' zei ik, vanaf mijn paard. 'U neemt een groot risico door mij een toevluchtsoord te bieden, en ik ben u daar zeer dankbaar voor.'

'Het is ons een eer, Hoogheid. Mijn vrouw en ik hebben

vanaf het begin achter prins Alfonso en u gestaan,' zei Vivero. 'U bent hier veilig.'

Juan Vivero was een jonkheer van Galicische afkomst die al vroeg in opstand was gekomen tegen het bewind van Enrique. De volgende ochtend vertelde hij over zijn beweegredenen – Enrique gaf geen leiding aan het land en misbruikte de belastingen om zijn pleziertjes te financieren – en hij verzekerde me ervan dat zijn naaste buren eveneens op mijn hand waren. Het zou een uitdaging worden om mijn aanwezigheid geheim te houden, maar als ik me niet verder dan de binnenplaats waagde moest het lukken.

Na het ontbijt nam ik plaats achter Vivero's schrijftafel en schreef ik een brief aan Fernando om hem te laten weten dat ik in Valladolid op hem wachtte. Binnen een week arriveerde er een ijlbode met Fernando's antwoord: hij vertrok meteen, maar uit veiligheidsoverwegingen moest hij een andere, minder snelle route nemen.

Gutierre en Palencia reisden af naar Aragón om hem vanaf de grens naar Valladolid te begeleiden. Het zou een gevaarlijke tocht worden, want op de een of andere manier, waarschijnlijk door zijn spionnen, was Enrique erachter gekomen dat ik een huwelijksbelofte aan Fernando had gedaan. Mijn broer was in alle staten. Bodes meldden dat er in de kastelen en herbergen langs de grens naar de prins werd uitgekeken.

Vanaf dat moment had ik geen rust meer. Enrique had het recht om Fernando's komst als een vijandelijke actie te beschouwen en hem gevangen te nemen, zelfs om hem te doden zodra hij één stap op Castiliaanse bodem zette, en ik maakte me zoveel zorgen dat ik amper at of sliep. Ik bad hardop en in stilte, als ik zat te borduren en tijdens mijn wandelingetjes over de binnenplaats. De dagen kropen voorbij. Ik wist dat ik alles gewoon aan Hem moest overlaten, maar ik was het wachten beu. Het werd tijd dat ik eindelijk mijn leven kon gaan leiden.

Laat op de avond van 14 oktober naderde een groep van minstens tweehonderd ruiters Valladolid. De commandant van de stadswacht haastte zich naar Vivero's huis om ons te waarschuwen dat Enriques mannen eraan kwamen om mij te arresteren.

In paniek bereidden we ons voor op een vlucht, maar vervolgens kwam het bericht dat het Enriques mannen niet konden zijn. Ze droegen weliswaar Castiliaanse banieren bij zich, maar ze kwamen niet uit het zuiden, waar Enrique verbleef, maar uit het oosten. En ook al was het gezelschap zwaar bewapend, er ging geen dreiging van uit. Dienaren die naar de stadspoort waren gerend om poolshoogte te nemen, keerden opgewonden terug met het bericht dat het prins Fernando was die eraan kwam.

Ik vloog naar een raam op de eerste verdieping. Mijn gastvrouw Maria en Mencia volgden me, en Maria opende het glas-in-loodvenster. Gespannen wachtten we af. We hoorden de groep aankomen lang voor hij te zien was, maar opeens was de straat gevuld met edelen te paard. Ze droegen fakkels, en helemaal vooraan reed een jongeman van mijn leeftijd met halflang, donker haar, gekleed in violet en wit satijn.

Gonzalo kwam naast me staan en zei: 'Hij is gekomen, Hoogheid.'

'Ja,' zei ik zacht.

De poort van Vivero's huis ging open en Fernando reed de binnenplaats op. Van achter het venster probeerde ik hem te bekijken, maar ondanks de fakkels was dat lastig.

Ik haastte me naar beneden, en te midden van mijn hofhouding wachtte ik in de woonkamer tot Fernando binnenkwam. Het leek eindeloos te duren voor de deur openging. Een dienaar kondigde hem aan en Fernando stapte naar binnen.

De eerste ogenblikken kon ik alleen maar naar hem staren. Voor me stond een aantrekkelijke, goedgebouwde jongeman met een vrij donkere huidskleur en modieus halflang haar. Hij keek me aan en een glimlach gleed over zijn gezicht. Ik glimlachte terug.

Volgens de hofetiquette zou Fernando moeten knielen, mijn hand kussen en mij trouw zweren, waarna ik hem plechtig zou bedanken, maar in plaats daarvan omhelsden we elkaar. Onze omarming duurde zo lang dat Carrillo kuchte. Met tegenzin vonden we ons gevoel voor decorum terug.

'Ik ben blij dat u veilig bent aangekomen,' zei ik vormelijk.

'Niets en niemand kon me tegenhouden. Het was niet gemakkelijk om hier te komen, maar het was het waard.' Fernando's blik gleed bewonderend over mij heen. 'Mijn gezanten zeiden al dat u mooi bent, maar ze hebben u geen recht gedaan. U bent práchtig.'

Ik voelde dat er een blos op mijn wangen verscheen, die ik verborg door mijn hoofd te buigen. 'Dank u. Was de reis zo zwaar? Ik wil er graag alles over horen.'

De rest van de nacht praatten we, onder toeziend oog van Carrillo. De aartsbisschop trok zich terug in een hoekje van de kamer, waar hij verdween in schaduwen, waardoor wij hem compleet vergaten. Intussen was onze formele toon allang verdwenen, evenals de afstand die we tot elkaar bewaarden. We schoven steeds dichter naar elkaar toe.

Carrillo kuchte elke keer waarschuwend en dan trokken we ons iets terug.

'We moeten maar snel voor de Kerk trouwen,' fluisterde Fernando met een twinkeling in zijn ogen.

'Hoe eerder hoe liever,' zei ik met een glimlach.

Fernando vertelde hoe zijn tocht vanuit Aragón was verlopen. Hij had Gutierre en Palencia in het diepste geheim getroffen in een cel van het franciscanenklooster in Zaragoza. Hij was rusteloos, kon niet wachten om naar mij toe te gaan. Dat hij daarmee zijn leven waagde hield hem niet tegen. Hij had besloten om met vijf goede vrienden te reizen en de bewaakte grensovergangen te mijden. Het plan was om via een smal pad over de steile bergketen te trekken die Aragón en Castilië van elkaar scheidde. Het gezelschap hulde zich in afgedragen kleren en vermomde zich als muilezeldrijvers. De tocht door het gebergte was gevaarlijk en nam veel tijd in beslag, maar de jongemannen slaagden erin om veilig in Castilië aan te komen. Eenmaal op vijandelijke bodem reisden ze voornamelijk 's nachts. Als ze in een herberg overnachtten of de maaltijd gebruikten, deed Fernando alsof hij de bediende van een van zijn vrienden was.

Halverwege de tocht, diep in Castilië, bereikten ze het fort van El Burgo de Osma, eigendom van de hertog van Treviño, die mij steunde, en vanaf dat moment waren ze veilig. Fernando had zich er omgekleed, en het laatste deel van de weg naar Valladolid had hij met een escorte afgelegd.

'Was je echt als ezeldrijver vermomd? En als bediende? Dat had ik graag willen zien,' zei ik met een lach.

'Geloof me, dan zou je me heel anders ontvangen hebben. Ik had dagenlang door de bergen gelopen, ik was vies en ik stonk. Zo kon ik je echt niet onder ogen komen. Gelukkig had Don

Treviño geschikte kleding voor me.'

'Ik zou evengoed blij geweest zijn om je te zien. Die vieze kleding had me niets uitgemaakt.'

We keken elkaar in de ogen.

'Dat weet ik, nu ik je heb ontmoet,' zei Fernando zacht, en hij pakte mijn hand.

Deze keer klonk er geen waarschuwend kuchje; Carrillo was in slaap gevallen. Fernando kwam naast me zitten, sloeg zijn arm om me heen en we kusten elkaar, lang en intens. Op 19 oktober 1469 trouwde aartsbisschop Carrillo ons in de grote zaal van Vivero's huis.

DEEL II

14

De eerste maanden van mijn huwelijk waren de gelukkigste van mijn leven. Zodra het nieuws bekend werd dat Fernando en ik elkaar het jawoord hadden gegeven, barstte in Valladolid de feestvreugde los. Er werden banketten, processies en stierengevechten voor ons georganiseerd en we genoten met volle teugen van alle aandacht.

Zelf konden we nog niet eens een dinertje voor onze meest intieme vrienden geven, want Enrique had de inkomsten uit de steden die hij me had gegeven stopgezet, en Fernando's vader liet zijn kapitaal verdampen in de oorlog met Catalonië en Frankrijk. Maar dat we onze huwelijksgeloften moesten afleggen in trouwkleding van geleend kapitaal deed er niet toe.

De eerste weken brachten we voornamelijk door in de slaapkamer, waar we elkaar niet alleen lichamelijk leerden kennen, maar ook uren konden praten. Wat ons bond was onze gedeelde familiegeschiedenis, en ook onze jeugd vertoonde veel overeenkomsten. We hadden beiden oudere broers of zussen die verondersteld werden te gaan regeren, en we waren ze beiden kwijtgeraakt. Na de dood van zijn eerste vrouw was koning Juan van Aragón hertrouwd met Juana Enríquez en uit die verbintenis was Fernando voortgekomen. Fernando's halfbroer Carlos en zijn halfzus Blanca, uit zijn vaders eerste huwelijk, waren overleden toen hij nog heel jong was. We wisten beiden wat het was om er alleen voor te staan, al vond Fernando dat ik het zwaarder te verduren had gekregen.

'Ik heb mijn halfbroer en halfzussen niet echt gekend,' zei hij, toen we achterovergeleund tegen dikke kussens in bed zaten. 'Ik scheelde eenendertig jaar met Carlos en ik was negen toen hij stierf. Blanca overleed een jaar later. Mijn andere halfzus, Eleanor, spreek ik nooit. Alleen met mijn zusje Juana, die twee jaar jonger is, heb ik goed contact.'

Mijn gedachten gingen naar Alfonso, en opeens was het gemis weer zo hevig dat het me compleet overviel. Ik knipperde met mijn ogen en probeerde mijn emoties onder controle te krijgen.

Fernando trok me naar zich toe. 'Je mist je broer. Jullie waren erg hecht, hè?'

Ik knikte en vertelde hem hoezeer Alfonso en ik altijd op elkaar aangewezen waren geweest.

'Met Enrique had ik nauwelijks contact,' zei ik. 'De enige familie die ik had waren mijn moeder, mijn grootmoeder en Alfonso. En nu is er niemand meer. Mijn moeder leeft nog wel maar ze herkent me niet meer, en mijn enige overgebleven broer ben ik nu ook nog kwijt.'

Fernando streelde mijn arm en staarde voor zich uit. 'Toen mijn moeder vorig jaar overleed had ik ook het gevoel dat ik iedereen kwijtraakte. Ik was als de dood dat mijn vader iets zou overkomen. En dat ben ik nog steeds. Hij mag dan gezond en vol levenslust zijn, hij is wel al eenenzeventig. Als kleine jongen dacht ik altijd dat ik hem als eerste zou verliezen, omdat hij al zo oud was toen ik werd geboren en mijn moeder nog vrij jong, maar ik verloor haar en bijna de helft van mijn broers en zussen. Dus ik heb ook nauwelijks nog naaste verwanten.'

'Dan moeten we elkaars familie maar zijn. Wij, en alle kinderen die we gaan krijgen.' Ik keek naar hem op en hij glimlachte.

'Dat lijkt me een goed plan,' zei Fernando, en hij kuste me.

Ik had mijn schoonvader nog niet ontmoet, en het was ook maar de vraag of dat snel zou gebeuren. Koning Juan kon niet naar Castilië komen, en het had voor ons weinig zin om naar Aragón af te reizen, omdat de koning voortdurend in Roussillon of Cerdagne zat. Zijn voorvader Jaime I had twee eeuwen geleden de twee Franse provincies ingenomen en aan Aragón toegevoegd, en de Fransen probeerden de gebieden nu te heroveren.

Sowieso zou het niet verstandig geweest zijn om koning Juan te bezoeken, want ik was voortdurend moe en misselijk. Mencia vermoedde dat ik in verwachting was, maar dat durfde ik niet te geloven, zo snel na onze bruiloft. Ik zweeg erover tegen Fernando, maar een maand later kon ik hem het goede nieuws vertellen.

Fernando was opgetogen, en niet alleen hij. Heel Castilië haalde opgelucht adem na de jarenlange kinderloosheid van Enrique. Over ónze vruchtbaarheid hoefde niemand zich zorgen te maken.

'Stel je voor dat het een jongen wordt,' zei Fernando, terwijl we toekeken hoe een fraai bewerkte houten wieg de kinderkamer werd binnengedragen. 'Hij zou de eerste koning zijn die over Aragón en Castilië heerst.'

'En een meisje de eerste koningin,' zei ik.

'Nee, dat zal niet gaan. In Aragón is het namelijk bij wet verboden dat een vrouw de troon bestijgt.'

'Wetten zijn er om aan te passen.' Ik legde mijn hand op mijn buik, alsof ik een vermoeden had van het geslacht van het kind en bij voorbaat al voor haar rechten wilde opkomen. 'Stel je voor dat we alleen maar dochters krijgen?'

'Dat gebeurt niet. We gaan heel veel kinderen krijgen, zoons én dochters,' zei Fernando opgeruimd.

Ik hield van zijn positieve kijk op het leven. Fernando bezat de prettige eigenschap zich snel geliefd te maken bij iedereen die hij ontmoette. Hij was ook een uitstekende ruiter, waardoor hij uitblonk tijdens de jacht en steekspelen, en hij was ook erg sportief. Daardoor kon hij het meteen goed vinden met Gonzalo, die zijn passies deelde.

'Jullie zien er heel gelukkig uit samen,' zei Gonzalo tijdens een steekspel.

We zaten op de tribune, beschermd tegen de zon door een afdak van gebloemde stof, en we keken naar de verrichtingen van mijn echtgenoot op de baan. Fernando had net met een lans zijn tegenstander uit het zadel gewipt en wendde lachend zijn paard om het applaus van het publiek in ontvangst te nemen. Ik klapte enthousiast.

'Dat zijn we ook,' zei ik. 'Ik had niet gedacht dat ik zó gelukkig zou worden.'

'Daar ben ik blij om.'

Ik wierp Gonzalo een snelle blik toe, want zo blij klonk hij niet. 'Dit huwelijk moest gesloten worden,' zei ik zacht. 'Of het een succes zou worden of niet. Wees alsjeblieft blij voor me dat het goed gaat.'

'Dat ben ik ook, dat zeg ik juist.'

'Ja, ik hoorde je wel.' Ik richtte mijn blik weer op de baan, waar Fernando en zijn tegenstander zich voorbereidden op een nieuwe charge.

'Dan zul je ook begrijpen dat ik niet langer kan blijven. Ik zou graag terug willen gaan naar Córdoba.'

Met een ruk keek ik opzij. 'Waarom?'

'Je hebt mij niet meer nodig, Isabel. Je hebt nu een echtgenoot.'

Alleen al bij de gedachte dat Gonzalo weg zou gaan werd ik koud van ontzetting.

'Dat wil niet zeggen dat ik zonder mijn vrienden kan. Blijf alsjeblieft hier.' Het klonk nog net niet smekend, maar het scheelde niet veel en door de zachte uitdrukking die op Gonzalo's gezicht verscheen wist ik dat hij daar geen weerstand aan kon bieden. Hij keek me een paar tellen aan en knikte toen.

De breuk met Enrique zorgde voor een scherpe tweedeling onder de Castiliaanse adel, en mijn medestanders waren in de minderheid. Ik maakte me zorgen. Hoe ver zou mijn broer gaan in zijn woede? Hij zou me toch niets aandoen?

'Denk je dat Enrique ons zal laten oppakken?' vroeg ik tijdens een partijtje schaak met Fernando waarbij het me moeite kostte om me te concentreren. De zwarte koning leek te veranderen in Enrique, en elke keer als een van mijn stukken werd geslagen zag ik daar een voorteken in.

'Natuurlijk niet, dat durft hij niet.' Fernando schoof zijn loper naar voren, maar ik had mijn belangstelling voor het spel verloren.

'Hoe weet je dat zo zeker? Je vader zit ver weg en kan ons niet te hulp komen. Mijn broer krijgt vast geen betere gelegenheid om ons op te laten pakken.'

Fernando knikte en legde met een nadenkend gezicht de schaakstukken terug in het kistje. 'We zouden naar Aragón kunnen gaan.'

'Geen denken aan. Ik laat me niet het land uit jagen.'

'Het zou maar tijdelijk zijn.'

'Als ik vertrek, heeft Enrique gewonnen. Hij zal rondbazuinen dat ik Castilië de rug heb toegekeerd, en de mensen zullen dat ook zo zien. Als ik ooit op de troon wil komen moet ik hier blijven, of het gevaarlijk is of niet.'

'Dat ben ik niet met je eens. Als je broer overlijdt, keren we met het Aragonese leger terug naar Castilië en eisen de troon voor jou op.'

Ik stond op en liep onrustig heen weer. 'Nee, natuurlijk niet! Je snapt toch wel dat de Castilianen dat als een vijandige overname zullen zien? Ik móét hier blijven.'

'Maar we kunnen wel voor een paar weken naar Aragón gaan. Tot de grootste dreiging voorbij is en mijn vader terugkomt met zijn leger.' Fernando kwam naar me toe gelopen en nam me in zijn armen.

'Als we dat doen, sluit Enrique de grenzen en komen we er nooit meer in.'

'Zeg nooit nooit. Het is mij ook gelukt.' Fernando grijnsde. 'Ik zie het wel voor me, jij verkleed als boerin of schapenhoedster.'

Ik lachte tegen wil en dank, maar werd meteen weer ernstig. 'Je zou je vader kunnen vragen of hij een kleine troepenmacht kan missen om bij de grens neer te zetten, zodat die ons te hulp kan schieten als het nodig is.'

'Ik kan het proberen,' zei Fernando.

Hij stuurde een spoedkoerier naar Aragón, maar zijn vader antwoordde dat hij al zijn troepen naar Roussillon had gestuurd. Hij adviseerde Carrillo om steun te vragen. De aartsbisschop bezat uitgestrekte landerijen met goed versterkte stadjes waaruit hij troepen kon oproepen. Maar tot Fernando's ergernis voelde Carrillo er niets voor om dat te doen.

'In opstand komen tegen de koning is al een ernstig vergrijp, de wapens tegen hem opnemen is hoogverraad,' zei hij. 'Wat niet wil zeggen dat ik jullie zorgen niet deel. In Valladolid keren steeds meer edelen zich tegen jullie omdat ze bang zijn dat Enrique de stad gaat belegeren. Ik denk dat we hier maar beter weg kunnen gaan.'

'Weggaan? Waarnaartoe?' vroeg ik.

'Naar Dueñas. Mijn broer Pedro is de militaire gouverneur van die stad en hij zal jullie graag verwelkomen in zijn huis.'

'Ook als Enrique met een leger voor de stadspoort verschijnt?' vroeg Fernando sceptisch. 'Het lijkt mij beter om een minder voor de hand liggende plaats te kiezen, ergens waar we ons onopvallend schuil kunnen houden.'

'Als u een suggestie wilt doen, Hoogheid, dan ben ik een en al oor.' Carrillo's woorden klonken beleefd, maar zijn licht geheven kin en de koele uitdrukking op zijn gezicht verrieden irritatie.

'Ik heb familie in Medina de Rioseco. Dat is hier niet ver vandaan. Als we 's nachts reizen ziet niemand ons vertrekken en aankomen.'

'Dueñas ligt op dezelfde afstand en daar krijgen de prinses en u militaire bescherming. Dat lijkt mij een verstandiger keus,' zei Carrillo enigszins neerbuigend.

Fernando kneep zijn ogen tot spleetjes, zijn gezicht werd wat roder en ik begreep dat er een scherpe woordenwisseling op komst was.

'Voor beide opties valt iets te zeggen,' zei ik snel. 'We hebben de keus tussen ons verschuilen bij familie of ons laten beschermen in Dueñas, en gezien de omstandigheden lijkt dat laatste me het beste.' Ik legde mijn hand op mijn buik en keek

Fernando aan. 'Als ons kind er is, kunnen we altijd nog naar Medina de Rioseco gaan.'

'Een wijs besluit,' zei Carrillo met een goedkeurend knikje.

Fernando's gezicht verstrakte. 'Excellentie, kunt u ons even alleen laten?'

'Met alle respect, Hoogheid, we zijn in overleg en ik wens daar niet van uitgesloten te worden.'

'Uw woorden zijn misschien respectvol, uw houding is dat zoals gewoonlijk allerminst. Ik wil graag een paar woorden met mijn vrouw wisselen en ik verzoek u om ons even alleen te laten.' Fernando's toon was nu ijzig.

Carrillo keek naar mij, en ik knikte. Hij stond langzaam op, stak zijn handen in de wijde mouwen van zijn scharlaken gewaad en vertrok zonder enige haast. Zodra de deur achter hem dichtviel, draaide Fernando, die hem geërgerd nagekeken had, zich naar mij toe.

'Hoe haal je het in je hoofd om partij voor hém te kiezen! Hij speelt ons tegen elkaar uit. Waarom deed je dat?'

'Omdat ik het met hem eens was.'

'Je bent het altijd met hem eens! Je laat je volledig overheersen door die man.'

'Dat is onzin. De aartsbisschop en ik hebben genoeg meningsverschillen. Hij kan erg bazig zijn, maar hij heeft ook veel voor mij gedaan. Voor óns.'

'Dat geeft hem nog niet het recht om ons te behandelen alsof we in dienst van hém zijn. Hij moet zijn plaats kennen.'

'Daar heb je gelijk in. Ik zal met hem praten over zijn houding,' zei ik. 'Maar in dit geval heeft hij gelijk: Dueñas is de beste keus. Carrillo's broer zal ons vast niet in de steek laten als het erop aankomt.' Ik boog naar voren en pakte Fernando's hand. 'Alsjeblieft, denk erover na. Ik weet dat je je ergert aan

Carrillo en daar heb je ook alle redenen toe, maar laat dat je beoordelingsvermogen niet beïnvloeden. Laten we naar Dueñas gaan, dan zal ik met Carrillo praten.'

Fernando liet zich achterovervallen in zijn stoel en knikte nors. 'Goed dan,' zei hij. 'Maar eerst wil ik excuses.'

Carrillo peinsde er niet over om zijn excuses aan te bieden. Integendeel, hij ontplofte al bijna toen ik hem vroeg zijn toon aan te passen.

'De prins is jong en impulsief. Hij zou moeten leren zijn emoties te beheersen en te luisteren naar mensen met meer wijsheid en levenservaring. Zonder mijn hulp hadden jullie nooit met elkaar kunnen trouwen. Ik heb met gevaar voor eigen leven de huwelijksonderhandelingen geleid en ervoor gezorgd dat prins Fernando veilig in Valladolid is aangekomen. Als íémand meer respect verdient, ben ik het wel!'

Woedend draaide Carrillo zich om en beende weg, wat evenmin erg respectvol was. Hoewel ik zijn emoties begreep, ergerde zijn houding mij ook. Fernando had gelijk: de aartsbisschop beschouwde zichzelf als onze gelijke. Ik voelde er echter weinig voor om op dat moment verder de confrontatie met hem aan te gaan.

Die avond in bed bespraken Fernando en ik de kwestie in alle rust.

'We hebben de aartsbisschop nodig,' zei ik. 'We kunnen het ons niet veroorloven om zijn steun te verliezen, dus hoe moeilijk het ook is: slik je trots in. In Carrillo's ogen zijn we twee kinderen die van niets weten, en misschien heeft hij wel gelijk.'

'Gelijk? Denk je dat mijn vader me niets heeft geleerd? Ik heb samen met hem op het slagveld gestaan en burgeroorlogen beëindigd!'

'Dat zijn gevechtshandelingen, maar er is ook zoiets als diplomatie. Weten wie je te vriend moet houden en wanneer je beter kunt zwijgen en wachten tot de rollen omgekeerd zijn.'

'Je hebt gelijk.' Fernando zuchtte en trok me boven op zich. 'Dat heb jij heel lang moeten doen, hè, zwijgen en mensen te vriend houden.'

'Veel te lang.'

'Je bent er heel goed in geworden. Misschien iets té goed. Ik vind echt dat je door de aartsbisschop over je heen laat lopen.' Fernando streek zachtjes een lok haar uit mijn gezicht.

'Misschien wel, maar Carrillo en ik hebben elkaar goed leren kennen. Hij is erg dominant, maar hij heeft het beste met me voor.'

'Volgens mij heeft hij voornamelijk het beste met zichzelf voor.'

'Zijn succes was altijd mijn succes, en andersom.'

'Vandaar. Nu denkt hij dat híj met jou getrouwd is.'

Ik proestte het uit, en ook Fernando lachte.

'Ik hou van je.' Hij kuste me, en zoals altijd verdwenen met onze liefkozingen alle zorgen en problemen naar de achtergrond. Het enige wat telde was de beschutte wereld in ons hemelbed.

We pakten onze bezittingen in en vertrokken met onze kleine hofhouding naar Dueñas. Ook al was het een korte rit, hij viel me niet mee. Ik was misselijk, en de tocht door de nacht was erg vermoeiend. Fernando reed voorop en was druk in gesprek met Gutierre en Carrillo. Hoewel hij nu en dan omkeek en vroeg hoe het met mij ging, was het Gonzalo die naast me reed en me opving toen ik moest overgeven en bijna van mijn paard viel.

Eenmaal in Dueñas werd ik meteen naar bed gebracht, en ik kwam er de eerste dagen niet meer uit. In het grote huis van Carrillo's broer kwam ik langzaam tot rust. Ik voelde me veilig in de goed versterkte stad, die geruststellend hoog op een heuvel lag.

Fernando en onze raadsheren probeerden verontrustend nieuws voor me verborgen te houden omdat dat mijn zwangerschap in gevaar kon brengen, maar af en toe ving ik flarden van gesprekken op waaruit ik opmaakte dat er zorgen waren. Ik eiste dat ik daarvan op de hoogte werd gesteld, maar ik bleef vage verhalen horen. Uiteindelijk wendde ik me tot Gonzalo.

'Ik weet dat iedereen me wil beschermen, maar als vrouwen bij elk slecht bericht een miskraam kregen, zou de mensheid al lang opgehouden zijn te bestaan,' zei ik.

Gonzalo lachte. 'Daar zit wat in. En piekeren over wat anderen voor je verborgen houden is ook niet goed voor het kind. Goed dan, maar ik heb niets gezegd. Je hebt het ergens opgevangen.'

Ik knikte, en hij vertelde dat sultan Mehmet in juni met zijn oorlogsvloot naar Negroponte, het een-na-grootste Griekse eiland, was gezeild. Hij had de inwoners en soldaten van de stad Chalcis verpletterend verslagen, en volgens de berichten, die zich razendsnel over Europa verspreidden, had hij de volgende dag honderden mannen laten onthoofden en de buitgemaakte vrouwen verdeeld onder de Ottomaanse soldaten. Negroponte was geïslamiseerd en had de naam Egriboz gekregen. Daarna trokken de Ottomanen verder, naar Thebe en Athene, die in juli vielen. De Griekse bevolking was tot slaaf gemaakt.

'Wat verschrikkelijk! En nu? Wat gaan ze nu doen?' vroeg ik ontdaan.

'Dat weten we niet. Misschien blijft het hierbij, maar het is waarschijnlijker dat ze de Middellandse Zee oversteken.'

'Naar Aragón.'

'Of naar Italië. Als het Mehmets bedoeling is om het christendom te vernietigen, zal hij naar Rome willen.'

Alleen al van het idee dat die barbaren de Heilige Stad zouden islamiseren en alle vrouwen in een harem zouden onderbrengen, werd ik koud van ontzetting. Een golf van misselijkheid kwam opzetten en ik begreep nu maar al te goed waarom iedereen dit onheilspellende scenario voor me verborgen wilde houden.

'Gaat het?' vroeg Gonzalo ongerust. 'Ik had niets moeten zeggen. Wat ben ik toch een stommeling.'

'Nee, maak je geen zorgen. Het gaat wel. Ik neem aan dat alle landen rond de Middellandse Zee de situatie scherp in de gaten houden.'

'Zeker! En ze zullen zich verenigen als Mehmet probeert over te steken. We hebben een gemeenschappelijke vijand en daar zullen we samen mee afrekenen. Pieker er alsjeblieft niet over.'

'Dat ben ik ook niet van plan.' Ik betastte het zilveren kruisje aan mijn ketting. 'Ik weet zeker dat Hij niet zal toestaan dat de islam nog verder oprukt.'

'Precies, en met Zijn hulp hebben we het sterkste leger dat we maar kunnen samenstellen.' Gonzalo glimlachte me bemoedigend toe, en zijn blik verzachtte. 'Je bent zo sterk, Isabel. Zo sterk en moedig. Als ik eraan denk wat je van jongs af aan hebt moeten doorstaan... Ik ken geen andere vrouw met zoveel veerkracht.'

'Dan ken je misschien niet zoveel vrouwen, want ik kan me niet voorstellen dat ik de enige ben die met tegenslag kan omgaan.'

'Er zijn ongetwijfeld meer vrouwen die dat kunnen, maar ik heb ze nog niet ontmoet.'

Ik keek even zwijgend voor me uit en zei toen: 'Een tijdje geleden wilde je terug naar Córdoba en haalde ik je over om hier te blijven. Dat was egoïstisch van me. Je hebt het recht om je eigen leven te leiden, te trouwen en kinderen te krijgen.'

'Hoe zijn we opeens bij dit onderwerp beland? Daarnet hadden we het nog over de Ottomanen,' zei Gonzalo met een lach.

'Ik meen het, Gonzalo. Je weet dat ik je graag in mijn buurt heb, maar niet als je daardoor je eigen dromen en wensen moet opgeven.'

De lach verdween van Gonzalo's gezicht. 'Ik geef helemaal niets op,' zei hij rustig. 'En als ik ooit het gevoel krijg dat dat wel het geval is, dan zal ik dat zeggen.'

'En dan laat ik je gaan zonder tegen te stribbelen,' zei ik. 'Dat beloof ik.'

15

Ondanks mijn vertrouwen in God stond ik 's nachts regelmatig op om te ontkomen aan urenlang gepieker dat alleen maar tot nachtmerries leidde. In mijn angstdromen werd ik zowel door Enrique als door de Ottomaanse sultan achtervolgd, waarna ik de ene keer in een klooster belandde en de andere keer in een harem.

Gelukkig hield Enrique zich gedeisd. Fernando en ik vermoedden dat hij afwachtte of ik een jongen of een meisje zou krijgen. Als het kind een meisje was, zou mijn positie bij de edelen zwakker zijn en hoefde Enrique zich minder druk te maken, maar als ik een zoon kreeg dan had mijn broer een probleem. Het was heel goed mogelijk dat hij zijn troepen op ons af zou sturen als ik een dochter kreeg. Ik had dan wel gezegd dat een meisje ook kon regeren, maar een jongen zou het recht op de troonopvolging van Juanita veel krachtiger ondermijnen. Het zou onze positie enorm versterken als we Castilië een mogelijke toekomstige kroonprins konden geven.

Iedere andere koning zou zijn rivaal misschien iets aandoen, maar ik geloofde niet dat Enrique zo ver zou gaan. Althans, dat hoopte ik. Ik hield me vast aan de gedachte dat hij

Alfonso en mij gemakkelijk had kunnen laten doden toen we in Segovia gevangenzaten. Dat had hij niet gedaan. Integendeel, hij had ons altijd met vriendelijkheid behandeld, maar destijds waren we kinderen geweest. Nu was ik volwassen en vormde ik een rechtstreekse bedreiging.

Intussen groeide mijn buik gestaag. Het deed pijn dat ik mijn zwangerschap niet met mijn moeder kon delen. Het zou al fijn geweest zijn als ik haar had kunnen bezoeken, maar Enriques spionnen waren overal, en zeker bij het kasteel waar mijn moeder verbleef.

Wat moeders en dochters tijdens een zwangerschap met elkaar delen, deelde ik met Donna, een vroedvrouw die Carrillo voor me had geregeld. Zij hield het verloop van mijn zwangerschap in de gaten, vertelde me wat ik van maand tot maand kon verwachten en stelde me gerust toen ik mijn kind een tijdje niet voelde trappelen.

'Hij slaapt,' zei ze. 'Vannacht, net als u wilt slapen, zal hij wel weer actief worden.'

En dat klopte. We hadden een tegengesteld ritme, mijn kind en ik. Als ik weer wakker lag van zijn geschop, trok ik mijn nachthemd omhoog om te kijken naar de golfbewegingen van mijn buik. Dan liep ik naar Fernando's kamer, maakte hem wakker en keken we er samen naar. De eerste keer dat we een voetje zagen uitsteken en we het om beurten voorzichtig aanraakten, waren we zo ontroerd dat we de rest van de nacht niet meer konden slapen.

Op 1 oktober werd ik wakker van kramp in mijn buik. Moeizaam draaide ik me op mijn rug en keek naar de met bloemen en vogels versierde hemel boven het bed. Ik voelde hoe de pijn wegtrok en even later terugkwam. Ik wachtte of die cyclus zich zou herhalen, en jawel.

Een gevoel van opwinding ging door me heen. Vandaag kwam mijn kind! Nu bevond het zich nog onder mijn huid, maar over niet al te lange tijd zou ik hem of haar eindelijk kunnen zien en in mijn armen nemen. Ik legde mijn handen op mijn buik en glimlachte.

Een paar uur later lachte ik niet meer. Tegen die tijd had mijn blijdschap plaatsgemaakt voor een lichte paniek. De pijn, die eerst nog goed te verdragen was geweest, nam opeens snel toe, tot een ware weeënstorm me naar adem deed snakken.

'U doet het heel goed,' zei Donna, de vroedvrouw. 'Vanavond is het kind er wel.'

'Vanavond pas?' bracht ik met moeite uit.

'Het is uw eerste kind, en het is vrij groot. Maar maakt u zich geen zorgen, het ligt goed. Het komt er echt wel uit.'

Ik maakte me wél zorgen, zeker toen de uren verstreken en de pijngolven zo hevig werden dat ik me niet kon inhouden. Ik schreeuwde het uit.

'Niet schreeuwen, Hoogheid. U moet uw krachten sparen,' zei Donna.

Ik sloeg het doekje waarmee ze mijn voorhoofd bette weg. 'Ik kan dit niet! Waar is mijn man? Ik wil dat Fernando komt.'

'Dat geeft geen pas, Hoogheid.' Mencia ging op de rand van het bed zitten en boog naar me toe. 'We doen het samen. Diep inademen, nu even vasthouden. Ja, goed zo. En nu alle lucht in een lange zucht loslaten.'

We ademden samen, in een constant ritme, met de weeën mee. Ik schreeuwde niet meer, maar kon een diep gekreun niet tegenhouden. Hoelang ging dit nog duren? Hoe moest ik dit de hele dag volhouden?

De moeizame bevalling van Juana kwam me weer voor de geest. Destijds had ik gedacht dat zo'n lange strijd uitzonderlijk was, maar nu drong het tot me door dat mij dat ook te wachten stond, en ik moest mezelf in een ijzeren greep houden om niet in paniek te raken.

De uren verstreken, het duurde en duurde maar. Uiteindelijk zei Donna: 'Ik ga u een handje helpen, Hoogheid.'

Mencia kneep in mijn hand, alsof ze schrok. Ik maakte mijn blik los van het gordijn om mijn bed, draaide mijn hoofd en ving een flits op van een mes. Voor ik kon reageren ging er een afschuwelijke pijn door mijn onderlichaam. Ik gilde, voelde bloed uit me stromen, tezamen met iets heel groots. Gejuich ging op, dwars erdoorheen klonk kindergehuil.

'Eindelijk!' riep Mencia. 'Het is er, Hoogheid! Uw kindje is er!'

'Een prachtige, gezonde dochter.' Donna hield een schreeuwend hoopje mens omhoog.

Tijdens mijn zwangerschap had ik gedagdroomd hoe mijn kindje tegen me aan gelegd zou worden, hoe we elkaar aan zouden kijken en ik hem of haar zou strelen en kussen. Ik had niet kunnen denken dat ik te moe zou zijn om belangstelling voor mijn dochter op te brengen. Ze leefde, meer hoefde ik even niet te weten. Ik was uitgeput en wilde alleen maar met rust gelaten worden. De enige die ik graag had willen zien was mijn moeder.

Maar de kwelling was nog niet voorbij. De moederkoek kwam snel en probleemloos, maar de hechtingen die nog aangebracht moesten worden waren zeer pijnlijk. Daarna was alles eindelijk achter de rug. Nadat ik was gewassen en het beddengoed was verwisseld, legde Donna mijn dochter in mijn armen. Ik zag hoe mooi mijn kind was, hoorde hoe krachtig ze huilde, en ik glimlachte toen ze boos met haar handjes zwaaide.

Fernando kwam met een bleek gezicht binnen en ging naast me zitten.

'Hoe gaat het?' vroeg hij zacht.

'Nu wel weer goed.' Ik slaagde erin een glimlachje te produceren. 'We hebben een dochter.'

Fernando bestudeerde zijn dochter en streelde haar vuistje, waarmee ze nog steeds opgewonden zwaaide.

'Ze lijkt nu al op jou,' zei hij.

'Wil je haar vasthouden?'

Hij knikte en nam haar van me over. In de deuropening verscheen een rood waas en ik keek op. Carrillo kwam binnen, zijn handen in de mouwen van zijn soutane gestoken. Hij liep naar het bed.

'Van harte gelukgewenst, Koninklijke Hoogheden,' zei hij terwijl hij op ons kind neerkeek. 'De volgende keer wordt het vast een jongen.'

Fernando reageerde niet meteen. Het enige waar hij belangstelling voor had was zijn dochter, die hij vasthield alsof ze van glas was.

'Ze leven,' zei hij zacht. 'Ze leven allebei, goddank.'

We noemden haar Ysabel, gespeld op de oude Castiliaanse wijze, en de gelukwensen stroomden binnen. De bedienden kwamen voortdurend aanzetten met geschenken die door de inwoners van Dueñas werden gebracht. Beatriz schreef me een lange brief en stuurde een zilveren rammelaar.

Enrique feliciteerde me niet. Hij maakte drie weken na Ysabels geboorte bekend dat het de Castilianen verboden was om mij als erfgenaam te erkennen, dat Juanita zijn wettige dochter was en dat zij na zijn dood de troon zou bestijgen.

Spionnen van Carrillo waarschuwden dat Enrique een

geheim arrestatiebevel had uitgevaardigd en dat we Dueñas zo snel mogelijk moesten verlaten.

Dezelfde dag nog vertrokken we naar Medina de Rioseco. Onderweg kwamen we langs Arévalo en ik had dolgraag mijn moeder even bezocht, maar Carrillo waarschuwde dat Enrique daar waarschijnlijk zijn mensen had neergezet.

Ik had de echtgenoot gekregen op wie ik mijn zinnen had gezet, maar niet zonder de prijs van een onrustig bestaan te betalen. Ik begreep alleen niet waarom Enrique ons niet liet arresteren. Zo moeilijk kon het niet zijn om erachter te komen waar we verbleven. De grote afstanden die zijn mensen moesten afleggen waren wel een hindernis, en zolang Fernando en ik niet te lang op één plaats bleven was het moeilijk om ons op te pakken, maar uiteindelijk zou dat een keer gebeuren. Wachtte Enrique op dat moment of hoopte hij dat we naar Aragón zouden vluchten? Dan zou hij van me af zijn zonder akelige maatregelen te hoeven nemen. Het probleem was dat ik niet naar Aragón wilde. Mijn plek was in Castilië, en ik was niet van plan om me te laten verjagen, zelfs niet als ik daardoor risico's liep.

Op een mooie dag in november kondigde Gonzalo aan dat hij besloten had om toch te vertrekken. De hitte van de zomer had plaatsgemaakt voor een milde warmte en we wandelden door de uitgestrekte tuin.

'Ik heb nagedacht over wat ik met mijn leven wil doen, en ik zou graag willen toetreden tot de Orde van Calatrava in Córdoba,' zei hij. 'Ik heb de grootmeester geschreven en hij wil me graag opnemen.'

Het eerste wat ik voelde was schrik, maar die werd direct gevolgd door berusting. De Orde van Calatrava was een religieuze militaire ridderorde die zich zowel in het klooster als op het slagveld verdienstelijk maakte. De eeuwenoude beweging bezat landerijen en kastelen langs de grenzen van Castilië en had als taak het koninkrijk te beschermen. In een ver verleden hadden de ridders Castilië weten te heroveren op de Moren, en nu de Ottomanen een opmars naar het westen maakten traden weer veel nieuwe ridders toe. Ik kon me voorstellen dat Gonzalo zich daar ook toe geroepen voelde.

Het was even stil terwijl ik daar over nadacht, maar Gonzalo vatte mijn zwijgen op als afkeuring.

'Ik heb lang geaarzeld want ik wil je niet in de steek laten, maar door Castilië te verdedigen tegen vijanden van buitenaf bescherm ik je juist,' zei hij, nerveus door zijn halflange donkere haar strijkend. 'Ik hoop dat je niet boos bent.'

'Natuurlijk ben ik niet boos. Ik heb immers beloofd dat ik niet zou proberen je tegen te houden als je weg wilde. Maar belangrijker is dat ik je begrijp. Je zult daar heel goed op je plaats zijn, en ik kan me voorstellen dat de Orde je graag ziet komen. Ik zie je wel voor me in zo'n witte tuniek met een kruis.' Ik keek op mijn handen neer en friemelde aan een van mijn ringen.

'Ja,' zei Gonzalo. 'Ik ook.'

'Wanneer ga je?'

'Morgenvroeg.'

'Dus dit is ons afscheid.'

'Nee Isabel, dit is geen afscheid. Alles wat ik bij de Orde ga doen, elk gevecht dat ik lever, zal voor jou zijn. En op een dag sta ik weer voor je. Dat beloof ik.'

Vanuit mijn ooghoek zag ik dat hij naar me keek, maar ik bleef voor me uit staren. Pas toen mijn ogen niet meer vochtig waren keek ik opzij, recht in zijn ogen.

'Daar wacht ik dan op. Ik wens je veel geluk, Gonzalo, en ik zal voor je veiligheid bidden. Tot ziens.' Ik nam mijn rokken bijeen en glimlachte naar hem. Vervolgens liep ik haastig weg.

Het deed veel pijn om afscheid te moeten nemen van mijn beste vriend, maar ik moest me erbij neerleggen dat hij wegging. Toen ik de volgende dag wakker werd was hij al vertrokken, een grote leegte achterlatend. Maar de problemen van alledag namen me al snel weer in beslag.

Ysabel dreigde op te groeien zonder de weelde die haar als prinses toekwam, en zonder vaste verblijfplaats. De inwoners van Medina de Rioseco waarschuwden dat er goedgeklede mannen, waarschijnlijk afkomstig van het hof, naar ons gevraagd hadden, en opnieuw sloegen we op de vlucht. Deze keer zochten we bescherming op het nabijgelegen landgoed van de familie Enriquez, verwanten van Fernando's moeder.

Dat Fernando en ik onze dochter geen rustig bestaan konden bieden zat ons dwars, maar het was niet het ergste. Veel ernstiger was dat we haar geen wettige status konden geven. Koning Juan zou vroeger, toen Fernando en ik nog kinderen waren, de pauselijke dispensatie vervalst hebben, en nu weigerde paus Paulus II ons huwelijk te erkennen.

Ik was woedend op de koning, maar Fernando wond zich niet zo op.

'Mijn vader regelt het wel,' zei hij. 'Hij heeft de paus een enorme som geld beloofd.'

'De paus heeft geld genoeg, hij heeft dat van jouw vader helemaal niet nodig.'

'Geestelijken hebben altijd geld nodig. Waarschijnlijk probeert de paus de prijs op te drijven. Het is een spel, en uiteindelijk krijgen we allemaal wat we willen.'

Maar die dag leek nog ver weg. Voorlopig was ons huwelijk

onwettig, en daarmee waren we ook geen direct gevaar meer voor Enrique. Er werden geen spionnen meer in onze buurt gesignaleerd, en ik begon er voorzichtig in te geloven dat hij ons met rust zou laten.

We vertrokken naar Aranda de Duero, een kleine plaats ten noorden van Madrid, dicht bij het alcazar waar Enrique vaak verbleef. Carrillo maakte zich daar zorgen over, maar ik had er genoeg van om steeds op de vlucht te slaan.

In Aranda de Duero werd ons een groot herenhuis, Casa de las Bolas, ter beschikking gesteld. Kort na onze aankomst bracht Beatriz, die in Madrid woonde met haar man en kinderen, me een bezoek. Het was voor het eerst sinds mijn ontsnapping uit Segovia dat we elkaar weer zagen en we vlogen elkaar om de hals.

'Wat heerlijk om je weer te zien,' zei ik. 'Je ziet er geweldig uit! Het moederschap doet je goed.'

'Ik ben weer in verwachting. Andrés hoopt natuurlijk op een zoon, maar ik zou het niet erg vinden als het weer een meisje wordt.' Beatriz bekeek me kritisch. 'Maar jij bent mager geworden, lieverd. Je moet meer eten.'

'Ik moet minder piekeren, maar dat is moeilijk. Ik voel me zo opgejaagd.'

Beatriz streelde mijn wang. 'Dat kan ik me voorstellen. Je hebt het niet gemakkelijk. Hoe gaat het tussen Fernando en jou?'

'Heel goed. Nog beter dan ik had gedacht.' Ik glimlachte breed.

'Ik begrijp dat je zorgen hebt, maar je lijkt me niet ongelukkig.'

'Zeker niet. Ik hou van Fernando, en hij van mij. En we hebben een prachtige dochter.'

'Waar is de kleine prinses? Ik wil haar dolgraag zien.'

Ik gaf een teken aan een bediende en even later kwam Mencia binnen met Ysabel, die alweer tien maanden was, op haar arm. Beatriz slaakte een kreet, stond op en nam Ysabel van haar over.

'Wat een schatje! Ze lijkt sprekend op jou, Isabel. Ze heeft zelfs jouw haarkleur.'

'Ja, tot ergernis van Fernando,' zei ik lachend. 'Hij was ervan overtuigd dat ze net zo donker zou zijn als hij.'

'Ze is prachtig.' Beatriz ging weer zitten en maakte geluidjes tegen Ysabel, die haar met grote blauwe ogen aanstaarde. 'Wat zul je gelukkig zijn.'

'Ja, maar ik zou nog gelukkiger zijn als we haar een wettige status konden geven. Paus Paulus weigert dispensatie voor mijn huwelijk te geven. Koning Juan heeft de bisschop van Sevilla vroeger, toen Fernando en ik nog kinderen waren, een vals document gegeven en nu is de paus razend.'

'Dat kan ik me voorstellen. Dus de kans dat hij jullie nu nog toestemming geeft...'

'Is nihil. Fernando zegt dat het wel in orde komt, dat zijn vader bereid is flink te betalen voor die dispensatie, maar ik moet het nog maar zien. Weet je wat het betekent als ons huwelijk onwettig blijft? Dat Ysabel een bastaard is, en dat Fernando en ik geëxcommuniceerd worden. Geëxcommuniceerd!'

'Zover is het nog niet. Wat schiet de paus ermee op als jullie van de kerk uitgesloten worden? Hij heeft medestanders nodig, geen tegenstanders.'

'Dat zeggen Fernando en zijn vader ook. Zij denken dat alles met geld op te lossen is, maar soms kom je iemand tegen die daar niet gevoelig voor is. Iemand die handelt vanuit zijn overtuigingen. Ik kan het de paus niet eens kwalijk nemen.'

'Je zou hem kunnen schrijven, en uitleggen dat je niets van dat bedrog wist. Je was immers nog maar een kind toen koning Juan die dispensatie vervalste. Dan is je huwelijk evengoed onwettig, maar buiten jullie schuld. Fernando en jij hebben je niet schuldig gemaakt aan bedrog, dat deed alleen koning Juan. Dus jullie zouden niet geëxcommuniceerd worden.'

'Ja, daar heb ik ook aan gedacht, maar ik kan dat niet achter de rug van mijn man en mijn schoonvader om doen, en zij vinden het geen goed plan. Ze willen dat de paus ons huwelijk erkent, en dat heb ik natuurlijk ook het liefst. Dus voorlopig laat ik het maar aan hen over.'

Beatriz knikte en gaf een kneepje in mijn hand. 'Maak je niet te veel zorgen, ik denk dat het wel goed komt. Op een dag heeft de paus jullie hard nodig, en dat weet hij.'

Beatriz had gelijk. God had mij een taak gegeven en ik had gezworen die te vervullen, welke moeilijkheden ik ook moest overwinnen. Dat we die dispensatie niet zo gemakkelijk kregen was een tegenvaller, maar uiteindelijk besliste niet de paus maar Hij, en ik wist in wie ik het meeste vertrouwen stelde.

Op een ochtend werd mijn gebed in de kapel onderbroken door een kuchje achter me. Er was er maar één die me durfde te storen op zo'n moment, en ik keek om.

Fernando stond in het gangpad. 'Isabel, er is nieuws.'

'Wat voor nieuws?' Ik kwam overeind en keek hem angstig aan, bang dat Enrique met troepen onderweg was, maar de glimlach die over Fernando's gezicht trok nam die vrees weg.

'De paus is overleden,' zei hij. 'Twee weken geleden al, in juli.'

'Wát?'

‘Je hebt het goed gehoord: we zijn van hem verlost.’

‘Maar dat is geweldig!’

Het gaf natuurlijk geen pas om verheugd te zijn over het overlijden van de paus, en ik sloeg snel een kruis, maar ik kon het niet helpen dat mijn hart bonsde van vreugde.

‘Er is zelfs al een nieuwe paus gekozen. Een Italiaan, Francesco della Rovere. Hij noemt zich nu Sixtus de Vierde. En wat denk je? De nieuwe paus is bereid ons dispensatie te verlenen als wij hem steunen in de strijd tegen de Ottomanen, mochten we ooit op de troon komen.’ Fernando lachte breed.

‘Ja, natuurlijk steunen we hem. Maar al te graag!’

‘Dat dacht ik ook. Volgens mij hebben we er zojuist een heel waardevolle bondgenoot bij gekregen.’

Opgelucht omhelsden we elkaar, en die omarming ging over in een lange kus.

‘Het komt goed,’ zei Fernando zacht.

‘Ja,’ zei ik met een glimlach. ‘Daar lijkt het wel op.’

16

Paus Sixtus IV bleek een daadkrachtig man te zijn. Hij maakte zich ernstige zorgen over de Ottomaanse invasie en was van plan om een groot Europees leger op de been te brengen. Kort na zijn inauguratie stuurde hij gezanten naar alle vorstenhoven om daar steun voor te vragen. Fernando en ik zegden die toe, en ook al konden we op dat moment nog niet veel voor hem betekenen, de paus was dankbaar en beloofde ons ontheffing van de kerkelijke geboden. Ons huwelijk was geldig, Ysabel was niet langer een bastaard en de excommunicatie was van de baan.

Ik was zo opgelucht dat ik dagenlang liep te neuriën en voortdurend kruisen sloeg om Hem te bedanken. Maar God mocht dan op mijn hand zijn, Hij bleef me beproevingen sturen. Koning Juan van Aragón was nog steeds verwikkeld in een felle strijd met Frankrijk om Roussillon en Cerdagne, en hij schreef Fernando met het verzoek hem te komen helpen met de verdediging van de steden Perpignan en Collioure.

Tot mijn ontzetting bereidde Fernando zich meteen voor op het vertrek.

'Ga je ergens ver weg vechten terwijl ik je hier nodig heb?'

riep ik. 'Wat denk je dat Enrique doet als hij hoort dat jij weg bent?'

'Of ik hier ben of in Roussillon maakt niet veel uit. Ik heb geen leger, Carrillo wel. Hij zal je beschermen,' zei Fernando terwijl hij toekeek hoe zijn kleding en wapens werden ingepakt.

'Je denkt er wel erg makkelijk over. Heb je erbij stilgestaan dat Enrique jóú onderweg kan aanvallen? En dat hij het recht heeft om je te doden, aangezien je zonder zijn toestemming in Castilië bent?'

'Ja, natuurlijk. Maar op dit moment weet Enrique van niets, en tegen de tijd dat zijn spionnen hem op de hoogte hebben gebracht ben ik allang in Aragón. Maak je geen zorgen, liefje. Ik ga mijn vader helpen en dan kom ik snel weer terug.'

Hij trok me naar zich toe en smoorde mijn protesten met een lange kus. Uiteindelijk maakten we ons van elkaar los, en ik zuchtte diep.

'Mijn vader heeft me alles geleerd over oorlogvoering. Ik heb ervaring en ik weet wat ik moet doen. En ik weet ook hoe ik uit de gevarenzone moet blijven, Isa. Maak je maar geen zorgen. Ik wil graag heelhuids terugkeren naar jou.'

Natuurlijk maakte ik me wél zorgen. Oorlogen konden onvoorspelbaar verlopen, en buiten de gevarenzone blijven gaf geen enkele garantie dat je heelhuids terugkeerde. Maar er was niets wat ik kon doen om hem tegen te houden.

Die middag vertrok Fernando, en met een zwaar hart keek ik toe hoe hij Ysabel op zijn arm nam en kuste. Daarna namen wij afscheid, wetend dat we elkaar waarschijnlijk maanden niet zouden zien.

'Het komt goed,' zei Fernando zacht. 'Vertrouw op Hem, dat doe ik ook.'

Ik knikte, maar in de uren na zijn vertrek trok ik me eenzaam en verdrietig terug in mijn slaapkamer. Ik was het niet meer gewend om alleen te zijn. Maandenlang waren we onafscheidelijk geweest en nu stond ik er weer alleen voor.

Een klopje op de deur deed me opkijken, en op mijn 'ja' kwam Mencia binnen met Ysabel op haar arm.

'Deze jongedame wil graag even bij haar moeder zijn,' zei ze.

Ysabel lachte stralend en stak haar armpjes naar me uit. Ik nam haar over en hield haar dicht tegen me aan. De geur van rozenolie in haar haar kalmeerde me, haar mollige lijfje en blije gebrabbel deden de rest.

In afwachting van Fernando's terugkomst besloot ik om door Castilië te gaan reizen. Ik had mijn hele leven in afzondering of gevangenschap doorgebracht, het werd tijd om wat meer van het koninkrijk te zien dat ik in de toekomst misschien zou regeren. Mijn beslissing werd met weinig enthousiasme ontvangen tijdens de bespreking met De Quintanilla, Carrillo en Gutierre.

'Dat lijkt me erg gevaarlijk, Hoogheid,' zei De Quintanilla. 'In Andalusië is een felle burgeroorlog uitgebroken en in de rest van het land is het ook onrustig.'

Aartsbisschop Carrillo was het met hem eens. 'Dankzij Enriques onvermogen om dit koninkrijk te besturen vinden er overal rellen en overvallen plaats. U bent veiliger hier, in Aranda de Duero.'

'Misschien wel, maar het is ook belangrijk dat ik me laat zien in het land en dat ik bondgenoten vind,' zei ik.

'Bondgenoten, Hoogheid?'

'Ja, met het oog op de toekomst, en om mezelf te beschermen als Enrique me toch opeens aanvalt. Ik heb geen zin om nog langer als een lam op de slachtbank te liggen wachten. Het wordt tijd dat ik mijn eigen plan ga trekken.'

'Daar ben ik het mee eens,' zei Gutierre. 'Wie koning of koningin wil worden moet daar tijdig mee beginnen. Veel edelen en magistraten hebben u nog nooit ontmoet.'

'Precies, en ik wil hun duidelijk maken dat ik van plan ben om een heel ander soort regering neer te zetten dan mijn broer.'

Langzaam stond Carrillo op, een en al dominantie met zijn lengte en rode gewaad. 'Ik raad u met klem aan om dergelijke beslissingen, die verstrekkende gevolgen kunnen hebben, aan mij over te laten, Hoogheid. U kunt, als vrouw, niet zonder uw echtgenoot bezoeken afleggen aan edelen.'

Er viel een doodse stilte, en toen ik eveneens opstond keek iedereen naar me op.

'Als mijn echtgenoot geen verplichtingen in Aragón had, dan zou ik die bezoeken graag in zijn gezelschap hebben afgelegd, maar zoals u ziet is hij er niet, dus zit er niets anders op dan dat ik alleen ga. En mag ik u eraan herinneren dat ik in stand ver boven u sta, Excellentie. U kunt mij de wet niet voorschrijven, en ik raad u aan om dat ook nooit meer te doen.' Ik keek de tafel langs en voegde er rustig aan toe: 'We vertrekken zo snel mogelijk.'

Hoewel ik niet van plan was om ook maar een woord terug te nemen, zat onze ruzie me wel dwars. Zonder Carrillo's steun had ik nooit met Fernando kunnen trouwen, en na ons huwelijk had hij ons altijd beschermd. Hij was als een vader voor me geweest, maar wel een vader die steeds dominanter werd. Waarschijnlijk had hij het gevoel dat hij zijn greep op mij begon te verliezen. Zijn houding ergerde me, maar ik begreep zijn bezorgdheid natuurlijk ook wel en ik kon me niet veroorloven Carrillo van me te vervreemden. Daarvoor had ik hem te hard nodig. Omgekeerd gold hetzelfde, en het verbaasde me dan ook niet dat de aartsbisschop me liet weten dat hij het als zijn plicht voelde om me te vergezellen op mijn reis. Hij stelde nog wel voor om Ysabel in een bewaakt klooster onder te brengen.

'Nee,' zei ik. 'Mijn dochter blijft bij mij.'

'Maar Hoogheid, als u beiden iets overkomt...'

'Ik ga ervan uit dat ons niets overkomt, Excellentie,' zei ik. 'Ik vertrouw op God, en dat zou u ook moeten doen.'

Carrillo stelde zich bij ons vertrek wat gereserveerd op, maar ik nodigde hem uit om naast mij te komen rijden. Na dat een tijdje zwijgend te hebben gedaan trok hij bij en sprak hij weer tegen me.

Het was mei, de zon stond hoog aan de hemel, maar het was nog niet te warm om te reizen. Ik genoot van de tocht door het bergachtige landschap, maar ik ontdekte ook dat Gutierre en Carrillo niet hadden overdreven over de toestand van het land.

In de dorpen waar we doorheen kwamen stonden veel huizen leeg, bedelaars hielden hun hand op, vermagerde kinderen renden roepend om een aalmoes met ons mee.

'Waarom is er zoveel armoede?' vroeg ik.

'Door misoogsten,' antwoordde Carrillo. 'Als de oogsten mislukken lijden niet alleen de boeren honger maar ook de stedelingen, en dan komen er plunderaars. Dankzij uw broer.'

'Aan misoogsten kan hij toch niets doen?'

'Hij zou graan kunnen kopen in het buitenland, zodat de mensen te eten hebben en niet hoeven te stelen. Maar Enrique geeft liever land en kastelen weg om edelen te paaien, dus hij heeft geen geld om graan te kopen. Een goed beleid voeren is een kwestie van verstandige keuzes maken, Hoogheid. Keuzes die goed zijn voor het koninkrijk.'

Ik knikte en liet munten rondstrooien, maar ik was niet vermogend genoeg om dat overal te doen. Langs de kant van de weg lagen lichamen, van mensen die waren beroofd of door ontberingen waren omgekomen. Ik wendde mijn hoofd af als we weer een lijk in verregaande staat van ontbinding naderden en ik was opgelucht toen we aan het einde van dag in Valladolid arriveerden.

De gruwelen waarmee ik onderweg was geconfronteerd hadden me de ogen geopend, en ik bleef een paar dagen in Valladolid om de situatie te bespreken met de autoriteiten van de stad. Gutierre meldde dat er weer verdachte figuren in de buurt van het paleis waren gesignaleerd, vermoedelijk mannen van Enrique, maar ik had er genoeg van om steeds op de vlucht te slaan. Als Enrique ons echt wilde oppakken, had hij dat allang kunnen doen. Waarschijnlijk liet hij me gewoon in de gaten houden. En als mijn broer me toch wilde arresteren dan moest hij dat maar doen. Het zou een schokgolf door Castilië laten gaan die hem zijn troon kon kosten en ik betwijfelde of hij dat risico durfde te nemen.

Het was niet moeilijk om de edelen ervan te overtuigen dat er iets moest veranderen. Ik beloofde hun titels en land in ruil voor bescherming tegen mijn broer wanneer ik op een dag de troon van hem zou overnemen. Vervolgens dicteerde ik Palencia brieven aan de autoriteiten van steden die nog loyaal waren aan Enrique, en ik beloofde ook hun een krachtig bestuur dat een einde zou maken aan alle wantoestanden. Terwijl de bodes weggaloppeerden, maakte ik me klaar om ook af te reizen.

Overal waar ik kwam werd ik met veel respect en eerbetuigingen ontvangen, en steeds meer steden beloofden mijn kant te kiezen als het erop aan zou komen.

Mijn bedienden die in Aranda de Duero waren achtergebleven wisten in welke steden ik zou verblijven en ik had hun op het hart gedrukt om alle brieven die voor mij kwamen per koerier aan me te laten bezorgen. Daarmee bedoelde ik vooral Fernando's brieven. Kort na zijn vertrek waren er twee gekomen, maar tijdens mijn reis ontving ik er niet een.

'Ik denk dat de prins te zeer in beslag genomen wordt door de oorlog met Frankrijk, Hoogheid,' zei Palencia, toen we in Salamanca aankwamen en er weer niets op me lag te wachten.

'Dat zal het wel zijn,' zei ik.

Zelf schreef ik mijn echtgenoot wel, en mijn blijdschap was groot toen er in Ávila een bode werd aangediend die een brief bij zich had. Ik vroeg de man op me te wachten zodat ik een antwoord aan hem kon meegeven, en ik trok me terug in een ander vertrek om de brief in alle rust te lezen.

Hij kwam echter niet van mijn echtgenoot maar van mijn schoonvader. Koning Juan bracht me op de hoogte van het verloop van de oorlog, dat voorspoedig was. Hij had Fernando de leiding gegeven over een speciale eenheid, en die had de Fransen afgeslagen. Perpignan bleef behouden voor Aragón. Het was echter nog wel onrustig in Roussillon, waardoor Fernando's terugkeer nog even op zich liet wachten.

Ik waardeerde het dat de koning de moeite nam om mij te informeren, maar bij elk woord vroeg ik me af waarom mijn echtgenoot dat niet zelf deed.

Nadat ik de brief had gelezen liet ik de bode komen. Hij boog en stelde zich voor met de naam Luciano. Ik vroeg hem of hij de brief van de koning persoonlijk had gekregen, wat hij bevestigde, en of Fernando daarbij aanwezig was.

'Ja, Hoogheid, de koning was met de prins in gesprek toen hij me de brief gaf,' zei Luciano.

'En mijn echtgenoot heeft u niet gevraagd om te wachten zodat hij zelf ook een brief mee kon geven?' vroeg ik. 'Of bent u die kwijtgeraakt? In dat geval verzoek ik u om dat eerlijk te zeggen. Ik beloof dat ik u er niet voor zal straffen.'

'Nee, Hoogheid, de prins heeft me niet gevraagd om te wachten en hij heeft ook geen brief meegegeven. Dat zweer ik.'

Hij leek oprecht en ik zuchtte.

'Goed, ik geloof u. Breng deze brief naar de prins en zeg hem dat u van mij op antwoord moet wachten.' Ik gaf hem een verzegeld stuk perkament en Luciano vertrok buigend.

Toen hij weg was bleef ik lange tijd voor me uit zitten staren. Waarom schreef Fernando me niet? Hij kon toch wel tijd vinden om af en toe iets te schrijven, hoe kort ook?

Mencia kwam binnen, vrolijk pratend met Ysabel aan de hand, maar ze hield haar pas in toen ze mij zag.

'Ik wist niet dat u hier was,' zei ze, en na een blik op mijn gezicht vroeg ze: 'Is er iets gebeurd?'

'Dat vraag ik me ook af. Nee, ik weet zéker dat er iets is gebeurd, maar ik weet niet wat.' Ik stond op, liep naar het boogvenster van het stadspaleis en keek naar de symmetrisch aangelegde tuin.

'Hebt u het over de prins? Was de brief niet van hem?'

'Nee, hij was van mijn schoonvader.' Ik draaide me om en zag nog net dat Mencia ongemakkelijk keek. Ze trok haar gezicht haastig weer in de plooi en berispte Ysabel, die op de vensterbank klauterde.

'Is er iets?' vroeg ik.

'Nee, Hoogheid.' Mencia staarde naar de vloer.

Ik wenkte een bediende die bij de deur stond, wees op mijn

dochter en hij nam haar mee. Toen de deur achter hen was dichtgevallen, richtte ik me weer tot Mencia.

'Hoe slecht een bericht ook is,' zei ik zacht, 'het is nog altijd beter het te horen dan in onzekerheid te zitten. Ik weet dat er iets aan de hand is, maar kan er maar niet achterkomen wát. Begrijp je hoe frustrerend dat is? Hoeveel zorgen ik me maak? Dus als je iets weet, vertel het me dan alsjeblieft.'

Met een zucht capituleerde Mencia. 'Goed dan, Hoogheid. Het spijt me heel erg om u te moeten vertellen dat uw echtgenoot zich niet alleen bezighoudt met oorlog voeren, maar dat hij ook meer dan vriendschappelijke betrekkingen onderhoudt met een jongedame. Ik denk dat de prins om die reden weinig tijd heeft om te schrijven.'

Ik staarde haar aan, te verbijsterd om ook maar iets te kunnen uitbrengen. Ik was niet zo naïef om te denken dat een knappe man als Fernando zijn hele leven monogaam zou zijn. Mannen waren jagers, en jagers van koninklijken bloede konden zich veel permitteren. Maar ik had ook niet verwacht dat hij zo snel voor een andere vrouw zou vallen.

'Hoe heet ze?' vroeg ik, uiterlijk beheerst.

'Aldonza Roig de Ibarra. Ze is de vrouw met wie prins Fernando al twee kinderen had voor hij met u trouwde. De bodes zijn tegen de bedienden een stuk loslippiger en volgens hen vergezelt Aldonza de prins zelfs tijdens zijn militaire campagnes in Roussillon.'

Een slag in mijn gezicht had niet harder kunnen aankomen. Een korte affaire met een dienstmeisje of een hofdame had ik door de vingers kunnen zien, maar dit was iets heel anders. Hier was liefde in het spel.

'Het spijt me, Hoogheid,' zei Mencia zacht. 'Kan ik iets voor u doen?'

'Nee. Bedankt voor je openhartigheid, Mencia. Ga nu maar naar Ysabel. Ik wil graag even alleen zijn.'

Mencia vertrok aarzelend, en zodra ze weg was liet ik me op de vensterbank zakken. Opeens begreep ik hoe mijn moeder zich gevoeld moest hebben toen ze door mijn vader werd bedrogen en verstoten. Ik miste haar, verlangde naar haar troostende armen om me heen. Ik sloot mijn ogen en ademde een paar keer diep in, maar kon niet verhinderen dat mijn tranen begonnen te lopen.

Het duurde een paar dagen voor ik enigszins afstand kon nemen van mijn gevoelens en wat verstandelijker naar de situatie kon kijken. Beatriz, die ik meteen had geschreven, hielp me daarbij.

Ze schreef terug dat ze zich mijn pijn heel goed kon voorstellen, maar dat ik me moest realiseren dat ik een verstandshuwelijk had gesloten. Dat Fernando en ik ons tot elkaar aangetrokken voelden was mooi meegenomen, maar ik was met hem getrouwd om Castilië en Aragón aaneen te smeden en mijn macht te vergroten. Als ik ooit op de troon wilde komen dan had ik hem nodig. Voor hem lag het anders, hij was sowieso verzekerd van de troon van Aragón.

'En bedenk wel, lieve Isabel,' besloot Beatriz haar brief, 'dat gedragsregels er zijn voor vrouwen, niet voor mannen. Hoe moeilijk het ook is, daar zul je je bij moeten neerleggen.'

Ik wist niet of ik dat kon, en in een niet te onderdrukken behoefte aan het gezelschap van mijn moeder reisde ik af naar Arévalo. Het was lang geleden dat ik haar had gezien, en ik schrok van de oude, broze vrouw die in een donkere hoek van haar kamer zat. Ik pakte haar hand, wat ze toeliet, maar ze bleef voor zich uit staren.

'Mama?' zei ik zacht. 'Ik ben het, Isabel.'

Met een ruk keek ze op, langs mij heen. 'Hij is terug,' zei ze blij. 'Hij is bij me teruggekomen.'

Als vanzelf keek ik om, de lege kamer in, en toen weer naar mijn moeder, die met een glimlach in het niets keek. Ik liet haar hand los, gaf haar een kus en stond op. Hoewel ze duidelijk uit deze wereld verdwenen was, hoopte ik dat ze gelukkig was in die van haarzelf.

'Dag mama,' zei ik zacht, en ik verliet de kamer.

In juni kwam Fernando terug. Ik had zijn bedrog grotendeels verwerkt, wat niet betekende dat ik hem vergeven had. Ik was teruggekeerd naar Aranda de Duero en ontving hem niet privé maar heel officieel in de ontvangstzaal.

Met grote, zelfbewuste stappen kwam hij de zaal binnen. Hij zag er goed uit, slank en met een gezonde kleur op zijn gezicht. De liefde en de buitenlucht hadden hem duidelijk goedgedaan.

We begroetten elkaar met een kus op de wang. Zolang we omringd waren door hovelingen gedroegen we ons correct, maar onderweg naar onze privévertrekken bereidde ik me voor op het gesprek dat ik nachtenlang had liggen repeteren. Fernando was me echter voor.

Met een triomfantelijke zwaai legde hij een rol perkament op tafel neer. Ik keek er verstoord naar, alsof hij een trucje probeerde uit te halen om mijn aandacht af te leiden. Maar opeens drong tot me door wat hij had meegenomen.

Ik liep snel naar de tafel, rolde het perkament uit en keek neer op de pauselijke bul. Dat de paus ons huwelijk erkende wist ik natuurlijk al, maar zolang het niet zwart-op-wit stond hadden we niets. Nu was het officieel; we zouden niet worden geëxcommuniceerd. Onze dochter was wettig. God was me nog steeds genadig.

Onder andere omstandigheden zou ik Fernando om de hals zijn gevlogen, maar nu hield ik mijn vreugde voor mezelf.

'Dat is goed nieuws,' zei ik, terwijl ik me afwendde.

Een verbaasde uitdrukking verscheen op Fernando's gezicht. 'Ik had een andere reactie verwacht,' zei hij, terwijl hij de bul oprolde. 'Ben je niet blij? Ons huwelijk is nu officieel geldig!'

'Weet Aldonza ook?'

Hij keek me opmerkzaam aan. 'Aha, je hebt het gehoord.'

'Ja, natuurlijk heb ik het gehoord. Hoelang dacht je dat voor me verborgen te kunnen houden?'

'Niet lang,' zei hij met een zucht. 'Ik wilde je geen verdriet doen, Isa. Ik hou van je, maar ik hou ook van Aldonza. Ze is de moeder van mijn kinderen en ik wil haar niet in de steek laten. Net zomin als ik jóú in de steek wil laten. Of je het gelooft of niet, ik heb je gemist.'

'Vandaar dat je een halfjaar bent weggebleven.'

'Dat had niets met Aldonza te maken. Perpignan werd belegerd door de Fransen, ik moest de stad ontzetten.'

'En daar had je Aldonza bij nodig en dus nam je haar mee.'

Opnieuw zuchtte hij. 'Ik heb geen zin om hier ruzie over te maken. Ik ben niet van plan om Aldonza op te geven, dat zul je moeten accepteren.'

'Dat beslis ik zelf wel,' zei ik koeltjes. 'Maar aangezien ik je niet kan tegenhouden om Aldonza te zien, spreken we het volgende af: in Aragón kun je je gang gaan, maar in Castilië gedraag je je volgens mijn regels. En Aldonza zet nooit een voet over de grens. Je hoeft niet van me te houden, maar je kunt me in ieder geval respecteren.'

Er verscheen opeens een heel andere uitdrukking op zijn gezicht. Zacht en liefdevol.

'Akkoord, Aldonza blijft in Aragón.' Hij liep langzaam naar me toe en trok me naar zich toe. 'Echt, Isabel, ik hou van je. Er is niets veranderd.'

'Alles is veranderd.' Ik trok mijn hand los en wendde me af.

Fernando zuchtte en schonk voor zichzelf iets te drinken in. 'Ik heb in Barcelona iemand ontmoet die ons kan helpen in de strijd tegen Enrique.'

Ik reageerde niet, ervan overtuigd dat hij alleen maar van onderwerp probeerde te veranderen.

'Kardinaal Rodrigo Borgia,' zei Fernando. 'Althans, zo noemt hij zich. Hij is Spanjaard van geboorte. Eigenlijk heet hij Rodrigo de Borja, maar hij woont al twintig jaar in Rome. Hij is goed bevriend met de nieuwe paus, Sixtus, en hij zegt dat hij ons kan helpen.'

Ik was mijn wrok nog niet kwijt, maar dit nieuws wekte wel mijn interesse.

'Op wat voor manier?'

'De paus benadert alle hoven in Europa om steun te vragen voor een kruistocht tegen de Ottomanen, en hij heeft Rodrigo Borgia naar Aragón gestuurd. Mijn vader en ik hebben hem gesproken. Borgia vertelde dat hij van de paus naar eigen inzicht een Spaanse kardinaal mag benoemen, en ik weet dat bisschop De Mendoza al jaren op die positie aast. Dus ik heb Borgia voorgesteld om De Mendoza te benoemen, op voorwaarde dat de familie De Mendoza hun steun aan Enrique en Juanita intrekt.'

'Maar dat is briljant! Ging Don Borgia akkoord?'

'Eerst wil hij de garantie dat wij hem aan een goede positie in Spanje helpen als Enrique sterft en wij gaan regeren.'

‘Dat is geen probleem.’

‘Nee, dat heb ik ook gezegd. We hebben de zaak meteen geregeld. Pedro de Mendoza was natuurlijk erg enthousiast dat hij tot kardinaal wordt benoemd en hij zwoer dat hij Juanita niet op de troon zal helpen als Enrique sterft.’

‘Wat gaat er nu met Juana en haar dochter gebeuren?’

‘Ze zullen moeten vertrekken bij de De Mendoza’s. Ik denk dat ze naar de familie van haar minnaar in Madrid gaan.’ Fernando trok me opnieuw naar zich toe. ‘Weet je wat dat betekent, Isa? Dat de machtigste familie van het land nu aan onze kant staat. Niet alleen De Mendoza steunt ons, ook al zijn ooms, neven en vrienden doen dat. Ik denk dat hiermee de balans is omgeslagen in ons voordeel.’

We keken elkaar aan en opeens omhelsden we elkaar. In de warmte van Fernando’s omarming, zijn lichaam dicht tegen dat van mij aan en zijn vertrouwde geur om me heen, was de kus die volgde heel vanzelfsprekend. Het was een lange kus, zo intens als in de eerste dagen van ons huwelijk, en vervolgens keken we elkaar aan.

‘Ik heb je gemist,’ zei Fernando zacht. ‘Het spijt me dat ik je verdriet doe. Het heeft niets met jou te maken, ik hou nog steeds evenveel van je.’

Ik keek in zijn donkere ogen, zag het verlangen erin. Mijn boosheid was niet verdwenen, maar hij was mijn echtgenoot en ik verlangde ook naar hem. Bovendien, als ik niet wilde dat Ysabel enig kind bleef, zou ik mijn geknakte trots opzij moeten zetten. Wat mijn gevoelens ook waren, ik móést opnieuw in verwachting raken.

Ik kuste hem opnieuw en voelde zijn hand over mijn rug glijden. Zijn vingers probeerden onder mijn kleding te komen, maar raakten verstrikt in rijgveters en onderhemdjes.

Vlug ontdeed ik me van mijn japon, en ook Fernando kleedde zich uit. Hij tilde me op en droeg me naar het hemelbed, legde me neer en bedekte me met zijn slanke lichaam. Zijn mond ging op verkenningstocht en vond plekken die al heel lang niet waren aangeraakt. Ik zette Aldonza uit mijn hoofd en gaf me over aan zijn liefkozingen.

Nadat we uiteindelijk tot een hoogtepunt waren gekomen, leek het alsof we nooit van elkaar gescheiden waren geweest. We bleven in elkaars armen liggen en Fernando zei: 'Je bent geweldig.'

Ik begon maar niet over Aldonza. Ik had geen behoefte aan details over hun samenzijn. Het liefst had ik mijn echtgenoot helemaal voor mezelf, maar als dat niet mogelijk was, dan hoopte ik op iets anders. Mijn hand gleed naar mijn buik en bleef daar liggen, alsof ik al iets te beschermen had.

17

Zoals ik verwacht en gevreesd had, was Carrillo razend dat Fernando Pedro de Mendoza had voorgedragen voor het kardinaalschap.

'En u steunt hem? Na alles wat ik voor u gedaan heb?' vroeg hij ongelovig aan mij.

Het maakte niet uit hoe vaak ik uitlegde dat het een tactische beslissing was en dat het van groot belang was dat we Pedro de Mendoza aan onze kant kregen, Carrillo was diep gekrenkt. Fernando en ik probeerden het goed te maken door een huwelijk te regelen voor een van zijn nichtjes, maar de aartsbisschop hulde zich in een wrokkig stilzwijgen. Hij was nog steeds weinig spraakzaam toen Fernando weer naar Aragón vertrok.

Ik zag ertegen op om achter te blijven met Carrillo, en in de lange, stille uren van de nacht zag ik elk detail van Fernando's hereniging met Aldonza voor me. Ze zou natuurlijk weer meegaan naar Perpignan, naar Fernando's verhalen luisteren, met hem meeleven en zijn eventuele verwondingen verzorgen. Hij zou dat aspect van zijn leven met haar delen, nooit met mij, en dat vrat aan me.

De herfst en winter gleden traag en eenzaam voorbij, maar toen, alsof de Voorzienigheid me wilde compenseren voor mijn eenzaamheid, keerde Gonzalo in maart 1473 terug naar mijn hof. Het nieuws van zijn komst deed snel de ronde en mijn raadslieden en hofdames waren allemaal aanwezig toen ik hem verwelkomde in de ontvangstruimte van het herenhuis.

Gonzalo kwam met lange, soepele passen binnen. Hij was duidelijk geen jongen meer maar een man, en knapper dan ooit.

'Hoogheid,' zei hij, terwijl hij zijn hoofd boog en een kniebuiging maakte.

'Don De Córdoba, wat een aangename verrassing.' Ik voelde vele ogen op mij gericht en spande me in om mijn begroeting zo formeel mogelijk te houden. Het kon echter niet anders of mijn vreugde was voor iedereen duidelijk zichtbaar. Mijn wangen voelden warm, en ik kon niet ophouden met glimlachen.

Gonzalo had ook zichtbaar moeite om een formele houding aan te nemen. De blik die hij me toewierp voor hij boog was zo warm dat ik volkomen begreep waarom hij zijn hoofd daarna gebogen hield.

Na een hartelijk maar kort gesprek beëindigde ik de ontvangst. We zouden elkaar later wel zien, als mijn hartslag tot bedaren was gekomen.

Aan het einde van de middag, toen de laatste zonnestralen in de tuin vielen, wandelden Gonzalo en ik langs de bloembedden, gevolgd door Mencia en twee bedienden. Hij had een jaar deel uitgemaakt van de Orde van Calatrava, waar hij leefde naar de benedictijnse regels: kuisheid, niet spreken in de slaapzaal, drie keer per week een warme maaltijd en regelmatig vasten. De ridders van de Orde sliepen met hun zwaarden naast hun bed, altijd klaar om het geloof en de zwakkeren in de samenleving te beschermen.

'Het geeft me veel voldoening om zo te leven, maar op dit moment heb jij mij harder nodig,' zei hij, terwijl hij met zijn handen op zijn rug naast me liep.

Ik reageerde niet meteen, zocht naar woorden waaruit mijn genegenheid zou blijken, maar die hem niet op verkeerde gedachten zouden brengen.

'Ik ben heel blij dat je terug bent,' zei ik uiteindelijk. 'Je bent mijn beste vriend en ik heb je inderdaad nodig.'

'Hoelang is de prins al in Aragón?'

'Sinds oktober, dus bijna vijf maanden.'

'Dat is lang.'

'Ja, en het valt me zwaar, maar ik begrijp natuurlijk dat hij zijn vader wil helpen.'

Gonzalo knikte slechts, maar aan de lichte frons op zijn voorhoofd zag ik dat hij er het zijne van dacht. Ongetwijfeld wist hij van Fernando's minnares, maar verkoos hij daar niet over te beginnen, en daar was ik hem dankbaar voor.

Het herenhuis in Aranda de Duero was niet al te groot, waardoor ik Gonzalo voortdurend tegen het lijf liep, maar ik zorgde ervoor dat we nooit alleen waren. 's Nachts liet ik Mencia in mijn kamer slapen, overdag waakte ik ervoor om vaker dan noodzakelijk naar hem te kijken. Ik had geleerd van de jaren in Segovia en van Juana's fouten. Niemand mocht mij van overspel verdenken, niets mocht mijn huwelijk in gevaar brengen. Niet alleen mijn toekomst, maar ook die van Ysabel, van heel Castilië, hing ervan af.

Er was maar één remedie om te ontkomen aan de uitwerking

die Gonzalo op mij had en dat was me concentreren op andere zaken.

Graaf Alfonso de Quintanilla hield me bijna dagelijks op de hoogte van de toestand in het land, die steeds zorgwekkender werd. De wegen waren vergeven van de struikrovers, en hele legers van bandieten terroriseerden de steden. In Andalusië, met Sevilla voorop, heerste totale anarchie. De plaatselijke edelen vochten hun vetes uit in de straten van de stad zonder zich te bekommeren om de inwoners, die zelf ook aan het roven en moorden sloegen.

'In tijden van rampspoed zoeken de mensen een zondebok,' zei De Quintanilla. 'En die hebben ze gevonden in de Joden en de Moren. Zij krijgen de schuld van alle tegenslag.'

'Wat kunnen de Joden en Moren in hemelsnaam doen aan misoogsten?' vroeg ik.

'Niets, Hoogheid, maar het wordt de Joden wel zwaar aangerekend dat ze zich verrijken met woekerrente, wat in hun religie is toegestaan.'

'Maar niet in de christelijke leer.'

'Precies, en dat botst. En nu er met een scheef oog naar de Joden gekeken wordt, is men ook wantrouwend naar converso's, de Joden en Moren die zich tot het christendom bekeerd hebben. In Córdoba is een opstand uitgebroken tegen de converso's. Het is uitgelopen op een bloedbad. Vrouwen zijn verkracht, huizen leeggeroofd en hele wijken zijn afgebrand.'

'Dat is vreselijk,' zei ik ontsteld. 'Ik hoop dat Enrique eindelijk maatregelen heeft genomen om de daders te straffen?'

'Tot nog toe niet. Intussen is in Sevilla een volksopstand ontstaan onder de converso's omdat ze woedend zijn over wat er in Córdoba is gebeurd. De christenen zijn bang dat de Joden zich op hen zullen wreken en willen ze de stad uit hebben.'

Als ik het voor het zeggen had gehad, zou ik krachtig ingegrepen hebben, maar nu kon ik het nieuws alleen maar vol machteloze woede aanhoren.

'Mijn broer laat Castilië steeds verder de afgrond in glijden,' zei ik verbeten.

'Ja, en daarom komen steeds meer edelen tot de conclusie dat we een troonswisseling nodig hebben. Hoe vreselijk al deze gebeurtenissen ook zijn, ze zouden weleens in uw voordeel kunnen uitpakken. In tijden van anarchie willen de mensen een leider, iemand die ingrijpt, zodat ze zich veilig kunnen voelen.'

'U stelt toch geen staatsgreep voor, Don De Quintanilla?'

'Nee, maar u zou de onrust wel kunnen gebruiken om de weg naar de troon voor te bereiden. Mocht koning Enrique worden afgezet, dan heeft Castilië een nieuwe bestuurder nodig: prinses Juana of u.'

'Juanita is pas elf.'

'Dat was prins Alfonso ook toen hij werd gekroond.'

Hij had gelijk. Enrique zou voor de tweede keer afgezet kunnen worden, en dan zou Juanita de troon bestijgen. Ik moest vóór die tijd de leiding nemen. Niet door middel van een staatsgreep, maar door een verzoening met mijn broer.

Ik dacht even na en zei toen: 'Laat Palencia komen.'

Ik dicteerde Palencia een brief aan Beatriz waarin ik mijn zorgen uitte over de vijandschap die heerste tegen de converso's. Ik vroeg of ze een ontmoeting met mijn broer kon regelen, zodat ik Enrique kon helpen om een oplossing voor de problemen te vinden.

Beatriz schreef terug dat ze mijn zorgen deelde en lange gesprekken had gevoerd met Andrés. Ze had geprobeerd hem ervan te overtuigen dat hij naar de toekomst moest kijken, en dat het verstandig zou zijn om openlijk achter Fernando en mij te gaan staan. Andrés en zij waren zelf converso's, en ze zouden in gevaar kunnen komen als de gewelddadigheden oversloegen naar het noorden. Dat laatste argument hielp Andrés uiteindelijk bij het nemen van de moeilijke maar onvermijdelijke beslissing om zich definitief bij mij aan te sluiten.

Op een bloedhete dag begin juni trof ik hem in een klooster even buiten de stadsmuren. Gonzalo en een paar lijfwachten vergezelden me. Ik had gewacht tot Carrillo een paar dagen de stad uit was, en ik drukte iedereen op het hart om te zwijgen over deze afspraak. Carrillo had gezegd dat hij in Toledo moest zijn, maar iets in de manier waarop hij van me wegkeek had mijn wantrouwen gewekt. Onze goede verstandhouding was nooit helemaal teruggekeerd, en dat hij via Madrid reisde zat me niet lekker.

Andrés en ik begroetten elkaar hartelijk. Ik vroeg naar de gezondheid van Beatriz en hun vier zoontjes, en hij naar die van Ysabel, en daarna kwamen we ter zake.

'Ik wil de koning nog één kans geven,' zei Andrés. 'Ik ga mijn best doen om een verzoening tussen u beiden tot stand te brengen, maar als hij weigert u zelfs maar te ontmoeten, heeft hij zijn krediet bij mij verspeeld. Voor de zekerheid heb ik de schatkist van Madrid naar Segovia laten overbrengen, dus daar hebt u volledige controle over, mocht u tot drastischer maatregelen willen overgaan.'

Ik kon niet geloven wat ik hoorde. 'U hebt mijn broers geld weggehaald?'

'Ja, met het excuus dat het in Segovia veiliger was dan in Madrid. Segovia is *mijn* stad, als gouverneur heb ik daar veel vrienden. En u ook, Hoogheid. De mensen zijn niet vergeten dat u daar jarenlang gevangen hebt gezeten. Om eerlijk te zijn denk ik dat u verrast zult zijn over het aantal mensen dat u zou volgen als u een staatsgreep zou plegen.'

Ik liet zijn woorden even op me inwerken. Andrés had altijd aan mijn kant gestaan, en het was ook handig om iemand te hebben die van binnenuit de boel in de gaten kon houden, maar er kwam een moment waarop je kleur moest bekennen en dat had hij zojuist gedaan.

'Dus als het zover komt kan ik op uw steun rekenen?'

'Dat kunt u. Maar ik denk dat we eerst moeten proberen om een verzoening tot stand te brengen. Als de koning die weigert, kunnen we het altijd nog over verdere maatregelen hebben. Een staatsgreep brengt risico's met zich mee, en als het misgaat zouden de gevolgen verschrikkelijk zijn.'

Over Andrés' schouder heen keek ik naar Gonzalo, die op enkele passen afstand mee stond te luisteren. Hij knikte goedkeurend.

Ik wendde me weer tot Andrés. 'Ik ben heel blij met uw steun. Hoe kan ik u bedanken?'

Hij lachte. 'Mijn enige wens is vrede in Castilië. Hoe u mij wilt bedanken laat ik aan u over.'

Een paar weken later, op 15 juni 1473, tekende ik een overeenkomst met Andrés. In de voorgaande weken had hij er bij Enrique op aangedrongen om in het landsbelang het contact met mij te herstellen, en we hoopten dat het niet tot een staatsgreep zou hoeven komen.

Terwijl ik gespannen afwachtte hoe de zaken zich ontwikkelden, keerde Fernando eindelijk terug uit Aragón. Ik was niet zo blij als ik hoorde te zijn. Ik had veel aan hem gedacht, over hem gedroomd ook, maar door de berichten over zijn minnares was mijn verliefdheid verbleekt. Ik begroette mijn echtgenoot dan ook beleefd maar afstandelijk.

'Isabel, liefste Isabel, ik heb je gemist,' zei hij terwijl hij me op me afliep en me omhelsde.

'Dan had je wat eerder naar huis moeten komen.' Ik maakte me van hem los.

'Dat kon helaas niet. Het gaat niet goed met mijn vader, zijn krachten nemen af en hij is vaak ziek. Hij heeft me nodig.'

Ik heb je ook nodig, wilde ik hem toeschreeuwen, maar ik knikte slechts. Zoals hij voor me stond, met zijn lichtgebruinde gezicht, was hij aantrekkelijker dan ooit. Ik voelde een steek van spijt om wat er tussen ons verloren dreigde te gaan.

Mencia kwam binnen met Ysabel, die niet naar binnen durfde toen ze Fernando zag staan. In haar tweejarige leventje had ze haar vader amper gezien, en ze verschool zich achter mijn rokken. Fernando, die zijn armen spreidde om zijn dochter te begroeten, keek teleurgesteld.

'Daar is papa. Ga maar naar hem toe,' zei Mencia.

Ysabel schudde haar hoofd, wat me een grimmige voldoening bezorgde. Ik verwachtte dat Fernando zijn schouders zou ophalen, maar hij wenkte een dienaar, die hem een pakje overhandigde, en hij ging op de grond zitten.

'Kijk eens wat ik voor je heb meegenomen,' zei hij op geheimzinnige toon. 'Wil je weten wat erin zit? Maak maar open.'

Onder andere omstandigheden zou ik Ysabel aangemoedigd hebben om naar haar vader te gaan, maar nu liet ik die beslissing aan haar over. Ze verborg haar gezicht in de plooien van mijn gewaad.

'Dan maak ik het zelf open.' Langzaam haalde Fernando de stoffen verpakking weg.

Ysabel gluurde naar hem en draaide zich half om toen er een pop tevoorschijn kwam. Het was een miniatuurversie van haarzelf, met roodblond haar en blauwe ogen, gekleed in een satijnen jurk.

Haar vader, die een paar dagen eerder nog over het slagveld had gegaloppeerd, liet de pop een dansje doen en keek hoopvol naar zijn dochter.

'Ga maar kijken, Ysabel,' zei ik. 'Zullen we samen gaan?'

Ysabel knikte en commandeerde: 'Zitten, mama!'

Gehoorzaam ging ik naast haar op de grond zitten. Ik had moeite om mijn lachen in te houden toen Fernando de pop met een hoog stemmetje liet praten, en toen hij dat zag moest hij zelf ook lachen.

'Dit is waar het om gaat,' zei hij zacht. 'Jullie twee zijn het belangrijkste in mijn leven. Echt waar.'

Tijdens het diner, dat we in ons privévertrek lieten opdienen, praatten we elkaar bij over de afgelopen maanden. Ik vroeg Fernando naar de oorlog in Roussillon en Cerdagne en hij deed uitgebreid verslag van zijn heldendaden. Zo te horen was het volledig aan hem te danken dat Perpignan voor Aragón behouden was gebleven.

Toen hij klaar was met zijn verhaal, vertelde ik wat er allemaal speelde in Castilië en over mijn bondgenootschap met Andrés Cabrera. Hij luisterde vol interesse.

'Dus Cabrera is in ons kamp,' zei hij. 'Dat is goed nieuws. Denk je dat je broer openstaat voor een verzoening?'

'Ik hoop het.'

'Een verzoening zou mooi zijn, maar daar hebben we niet veel aan als hij jou niet tot zijn opvolger benoemt. Ik zou er niet op rekenen dat Enrique dat kan opbrengen.'

'Als Enrique weigert, kiest Andrés openlijk onze kant en opent hij de poorten van Segovia voor ons. Er staat iets te gebeuren, Fernando. Het broeit en gist in Castilië. Steeds meer edelen verklaren zich voor ons. Zeg alleen niets over mijn afspraak met Andrés tegen Carrillo. Ik heb het hem niet verteld.'

'Waarom niet?'

'Omdat ik hem niet helemaal vertrouw. We hebben ruzie gehad en sindsdien is alles... anders.'

'Carrillo is een arrogante oude man die het liefst zelf zou regeren,' zei Fernando, terwijl hij zich door een dienaar liet bijschenken. 'En omdat dat niet kan, probeert hij het via ons te doen. Als het erop aankomt, kunnen we alleen elkaar vertrouwen.' Hij hief zijn beker en keek me aan. 'Op ons.'

'Op ons,' zei ik.

Na een paar slokken stuurde Fernando de dienaren met een handgebaar weg. Hij schoof zijn stoel naar achteren, liep naar me toe en trok me met zachte hand omhoog. Hij was afgevallen. Zijn kaaklijn was strakker en zijn kin zat vol baardstoppels. Ik kon me goed voorstellen dat Aldonza hem aantrekkelijk vond, dat vond ik zelf ook. De rustgevende onverschilligheid die me door de afgelopen maanden heen had geholpen smolt weg. Een deel van me wilde hem de huid vol schelden, maar een ander deel verlangde naar hem, en ik bood geen weerstand toen hij me in zijn armen nam en me mee naar het hemelbed voerde.

18

In de derde week van december kwam Beatriz ons opzoeken. Het was koud buiten en er viel sneeuw, geen weer om voor een gezelligheidsbezoek op pad te gaan, waardoor ik wist dat ze iets belangrijks te vertellen had. Hoop laaide in me op.

'Ik heb goed nieuws,' zei Beatriz opgewekt. 'Maar laat me eerst even warm worden voor ik het vertel.'

Ik nam haar mee naar de kamer, installeerde haar bij het vuur en gaf een bediende opdracht om Fernando te halen.

Mijn man kwam binnen met onze dochter op de arm, en Beatriz klapte in haar handen.

'Daar is de kleine prinses! Dag lieverd, krijg ik een kus van je?'

Ysabel gehoorzaamde aarzelend, en ze lachte toen Beatriz haar even kietelde.

'Je zei dat je goed nieuws had,' zei ik, terwijl een bediende warme dranken serveerde.

'Ja, ik heb met Enrique gepraat over zijn manier van regeren en zijn wispelturige gedrag. Ik heb hem herinnerd aan het verraad van Juan Pacheco en hem erop gewezen dat jij altijd loyaal bent gebleven, en dat jouw ergste vergrijp alleen maar ongehoorzaamheid was. Toen ik uitgesproken was, was hij emotioneel en gaf hij toe dat hij fouten had gemaakt. Hij zei dat hij openstaat voor een gesprek met jou.'

'Dat had ik nooit gedacht. Je hebt een wonder verricht,' zei ik verheugd.

'Ik denk dat je snel een afspraak moet maken voor je broer zich bedenkt. Helaas is hij net naar Segovia vertrokken, dus je zult daarnaartoe moeten.'

'Dat geeft niet. Je hebt gelijk, dit moet snel afgehandeld worden.'

Carrillo was buitenshuis, maar hij kwam aan het einde van die middag terug. Hij stelde zich enigszins gereserveerd op, en over Enriques uitnodiging toonde hij zich niet enthousiast.

'Het kan een valstrik zijn,' zei hij.

'Dat kan, maar als Enrique Isabel opnieuw gevangenneemt, zal er een enorme opstand uitbreken,' zei Fernando.

'En ik denk dat hem dat weinig interesseert, zoals niets wat er in het land gebeurt hem interesseert,' zei Carrillo. 'Alleen al de reis naar Segovia is heel gevaarlijk. Ik acht Pacheco ertoe in staat om een roofoverval in scène te zetten waarbij de prinses omkomt, zodat Enrique zijn handen in onschuld kan wassen.'

Er viel een stilte waarin we elkaar aankeken.

'Ik weet dat ik een risico neem, maar ik moet het erop wagen,' zei ik. 'Ik heb geen keus.'

Carrillo gaf aan dat hij te veel last had van jicht om de rit door de kou te maken en dat hij liever in Aranda de Duero bleef. Besloten werd dat Gonzalo en Beatriz met mij naar Segovia zouden gaan, en dat Fernando met Gutierre en zijn soldaten een paar mijl voor ons uit zou rijden om de weg te verkennen.

Op 29 december reed ik met Gonzalo, Beatriz en een klein escorte over de besneeuwde hoogvlakte naar Segovia. Er stond een gure wind. Ik sprak niet veel, werd in beslag genomen door mijn gedachten. Carrillo had gelijk: de kans dat ik in een val zou lopen was groot. Als mijn broer geen kwade plannen had dan waren er genoeg mensen om hem heen, Juan Pacheco voorop, die niet zouden aarzelen om buiten hem om te handelen. Voor de zekerheid had ik Ysabel naar bevriende edelen in Sepúlveda laten brengen.

Na een lange tocht naderden we Segovia, en alleen al van de aanblik van de sierlijke torens van het alcazar kreeg ik buikpijn. Maakte ik de fout van mijn leven en zou ik daar straks weer vastzitten?

Ik klemde mijn vingers, die ondanks de met bont gevoerde handschoenen pijn deden van de kou, om de teugels en keek om me heen. Nergens waren vijandelijke troepen te bekennen. In de verte zag ik Fernando en zijn soldaten, nog net waarneembaar. Zij zouden in Sepúlveda wachten op nieuws.

De weg slingerde met grote bochten omhoog over de heuvel naar de stadspoort. Even later reden we Segovia binnen, en na een korte rit door de steile straten rees het alcazar voor ons op.

Het was een drukte van belang op het plein. Ruiters in jachttenue reden in het rond, geschoten klein wild hing aan de riemen van hun zadels.

'Daar is je broer,' zei Gonzalo, die naast mij reed.

Ik volgde zijn blik naar Enrique, die zich tussen de jagers bevond. Ook al was hij precies hetzelfde gekleed als de andere mannen, hij viel op door zijn lengte en grove bouw. Naast hem zat Juan Pacheco te paard. Hij gaf me een koele blik en zei iets tegen mijn broer.

Enrique keek om, wendde zijn paard en reed naar me toe.

Mijn greep om de teugels verstevigde.

'Welkom, welkom!' riep hij opgewekt. 'Ik ben blij om jullie te zien!'

Verrast keek ik hem aan. Mijn broer was zwaarder geworden en leek veel ouder dan zijn negenenveertig jaar. Zijn rossige haardos werd dunner en hij had nu diepe rimpels in zijn gezicht.

Hij nam mij ook op, en ik realiseerde me dat de tijd voor mij evenmin ongemerkt was verstreken. Ik was geen meisje meer, maar een vrouw van tweeëntwintig. Een gehuwde vrouw én moeder. Maar in zijn ogen had ik nu de echtgenote van koning Afonso moeten zijn. Had mijn broer me mijn ongehoorzaamheid echt vergeven, of werd ik straks omsingeld door zijn soldaten?

Enrique manoeuvreerde zijn paard vlak naast dat van mij. Ik speurde zijn gezicht af en zag niets dan vriendelijkheid.

'Mijn lieve zuster. Wat fijn om je weer te zien. Dat is lang geleden.'

'Veel te lang,' beaamde ik, nog steeds op mijn hoede.

'We hebben heel wat in te halen. Laten we naar binnen gaan, het is hier veel te koud. Binnen brandt een groot vuur.'

Ik wisselde een blik met Gonzalo, die zijn wenkbrauwen optrok, en toen met Beatriz. Ze glimlachte bemoedigend.

Enrique had niet overdreven. De open haard in de zaal was gevuld met grote blokken hout, waaraan de vlammen zich tegoeddeden. De eettafel was er vlakbij gezet zodat de warmte ons goed kon bereiken. Terwijl we onze plaatsen innamen, gaf Enrique een teken aan een bediende en even later kwam die binnen met een mand in zijn armen. Hij kwam ermee naar mij toe, en even was ik verbaasd, tot er iets donkers uit sprong, precies op mijn schoot.

'Feliz!' riep ik uit.

'Ik heb hem meegenomen uit Ocaña,' zei Enrique. 'Hij liep maar rond, zoekend naar jou. Ik dacht dat je hem wel graag terug zou willen hebben.'

'Wat lief van je! Dank je wel.' Ontroerd knuffelde ik mijn kat, en ik wierp mijn broer een dankbare blik toe.

'Beschouw het maar als een zoenoffer,' zei Enrique met een tevreden glimlach.

De eerste schotels met eten werden naar binnen gedragen. Enrique converseerde op vrolijke toon, alsof er nooit iets was voorgevallen tussen ons. Ik probeerde hetzelfde te doen, maar het kostte me moeite om te ontspannen. Dat Juan Pacheco niet bij ons aan tafel zat stelde me niet gerust, integendeel. Ik bleef maar naar de deur kijken. Gonzalo proefde mijn eten voor en er gebeurde niets, maar ik bleef onrustig. Ook toen Enrique me uitnodigde om mee te gaan naar zijn privévertrek om te praten, vertrouwde ik het nog niet helemaal.

We namen plaats bij het vuur, en terwijl we praatten voelde ik me langzaam tot rust komen. Ik bood mijn excuses aan voor mijn ongehoorzaamheid, Enrique accepteerde die en toonde begrip voor mijn beslissing. Al het onbegrip en oud zeer, de misverstanden en beledigingen werden een voor een besproken en terzijde geschoven. Wat overbleef was een nieuwe verstandhouding waarmee we hopelijk weer broer en zus konden zijn in plaats van vijanden.

De volgende avond dineerden we opnieuw samen, waarna we muziek maakten en dansten en zongen. We amuseerden ons tot diep in de nacht, en de volgende dag gingen we uit rijden, zodat iedereen in Segovia kon zien dat we onze ruzie hadden bijgelegd. Enrique stond erop dat Fernando zich bij ons voegde, en op dat moment merkte ik hoe broos mijn vertrouwen in zijn vergevingsgezindheid toch nog was.

'Wat als het een list is en hij Fernando laat arresteren?' zei ik tegen Gonzalo en Beatriz.

'Dan is Enrique meteen in oorlog met Aragón,' zei Beatriz. 'Zo dom zal hij niet zijn. Bovendien is Enrique niet iemand die gebruikmaakt van streken en listen. Ik denk dat je Fernando met een gerust hart kunt laten komen.'

Een gerust hart had ik niet, maar ik stuurde toch een bode naar mijn echtgenoot. Als ik wilde dat het goed kwam tussen mijn broer en mij, dan had ik geen keus.

Fernando arriveerde op nieuwjaarsdag, en de twee mannen bleken het uitstekend met elkaar te kunnen vinden. In de loop van de week ebde mijn wantrouwen weg. We trokken veel met z'n drieën op, gingen jagen en boogschieten, en we gebruikten alle maaltijden samen. Over de troonopvolging spraken we niet, dat leek me te vroeg.

Op de laatste avond van ons verblijf organiseerden Beatriz en Andrés een diner voor het hele hof om de verzoening van Enrique en mij te vieren. Juan Arías Dávilla, de bisschop van Segovia, had de eetzaal in zijn herenhuis beschikbaar gesteld, omdat die het meeste ruimte bood en zijn woning zich tegenover het alcazar bevond.

's Middags gingen Enrique, Fernando en ik uit rijden. Toen we terugkwamen in het alcazar kleedden we ons om en wandelden we naar het huis van de bisschop. Beatriz had veel werk gemaakt van de aankleding van de eetzaal. Op de grond lagen biezen matten om de houten vloer te beschermen, en de lange schragen die dienstdeden als tafels waren bedekt met wit linnen, waar zilveren bekers en schenkkannen op stonden. Het schemerde al, maar honderden kaarsen verlichtten de zaal en wierpen een flakkerend schijnsel op de fresco's aan de muren. In een hoek zat een groep muzikanten, die begonnen te spelen zodra Enrique en ik binnenkwamen. Enrique nam plaats aan het hoofd van de tafel, Fernando en ik aan weerszijden van hem. Naast mij zat de bisschop, en Andrés en Beatriz mochten naast Fernando aanschuiven.

Het werd een prachtige avond, met heerlijk eten, vrolijke verhalen en veel gelach. Na een paar bekers wijn stond Enrique op en hief zijn glas.

'Op mijn zuster en erfgename, prinses Isabel!' zei hij. 'Op haar gezondheid en onze verzoening.'

Iedereen ging staan en echode: 'Op prinses Isabel!' De bekers gingen omhoog en met een blos van genoegen stond ik eveneens op.

'Heel hartelijk dank voor de uitnodiging om naar Segovia te komen en onze band te herstellen. Moge die sterker worden dan ooit,' zei ik. 'Lang leve de koning!'

Mijn heilwens werd drie keer herhaald door de aanwezigen en Enrique knikte iedereen glimlachend toe.

'Ik meen het,' zei ik, toen iedereen zijn plaats weer had ingenomen. 'Ik hoop dat we het verleden achter ons kunnen laten en naar de toekomst kunnen kijken. Per slot van rekening hebben we alleen elkaar nog.'

Enrique tikte met zijn beker tegen die van mij. 'Aan mij zal het niet liggen. Ik ben blij dat je er bent, lieve zus. Vanaf nu zijn we één.'

Het diner liep ten einde, dienaren haalden de schalen vol botten en etensresten weg, vervingen het tafellinnen en serveerden het nagerecht.

In een ommezien stond de tafel vol taarten en andere zoetigheden, waar iedereen zich graag van bediende.

Ik was net in een plezierig gesprek met bisschop Dávilla verwikkeld toen ik gekreun hoorde. Ik keek opzij en zag mijn broer naar zijn buik grijpen. Hij stootte een kreet uit en sloeg dubbel van de pijn.

Fernando en ik waren als eersten bij hem.

'Enrique, wat is er?' Ik sloeg mijn arm om hem heen, maar hij schudde die af. Een schreeuw ontsnapte hem, zijn gezicht was doodsbleek.

'Haal een arts!' riep Fernando.

De bisschop, Andrés en Beatriz kwamen bij ons staan.

'Wat mankeert hem?' vroeg Beatriz bezorgd.

'Breng de koning daarnaartoe, dan kan hij even liggen.' Bisschop Dávilla knikte naar een belendend vertrek.

Bedienden schoten toe en hielpen Enrique, die amper kon lopen, met veel moeite naar de woonkamer van de bisschop. Ze begeleidden hem naar een comfortabele ligbank, waarop Enrique zich kermend uitstrekte.

'Wat heeft hij opeens? Zou hij iets verkeerds gegeten hebben?' Ontdaan keek ik Andrés aan.

'Ik denk het, maar wat? Er stond alleen maar zoetigheid op tafel en daar heeft hij nooit last van,' zei hij.

Beatriz beet op haar lip, er stonden tranen in haar ogen. 'Wat een vreselijk einde van zo'n mooie avond. Hopelijk is het iets onschuldigs. Waar blijft de dokter?'

Enriques lijfarts, die in het alcazar gebleven was, arriveerde eindelijk en verrichtte een snel onderzoek.

'Zijn maag is van streek,' zei hij. 'Het zal zo wel beter gaan, dan brengen we de koning naar het alcazar.'

Ik keek naar mijn broer, die nog steeds bleek zag en transpireerde maar gelukkig niet meer zo hard kreunde. Hij gaf aan dat het wel ging, en ondersteund door twee bedienden verliet hij het huis van de bisschop en stak hij het plein over naar het alcazar.

Terwijl meer artsen arriveerden en ze Enrique in zijn slaapkamer onderzochten, wachtten Fernando en ik nerveus in een zijvertrek. Door de deur heen hoorden we het woord 'gif" vallen, waarop Pacheco riep dat iedereen die tijdens de maaltijd in de buurt van de koning was geweest gearresteerd moest worden.

Ik verbleekte en zocht Fernando's hand. Hij pakte de mijne stevig vast en zei: 'Wat een onzin. Je broer heeft gewoon te veel gegeten.'

Op dat moment zwaaide de deur open. Pacheco kwam naar buiten, keek ons vuil aan en liep met grote stappen weg.

De hele nacht bleef Enrique last houden van hevige maagkrampen. Tegen de ochtend namen ze af, maar later die dag kwamen ze weer opzetten. Onze goede verstandhouding leek voorbij. We wisten dat Pacheco mijn broer influisterde om ons te arresteren, maar kardinaal De Mendoza, die nog altijd in het geheim aan onze kant stond, wist Enrique daarvan af te brengen.

'Denkt hij echt dat we hebben geprobeerd hem te vergiftigen?' vroeg ik aan Fernando.

'Nee, dan zou hij ons wel gevangengenomen hebben.'

'Maar hij twijfelt wel. En als hij inderdaad vergiftigd is, wie zou dat dan gedaan moeten hebben? Beatriz en Andrés? De bisschop? Dat is belachelijk.' Opeens viel me iets in. 'Misschien heeft Pacheco iets in zijn eten gedaan. Geen dodelijke hoeveelheid, maar genoeg om hem even flink ziek te maken.'

'Zodat je broer ons gaat wantrouwen? Dat zou kunnen.' Fernando zuchtte diep. 'Het ging net zo goed tussen jullie. Ik ben bang dat alles wat we hebben bereikt nu weer verloren is. We kunnen beter weggaan voordat Enrique zich bedenkt en ons in de kerker gooit.'

'Nee,' zei ik. 'Als we weggaan lijkt het alsof we vluchten. We hebben niets misdaan, dus we blijven hier en bekommeren ons om mijn broer. Zelfs als hij ons niet wil zien.'

Voor de zekerheid lieten we Ysabel voorlopig in Sepúlveda. Ik miste haar, maar ik was niet van plan om mijn dochter in gevaar te brengen. Enrique bleef weigeren om Fernando en mij te ontvangen. Een maand later, toen hij zich sterk genoeg voelde, vertrok hij zonder afscheid te nemen naar Madrid.

Fernando en ik zagen hem wegrijden en keken elkaar verslagen aan.

'Nu is het voorbij,' zei ik zacht. 'Dit komt niet meer goed.' Het huilen stond me nader dan het lachen en Fernando sloeg zijn arm om me heen.

'En nu? Wil je nu wel terug naar Aranda de Duero?' vroeg hij.

Ik schudde mijn hoofd. 'Nee, we hebben alle recht om hier te zijn. Dit is het paleis van mijn voorouders, van ónze voorouders. We blijven hier.'

We lieten Ysabel en onze bezittingen brengen en installeerden ons in het alcazar. Lange tijd vreesden we dat Enrique, opgestookt door Juan Pacheco, opdracht zou geven om ons te arresteren, maar dat gebeurde niet. Enrique wilde ons evengoed niet ontvangen, en zo was de sfeer van wantrouwen en vijandschap net zo snel terug als hij beëindigd was.

Ondanks mijn zorgen was ik die zomer van 1474 erg gelukkig. Ik genoot van elke dag die ik met Fernando doorbracht. Hand in hand wandelden we door het alcazar en bekeken elk achterkamertje en elk hoekje. We bestudeerden de beeltenissen van onze voorouders, namen plaats op de tronen en fantaseerden over de dag dat we zelf zouden regeren.

De enige smet op mijn geluk was Gonzalo's aankondiging dat hij weer wegging.

Fernando was erbij toen hij vertrok, en dus waren we gedwongen om vrij formeel afscheid te nemen. Ik verbood mezelf om Gonzalo na te kijken en ging snel naar binnen. Ik trok me terug in mijn werkkamer en probeerde me te concentreren op een gesprek met De Quintanilla over de problemen met mijn broer.

Het gerucht dat Enrique vergiftigd was bleef rondgaan, maar weinig mensen geloofden daarin. De koning leefde immers nog, en zijn klachten leken meer op een maagaandoening dan op vergiftiging. Ik schreef hem meermalen, maar hij reageerde niet.

Tegenslag komt meestal in drievoud. In augustus arriveerde er een bode met het bericht dat de strijd in Roussillon weer was opgelaaid, en Fernando reisde meteen af.

Mijn humeur was niet best die eerste dagen na zijn vertrek, en dat werd er niet beter op toen ik een brief van Carrillo in mijn kamer vond. In hoogdravende taal liet de aartsbisschop me weten dat hij was teruggekeerd naar Enrique, die misschien geen goede koning was maar wel wist hoe hij zijn getrouwen moest belonen.

Verbijsterd liet ik de brief zakken. Hij was weg! Ik was er al bang voor geweest dat dat zou gebeuren, maar nu het een feit was kon ik het toch niet geloven. Hoe kon Carrillo dit doen? We hadden samen zoveel meegemaakt. Ooit was hij als een vader voor me geweest, en ook al botsten we de laatste tijd steeds vaker, ik had hem nog steeds nodig. Met Carrillo's vertrek was ik een belangrijke bondgenoot kwijt. Een paar dagen lang was ik er totaal ondersteboven van, maar op een ochtend, toen ik uit het raam stond te kijken, viel mijn blik op het klooster in het dal. Ik draaide me om, liep naar beneden en gaf opdracht om mijn paard te zadelen.

Hoewel ik bijna geen contact meer had met broeder Tomás, was ik nooit vergeten hoe hij mij in mijn jongere jaren had gesteund.

Ik zocht hem op in het klooster en we begroetten elkaar als oude vrienden. Met zijn vierenvijftig jaar was hij niet de jongste meer, maar zijn ogen stonden nog even levendig als vroeger.

Broeder Tomás bood me iets te drinken aan en we namen, zoals vanouds, plaats in de bloeiende kloostertuin.

'Mijn deelneming met het overlijden van uw jongste broer,' zei hij. 'Het is alweer een tijd geleden, maar ik denk dat het voor u heel anders voelt.'

'Zes jaar,' zei ik zacht. 'Ik kan me niet voorstellen dat het al zo lang geleden is dat hij stierf. Ik mis hem zo. Ik heb me vaak afgevraagd waarom God hem heeft laten sterven.'

'En?'

Ik schudde mijn hoofd. 'Ik begrijp het nog steeds niet. Alfonso was de enige die ik nog had.'

'Misschien paste zijn dood in Gods plannen.'

'Welke plannen? Alfonso was nog zo jong, en hij was nét koning.'

'Precies.'

Ik keek broeder Tomás van opzij aan. 'U denkt dat dat niet Zijn bedoeling was? Dat Hij wilde dat Enrique koning bleef?'

'Ik denk dat Hij wilde dat u koningin werd. Het gaat niet

goed met Enriques gezondheid, en als u wilt dat de kroon niet op het hoofd van zijn dochter wordt gezet, dan moet u de relatie met uw broer herstellen.'

'Ik heb hem al meerdere keren geschreven, maar hij beantwoordt mijn brieven niet. Enrique denkt dat ik heb geprobeerd om hem te vergiftigen, en geef hem eens ongelijk. Het zou in mijn voordeel zijn als hij was gestorven. Ik kan niet bewijzen dat ik er niets mee te maken heb.'

'Ik denk niet dat hij is vergiftigd. De koning was al ziekelijk, en de symptomen duiden eerder op een chronische maagaandoening. Dat denkt hij zelf ook. Ik weet niet waarom hij niet op uw brieven reageert, misschien houdt iemand ze achter. U zou hem nu kunnen schrijven, dan zorg ik er persoonlijk voor dat hij de brief in handen krijgt.'

'Zou u dat willen doen?'

'Natuurlijk. Het is belangrijk dat het goed komt tussen de koning en u, want anders zal er altijd aan uw onschuld getwijfeld worden als hij sterft.'

'En als hij me niet gelooft?'

'Dan staan uw argumenten op schrift en kan iedereen zijn eigen conclusie trekken. Ik zal een kopie van de brief hier in het klooster bewaren.'

Ik bedankte broeder Tomás en hij bracht me naar het scriptorium. Daar dicteerde ik een van de monniken een brief, waarin ik Enrique liet weten dat het me pijn deed dat hij dacht dat ik hem iets had willen aandoen, dat ik hem miste en dat ik vurig hoopte dat het weer goed zou komen tussen ons. Ik meende ieder woord. Zoveel naaste familie had ik niet meer. Mijn moeder herkende me niet, mijn jongste broer was dood en mijn man bracht zijn tijd liever door met een andere vrouw. Ik had alleen mijn dochter nog.

Mijn pogingen om de band met Enrique te herstellen hadden niet alleen tot doel om de troon te bemachtigen, ik hield van mijn broer.

Begin oktober, toen de dagen korter werden en de eerste grote regenbuien vielen, zag ik een bode het plein van het alcazar op rijden. Even later kwam Alfonso de Quintanilla mijn kamer in. Ik stond op en keek hem hoopvol aan.

'De bode had een mondelinge boodschap, Hoogheid,' zei hij. 'Don Juan Pacheco is gisteren gestorven.'

Verbaasd keek ik hem aan. 'Zo plotseling?'

'Hij had een ernstige keelontsteking, met hoge koorts.'

'Net als zijn broer.' Ik dacht aan Pedro Girón, die op weg was geweest naar Madrid om met mij te trouwen toen hij door dezelfde aandoening werd getroffen.

'Arme Enrique. Hij was erg gesteld op Pacheco.'

'Al vraag je je af waarom,' zei de graaf droog.

'Pacheco heeft zich altijd om Enrique bekommerd. Hij was als een vader voor hem. Ik denk dat hij Pacheco daarom zijn verraad vergeven heeft.'

'Wat u nooit zou doen, neem ik aan.'

'Nee,' zei ik. 'Wie één keer in staat is om verraad te plegen is daar een volgende keer ook toe in staat. Die persoon zul je altijd in de gaten moeten houden.'

'De koning ziet dat blijkbaar anders.'

'Heel anders. Hij wantrouwt de verkeerde mensen,' zei ik bitter.

Op de brief die ik aan broeder Tomás had meegegeven kwam geen reactie. Broeder Tómas vertelde dat hij hem persoonlijk aan Enrique had overhandigd, maar dat hij er niet bij was geweest toen mijn broer hem las. En dus schreef ik hem weer. Ik wist zeker dat hij mijn brieven las, en ik hoopte dat hij me op een gegeven moment zou willen ontvangen.

Maar dat gebeurde niet. Enriques maagkwaal verergerde en hij kwam amper zijn bed nog uit. In alle kerken en kathedralen van Castilië en León werden missen voor Enrique opgedragen, en overal trokken processies met geestelijken door de straten, biddend voor het herstel van de koning. Ik wist dat dat niet veel zei over zijn populariteit. Enrique was een gezalfde koning en het was de plicht van de Kerk om voor hem te bidden. Vanuit de bevolking kwam juist opvallend weinig steun.

Even leek het, volgens de berichten van bodes, de goede kant op te gaan. Enrique was weer uit bed en had zelfs naar mij gevraagd. Dat was een goed teken, en toen ik op 11 december zag dat graaf Rodrigo de Ulloa, die deel uitmaakte van de hofhouding van mijn broer, aan kwam rijden, haastte ik me naar de ontvangstzaal. Even later werd de graaf aangediend en kwam hij binnen. Gespannen wachtte ik af, hopend op een brief of een mondelinge uitnodiging om mijn broer te bezoeken.

Rodrigo de Ulloa maakte een buiging en richtte zich weer op. 'Ik ben gekomen met slecht nieuws, Uwe Hoogheid. Uw broer de koning is afgelopen nacht overleden.'

Sprakeloos keek ik de graaf aan. Ik opende mijn mond om iets te zeggen, maar er kwamen geen woorden.

'Mijn oprechte deelneming, Hoogheid,' zei De Ulloa. 'Ik moet u vragen om het nieuws nog even stil te houden en geen actie te ondernemen tot de kerkelijke en wereldlijke autoriteiten besloten hebben wie de rechtmatige troonopvolger is, prinses Juana of u.'

Ik accepteerde de beker vruchtensap die een dienaar me aanreikte en liet me op een stoel zakken. 'Heeft mijn broer niemand aangewezen op zijn sterfbed?'

'Nee, Hoogheid. We hebben daar herhaaldelijk op aangedrongen, maar hij twijfelde. Hij was van plan om vandaag een beslissing te nemen, maar voor hij dat kon doen is de dood hem komen halen.'

'Echt iets voor Enrique om zo te gaan: twijfelend tot het laatste moment,' zei ik.

De graaf reageerde niet op die opmerking maar verzocht me nogmaals om het nieuws nog even stil te houden en geen actie te ondernemen.

Ik beloofde te zullen wachten en bedankte hem voor zijn komst. Nadat de graaf vertrokken was ging ik voor het grote venster van de zaal staan, waar ik naar het besneeuwde landschap keek. Verdriet om wat had kunnen zijn maar wat ons niet gegund was welde in me op. Als ik niet in aanmerking was gekomen voor troonopvolging, waren we vast nooit zo van elkaar verwijderd geraakt.

Het was de kroon die Enrique en mij uit elkaar had gedreven, maar het was ook de kroon die me mijn verdriet op dat moment opzij deed schuiven. Twintig jaar lang had mijn broer geregeerd en hij had er een grote puinhoop van gemaakt. Wat Castilië nu nodig had was een krachtig bestuur, en dat zou het land niet krijgen met Juanita, een meisje van dertien dat zich van alles zou laten influisteren door inhalige edelen. Er was geen tijd om te rouwen, ik moest handelen. Ik wendde me tot de bediende en beval hem om De Quintanilla, Andrés, Beatriz, Gutierre en broeder Tomás te laten komen.

19

Die nacht deed ik geen oog dicht. In die donkere, eenzame uren miste ik de steun van Fernando en Gonzalo, en in plaats van te slapen lag ik alleen maar te piekeren.

Vroeg in de ochtend stond ik op, het was nog donker en heel koud. Met een olielampje in mijn hand dwaalde ik door de lege, stille gangen en vertrekken. Het was alsof mijn voorouders me volgden. Ik meende hun schimmen te zien bewegen in nissen en donkere hoekjes, maar ze joegen me geen vrees aan. Ik liep naar de Zaal van de Koningen, stak alle kaarsen en de grote staande olielampen aan en keek hoe het licht over de beelden flakkerde. Bij die van Uracca en Berenguela bleef ik het langst staan. Daarna liep ik langzaam naar de grote zaal en ging voor het hoge venster staan waar ik als kind zo vaak verlangend in de richting van Arévalo had gekeken. Maar die tijd lag achter me. Ik was drieëntwintig jaar en klaar om te nemen wat mij toekwam. Als alles volgens plan verliep, zou ik me over een paar uur de derde koningin van Castilië en León mogen noemen.

Die ochtend leek het langer te duren dan anders voor het licht werd. De duisternis zwakte maar langzaam af tot donkerblauw en vervolgens tot duifgrijs. Toen de dageraad over de torens streek, kwam het alcazar tot leven.

Beatriz en Mencia hielpen me in mijn rouwkleding: een mooie maar eenvoudige jurk van satijn. Terwijl ze samen met de tientallen knoopjes worstelden, hield ik de tijd in de gaten. Precies om tien uur klonken de klokken van de San Miguelkerk, een zwaar en monotoon gebeier dat overgenomen werd door de klokken van de andere kerken in de stad. Het was het teken voor de inwoners dat er iets aan de hand was en dat ze naar het Plaza Mayor moesten komen voor een bekendmaking.

De knoopjes van mijn jurk zaten eindelijk dicht. De Quintanilla kwam binnen en zei: 'Het is tijd, Hoogheid.'

Beatriz pakte mijn handen en keek me aan. 'Ben je er klaar voor?'

Ik knikte. 'Bedankt voor jullie steun. Zonder Andrés en jou had ik dit niet voor elkaar gekregen.'

'We zijn nog niet klaar. We zijn nog niet eens begonnen. Kom, we moeten gaan.'

Het Plaza Mayor stond vol toen ik te paard, omgeven door ridders met vaandels, bij de kerk arriveerde. Het nieuws over Enriques dood was zojuist vanaf een groot podium bekendgemaakt. Er werd druk gesproken op het plein, maar toen ik aan kwam rijden nam het rumoer af. Mijn handen trilden licht en mijn ademhaling ging wat sneller, maar ik wist dat niemand daar iets van merkte. Ik rechtte mijn rug, trok mijn schouders naar achteren en hief mijn kin. Het was erop of eronder. Over een uur zou ik koningin zijn of uitgejouwd en verjaagd worden.

Onder doodse stilte steeg ik af en schreed ik de kerk binnen.

De deuren bleven wijd openstaan zodat het volk de mis voor Enrique, die een halfuur zou duren, kon volgen. Ik knielde neer bij het altaar en probeerde me te concentreren op de psalmen en gebeden, maar het geroezemoes van de mensen buiten was duidelijk hoorbaar. Stonden ze aan mijn kant of zouden ze zich tegen mij keren?

Ik wisselde een blik met Beatriz, die me geruststellend toeknikte.

Zodra de mis was afgelopen trok ik me terug in een privévertrek van de geestelijken, waar ik me verkleedde met de hulp van Beatriz en Mencia. Op het moment dat ik het zware, met edelstenen en parels bestikte gewaad op mijn huid voelde, was het alsof ik buiten mezelf trad. Verdwenen was de nervositeit. Ik was niet van plan om anderen ooit nog over mijn lot te laten beslissen.

Met rustige maar besliste stappen liep ik via het middenpad naar buiten, waar de bisschop van Segovia net het podium beklom. Op het plein hing nog steeds een diepe stilte, die alleen verbroken werd door de stem van de bisschop. Hij somde luidkeels mijn rechten op de troon op, en hij was net klaar toen ik het Plaza Mayor betrad. Een felle winterzon brak door, alsof God me uitlichtte. Bij gebrek aan de kroon, die nog in het alcazar van Madrid lag, droeg ik een met diamanten bezette tiara, die me, zo wist ik, van alle kanten deed schitteren.

Met open mond keek de menigte toe. Rustig en zelfverzekerd besteeg ik het podium, nam mijn plaats in naast bisschop Dávilla en legde mijn hand op de bijbel. Met heldere, luide stem zwoer ik om de Katholieke Kerk en de inwoners van Castilië en León te beschermen.

De stadsambtenaren betraden eveneens het podium, knielden en legden de eed van trouw aan mij af. Vervolgens traden twee gewapende soldaten naar voren, die riepen: 'Castilië, Castilië, Castilië, voor de hooggeboren en machtige prinses, koningin en dame, onze koningin Isabel, en voor de hooggeboren machtige koning, Don Fernando, haar wettige echtgenoot!'

Een enorm applaus en gejuich barstten los, en de kreet 'Leve de koningin' schalde over het plein.

Ysabel werd naar buiten gedragen en aan het volk getoond. Het gejuich verdubbelde, echode tegen de gevels van de huizen. Ik verliet het podium en besteeg het witte paard dat naar mij toe was geleid. Gutierre de Cárdenas leidde de processie met een eeuwenoud zwaard in zijn handen, de punt omhoog. Het was het oeroude symbool van koninklijk gezag, en een onverholen dreigement naar iedereen die dat niet respecteerde. Zo reed ik, gevolgd door een lange stoet edelen, geestelijken en stadsambtenaren, door de straten van Segovia naar het alcazar, dat ik eindelijk mijn thuis mocht noemen.

20

Twee weken na mijn kroning kwam Fernando terug. Ik had mijn plan om de macht te grijpen niet met hem gedeeld en hem pas na een week op de hoogte gesteld van de plechtigheid. In de tussentijd had ik kardinaal De Mendoza benoemd tot kanselier, Gutierre de Cárdenas tot schatbewaarder en graaf Alfonso de Quintanilla tot mijn eerste adviseur. Mijn huishouding was uitgebreid met een hofarts, Llorenc Badoc, een schare aan hofdames en een nieuwe biechtvader. Broeder Tomás had aangegeven dat hij mij graag van dienst wilde zijn, maar dat hij zijn klooster liever niet wilde verlaten. Mijn nieuwe biechtvader, broeder Talavera, was prior van het klooster van Santa María del Prado bij Valladolid, en hij had indruk op me gemaakt met zijn wijsheid en menslievendheid. Wat me vooral overtuigde om hem in dienst te nemen, was dat hij me durfde tegen te spreken, en op Beatriz na durfde niemand dat na mijn kroning.

Ik wist dat Fernando zich ernstig gepasseerd zou voelen dat ik hem overal buiten hield, maar er druppelden berichten binnen dat Aldonza niet zijn enige minnares was. Hij zou ook kinderen hebben verwekt bij andere vrouwen, en mijn geduld met hem was op.

Volgens de regels van het protocol organiseerde ik een eervol welkom voor hem, met een versierde stadspoort, erehagen in de straten en een lange rij edelen om hem naar het alcazar te begeleiden. Daar wachtte ik op hem in de troonzaal, schitterend gekleed. Ik droeg voor het eerst de officiële kroon, die Enrique ook had gedragen en die ik uit Madrid had laten ophalen.

Toen Fernando werd aangediend ging ik kaarsrecht zitten. De deuren van de troonzaal stonden open en ik zag hem aankomen, gekleed in rood brokaat met eekhoornbont. Volgens het protocol hoorde hij naar mij toe te lopen, te buigen en mijn hand te kussen terwijl hij mij trouw zwoer, maar hij bleef onder de boogvormige doorgang staan.

Zonder iets te zeggen keek ik hem aan. Op Castiliaanse bodem was hij mij gehoorzaamheid en eerbied verschuldigd, en na alle vernederingen die ik had ondergaan, was ik niet van plan om voor hem een uitzondering te maken.

Mijn hovelingen keken onderling van de een naar de ander, geschokt en in de war door mijn koele houding, maar dat interesseerde me niet. Ik hield mijn blik gericht op mijn echtgenoot en wachtte.

Vijf maanden waren voorbijgegaan sinds hij was vertrokken, maar het leek wel vijf jaar. Hij was veranderd, sterker en mannelijker geworden. De oorlog had hem volwassen gemaakt, en toch kon hij het niet opbrengen om naar mij toe te komen en zijn respect te betuigen. Hij stond daar maar, vol ingehouden woede, terwijl de hovelingen naar de grond staarden en geen geluid durfden te maken.

Kardinaal De Mendoza deed een stap naar Fernando toe en fluisterde hem iets in het oor. Fernando's gezicht verstrakte, maar hij kwam in beweging. Langzaam liep hij naar mij toe.

Op enige afstand van de troon bleef hij staan, en we keken elkaar zwijgend aan.

Om de zaak niet nog meer op de spits te drijven stond ik op, overbrugde de paar passen die ons scheidden en kuste mijn echtgenoot op de mond. Daarna stak ik hem mijn hand toe. Even hing er een geladen stilte in de zaal, toen kuste Fernando mijn hand en zwoer hij mij trouw. Onder de hovelingen, en ook in mij, ging een zucht van verlichting op.

In de beslotenheid van onze privévertrekken barstte de ruzie los. Fernando voelde zich diep vernederd over de 'behandeling' die hij had gekregen en schreeuwde mij bittere verwijten toe. Ik probeerde rustig te blijven.

'Het was protocol, Fernando. Wat had ik anders moeten doen? Ik ben nu koningin, dit soort ongemakkelijke ceremonies horen erbij.'

'Ja, je bent nu koningin. Al twee weken! Waarom heb je niet gewacht met de kroning tot ik erbij kon zijn?' riep hij.

'Omdat ze dan Juanita op de troon hadden gezet. Ik moest snel handelen.'

'Je maakte anders ook niet veel haast om me op de hoogte te stellen van je kroning. Toen de boodschapper kwam, was het al een week geleden.'

'Ik had het druk en jij was ver weg. Wat maken die paar dagen uit?'

Hij kwam vlak voor me staan. 'Waar het om gaat, Isabel, is dat je me buitenspel hebt gezet. Je hebt de macht naar je toe getrokken zonder mij daarbij te betrekken. Waarom? We zouden sámen regeren.'

'Nee, de afspraak was dat ik over Castilië regeer en jij, na je vaders dood, over Aragón.'

'Je vergeet dat we dezelfde voorouders hebben, dat ik deels Castiliaans ben. Ik heb rechten. Het is prima dat een vrouw regeert in afwezigheid van haar echtgenoot, maar als ik in Castilië ben, hoor ík op de troon te zitten.'

'Zo hebben we het niet afgesproken en zo gaan we het ook niet doen. Ík zit op de troon en niemand anders,' zei ik koeltjes.

'Ja, dat heb je me net ten overstaan van het hele hof pijnlijk duidelijk gemaakt.' Fernando keerde me de rug toe en ging met zijn handen in zijn zij naar buiten staan kijken.

'Misschien dat je nu begrijpt hoe ík me voel als ik de berichten over jouw avonturen met die andere vrouwen moet aanhoren,' zei ik.

Met een ruk draaide Fernando zich om. 'Dat is iets heel anders. Je kunt niet van me verwachten dat ik de moeder van mijn kinderen in de steek laat.'

'En de moeders van al je andere bastaards evenmin. Nee, dat verwacht ik ook niet, je hebt verantwoordelijkheden, maar je zou die vrouwen financieel kunnen steunen in plaats van steeds met ze het bed in te duiken.'

Er viel een stilte, waarin Fernando met een verbeten gezicht midden in de kamer bleef staan, zijn armen over elkaar geslagen. Ik besefte dat zijn trots te diep gekrenkt was om redelijkheid van hem te kunnen verwachten. Het enige wat we met dit gesprek bereikten was een nog verdere verwijdering, en dat wilde ik niet. Broeder Talavera had me erop gewezen dat mijn positie als koningin een stuk sterker zou zijn als ik de steun had van mijn echtgenoot.

'Bij onenigheid zullen uw vijanden, in binnen- en buitenland, zeker toeslaan, Majesteit,' had hij gezegd.

'Dus ik moet hem maar zijn gang laten gaan met die andere vrouwen?' vroeg ik bitter.

'Helaas is er weinig wat u ertegen kunt doen,' antwoordde broeder Talavera. 'Als u uw troon niet wilt verliezen, houd dan de koning aan uw kant.'

Er was niets wat ik liever wilde. Ik wilde mijn man terug, zowel op de troon als in mijn bed. Zonder zijn liefde zou het leven koud en eenzaam worden, maar het was wel erg veel gevraagd om zijn relaties met al die andere vrouwen te gedogen. Toch besloot ik het te doen.

'Fernando, liefste, het was niet mijn bedoeling om je te vernederen. Het spijt me.' Ik liep naar hem toe en legde mijn hand op zijn arm. 'Ik begrijp dat je heel andere verwachtingen had toen je aankwam, en dat deze ontvangst als een emmer koud water was, maar echt, ik volgde alleen het protocol.'

Fernando reageerde niet.

'Dat ik nu koningin ben wil niet zeggen dat ik van plan ben om helemaal alleen te regeren. Ik ben een vrouw en dat maakt me kwetsbaar. Ik heb jou nodig om serieus genomen te worden.'

Hij hield zijn blik afgewend.

'Ik beloof dat je in Castilië niet alleen mijn echtgenoot zult zijn. Ik zal een overeenkomst laten opstellen waarin jouw rechten beschreven staan, zodat niemand aan jouw gezag hoeft te twijfelen en je al het respect en de privileges krijgt die bij het koningschap horen.'

Fernando keek me aan, al wat minder afwijzend.

'En dan is er nog iets,' zei ik. 'Door te beweren dat een vrouw niet zonder een man kan regeren ondermijn je de positie van je dochter. Als we geen zoon krijgen, wordt Ysabel op een dag koningin van Castilië en Aragón. Hoe moet ze gezag uitoefenen als haar eigen vader niet eens achter haar staat? Haar echtgenoot, een buitenlandse koning, zou de troon opeisen en dan zal Castilië niets méér zijn dan een vazalstaat.'

'Dat is waar.' Fernando zuchtte en wreef met beide handen in zijn gezicht. 'We doen het niet echt geweldig, hè, als man en vrouw. Ik weet dat ik niet de echtgenoot ben die je verdient, en ik ga je ook geen beloftes doen waar ik me toch niet aan kan houden, maar in staatszaken zal ik je nooit in de steek laten, Isabel. Nooit.'

'Ik jou ook niet. Vandaag was de eerste en de laatste keer dat je voor me moest buigen.'

'Beloof je dat?'

Ik knikte. 'Dat beloof ik.'

21

Met de hulp van kardinaal De Mendoza en de aartsbisschop van Sevilla liet ik het Staatsverdrag van Segovia opstellen, een machtsovereenkomst waarin stond dat Fernando samen met mij op alle nieuwe muntstukken zou komen te staan, dat hij zou worden genoemd in officiële documenten en dat zijn naam daarbij vóór die van mij ging. Het betekende verder niets, het gaf hem geen echte macht, maar naar de buitenwereld toe leek het wel zo. Zo redde ik zijn gevoel van eigenwaarde en mijn huwelijk.

De eerste maanden van onze gezamenlijke regering waren heerlijk. In Valladolid werden feesten, jachtpartijen en toernooien voor ons georganiseerd en we namen overal aan deel. Ook al hadden we geen peso, we zorgden ervoor dat we altijd schitterend gekleed gingen.

Fernando verscheen op het toernooiveld in een glanzend harnas, met een schild dat was ingelegd met goud en zilver. Ik juichte hem toe in mijn koningsblauwe gewaad met kanten mouwen, bestikt met glinsterende juwelen. We moesten geld lenen om elke keer groots onze opwachting te kunnen maken, maar we wisten dat we onze positie moesten bekrachtigen en dat we dat niet deden door ons sober te kleden, zoals Enrique had gedaan. Onze regering zou anders zijn, zowel in daden als in onze verschijning.

De Quintanilla was wat minder in feeststemming.

'Mag ik uw aandacht voor een andere kwestie dan het volgende feest, Majesteit?' vroeg hij. 'Er zijn steeds meer signalen die erop wijzen dat koning Afonso zich voorbereidt op oorlog. Onze spionnen hebben gemeld dat in alle grote smederijen in Portugal verdacht veel wapens worden gemaakt. We moeten troepen mobiliseren, Majesteit.'

We woonden op dat moment een stierengevecht bij, en van onder mijn baldakijn keek ik gespannen toe. Ik hield niet van stierengevechten, vond het een verspilling van mannenlevens, en ik was altijd opgelucht als de matador ongedeerd de arena verliet.

'Denkt u dat echt?' vroeg ik, terwijl ik de verrichtingen van de jonge matador bleef volgen.

'Ja, Majesteit. Ik ben ervan overtuigd dat koning Afonso een aanval op Castilië voorbereidt.'

Een volgende matador werd op de horens genomen en op de grond gesmakt. Kreten van afschuw klonken onder de toeschouwers. Ik schrok ook en zuchtte opgelucht toen de jongeman snel buiten het bereik van de stier werd gesleept.

'Majesteit? Zal ik namens u een proclamatie schrijven?'

Ik maakte mijn blik los van de arena en keek de graaf aan. 'Ik kan me niet voorstellen dat mijn achterneef van plan is om Castilië aan te vallen. Is het niet waarschijnlijker dat hij zich voorbereidt op een aanval op de Moren?'

'Dat zou kunnen, maar ik denk van niet, Majesteit. Koning Afonso is nog steeds woedend over uw huwelijk met prins Fernando. Volgens hem was u aan hém beloofd en is hem zowel een bruid als de troon van Castilië ontnomen.'

'De kroonprins van Frankrijk was ook teleurgesteld, maar hij begint er geen oorlog om.'

De Quintanilla wilde iets zeggen, maar ik stak mijn hand op.

'We hebben het er morgen wel over,' zei ik. 'Vandaag is het feest.'

Een week later, tijdens een gemaskerd bal, arriveerde er een boodschapper bij de poort van het Palacio de Pimentel in Valladolid, hijgend en overdekt met stof. Hij bracht het bericht dat koning Afonso zich met mijn dertienjarige nichtje Juanita had verloofd en dat hij, mijn zesenvijftigjarige achterneef, namens haar de Castiliaanse troon opeiste.

De luchthartigheid waarmee ik op de onheilspellende berichten uit Portugal had gereageerd was op slag verdwenen. Ik had nu spijt dat ik graaf De Quintanilla niet serieus had genomen, en ik riep onmiddellijk mijn raad bijeen.

Met zorgelijke gezichten nam iedereen zijn plaats aan tafel in.

'Afonso en Juanita zijn bloedverwanten en hebben dispensatie nodig van de paus om te kunnen trouwen,' zei Fernando. 'Dat kan weken duren, dus we hebben gelukkig nog tijd om een leger samen te stellen.'

'Ik denk niet dat de koning op dispensatie gaat wachten,' zei kardinaal De Mendoza. 'We moeten ons zo snel mogelijk voorbereiden op oorlog.'

De Quintanilla knikte instemmend. 'Prinses Juanita is de dochter van zijn zus, dat is voldoende reden om voor haar rechten op te komen en Castilië binnen te vallen. Hij trouwt natuurlijk met haar omdat hij de troon voor zichzelf wil. Een man als hij gaat echt niet wachten op toestemming van de paus. We moeten in opperste staat van paraatheid zijn.'

Hij kreeg gelijk. Een paar dagen later kwam het bericht dat Afonso met een leger van vijftienduizend man de grens van Castilië was overgestoken. In afwachting van dispensatie van de paus was Afonso's huwelijk met Juanita uitgesteld, maar mijn nichtje en achterneef hadden zichzelf wel alvast uitgeroepen tot rechtmatige vorsten van Castilië.

Volgens de berichten had Afonso zijn leger naar Arévalo gevoerd en wachtte hij ten noorden van de stad op versterking uit Portugal. Hij scheen gouden kruisen en zilveren bekers naar de Castiliaanse edelen te sturen om hen over te halen zijn kant te kiezen. Veel edelen in kleine stadjes langs de grens, maar ook in belangrijke steden als Toledo en Burgos, gaven daar gehoor aan.

Wanhopig probeerde ik mijn getrouwen te behouden, maar ik had hun weinig te bieden. Het geld dat Fernando's vader stuurde was niet genoeg om met Afonso te kunnen concurreren. Ik hoopte dat het rijke zuiden van Castilië me zou steunen, maar vanuit Sevilla en omgeving kwam geen enkele vorm van hulp. Fernando vertrok naar Segovia om fondsen te werven voor een tegenoffensief, en ik zat uren in mijn werkkamer brieven te schrijven naar edelen en magistraten in het hele land.

Op een ochtend, toen ik weer achter mijn schrijftafel zat, kwam De Mendoza binnen, zo haastig dat zijn rode soutane achter hem aan wapperde.

'Zeg alstublieft dat u goed nieuws hebt, Excellentie,' zei ik.

'Helaas, Majesteit, was dat maar waar. Ik heb net bericht gekregen dat koning Afonso de stad Toro heeft ingenomen.'

Ik kwam snel overeind. 'Dat kan niet waar zijn!'

‘Het spijt me, Majesteit.’

‘Is er al een bode op weg naar mijn echtgenoot?’

‘Ja, ik heb hem meteen doorgestuurd, Majesteit.’

Ontdaan keek ik voor me uit. Toro lag zevenendertig mijl ten zuiden van Valladolid, dat was niets!

‘Wat verschrikkelijk. Is al bekend wat Afonso verder van plan is?’

‘Nee, maar de koning zal het hier vast niet bij laten.’ De kardinaal zuchtte diep en zei toen: ‘Ik heb ook nog ander nieuws, Majesteit. U hebt een bezoeker: Don Gonzalo de Córdoba.’

‘Don De Córdoba? Wat brengt hem hier?’

‘Dat wilde hij niet zeggen, Majesteit. Zal ik hem zeggen dat u hem morgen kunt ontvangen?’

‘Nee,’ zei ik, ‘breng hem meteen naar de ontvangstkamer.’

Zoals altijd werd de lucht uit mijn longen gezogen toen Gonzalo binnen kwam lopen. Hij was veranderd, op een manier die ik niet direct kon omschrijven. Misschien waren het de eerste lijnen in zijn gezicht, of was het de blik in zijn ogen. Hij bewoog zich met het air van een man die alles onder controle had, en het liefst had ik me in zijn armen gestort en hem om hulp gesmeekt. In plaats daarvan glimlachte ik alleen, me sterk bewust van kardinaal Mendoza, in zijn scharlakenrode soutane op de achtergrond.

‘Don De Córdoba,’ zei ik. ‘Wat prettig om u weer te zien. Wat brengt u naar mijn hof?’

‘De dreigende oorlog met Portugal, Majesteit.’ Gonzalo zonk op één knie. ‘Ik kom u mijn diensten weer aanbieden. Deze keer voorgoed.’

Met een handgebaar gaf ik aan dat Gonzalo op kon staan. ‘U hebt de Orde voorgoed verlaten? Waarom?’

‘Omdat ik hoorde dat de grootmeester van de Orde koning Afonso van Portugal steunt. Ik ben meteen vertrokken.’

‘De Orde van Calatrava steunt mijn neef?’ Ik hoorde zelf hoe verslagen mijn toon was.

‘Ja, maar daar is lang niet iedereen het mee eens, Majesteit. Ik ben niet alléén naar Valladolid gekomen, vele andere ridders hebben de Orde eveneens verlaten en bieden u hun diensten aan.’

‘Hoeveel?’

‘Honderden, Majesteit.’

Ik wisselde een blik met kardinaal De Mendoza, die het kruis aan zijn gouden ambtsketting betastte en goedkeurend knikte. Vervolgens keek ik naar de lege troon naast mij en zei: ‘Zoals u ziet is mijn echtgenoot momenteel niet aanwezig, maar ik kan u verzekeren dat de koning en ik graag gebruik zullen maken van uw diensten. Ik nodig u van harte uit aan mijn tafel voor de avondmaaltijd, dan kunnen we verder praten.’

De volgende dag kwam Fernando terug uit Segovia, chagrijnig door de inname van Toro. Zijn humeur klaarde echter op toen hij hoorde dat Gonzalo zich met vele andere kruisridders weer bij ons had gevoegd. Tijdens de maaltijd luisterde hij vol ontzetting naar de reden waarom Gonzalo de Orde van Calatrava had verlaten, maar hij was blij dat zoveel ridders hetzelfde hadden gedaan en dat ze ons steunden.

‘De grootmeester van de Orde heet Rodrigo Girón. Is dat niet de zoon van Pedro Girón?’ vroeg Fernando.

‘Zijn bastaardzoon, Majesteit.’

‘En blijkbaar net zo’n schoft als zijn vader,’ zei Fernando, terwijl hij een stuk wildgebraad sneed.

Gonzalo keek mij aan en ik wist waar hij aan dacht. Als Pedro Girón destijds niet was gestorven, zou ik nu al negen jaar met hem getrouwd zijn geweest. Hoe zou mijn leven er dan hebben uitgezien? Ik liet de beelden die in me opkwamen snel weer los en sloeg een kruis.

'Ik heb veel goeds over uw toewijding gehoord, Don De Córdoba,' zei Fernando. 'Er is absoluut plaats voor u in ons leger. We kunnen alle hulp gebruiken in de strijd tegen Portugal, dus u bent welkom.'

'Hebt u troepen kunnen werven in Segovia?'

'Ja, maar niet genoeg.' Fernando keek naar mij. 'Veel steden twijfelen wie ze zullen steunen. Afonso is natuurlijk verre familie van ons, dus hij heeft ook Castiliaans bloed. Volgens Andrés Cabrera en aartsbisschop Dávilla heeft een groot aantal magistraten meer vertrouwen in Afonso, omdat hij ouder, rijker en ervarener is.'

Verontwaardigd legde ik mijn mes neer. 'En daarom vinden ze het goed als hij Castilië bij Portugal inlijft? Want dát is wat er gaat gebeuren.'

'Ik weet het, dat heb ik ook gezegd. Cabrera en de aartsbisschop staan aan onze kant en de steden die hun trouw zijn zullen manschappen leveren, maar ze waarschuwden dat dat voor andere steden niet vanzelfsprekend zal zijn, en dat het verstandig is om zo veel mogelijk magistraten persoonlijk om steun te vragen. Brieven schrijven is niet genoeg.'

Ik wuifde de bediende weg die me een schaal met gebraden duif voorhield en zei: 'Dat denk ik ook, maar we kunnen onmogelijk in zo'n korte tijd door heel Castilië reizen. We zullen ons moeten opsplitsen.'

Vanaf de andere kant van de tafel had de kardinaal het gesprek zwijgend gevolgd, maar nu mengde hij zich erin. 'U wilt alleen gaan, Majesteit?' Hij klonk verbaasd.

'Ik zie geen andere mogelijkheid. Als de koning en ik de taken verdelen, kunnen we veel meer steden aandoen.'

'Maar Majesteit, met alle respect, u bent een vrouw, en dat...'

'De koningin heeft gelijk,' zei Fernando. 'We zullen ons opsplitsen. Kardinaal De Mendoza, u stelt vanavond met graaf De Quintanilla een lijst op. We vertrekken morgen.'

De volgende ochtend benoemde Fernando Gonzalo tot officier van zijn leger. Ik was trots op mijn oude vriend, en blij dat hij weer in mijn leven was, maar het maakte me ook onrustig dat we elkaar weer regelmatig zouden zien. Ik zorgde ervoor dat hij geen deel uitmaakte van het gevolg dat met mij meereisde, maar dat hij Fernando vergezelde. Zelf zou ik Gutierre de Cárdenas en zijn mannen meenemen. En Ysabel, maar niet voor lang.

Fernando en ik waren het erover eens dat we onze vijfjarige dochter niet aan gevaar en uitputtende reizen mochten blootstellen en dat we haar op een veilige plek moesten onderbrengen.

'Andrés vertrekt morgen naar Madrid en daar blijft hij voorlopig. Ysabel is van harte welkom bij Beatriz en hem,' zei Fernando.

Het brak mijn hart, maar ik wist dat dat de juiste beslissing was. Terwijl Ysabels kleding en speelgoed werden ingepakt, trok ik haar naast me op een bankje.

'Luister lieverd, ik heb je verteld dat papa en mama iets belangrijks moeten doen. Het is ver weg en daarom kun jij jammer genoeg niet mee. Je gaat eventjes ergens anders wonen.'

'Waarom?' Ysabels gezicht betrok.

'Omdat papa en mama het heel druk gaan krijgen.'

‘Maar ik kan toch bij Doña Mencia blijven?’

‘Doña Beatriz zal ook goed voor je zorgen. Je kent haar toch?’

Ysabel schudde haar hoofd, en ik realiseerde me dat die paar ontmoetingen toen ze klein was natuurlijk niet genoeg waren geweest om herinneringen na te laten.

Mijn dochter legde haar wang tegen mijn arm en zei zacht: ‘Mama, ik wil liever bij jou blijven.’

‘Dat weet ik, schat.’ Ik drukte een kus op haar hoofd. ‘Maar dat gaat echt niet. En weet je, Feliz kan ook niet met ons mee. Zou jij voor hem willen zorgen? Anders is hij zo alleen.’

‘Mag hij met mij mee? Echt? Ik zal heel goed op hem passen!’

‘Fijn, dank je wel. Wil jij zijn spulletjes bij elkaar zoeken?’

Ysabel knikte en rende weg, luid roepend om Feliz.

Nog diezelfde dag nam Fernando afscheid van Ysabel en mij. Hoelang we gescheiden zouden zijn wisten we niet. Het konden weken of maanden zijn, misschien wel langer.

Geëscorteerd door kardinaal De Mendoza, graaf De Quintanilla, Palencia, Mencia, Gutierre en een paar soldaten bracht ik Ysabel naar Madrid. De manschappen zouden in herbergen in de stad verblijven, mijn raad bij edelen, en Mencia en ik bij Beatriz en Andrés.

Andrés was net terug uit Segovia. Het was fijn om mijn vrienden weer te zien, al zat er een bitter randje aan onze hereniging. Beatriz en ik omhelsden elkaar lange tijd, en daarna begroette ze Ysabel zo warm dat die haar verlegenheid liet varen en teruglachte.

‘Wie had gedacht dat Afonso Castilië zou binnenvallen,’ zei Beatriz met een diepe zucht toen we aan tafel gingen voor een maaltijd. ‘Alsof we nog niet problemen genoeg hebben. Ik hoop dat Fernando snel met hem afrekent.'

'Dat hopen we allemaal.' Ik keek naar mijn dochter, die onder de hoede van een bediende kennismaakte met de kinderen van Beatriz en Andrés. De oudste, een meisje dat ook Beatriz heette, gaf haar meteen een pop. Terwijl ik met mijn vrienden bijpraatte keek ik steeds naar de meisjes, die gezusterlijk samen speelden.

'Madrid staat aan onze kant en heeft toegezegd soldaten, proviand en wapens te leveren,' zei Andrés.

'Dat is goed nieuws. Ik zal de edelen morgen bedanken en dan reis ik daarna meteen door naar Toledo,' zei ik.

'En waar ga je daarna naartoe?'

'Guadalupe, Medellín, Plasencia en Ávila. Fernando neemt het noorden voor zijn rekening. Het zuiden gaat helaas niet, dat is te ver weg. Maar we hebben brieven gestuurd naar Sevilla en Córdoba.'

'Het wordt evengoed een hele reis.' Beatriz keek me bezorgd aan. 'Gaat het wel goed met je? Je ziet zo bleek, en je eet ook zo weinig.'

'Ik heb me weleens beter gevoeld, maar ik moet dit doen,' zei ik. 'Elke stad telt.'

Die nacht had ik moeite om in slaap te komen. Op aandringen van mijn vrienden had ik meer gegeten dan normaal, en de duivenpastei en vette saus lagen zwaar op mijn maag. Ik had het bij licht voedsel moeten houden.

Voorzichtig kwam ik uit bed. Ysabel sliep naast mij, Mencia op een dik oprolbed, en ik wilde hen niet wakker maken. Bij het licht van een kaars liep ik wat heen en weer, mijn hand tegen mijn buik gedrukt. De pijn nam gelukkig wat af.

Ik bleef staan bij het bed en keek naar mijn slapende dochter. Kon ik haar echt niet bij me houden? Ze was gewend aan lange reizen, maar ik wist niet wat Afonso van plan was. Voor hetzelfde geld trok hij op tegen een stad waar Ysabel en ik net verbleven. Nee, dat risico kon ik niet nemen. Hoe zwaar het me ook viel, ik moest haar hier achterlaten. Vertederd streek ik een lok haar uit Ysabels gezicht, en ik drukte een kus op haar wang. Daarna kroop ik weer onder de dekens.

Gelukkig kwam de pijn niet terug, en toen ik 's morgens wakker werd voelde ik me goed genoeg om de reis naar Toledo te maken.

In tegenstelling tot wat ik had verwacht verliep het afscheid rustig. Ysabel had geen idee hoelang ze bij Beatriz moest blijven, daar was ik vaag over geweest, en ze kon het goed vinden met de kleine Beatriz. Toch was het moeilijk voor haar om achter te blijven. Ze hield zich goed, maar haar stem klonk dun toen ze haar armen om mijn nek sloeg en zei: 'Dag, mama. Kom je snel terug?'

'Zo snel als ik kan, schat. Wees lief en gehoorzaam. Tot gauw, meisje.' Ik kuste Ysabel nog één keer en toen kwam ik overeind.

Beatriz pakte Ysabels hand vast en knikte mij geruststellend toe. 'Het komt allemaal goed,' zei ze. 'Ga doen wat je moet doen.'

De rit naar Toledo nam een dagdeel in beslag. Het was prachtig voorjaarsweer, en als de maagkrampen niet waren teruggekeerd had ik ervan genoten. Bij elke hoefslag van mijn paard voelde ik ze, maar ik verbeet de pijn en reed door.

Halverwege de middag reden we eindelijk de heuvel op die naar de stad leidde.

'Gaat het, Majesteit?' vroeg Mencia, die naast mij reed.

Ik knikte, maar blijkbaar weinig overtuigend, want Mencia bleef me bezorgd aankijken.

'Er is niets aan de hand. Ik heb gewoon slecht geslapen,' zei ik.

'Lag u te piekeren? Ik vraag me ook de hele tijd af wat er nu in het noorden gebeurt. Waar koning Afonso zit, wat hij van plan is.'

'Hij is van plan om heel Castilië te veroveren, dus hij heeft het vast niet bij Toro gelaten. Misschien zijn er al veel meer steden in zijn handen.'

'Als dat zo is, hadden we het in Madrid wel gehoord. En anders horen we het straks, als we in het alcazar zijn.'

Er ging een steek door mijn buik, zo scherp en onverwacht dat mijn adem stokte.

Voor het eerst werd ik bang. Deze pijn kwam niet van een duivenpastei of van vette saus, dit was iets anders. Herinneringen aan Enriques maagkwaal drongen zich aan me op en het zweet brak me uit.

'Ik wil bidden,' zei ik.

Mencia keek omhoog, naar het alcazar dat boven ons uit torende. 'We zijn er bijna, Majesteit.'

'Nú.' Ik hield mijn paard in.

We bevonden ons nog buiten de stadsmuren, op een plek waar niets dan groen en stilte heersten. Voor me lag het zonnige dal, waar de rivier als een zilveren lint doorheen slingerde.

'Wat is het hier prachtig,' fluisterde ik.

Ik haalde een paar keer diep adem, steeg af en zonk op mijn knieën. 'God, help me,' zei ik zacht. 'Laat me niet in de steek. Ik heb mijn gezondheid nodig om de strijd met Afonso aan te gaan. Ik beloof dat ik alles zal doen om Castilië te beschermen, alles wat U maar verlangt, en dat ik op deze plek een kerk met klooster zal laten bouwen om U te danken. Alstublieft, help me.'

Ik sloeg een kruis, voelde hoe de voorjaarswind mijn gezicht streelde en ik boog mijn hoofd, terwijl achter me mijn gevolg zwijgend toekeek.

Aangekomen in het alcazar nam ik weinig tijd om te rusten. Er waren geen bodes gearriveerd met berichten over een oprukkend Portugees leger, dus ik ging ervan uit dat Afonso nog steeds alleen Toro in handen had. Of was een ander bericht nog onderweg? Elke dag, elk uur kon de situatie veranderen, zonder dat Fernando met mij kon overleggen. Ik realiseerde me hoe onpraktisch dat was, gevaarlijk zelfs. In oorlogstijd zou hij zelfstandig beslissingen moeten kunnen nemen.

Nog dezelfde dag gaf ik de graaf en de kardinaal opdracht om een decreet op te stellen waarin Fernando volledige zeggenschap kreeg over alles wat in het belang van Castilië besloten moest worden. Daarna bereidde ik me voor op een diner met de edelen van Toledo. Ik was liever in bed gekropen, maar in plaats daarvan praatte ik de hele avond met hen over de oorlog en benadrukte ik het belang van hun steun. Tegen middernacht kreeg ik de toezegging dat ze soldaten en wapens zouden leveren en kon ik met een gerust hart gaan slapen. Uitgeput liet ik me in het hemelbed vallen, en ik sliep meteen.

De volgende dag reisde ik door naar Ávila, maar ik redde het maar net tot die stad. Onderweg werd ik weer overvallen door buikkrampen, die kwamen opzetten en weer afzakten, en bij aankomst besloot ik een tijdje te blijven om goed rust te nemen.

Zodra ik in bed lag volgden de krampen elkaar in zo'n hoog tempo op dat ik lag te kermen van de pijn. 'Wat mankeert me? Ik zal toch niet hetzelfde hebben als Enrique?' vroeg ik angstig.

‘Ik heb dokter Badoc laten halen, Majesteit. Het bevalt mij ook niet.’ Mencia bette mijn warme voorhoofd met een nat doekje. ‘Misschien is het gewoon de spanning van de afgelopen weken.’

Ik wilde zeggen dat ik mijn hele leven niets anders dan spanning had gekend, maar op dat moment kwam er een pijngolf opzetten die zo lang aanhield dat ik het uitschreeuwde. Tegelijkertijd voelde ik dat het onderlaken vochtig werd. Ik trok het bovenlaken omhoog en keek naar het bloed tussen mijn benen.

Mencia volgde mijn blik en sloeg een hand voor haar mond. ‘Majesteit,’ fluisterde ze.

Het bloed stroomde eruit, en even raakte ik in paniek, ervan overtuigd dat ik doodbloedde, tot iets anders mijn lichaam verliet. Sprakeloos keken Mencia en ik naar het piepkleine schepseltje dat tussen mijn benen lag.

Ik had niets verkeerds gegeten en ik had geen maagkwaal. Mijn maandelijkse bloedingen waren gewoon gekomen, maar ik had toch een kind bij me gedragen. En in plaats van mezelf in acht te nemen had ik door Castilië gegaloppeerd, slecht gegeten en weinig geslapen, en die dag, 31 mei 1475, eindigde mijn zwangerschap in een miskraam. Het kindje was volmaakt maar ontzettend klein. Het was een jongetje.

22

Ik huilde urenlang om mijn kind. Op die donkere dag leek mijn leven niet meer te zijn dan een aaneenschakeling van verlies en problemen, maar ik vroeg me niet af waarom God me dit had aangedaan. Het was mijn eigen schuld. In plaats van waakzaam te blijven en Castilië te beschermen tegen zijn vijanden had ik me overgegeven aan feesten en toernooien. Ik had het belangrijker gevonden om in brokaat en satijn rond te paraderen dan de grenzen van mijn koninkrijk veilig te stellen. Mijn laatste geld was opgegaan aan uiterlijk vertoon, en God had me gestraft door me Zijn geschenk, een troonopvolger, weer af te nemen.

Ik kon niets anders doen dan spijt betuigen, en dat deed ik. Urenlang bad ik voor de ziel van mijn zoon en smeekte ik God me te vergeven.

Ik gebood Mencia om te zwijgen over mijn miskraam. Voor de buitenwereld zou het overkomen alsof Hij me geen troonopvolger wilde geven en dat zou mijn positie verzwakken. Er waren nog heel wat steden die twijfelden over wie ze moesten steunen, en mijn miskraam zou de balans in het voordeel van Afonso kunnen laten doorslaan. Fernando stelde ik voorlopig ook niet op de hoogte. Ik wilde het hem persoonlijk vertellen, niet in een brief, en al helemaal niet vlak voor hij ten strijde trok. Ik liet hem weten dat ik ziek was, maar dat hij zich niet ongerust hoefde te maken en dat ik me vanuit Ávila zou blijven inspannen om een groot leger bijeen te brengen. Daarna liet ik ons kind in stilte begraven. Het nieuws over mijn miskraam zou waarschijnlijk wel uitlekken, maar voor het Fernando bereikte hoopte ik weer met hem herenigd te zijn.

Ook al was ik diepbedroefd, er was geen tijd om lang te rouwen. Ik had een koninkrijk te beschermen, desnoods vanuit mijn bed. Maar behalve brieven schrijven kon ik niet veel doen en dat bevorderde mijn herstel niet. Ik had zoveel bloed verloren dat ik erg verzwakt was, en als ik liep was ik zo duizelig dat ik me overal aan vast moest houden.

Na twee weken kreeg ik een brief van Fernando, die ik in bed las.

'Liefste echtgenote,' schreef hij. 'Hartelijk dank voor het grote blijk van vertrouwen dat je in me stelt door mij als gelijkwaardige heerser over Castilië te benoemen. Dit gebaar heeft mij diep ontroerd. Het getuigt ook van wijsheid, omdat we onze vijanden alleen kunnen verslaan als we naar buiten treden als één. Met dit schrijven wil ik je laten weten dat ik over een paar dagen naar Toro optrek, en dat ik om die reden besloten heb om een paar wijzigingen in mijn testament aan te brengen. Ik heb laten noteren dat het mijn wens is om na mijn dood naast jou in Castilië begraven te worden. Ook heb ik in mijn laatste wil onze geliefde dochter, prinses Ysabel, tot mijn erfgenaam benoemd. Dat houdt in dat ze niet alleen mijn landen en bezittingen zal erven, maar ook het recht op de kroon van Aragón en Sicilië, ondanks de Aragonese wetten die vrouwen uitsluiten van de troon. Ik heb mijn vader gevraagd om die wetten te veranderen, zodat onze nazaten later kunnen regeren over een verenigd koninkrijk.'

Ik moest de brief meerdere keren lezen voor de inhoud goed tot me doordrong, en toen kon ik mijn tranen niet bedwingen. Mencia, die om het hoekje van de deur keek, kwam snel binnen.

'Slecht nieuws, Majesteit?'

'Nee.' Ik glimlachte door mijn tranen heen. 'Beter nieuws had ik niet kunnen krijgen.'

Koning Afonso bleef met zijn leger in beweging door zich het ene moment terug te trekken in Portugal en dan weer de grens over te steken. Zolang hij niet verder durfde op te trekken was er hoop. Er was een maand verstreken sinds mijn miskraam en ik voelde me voldoende aangesterkt om terug te keren naar het noorden, waar Fernando volgens de laatste berichten een groot leger verzameld had.

Ávila was loyaal aan mij. Lang geleden had de stad zich achter mijn broertje Alfonso geschaard, nu stonden de inwoners achter mij en verklaarden ze zich bereid om te vechten. De stad leverde honderden mannen, en van het platteland stroomden er nog meer toe.

Eind juni trok ik aan het hoofd van een leger van vijftienhonderd man noordwaarts. Banieren met de symbolen van Fernando en mij wapperden in de wind, en even kon ik me voorstellen hoe Jeanne d'Arc zich gevoeld moest hebben. Halverwege trof ik het privéleger van de hertog van Alba en gezamenlijk trokken we verder.

De zon stond hoog aan de hemel en liet harnassen, lansen en zwaarden schitteren terwijl we tussen velden vol klaprozen naar Fernando's kamp bij Tordesillas reden. Onderweg voegden zich nog meer troepen bij ons. Kardinaal De Mendoza kwam met vijfhonderd lansiers aanrijden, en ook andere geestelijke leiders brachten hun privélegers mee. Tegen de tijd dat we in Tordesillas aankwamen was het leger waarmee ik uit Ávila was vertrokken meer dan verdubbeld.

Fernando wachtte me op aan de rand van een veld dat zo vol stond met tenten, wagens en paarden dat de horizon niet meer zichtbaar was. Breed glimlachend kwam hij naar me toe gereden, dreef zijn paard naast dat van mij en kuste mijn hand.

'Welkom, mijn allerliefste,' zei hij, en de omstanders juichten.

Vlak achter hem zat Gonzalo te paard. Hij glimlachte naar me en ik glimlachte terug, maar zonder het verlangen dat hij vroeger bij me had losgemaakt. Mijn meisjesverliefdheid had plaatsgemaakt voor een gevoel van diepe genegenheid. Ik had eigenlijk alleen oog voor mijn man.

Fernando en ik trokken ons terug in een grote, weelderig ingerichte tent midden in het kamp. Daar omhelsden en kusten we elkaar met een warmte die me aan onze eerste huwelijksweken deed denken.

'Bedankt dat je me gelijkwaardig aan jou hebt gemaakt,' zei Fernando zacht. 'Dat was een groots gebaar.'

'Jouw besluit om Ysabel tot erfgenaam van de Aragonese troon te benoemen ook. Daar ben ik je innig dankbaar voor.'

'Je had gelijk toen je zei dat ik achter haar moest gaan staan en haar recht op de troon moest verdedigen. Mijn vader maakt geen bezwaar. Hij ziet de noodzaak er ook wel van in.'

We keken elkaar glimlachend aan, tot Fernando opeens fronste.

'Je schreef dat je ziek was, daar maakte ik me zorgen over,' zei hij. 'Ben je weer helemaal beter?'

Op dat moment had ik hem het trieste nieuws over het verlies van onze zoon kunnen vertellen, maar er stonden edelen en boodschappers te wachten, dus ik besloot het nog even uit te stellen en verzekerde mijn man dat ik me goed voelde.

'Gelukkig,' zei Fernando, 'want verder is er alleen maar slecht nieuws. De stad Zamora heeft de kant van Juanita en Afonso gekozen.'

'O nee!'

'Ja, dat is een grote tegenvaller. De inwoners waren waarschijnlijk bang voor een beleg of een aanval omdat Zamora zo dicht bij Toro ligt.'

'Maar dan nog! Hoe kunnen Castilianen hun stad zomaar aan de Portugezen geven? Beseffen ze wel wat ze gedaan hebben? Ze hebben mijn neef ruim baan gegeven! Afonso kan nu vanaf de Portugese grens via een rechte weg Castilië in trekken.'

'Precies, en daarom móéten we die twee steden weer in handen krijgen. Ik was eerst bang dat we niet genoeg mankracht zouden hebben, maar je hebt een geweldig leger meegenomen.'

'In totaal hebben we nu zo'n dertigduizend man. Dat moet genoeg zijn.'

'Dat is zéker genoeg,' zei Fernando. 'We vallen deze week nog aan.'

Nog niet zo lang geleden beviel het me helemaal niet dat ik mijn echtgenoot zo lang moest missen als hij ging vechten in Roussillon, nu betaalde zijn oorlogservaring zich uit. In aantallen was koning Afonso in het voordeel, maar Fernando liet zich daardoor niet uit het veld slaan.

'Als het leger van de vijand groot is, moet je het uiteendrijven,' zei hij tijdens de militaire bespreking. 'We sturen één divisie naar Toro om de stad te ontzetten, en met twee andere divisies vallen we Portugal aan.'

Het Castiliaanse leger dat zich in juli 1475 bij Tordesillas verzamelde was gigantisch. Het bestond uit edelen met hun troepen, uit goed getrainde boogschutters en lansiers, uit huurlingen en vechtjassen van de straat, maar ook kooplieden en boeren.

Fernando leidde het naar de Portugese grens en viel daar een paar steden aan, wat Afonso ertoe dwong haastig terug te keren naar zijn eigen land. Hij liet Zamora slecht verdedigd achter. Onmiddellijk keerde Fernando met een kleine omweg terug naar Castilië en voerde zijn leger naar Zamora.

Ik nam mijn intrek in het kasteel van Tordesillas, in een kamer die uitzicht bood op de velden, zodat ik boodschappers zou kunnen zien aankomen.

Om mijn zenuwen in bedwang te houden borduurde ik wat. Ik hield niet van naaldwerk, maar het bracht me wel tot rust. Ik verbood mezelf om voortdurend uit het raam te kijken, maar met het verstrijken van de uren werd mijn blik steeds vaker naar buiten getrokken.

Geduld was niet mijn sterkste kant. Ik had in mijn leven te vaak en te lang moeten wachten, ik kon het bijna niet meer opbrengen. Het liefst was ik meegegaan naar Zamora. Niet om zelf mee te vechten, zoals Jeanne d'Arc, maar om te zien hoe de strijd verliep. Niets was erger dan de martelende onzekerheid die me in haar greep hield terwijl ik wachtte op nieuws.

Dat kwam de volgende dag. Fernando had, nauw bijgestaan door Gonzalo, Zamora's fort aan de Duero aangevallen. Daarbij kregen ze onverwacht hulp van de inwoners, die hun de sleutel van de stadspoort toespeelden.

'Zamora is weer van u, Majesteit,' zei de bode tegen me. 'En koning Fernando is nu op weg naar Toro om ook die stad te heroveren.'

Opgelucht beloonde ik de man voor het goede bericht, daarna begon het zenuwslopende wachten weer. Dat de inwoners van Zamora de stad aan Fernando hadden teruggegeven wilde niet zeggen dat dat in Toro ook zou gebeuren. De Portugese bezetting daar was veel groter, er zou zeker gevochten worden.

Ik wisselde het borduren af met bidden en probeerde op God te vertrouwen. Tussendoor stond ik voor het venster in de verte te turen, maar er verscheen geen bode. Wat gebeurde daar bij Toro? Waarom hoorde ik niets?

Na twee dagen besloot ik er zelf naartoe te gaan om poolshoogte te nemen. Net toen mijn paard gezadeld werd, kwam het bericht dat de voorhoede van ons leger in aantocht was.

Snel steeg ik op en galoppeerde de poort uit, de soldaten tegemoet. Ze liepen zo langzaam dat ik nattigheid voelde. Waarom wapperden hun banieren niet, waarom sloften ze zo? Waren ze gewond? Het was misgegaan, dat kon niet anders.

Ik spoorde mijn paard aan en joeg hem voort tot ik bij de mannen was. Tot mijn opluchting zag ik geen letsel of bloederige verbanden. Niemand leek gewond. De mannen oogden moe en verhit, maar dat was alles.

Ik hield een paar soldaten staande en ondervroeg hen, en mijn opluchting maakte plaats voor verbijstering. Er bleek helemaal niet gevochten te zijn. Het leger had in de brandende zon gewacht op krijgsmaterieel, zoals katapulten en verrijdbare aanvalstorens, maar dat was niet gekomen. Na twee dagen was het gebrek aan schaduw en water zo'n groot probleem geworden dat Fernando had besloten om terug te trekken.

'Terug te trekken?' zei ik vol ongeloof.

‘Het spijt me, Majesteit.’ De soldaat, die met een roodverbrand gezicht voor me stond, boog zijn hoofd.

Het speet mij ook. Sterker nog, het maakte me razend.

Ik galoppeerde terug naar het kasteel en wachtte Fernando op. Zodra hij met zijn edelen, bedekt met stof, naar binnen stapte, laaide de woede weer in me op.

‘Ik hoop dat je hier een goede verklaring voor hebt.’ Ik kon het niet opbrengen om hem volgens het protocol te vousvoyeren en mijn toon was ijzig.

Fernando veegde het stof van zijn gezicht en keek me verbaasd aan. ‘Wat een hartverwarmend welkom,’ zei hij. ‘Fijn dat je blij bent dat ik heelhuids terug ben.’

‘Zoveel gevaar hebben jullie niet gelopen. Er is helemaal niet gevochten. Heb je wel geprobéérd om Toro te heroveren?’

‘Nee, ik heb twee dagen gewacht op de blijden en torens, maar die kwamen niet. Ik stond met lege handen.’

‘Je had stormrammen!’

‘Dat was te gevaarlijk, want...’

‘Te gevaarlijk? Hoe kon dat te gevaarlijk zijn met zo’n overmacht? Als je de stad had bestormd, was Toro zeker gevallen. In plaats daarvan bleef je daar maar staan, tot je mannen bijna bezweken van de hitte. Waarom heb je niet meteen de aanval geopend? Dat zou ík gedaan hebben!’

‘O ja?’ Fernando smeet de doek waarmee hij zijn gezicht had afgeveegd weg. ‘Met twee stormrammen, terwijl de Portugese boogschutters op de muren klaarstonden om ons neer te schieten? Dat was een betere optie?’

De edelen waren sprakeloos, niemand durfde iets te zeggen of zelfs maar te bewegen.

‘Ik zou het in ieder geval geprobeerd hebben. Met voorzichtigheid bereik je niets,’ zei ik.

'Met voorzichtigheid heb ik mijn mannen in leven gehouden tot er een betere gelegenheid voor een aanval komt,' beet Fernando me toe.

'Áls er nog een gelegenheid komt. De vijand is nu gewaarschuwd. Laat ik u allen iets vertellen.' Ik keek om me heen naar de edelen, die mijn blik ontweken, en zei: 'Dit was de laatste keer dat ik achterbleef. Vanaf nu ga ik mee en zie ik erop toe dat iedereen vecht voor wat hij waard is.'

Met die woorden draaide ik me om en ik verliet de hal, trillend van woede en teleurstelling.

De rest van de dag ontweken Fernando en ik elkaar. Ik vertoonde me niet in de eetzaal, maar at een lichte maaltijd in mijn kamer. Veel trek had ik niet, en na een paar happen stond ik op en ging voor het venster staan. De avondzon kleurde de velden zo rood als een slagveld. Ik beet op mijn lip, nog steeds boos.

Er klonk een klopje op de deur en ik keek om, in de hoop en verwachting dat het Fernando zou zijn.

Mencia deed open en zei: 'Don De Córdoba, Majesteit.'

'Laat hem maar binnen. En blijf erbij.'

Voetstappen klonken, en met een zucht draaide ik me om. 'Don De Córdoba.'

Gonzalo boog, zijn gezicht stond ernstig. 'Ik wilde even met u praten.'

'Over Toro, neem ik aan.'

'Ja, en over de verwijten die u uw echtgenoot hebt gemaakt.'

'Aan uw gezicht te zien vindt u die onterecht.'

'Ik begrijp uw teleurstelling, maar niet uw woede. De koning wilde Toro net zo graag veroveren als u. Het was logisch dat hij wachtte op het oorlogsmaterieel. Onder andere omstandigheden zouden we zijn gebleven, maar de mannen werden ziek van de hitte en dorst. Om eerlijk te zijn heb ík de koning geadviseerd om terug te trekken en later terug te komen.'

'Met die overmacht aan manschappen hadden jullie de stad ook meteen kunnen bestormen, in plaats van twee dagen te wachten en krachten te verspillen.'

'Het klopt dat we numeriek sterker waren, maar de Portugezen zaten goed verschanst achter muren en in torens. We zouden enorme verliezen geleden hebben, en waarschijnlijk voor niets. Terughoudendheid was in dit geval beter dan strijdlust. We veroveren Toro nog wel, met zo min mogelijk bloedvergieten.'

Zijn woorden klonken verstandig, en een gevoel van schaamte verdrong mijn boosheid. De teleurstelling was er nog steeds, maar ik besefte dat ik Fernando niet verantwoordelijk kon houden voor de mislukking. Dat hij misschien zelfs de enige juiste beslissing had genomen.

'Dank u,' zei ik zacht.

Gonzalo knikte me toe. 'Maakt u het alstublieft goed met de koning. Hij heeft uw woede niet verdiend.'

Het was nog niet zo laat dat ik niet bij Fernando kon aankloppen. Meteen nadat Gonzalo vertrokken was, liep ik naar de kamer van mijn echtgenoot.

Hij zat in hemdsmouwen op de rand van het bed, met zijn smerige hozen nog aan. Toen ik binnenkwam keek hij zwijgend op, en hij bleef zwijgen.

'Het spijt me,' zei ik. 'Ik had jou niet de schuld moeten geven.'

Fernando zei niets.

'Ik had erop gerekend dat Toro weer in onze handen zou komen,' zei ik, 'en toen ik de troepen terug zag komen, dacht ik even dat het gelukt was. Maar toen hoorde ik dat ze zich hadden teruggetrokken terwijl er niet eens gevochten was, en...'

'En je stelde geen enkel vertrouwen in mijn besluit, gaf me amper de kans om het uit te leggen, maar besloot om me voor de voltallige raad een lafaard te noemen.'

'Ik heb je geen lafaard genoemd.'

'Niet met zoveel woorden, maar daar kwam het wel op neer. Want jij zou het heel anders, veel beter hebben gedaan.' Fernando trok zijn laarzen uit en wierp ze van zich af. 'Heb je enig idee hoe vaak ik dit soort situaties heb meegemaakt? Hoe vaak ik voor een belegerde stad heb gestaan, de opties heb moeten afwegen, goede en verkeerde beslissingen heb genomen? Daar heb ik van geleerd. De successen én de fiasco's hebben me geleerd wat te doen, en als ik het gevoel heb dat het beter is om de levens van mijn mannen niet in de waagschaal te stellen, dan doe ik dat niet. Ook als dat een vernederende aftocht betekent.'

'Ik begrijp het nu. Het spijt me.'

'Fijn,' zei Fernando koeltjes. 'Als je het niet erg vindt, neem ik nu een bad en ga ik slapen. Het waren een paar zware dagen.'

'Ik moet je nog iets vertellen. Waarschijnlijk slaap je dan niet meer, maar ik kan het niet langer uitstellen.'

'Wat?' vroeg Fernando vermoeid.

'Ik was niet ziek, in Ávila. Niet echt. Ik was verzwakt omdat ik moest herstellen van een miskraam.' Ik knipperde mijn opkomende tranen weg.

Secondenlang staarde Fernando me aan. 'Een miskraam? Ik wist niet dat je een kind verwachtte.'

'Ik ook niet. Mijn bloedingen waren wel onregelmatig,

maar ze zijn nooit helemaal opgehouden. Ik moet al in de vijfde maand zijn geweest, want het kindje had armpjes en beentjes. Heel klein allemaal, en hij had een doorschijnende huid, maar het was al echt een kindje.' Mijn stem brak, ik veegde over mijn ogen.

'Hij?' fluisterde Fernando.

'Ja, het was een jongetje.'

Het leven leek uit Fernando weg te vloeien. Hij zat daar maar, krijtwit en verstijfd als een standbeeld. Ik huilde geluidloos, zowel om zijn verdriet als om dat van mij.

'Waarom heb je me dat niet laten weten? Dan was ik naar je toe gekomen,' zei hij schor.

'Je had het druk met de oorlog. Ik wilde je niet afleiden met verdriet.'

'Maar nu heb je het in je eentje moeten verwerken.'

'Dat kon niet anders. Ik heb veel gebeden. Ik was bang dat God zich van ons had afgekeerd omdat we aan het feesten waren toen Afonso zich voorbereidde op oorlog. Ik heb Hem gesmeekt om me nog een kans te geven, en toen stak Afonso de grens over en nam hij Zamora en Toro in. Ik dacht dat ik mijn koninkrijk zou verliezen, maar Hij gaf Zamora aan ons terug en ik hoopte dat het betekende dat Hij ons vergeven had en dat we ook Toro terugkregen.'

'En je raakte in paniek toen ik het leger liet omkeren.' Fernando stond op en liep naar me toe. 'Ik begrijp het.'

'Ik had je niet zo moeten toespreken, ten overstaan van alle hovelingen. Ik zal me daarvoor in de bijeenkomst van de raad verontschuldigen.'

'Ik was er inderdaad niet blij mee, maar ik begrijp het nu.' Fernando trok me tegen zich aan en ik sloeg mijn armen om zijn middel.

'Denk je dat God ons verlaten heeft?' vroeg ik met onvaste stem.

'Nee, dat denk ik helemaal niet. We zullen boete doen en bidden voor de ziel van ons kind, en we zullen Hem vragen of Hij ons een ander kind wil geven. We zullen Toro heroveren en de Portugezen het land uit jagen, en daarna elke vijand die Castilië en Aragón bedreigt, en we zullen dat samen doen. Maar we moeten wel vertrouwen hebben in elkaars beslissingen en elkaar steunen. Afgesproken?'

Ik knikte en leunde tegen hem aan. 'Afgesproken.'

23

Negen maanden lang bleven er hevige gevechten plaatsvinden, maar Fernando en ik gaven de strijd niet op. We staken de Portugese grens over, veroverden nog een paar stadjes en verwoestten de omringende graanvelden.

Aartsbisschop Carrillo stelde koning Afonso vijfhonderd lansiers ter beschikking, maar Fernando's vader stuurde soldaten die de steden en forten van Carrillo aanvielen. Zelf liet ik Portugals handelsroutes afsnijden en ik beval de Castiliaanse zeemacht om de Canarische Eilanden, die bij Portugal hoorden, in te nemen.

Onze tactiek werkte. Afonso werd opnieuw gedwongen om een groot deel van zijn leger terug te trekken uit Castilië om Portugal te beschermen. Toen hij in de gaten kreeg dat Castilië niet zo gemakkelijk te veroveren was, stelde hij een schikking voor: hij was bereid zijn aanspraak op de kroon op te geven in ruil voor de provincie Galicië, de steden Toro en Zamora en een grote afkoopsom.

Fernando twijfelde.

'Het zou wel de snelste manier zijn om een einde te maken aan de oorlog,' zei hij.

'Ik geef hem nog geen vierkante meter Castiliaanse bodem,' zei ik, en dat antwoord liet ik aan Afonso overbrengen.

God stond weer aan onze kant. Ik wist het, vóélde het. En ook al werd het winter, ik wist dat we niet tot de lente moesten wachten met ons tegenoffensief.

Afonso dacht er blijkbaar precies zo over, want hij viel Castilië opnieuw binnen en voerde zijn leger terug naar Zamora. Fernando en zijn troepen haastten zich naar de stad en slaagden erin binnen te komen voordat de vijand arriveerde. Afonso sloeg het beleg voor de stad.

Er was geen tijd geweest om extra voedsel en brandhout in de stad op te slaan, zodat er al snel tekorten ontstonden, maar de Portugezen hadden het nog veel zwaarder in hun ijskoude tenten. Zamora hield stand, en op 1 maart brak Afonso het beleg af en trok zich terug. Fernando zette de achtervolging in, vastbesloten om de koning terug naar Portugal te jagen.

Even leek het erop dat Afonso rechtstreeks terugging naar zijn eigen land, maar bij Toro keerde hij onverwacht zijn leger, zette het in formatie en wachtte Fernando op.

Op de uitgestrekte vlakte waren ze van grote afstand zichtbaar, wat Fernando net genoeg tijd gaf om zich voor te bereiden op het gevecht. De linkervleugel van zijn leger stond onder commando van zijn oom, de hertog van Alba, en de rechterzijde onder dat van Gutierre de Cárdenas, geassisteerd door Gonzalo.

Veel tijd voor overleg was er niet, de Portugezen vielen meteen aan. Ze daverden over het veld, schreeuwend en met getrokken zwaard. Ook Fernando gaf het sein voor de aanval, en de twee legers stormden op elkaar af. Halverwege het slagveld botsten ze op elkaar.

Aartsbisschop Carrillo, gekleed in een rode mantel met daarop een wit kruis, vocht als een bezetene voor Portugal, terwijl kardinaal De Mendoza op een ander deel van het slagveld Castilië verdedigde.

Er viel een ijzige regen. Door de snel opkomende mist was het moeilijk te zien wie vriend of vijand was, en veel soldaten stierven onnodig omdat ze in de Douro vielen en verdronken. Tegen de avond lag het slagveld vol met doden en gewonden. De strijd was nog steeds niet beslist, maar het Castiliaanse leger leek in de meerderheid.

'Voorwaarts, mannen! Voor Castilië!' schreeuwde Fernando.

Met een enorm gebrul kwamen zijn mannen wederom naar voren, en ze stortten zich op de vijand. Hun vechtlust was zo groot dat Afonso zich uiteindelijk gedwongen zag om zich terug te trekken, wat de Castilianen de kans gaf om de Portugese vlag te veroveren. Op het moment dat de banier neerging, ging het Portugese leger er in alle richtingen vandoor, begeleid door een uitzinnig gejuich van de Castiliaanse soldaten.

Het was niet in woorden uit te drukken hoe blij ik was met de overwinning. Vol vreugde hoorde ik aan dat Afonso was teruggekeerd naar Portugal, en het restant van zijn troepen in Toro, die hem te hulp geschoten waren, eveneens. Heel Castilië was weer in mijn handen.

Ik hield maar niet op mijn echtgenoot te prijzen, ik schaamde me dat ik hem eerder die winter zo de les had gelezen. Maar Fernando had het me vergeven, zoals ik hem zijn affaires had vergeven.

We wisten niet of Afonso ons nog een keer zou aanvallen, maar we besloten toch om naar Madrid af te reizen en Ysabel op te halen bij Beatriz en Andrés. De oorlog en mijn miskraam hadden het gemis van mijn dochter verdrongen, maar nu kwam het in volle hevigheid naar boven en kon ik geen dag langer wachten. We hadden een escorte kunnen sturen om haar op te halen, maar de terugreis zou ook nog dagen in beslag nemen. We zouden haar sneller zien als we zelf naar Madrid gingen. Daarbij kwam dat ik mijn vrienden persoonlijk wilde bedanken omdat ze tien maanden voor Ysabel hadden gezorgd.

In Madrid aangekomen namen mijn hovelingen hun intrek in het alcazar en gingen Fernando en ik rechtstreeks naar het huis van Beatriz en Andrés.

Het weerzien met mijn vriendin was meer dan hartelijk, het was uitbundig. We vlogen elkaar om de hals. Andrés kwam met Ysabel aan zijn hand naar ons toe. Ze omhelsde ons, maar keek ook een beetje sip.

'Wat is er, lieverd? Ben je niet blij dat we weer terug zijn?' vroeg ik terwijl ik haar naar me toe trok.

'Jawel, maar er is iets ergs gebeurd, mama,' zei Ysabel zacht.

'Wat dan? Vertel het me maar.'

'Feliz is dood.' Ysabel begon te huilen.

Met enige moeite hield ik mijn gezicht in de plooi, maar mijn dochter had door dat ik schrok.

'Ik heb echt goed voor hem gezorgd, maar hij ging toch dood. Zomaar! Ik kon er niets aan doen,' jammerde Ysabel.

'Ik heb tegen haar gezegd dat het niet haar schuld was, maar ze blijft het zichzelf verwijten.' Beatriz streelde Ysabel over haar hoofd.

'Natuurlijk is het jouw schuld niet. Feliz was al oud.' Ik trok Ysabel in mijn armen en troostte haar tot ze gekalmeerd was.

'Daar heeft ze zich de afgelopen twee weken druk over gemaakt,' zei Andrés.

‘Is het twee weken geleden gebeurd?’ vroeg ik, en hij knikte.

Ik hield me goed, maar het nieuws deed me meer dan ik had verwacht. Er was groter verdriet in mijn leven geweest, maar het deed toch pijn dat ik geen afscheid had kunnen nemen van mijn kat.

Ysabel, bevrijd van haar schuldgevoel, ging weer spelen.

‘Verder ging het heel goed met haar, hoor,’ zei Beatriz. ‘Jullie hebben een geweldige, lieve dochter. In het begin heeft ze het even moeilijk gehad, maar toen ze gewend was, voelde ze zich helemaal thuis. Ik denk dat ze het fijn heeft gehad.’

‘Omdat ze kinderen had om mee te spelen.’ Ik volgde Ysabel met mijn ogen, keek hoe ze met de kleine Beatriz over de binnenplaats rende terwijl ze elkaar een bal afhandig probeerden te maken. ‘Ik gun haar echt een broer of zusje.’

‘Misschien nu het wat rustiger wordt,’ zei Beatriz.

We keken naar de mannen, die een rondje liepen onder de booggalerij van het huis, en ik zei: ‘Ik ben in verwachting geweest, van een zoon. Maar ik heb het kindje verloren.’

‘Ach lieverd, wat vreselijk. Ik weet hoe het voelt, ik heb ook twee miskramen gehad. Hopelijk raak je snel weer in verwachting.’

‘Ik hoop het ook. Fernando heeft Ysabel tot troonopvolger benoemd, maar een zoon zou Castilië en Aragón nog hechter aaneensmeden.’

‘Het enige wat je kunt doen is bidden.’

‘Dat, en nog iets anders,’ zei ik, en het duurde even voor Beatriz uitgelachen was.

Later, na de avondmaaltijd, die met veel gelach en gepraat verliep, stond ik op. Beatriz gebaarde een bediende dat ze even moest wachten met het bijschenken en er viel een stilte.

‘Lieve vrienden,’ zei ik. ‘Hartelijk dank dat jullie je met zoveel liefde en warmte over Ysabel hebben ontfermd. Het heeft een groot verschil gemaakt voor Fernando en mij om te weten dat zij hier veilig en gelukkig was.’

Ik keek naar Fernando, die bevestigend knikte.

‘Beatriz,’ zei ik, ‘je bent mijn vertrouwenspersoon en adviseur, maar je bent vooral mijn vriendin. Ik zou niet weten wat ik zonder jou had gemoeten gedurende de eerste vijftien jaar van mijn leven. En nu ik bijna vijfentwintig ben weet ik dat eigenlijk nog steeds niet.’ Ik glimlachte naar Beatriz, die ontroerd teruglachte. Vervolgens wendde ik me tot Andrés, en ik bedankte hem voor zijn loyaliteit in een periode dat het voor mij erop of eronder was. ‘Het is niet moeilijk om een vriend te zijn in goede tijden,’ zei ik. ‘Je ontdekt pas wie echte vrienden zijn als het leven moeilijk of gevaarlijk wordt. Andrés, jij hebt onvoorwaardelijk mijn kant gekozen, terwijl dat je het leven had kunnen kosten. Daarom heb ik besloten om jullie de titel markies en markiezin van Moya te verlenen, met het kasteel, de stad en de landerijen die daarbij horen.’

Beatriz en Andrés keken me sprakeloos aan, kwamen toen tegelijk overeind om me te bedanken. Ik omhelsde hen, zei dat het niet meer dan terecht was. Fernando stond ook op en overhandigde me zijn zwaard, waarmee ik onze vrienden op de schouder tikte om hun nieuwe rang te bekrachtigen.

Ysabel liet me het plekje in de tuin zien waar Feliz begraven lag, en we legden er samen bloemen neer. Daarna nam Fernando haar mee naar binnen en bleef ik nog even bij het grafje zitten.

‘Dag lieve Feliz,’ fluisterde ik. ‘Bedankt dat je zo’n steun voor me was toen ik dat heel hard nodig had. Het spijt me dat ik net te laat terug ben.' Ik knipperde mijn tranen weg en stond pas op toen ik mezelf weer onder controle had.

Twee dagen later reisden Fernando en ik met Ysabel door naar Toledo.

Aanvankelijk vond onze dochter het wel leuk om bij haar vader voorop op zijn paard te zitten, maar toen ze erachter kwam dat we niet teruggingen naar Beatriz, Andrés en haar vriendinnetje, dat ze als een zusje beschouwde, begon ze te huilen. Ze kalmeerde pas toen we haar beloofden op de terugweg bij hen langs te gaan.

De ochtend na onze aankomst in Toledo nam ik mijn man en kind mee naar een heuvel net buiten de stad.

'Hier stond ik toen de oorlog uitbrak,' zei ik. 'Ik ben op mijn knieën gevallen en heb God gesmeekt om Afonso tegen te houden. Ik beloofde dat we op deze plek een klooster zouden bouwen als Hij ons de overwinning wilde bezorgen.'

'En dat doen we dus,' zei Fernando. 'We gaan hier niet weg voor de eerste steen gelegd is.'

We lieten een ontwerp schetsen voor het klooster, dat de naam San Juan de los Reyes zou krijgen, en besloten voor langere tijd in Toledo te blijven om toe te zien op de bouw. Tijdens ons verblijf daar ontving ik de ene brief na de andere van edelen die zich tijdens de oorlog tegen ons hadden gekeerd en die nu om genade vroegen. Carrillo bleef met zijn privéleger onze troepen aanvallen, maar na een aantal nederlagen legde ook hij de wapens neer, en zelfs hij probeerde weer bij ons in de gunst te komen.

'Accepteer zijn excuses en vergeef hem,' schreef mijn schoonvader koning Juan. 'Het is beter om te denken aan wat de aartsbisschop in het verleden voor jullie heeft betekend. Jullie kunnen wraak nemen op jullie tegenstanders of, als genadige christelijke monarchen, dankbare bondgenoten van hen maken. Niets ontwapent een vijand meer dan hem vergeving schenken.'

Na overleg besloten Fernando en ik dat dat een goed advies was, en we verleenden iedereen gratie, ook Carrillo. Wel namen we zijn landerijen en forten in beslag en voegden we zijn leger toe aan dat van ons. Alleen zijn paleis in Alcalá de Henares mocht hij behouden. Hij trok zich daarin terug en vanaf dat moment hoorde ik niets meer van hem. Een bondgenoot werd hij niet, maar ik had ook geen last meer van hem.

Eindelijk kwam er wat rust in mijn leven. Van Afonso hoorde ik niets meer, van Juana en Juanita evenmin, en de Ottomanen maakten goddank geen aanstalten om de Middellandse Zee over te steken. Dat gaf me de tijd om met een ander probleem af te rekenen.

Het zat me dwars dat tijdens de oorlog met Portugal veel steden geen geld of manschappen hadden geleverd. Van de edelen in Sevilla had ik zelfs nooit een reactie gekregen op mijn verzoek om hulp, en het gerucht ging dat een van hen, de markies van Cádiz, op het punt had gestaan om samen te spannen met koning Afonso, en dat hij en de hertog van Medina Sidonia tijdens Enriques heerschappij onrechtmatig kastelen en land in bezit hadden gekregen.

'Enrique heeft hun tijdens de opstand toegestaan land aan hun bezit toe te voegen, of hij heeft niets gedaan om dat tegen te gaan. Die twee heren zijn de machtigste edelen van Andalusië, ik denk dat hij geen problemen met hen wilde,' zei ik tegen Fernando.

'Maar jij wel?' vroeg hij.

'Liever niet, maar als het niet anders kan... Ze ondermijnen mijn gezag. Ik moet ernaartoe en orde op zaken stellen.'

'Nu? Dat gaat niet, ik moet naar Aragón om staatszaken af te handelen. Er is veel te veel blijven liggen door de oorlog.'

'Natuurlijk moet je terug naar Aragón. Ik ga wel alleen.'

'Alleen?' Fernando fronste. 'Ik denk dat men niet erg onder de indruk zal zijn als jij alleen komt. Je kunt beter wachten tot ik met je mee kan, dan rekenen we samen met de heren af.'

'Nee, dat duurt te lang,' zei ik. 'Ik wil dit zo snel mogelijk afhandelen.'

Mijn raadgevers hadden evenmin vertrouwen in het nut van mijn reis naar Sevilla als vrouw alleen. Zowel graaf De Quintanilla als kardinaal De Mendoza praatte op me in en probeerde me ervan te overtuigen dat het beter was om te wachten tot Fernando mee kon, maar ik legde hun bezwaren naast me neer.

'Ja, ik ben een vrouw,' zei ik. 'Maar ik ben ook de koningin, en de hertog en de markies zijn mij gehoorzaamheid verschuldigd. Als de markies van Cádiz werkelijk contact heeft gezocht met koning Afonso, dan is dat hoogverraad, en dat kan ik onmogelijk op z'n beloop laten. Ik heb clementie getoond aan de edelen die om vergiffenis voor hun ontrouw hebben gevraagd, maar van de markies van Cádiz en de hertog van Medina Sidonia heb ik geen woord gehoord. Ze zullen me nooit serieus nemen als ik geen daad stel, het hele koninkrijk zal mijn regering zwak vinden. Dit kan echt niet wachten. Ik vertrek zo snel mogelijk naar Sevilla en ik wil er verder geen woord meer over horen.'

Fernando vertrok een dag eerder dan ik, en na een laatste liefdesnacht namen we afscheid.

'Ik kom zo snel als ik kan,' beloofde hij, terwijl zijn paard naar hem toe werd geleid.

Ik kuste hem. 'Ik zal je missen.'

'Ik jou ook, maar voor je het weet ben ik er weer. Je krijgt het druk, je zult bijna geen tijd krijgen om me te missen. Pak ze maar flink aan daar in Sevilla.'

Na nog een laatste kus steeg hij op en gaf hij het sein tot vertrek. Gonzalo vergezelde hem naar Aragón, ik zou Ysabel, mijn hofhouding en Gutierre en zijn troepen meenemen.

Een dag later, op 25 juli, vertrokken we. Het was een prachtige reis naar Sevilla. Ik kwam niet vaak in het zuiden, en toen het rustige landschap onder Toledo plaatsmaakte voor de woeste schoonheid van de Sierra Norte keek ik mijn ogen uit. Meren en boomgaarden vol kurkeiken en olijven wisselden elkaar af, de bossen zaten vol wild, dat voor onze paarden wegschoot.

We overnachtten onderweg twee keer in een klooster, en toen we halverwege de derde dag Sevilla naderden vond ik dat bijna jammer.

Bij de Macarena-brug wachtten de belangrijkste edelen en geestelijken om me welkom te heten, en de hertog van Medina Sidonia overhandigde mij de sleutels van het alcazar. Een lange stoet dansers kwam me tegemoet, gekleed in groen, rood en geel. Overal klonk muziek terwijl ik gevolgd door de edelen Sevilla binnenreed. De straten waren overdekt met doeken, van het ene dak naar het andere gespannen om me te beschermen tegen de zon, en de grond ging schuil onder een tapijt van rozenblaadjes.

Ysabel, die voor mij in het zadel zat, keek haar ogen uit. Ook ik keek voortdurend om me heen, glimlachend naar de mensen die zwaaiend uit de vensters van hun witgekalkte huizen hingen.

De hoofdstraat kwam uit op een plein vol sinaasappelbomen waaraan het alcazar lag. Ik hield mijn paard in en keek op naar de dikke torens en muren. Een gevoel van ontroering overviel me. In een ver verleden had hier een Visigotisch fort gestaan, tot de Romeinen kwamen en vervolgens de Moren, die alles afbraken en dit alcazar bouwden. Mijn voorvader Alfons van Castilië had de Almohaden in de veertiende eeuw verjaagd, en zijn zoon, Pedro I, breidde het alcazar uit met een nieuw paleis. De rode stenen poort die voor me lag was de toegang die ook hij had gebruikt, en op het moment dat ik eronderdoor reed leken de eeuwen weg te vallen.

Een met palmbomen omzoomde laan leidde naar de ingang van het kasteel. Ik liet me van mijn paard helpen, wendde me tot mijn gevolg en zei: 'Wacht hier.'

Even later wandelde ik met Ysabel aan de hand het alcazar binnen, door grote ruimtes die gedecoreerd waren in uitbundige Moorse stijl. In de fonteinen op de patio's klaterde water, palmbomen zorgden voor schaduw en overal bloeiden bloemen.

'Kijk eens, mama, wat mooi!' Ysabel wees naar een binnenplaats die vol stond met sinaasappelbomen. 'Er groeien ook sinaasappels in het kasteel! Blijven we hier?'

'Ja, voorlopig wel. Vind je dat leuk?'

Ze knikte en babbelde er vrolijk op los terwijl we verderliepen, naar het paleis van koning Pedro. Toen we binnenkwamen viel mijn mond open. Sierlijke bogen en duizelingwekkende mozaïeken in goud en blauw omringden me. Het was zo mooi dat ik bijna niet wist waar ik het eerst naar kijken moest. Er waren geen deuren, alleen boogdoorgangen met doorkijkjes naar andere prachtige ruimtes. We liepen langzaam verder, tot ik abrupt stilstond, overweldigd door de schoonheid van de zaal die voor me lag.

Ook Ysabel keek er met grote ogen naar.

'Is dit een kerk?' fluisterde ze.

'Nee,' zei ik zacht, 'dit is de troonzaal van koning Pedro. Hij leefde lang geleden.'

'Hoelang geleden?'

'Honderd jaar.' Ik liet mijn blik over het gouden koepelplafond glijden. Zonlicht viel naar binnen en baadde de ruimte in een warm licht dat de kleurenpracht versterkte.

Ik draaide me om en keek naar de met rood brokaat beklede troon op de estrade. Langzaam liep ik ernaartoe en nam erop plaats. Ysabel stapte eveneens de verhoging op en klom op mijn schoot.

De hele eerste week na mijn aankomst werd ik gefêteerd door de edelen en magistraten van Sevilla. Feesten en banketten volgden elkaar op, met als slotstuk een groot stierengevecht in de arena. Vanaf mijn zetel onder het baldakijn keek ik toe hoe de matadors om beurten een prachtige zwarte stier belaagden met hun lansen. Het beest gaf zich niet zomaar gewonnen en twee matadors werden met ernstige verwondingen afgevoerd. Uiteindelijk delfde de stier toch het onderspit en zonk hij bloedend in het zand neer. Ik wendde mijn gezicht af en wuifde mezelf koelte toe met mijn waaier.

'Uwe Majesteit is geen liefhebber van dit soort vermaak?' vroeg de hertog van Medina Sidonia, die naast me zat. Enrique de Guzmán was drieëndertig jaar en heel aantrekkelijk, maar hij had de arrogantie van een man die gewend was aan dienstbare vrouwen.

'Nee,' zei ik. 'Het maakt me misselijk.'

'U houdt niet van bloedvergieten. Dat is begrijpelijk, u bent een vrouw.'

'Bloedvergieten is af en toe noodzakelijk, maar dit is iets anders. Ik hou niet van oneerlijke gevechten, en zeker niet als ze alleen als vermaak dienen. Bovendien zie ik liever dat dappere mannen mijn leger versterken dan dat ze door stierenhorens worden doorboord.' Ik zweeg even en voegde eraan toe: 'Ik ga het verbieden.'

Ontzet keek de hertog me aan. 'Maar Majesteit, stierengevechten zijn enorm belangrijk voor de Sevillianen. Het zit in hun bloed!'

'Ze zullen een andere vorm van vermaak moeten bedenken. Zolang ik koningin ben, komen er geen jonge mannen meer om het leven in de arena.'

'Ik begrijp uw afweging, maar...'

'Nu ik u toch spreek, hertog, wilde ik het eens hebben over de kastelen van Alcalá de Fuadayra en Tarifa die u tijdens de regering van mijn broer in bezit hebt genomen.'

De hertog wierp me een snelle blik toe. 'Gekregen, Majesteit. Wijlen de koning heeft me die ooit in zijn goedgunstigheid geschonken.'

'Dan kunt u me ongetwijfeld de eigendomsakten laten zien. Zelf heb ik die helaas niet kunnen vinden.'

Het bleef even stil, toen zei de hertog: 'Majesteit, ik verzeker u dat ik niets genomen heb dat mij niet toebehoort. Koning Enrique heeft mij beloofd...'

'Een belofte is niets waard als die niet wordt vastgelegd. Voor zover ik kan nagaan is er niets op schrift gesteld. Het lijkt er eerder op dat u zich die steden en landgoederen hebt toegeeigend.'

De zelfvoldane, enigszins neerbuigende glimlach van de hertog gleed van zijn gezicht. 'Met alle respect, Majesteit, een mondelinge overeenkomst is voor mij even geldig als een overeenkomst op schrift.'

'Voor u misschien, maar voor mij niet.' Ik keek koeltjes terug en vestigde toen mijn blik op een nieuwe stier die de arena in kwam. 'We hebben het er nog wel over, Don De Guzmán.'

Om niet meteen vijanden te maken besloot ik te wachten met een verbod op stierengevechten en dreef ik de kwestie met de hertog van Medina Sidonia evenmin op de spits. Wel vroeg ik de bisschop van Sevilla, Alfonso de Solís, me meer te vertellen over de hertog.

'Tussen de hertog van Medina Sidonia en de markies van Cádiz heerst al jaren een vete waarvan ik de oorzaak niet kan achterhalen, maar die volledig uit de hand is gelopen,' zei de bisschop met een vermoeide zucht. 'In plaats van hun landerijen te besturen en recht te spreken zijn ze alleen bezig slag te leveren met elkaar, met als gevolg dat Sevilla is overgeleverd aan misdadigersbendes die niet bestraft worden. Het aantal overvallen, verkrachtingen en moordpartijen is nauwelijks bij te houden.'

'Ik heb begrepen dat Rodrigo van Cádiz getrouwd is met een zuster van Juan Pacheco, en dat hij tijdens de oorlog met Portugal partij heeft gekozen voor mijn neef,' zei ik.

'Dat heb ik ook gehoord, maar of het waar is weet ik niet. Het enige wat ik weet is dat Don Rodrigo heeft gecorrespondeerd met koning Afonso, en dat kan maar over één ding zijn gegaan. Overigens heeft Don Rodrigo zich schuldig gemaakt aan hetzelfde vergrijp als Don De Guzmán. Hij heeft zich tijdens de regering van uw broer het fort van Jerez illegaal toegeëigend.'

'Hij ook al? Laat de heren om beurten bij me komen.'

'U wilt hen natuurlijk dwingen die bezittingen terug te geven. Dat begrijp ik, maar mag ik u een advies geven?'

'Ga uw gang.'

'Met name de hertog van Medina Sidonia is ontzettend geliefd in Sevilla. U zou de hele stad tegen u krijgen als u hem tot vijand maakt. Er zijn andere manieren om de hertog te doen inzien dat hij beter mee kan werken.'

'En Don Rodrigo van Cádiz? Hij heeft nog niet eens de moeite genomen om naar Sevilla te komen en mij eer te bewijzen.'

'Een grote belediging, Majesteit, dat ben ik met u eens. Maar ook de markies is een machtig man, die u liever als bondgenoot dan als vijand wilt hebben. Zoals ik al zei zijn er andere manieren om de heren iets duidelijk te maken, zonder ze tegen u in het harnas te jagen. U bent gekomen om orde op zaken te stellen in Sevilla. Ik stel voor dat u onderaan begint: bij de misdadigers die de stad onveilig maken. Geef een duidelijke boodschap af, een die laat zien dat het u menens is. Dan zit de schrik er meteen goed in.'

Ik dacht even na over zijn woorden en knikte. 'Dat is een goed advies. Dank u zeer, monseigneur.'

24

In de weken die volgden richtte ik een speciale militaire eenheid op, de Hermandades, die ik alle bendeleiders, overvallers, verkrachters en oplichters liet oppakken. Bijgestaan door een aantal rechtsgeleerden verdiepte ik me in de aanklachten en sprak ik recht, waarna het vonnis, variërend van boetes, geseling en verbanning tot de doodstraf, meteen werd voltrokken.

Na de gewone bevolking moest de lagere adel zich verantwoorden. Afhankelijk van de misdrijven sprak ik verbanningen uit en confisqueerde ik bezittingen. Een paar edelen die tijdens de oorlog met Portugal openlijk met de vijand hadden geheuld zonder zich daarvoor te verontschuldigen, liet ik onthoofden. De executies vonden buiten de muren van Sevilla plaats, maar trokken toch veel aandacht.

Toen het de edelen duidelijk werd dat het mij ernst was, putten ze zich uit in verontschuldigingen. Een aantal van hen bood me geld in ruil voor clementie, maar daar ging ik niet op in. De executies en verbanningen gingen gewoon door.

Op een avond in augustus kwam Mencia me vertellen dat markies Rodrigo van Cádiz om een onderhoud vroeg.

Het was bloedheet. De hitte van de dag had zich vastgezet

tussen de muren van mijn slaapkamer en de krekels tsjirpten onophoudelijk. Ik had me later dan anders teruggetrokken omdat ik wist dat ik toch niet zou kunnen slapen, en om die reden besloot ik de markies, ondanks het late uur, te ontvangen. Eigenlijk was ik ook wel benieuwd naar wat hij te vertellen had, en ik liep snel naar de ontvangstruimte waar hij op me stond te wachten.

Rodrigo Ponce de León was een man van begin dertig met een open, ietwat pokdalig gezicht, omringd door rood krullend haar en een puntbaardje. Hij maakte een diepe buiging en keek respectvol maar onbevreesd naar me op.

Ik begroette hem en wachtte af wat hij te zeggen had.

'Majesteit, ik heb gehoord van welke misdaden u mij verdenkt, en ik ben gekomen om mijn kant van het verhaal te vertellen,' zei Rodrigo. 'Ik hoop dat u mij aan wilt horen.'

'Ik sta voor u, dus zegt u het maar,' zei ik droog.

'De hertog van Medina Sidonia, Don Enrique de Guzmán, heeft over mij het gerucht verspreid dat ik mijn diensten zou hebben aangeboden aan de koning van Portugal toen die Castilië binnenviel. Dat is niet waar, Majesteit. De hertog heeft mij altijd graag in een kwaad daglicht gesteld, maar ik zweer dat ik loyaal aan de Kroon ben. Het was mijn zwager, Juan Pacheco, die betrekkingen onderhield met koning Afonso, samen met zijn oom, aartsbisschop Carrillo van Acuña. Dat ik getrouwd ben met de zus van Juan Pacheco betekent niet dat wij hetzelfde denken.'

'Maar het is ook niet uitgesloten,' zei ik. 'Hoe weet ik of u mij de waarheid vertelt? Zo goed hebt u mij tot nu toe niet gediend.'

'Ik geef toe dat mijn ruzie met de hertog van Medina Sidonia niet in het belang van Uwe Majesteit is, maar ik heb de koning van Portugal ook niet gediend, zoals de hertog beweert.

Ik heb me alleen tegen hém verdedigd. Ik weet niet waarom de hertog mij zo haat. Ik kan me alleen een klein incident herinneren waarbij hij vond dat ik hem meer respect moest betuigen omdat hij van hogere adel was. Toen ik zei dat een buiging voldoende was, en dat ik alleen voor God, mijn koning of koningin op de knieën zou gaan, begon hij een ware oorlog. Hij heeft de inwoners van Sevilla tegen mij opgezet met de leugen dat ik zou samenzweren met de koning van Portugal, en toen zijn ze naar mijn huis gekomen en hebben ze me de stad uitgejaagd. Sindsdien leef ik op mijn landgoed bij Cádiz. Ik durf Sevilla niet meer in te komen, want als de hertog en zijn vrienden mij hier tegenkomen zullen ze me doden. Vandaar het late tijdstip van mijn bezoek, Majesteit. Ik wilde u om vergeving vragen voor de onrust die mijn ruzie met de hertog heeft veroorzaakt, en voor het in bezit nemen van de forten van Jerez en Alcalá de Fuadayra. Ik geef ze hierbij aan u terug en bied u in alle nederigheid mijn diensten aan.'

Bij die laatste woorden zonk de markies op zijn knieën, en hij bleef met gebogen hoofd voor mij zitten.

Getroffen keek ik op hem neer. Niet alleen wat hij zei raakte me, maar ook zijn openheid. Ik had het gevoel dat hij de waarheid sprak, en dat hij uit eigen beweging de forten opgaf werkte ook in zijn voordeel.

'Sta op, Don De León,' zei ik. 'Het klopt dat ik geen goede berichten over u heb gehoord, maar ik waardeer het dat u Jerez en Alcalá de Fuadayra aan de Kroon teruggeeft. Draag ze aan mij over en ik zal de onenigheid tussen u en de hertog van Medina Sidonia onderzoeken en beslissen wat te doen.'

Rodrigo de León pakte mijn hand en kuste de lucht erboven. 'Dank u, Majesteit. Ik zweer dat ik voortaan een goede dienaar zal zijn, in alles waarvoor u mij nodig hebt.'

Niet lang daarna verzocht Enrique de Guzmán, de hertog van Medina Sidonia, eveneens om een audiëntie, waarin hij om vergiffenis vroeg. Ook hij droeg zijn illegaal verkregen forten en steden aan mij over. Ik gebood de markies en de hertog om ieder op hun eigen landgoed te blijven en zich niet meer met elkaar te bemoeien.

Half september arriveerde Fernando in Sevilla. We hadden elkaar bijna vier maanden niet gezien, en ik was blij toen ik hoorde dat zijn boot was aangemeerd bij de Macarena-brug. Ik had hem nog niet verwacht en er was geen tijd meer om een grote ontvangst te organiseren, maar Fernando maakte daar geen probleem van.

'Ik heb ook niet laten weten dat ik eraan kwam. Maar ik moet zeggen dat de opkomst van de bevolking me tegenviel toen ik naar het alcazar reed,' zei hij.

'Het is siësta, lieverd, de mensen zitten thuis.' Ik sloeg mijn armen om zijn nek en kuste hem een paar keer op de mond. 'Ik ben zo blij dat je er weer bent.'

Hij glimlachte. 'Ik hoorde dat je hier flink orde op zaken hebt gesteld.'

'Ik heb gedaan wat nodig was, ja. Ik had dat alleen zoveel liever samen met jou gedaan.'

'Dat was je eigen keus. Je had op me kunnen wachten.'

'Nee, dat kon niet. Net zomin als jij je zaken in Aragón kon laten wachten. Maar het was niet mijn bedoeling om je een verwijt te maken. Als we in de toekomst twee koninkrijken gaan besturen, zullen we wel vaker moeten opsplitsen.'

'Ja, en dat valt me steeds zwaarder.' Hij zweeg even en zei toen: 'Het is over met Aldonza. Ik zal haar niet meer zien.'

Mijn hart begon te bonzen, maar ik zei niets. Uiterlijk rustig wachtte ik of hij bijzonderheden aan die mededeling zou toevoegen, maar intussen tolden de gedachten door mijn hoofd. Waarom had hij de verhouding met de moeder van twee van zijn kinderen verbroken? Kon ik ernaar vragen of zou hij zich dan terugtrekken, zoals altijd wanneer de naam Aldonza viel? En hoe zat het met zijn andere minnaressen?

Ik besloot te zwijgen en werd daar even later voor beloond met een zacht: 'Dank je.'

'Waarvoor?'

'Dat je niet begint te juichen. Ik weet dat het beter is zo, maar het was niet mijn keus. Zíj heeft onze verhouding verbroken. Ze wilde een echtgenoot, geen minnaar.'

Dat kon ik me wel voorstellen. Het had vast zijn voordelen om een verhouding te hebben met de kroonprins van Aragón, maar uiteindelijk waren Aldonza en al die andere vrouwen alleen. Maar dat zei ik niet, ik streelde alleen Fernando's wang.

'En je kinderen? Zie je die ook niet meer?'

'Een stuk minder, vrees ik. Hun plek is bij hun moeder, en als zij getrouwd is zal ik hen met rust moeten laten.'

Ik wist dat Fernando van zijn kinderen hield, evenveel als van Ysabel, en dat het hem oprecht verdriet deed dat hij hen niet meer zou zien.

'Ze zijn nu nog jong, maar als ze groot genoeg zijn, zijn ze welkom aan ons hof voor hun verdere opvoeding,' zei ik.

'Meen je dat?'

'Natuurlijk, er stroomt koninklijk bloed door hun aderen. Ze hebben recht op erkenning en een goede positie in hun leven.'

'Dank je, Isabel.' Fernando trok me naar zich toe en kuste me warm, maar ik maakte me van hem los en deed een stap achteruit.

'Op één voorwaarde: dat je nu voor langere tijd in Castilië

blijft en ervoor zorgt dat je wettige kinderen verwekt, in plaats van bastaards. Je hebt Aldonza een zoon gegeven, en ik hoef je niet te vertellen hoe belangrijk het is dat wij er ook een krijgen. Voor Castilië, maar ook voor Aragón. Je hebt een erfgenaam nodig.'

Hij knikte. 'Daar wees mijn vader me ook al op. Hij zei dat hij het voorlopig wel redde in Aragón en dat ik thuis mijn plicht moest doen. Ik beloof dat ik niet wegga tot jij in verwachting bent.'

'Goed, dat is dan afgesproken,' zei ik, en deze keer deed ik geen stap naar achteren toen hij me naar zich toe trok.

Het eerste wat we de volgende dag deden was de kathedraal bezoeken om te bidden voor een mannelijke erfgenaam. In de weken die volgden namen regeringszaken ons in beslag, maar we brachten elke nacht samen door.

Een groot aantal edelen en hoge burgers vroeg audiëntie aan bij Fernando en smeekte hem om een einde te maken aan mijn strenge bewind, maar Fernando liet hun weten dat ik volkomen juist had gehandeld en dat hij van plan was mijn beleid te handhaven. Niet alleen in Sevilla, ook in Córdoba moesten kastelen en landgoederen die onrechtmatig door edelen in bezit waren genomen weer worden toegevoegd aan de Kroon. Wie niet meewerkte kreeg te maken met Fernando, die met de hulp van zijn leger terughaalde wat ons toebehoorde.

In de tussentijd voedden we Ysabel op, stelden we de beste leraren aan voor haar onderwijs en zagen we haar opbloeien nu we als gezin weer compleet waren. We waren gelukkig, in het mooie alcazar van Sevilla met zijn sprookjesachtige tuinen.

Maar periodes van rust en geluk duren nooit lang. Er lag een belangrijke taak op me te wachten en ik wist dat het tijd werd om die op me te nemen nu ik mijn macht in het zuiden had geconsolideerd.

Kort na mijn aankomst in Sevilla had ik de gepassioneerde preken gehoord van de dominicaanse priester Alonso de Hojeda. Daarin beschuldigde hij bekeerde christenen, de converso's, ervan in het geheim het joodse geloof te blijven praktiseren. Ik had nog geen gelegenheid gehad om me met die zaak bezig te houden, maar ik had bisschop De Solís wel opdracht gegeven om dit te onderzoeken, en in november bracht hij verslag uit.

'De uitkomst is verontrustend, Majesteit. Het ziet er inderdaad naar uit dat veel joden die zich tot het christendom hebben bekeerd in het diepste geheim hun eigen godsdienst trouw zijn gebleven.'

'Om hoeveel converso's gaat het?'

'Veel, Majesteit, heel veel. Ze begraven hun doden zelfs met hun eigen rituelen en in joodse kleding op christelijke kerkhoven. Dat van het klooster van San Bernardo ligt er vol mee.'

Even was ik met stomheid geslagen. 'Dat kan niet waar zijn.'

'Ik vrees van wel, Majesteit. Ik heb de lichamen laten opgraven. Er is geen twijfel mogelijk.'

'Maar dat is blasfemie! Ketterij!'

'Inderdaad, Majesteit. Het is uitermate zorgwekkend, en ik vrees dat we het probleem alleen kunnen oplossen door vergaande maatregelen te nemen.'

'Zoals?'

'U zou de oude Castiliaanse wetten kunnen toepassen en de Joden apart laten leven, in Joodse wijken, weg van de werkelijk bekeerde joden en de christenen. En ik adviseer u een speciaal gerechtshof in te stellen om bedriegers te straffen.'

'Het lijkt mij heel moeilijk om aan te tonen wie een echte bekeerling is en wie niet.'

'De families die hun doden bij het klooster van San Bernardo hebben begraven zijn gemakkelijk op te sporen, maar voor andere ketters ligt het inderdaad ingewikkelder. De berechting kan ook niet worden gedaan door een gewone rechtbank, er zal een religieus onderzoekshof moeten komen.' Bisschop De Solís keek me ernstig aan en voegde eraan toe: 'We weten allemaal dat de joden samenzweren met de islamieten, en dat ze maar één doel hebben: samen Spanje overnemen en het christendom vernietigen. We móéten ingrijpen.'

's Avonds besprak ik de zaak met Fernando terwijl we in het laatste zonlicht door de rozentuin van het alcazar wandelden. Net als ik was hij diep geschokt door de uitkomst van het onderzoek.

'Ik vind het geen probleem dat mensen een andere religie hebben,' zei hij, 'maar het is een ander verhaal als ze zich bekeren en vervolgens de regels van de Kerk niet respecteren. Dat is ketterij, en daar is maar één straf voor.'

'De brandstapel.' Mijn gezicht vertrok van afkeer.

'Ik vind het ook geen prettig idee, maar als we het christendom willen beschermen hebben we geen keus.'

Vervolgingen en brandstapels, dat was niet wat ik voor ogen had gehad voor mijn koninkrijk toen ik de troon besteeg. Ik wilde mijn onderdanen beschermen, ze een veilig en voorspoedig leven geven, maar ik was ook verantwoordelijk voor hun leven in het hiernamaals. En zeker voor degenen die niet zelf een evenwichtige keus konden maken. Ketterij kon ik niet negeren, maar ik wilde ook geen brandstapels in Castilië. Er moest een andere manier zijn om dit probleem op te lossen.

Broeder Talavera was het met me eens. 'Het christendom is een geloof van genade, Uwe Koninklijke Hoogheden. God is genade. Zou Hij werkelijk willen dat we meteen naar de zwaarste maatregel grijpen?'

'Af en toe stelt God ons op de proef, Excellentie,' zei Fernando, 'en dan eist Hij dat we alles wat Hij belangrijk vindt beschermen.'

'Dat is waar, Majesteit, maar God heeft Zijn kinderen ook lief. Hij waarschuwt eerst, soms zelfs meerdere keren. De Bijbel geeft daar vele voorbeelden van. Als men na een waarschuwing nog niet luistert, is ingrijpen gerechtvaardigd.'

'Aan wat voor soort waarschuwing denkt u, Eerwaarde?' vroeg ik.

'Het probleem ligt volgens mij in het feit dat veel converso's niet behoorlijk onderwezen zijn in de christelijke doctrine. Hetzij omdat hun ouders dat hebben nagelaten, hetzij omdat ze zich nog maar kortgeleden hebben bekeerd. Ik heb het er met kardinaal De Mendoza over gehad en hij stelde voor om een duidelijke, eenvoudige catechismus te schrijven over de belangrijkste waarden van het christelijk geloof en die te verspreiden over alle kerken in Castilië.'

'Een heropvoedingsplan. Dat gaat jaren duren.' Fernando keek bedenkelijk.

'Hooguit twee jaar, Majesteit. Dat moet lang genoeg zijn om de ziel én het leven van honderden mensen te redden.'

'Ik vind het een uitstekend idee,' zei ik. 'Laat u die catechismus maar schrijven, Eerwaarde. Ik ben het met u eens dat we zo veel mogelijk mensen de kans moeten geven om terug te keren tot de Kerk.'

'In de tussentijd kunnen we wel alvast toestemming vragen aan de paus om een inquisitie te starten,' zei Fernando.

‘Het kan maanden duren voor we daar antwoord op krijgen.’

‘Heel goed, Majesteit,’ zei broeder Talavera, ‘maar laten we hopen dat een inquisitie niet nodig is.’

De winter in Andalusië is niet te vergelijken met de winter in het noorden van het land. Het was alsof de hitte die in de zomer het alcazar was binnengedrongen de ruimtes bleef verwarmen. In Sevilla was het tot het einde van het jaar buiten nog aangenaam, en de houtblokken in de manshoge vuurschalen hoefden pas in januari ontstoken te worden.

Ondanks het milde klimaat was ik die winter vaak ziek. Eerst dacht ik dat de onrustige zomer in Sevilla te veel van mijn krachten had gevergd, maar op een ochtend stond ik ondanks mijn vermoeidheid met een glimlach op.

Er was een maandstonde uitgebleven en daarna nog een, en nog een, en inmiddels was het wel duidelijk wat mij mankeerde.

Fernando was uitzinnig van vreugde. Hij organiseerde meteen een feest om mijn zwangerschap te vieren, met een banket, muzikanten en dans. ’s Middags rustte ik, zodat ik me ’s avonds kon aansluiten bij het feest. Ik genoot van de vrolijke stemming en lachte om Fernando, die Ysabel danspassen leerde en met haar rondzwierde. Halverwege de avond, toen ik even ging zitten, kwam een bediende discreet aanlopen en boog zich naar me toe.

‘Er is een brief voor u gekomen, Majesteit.’

‘Nu nog?’ Ik pakte het gevouwen stuk perkament aan en keek er fronsend naar. Aan het zegel zag ik dat de brief afkomstig was van de emir van Granada. Abu al-Hassan Ali heerste over Granada, het enig overgebleven Moorse vorstendom. Twee eeuwen geleden, nadat de Moren door mijn voorvader

Alfonso VIII waren verslagen bij Las Navas de Tolosa, hadden ze zich teruggetrokken in Granada. Er was een wapenstilstand gesloten waarbij het Moorse koninkrijk werd uitgeroepen tot een vazalstaat van Castilië en daarmee schatplichtig was aan de Castiliaanse koning.

Alfonso de Quintanilla had me er onlangs op gewezen dat de Moren in Granada zich op oorlog leken voor te bereiden, en terwijl ik het zegel verbrak vermoedde ik dat er slecht nieuws in de brief stond.

Snel las ik hem door, en daarna keek ik met een ruk op naar de bediende. 'Roep de koning en de raad.'

Ik verliet de zaal, nagekeken door mijn hovelingen. De muziek viel stil en even later kwamen mijn echtgenoot en mijn raadslieden binnen.

'Wat is er aan de hand?' vroeg Fernando.

'De emir van Granada weigert nog langer belasting aan Castilië te betalen.' Ik hield de brief omhoog. 'Hij schrijft dat zijn voorouders en hij dat lang genoeg hebben gedaan en dat daar een einde aan moet komen.'

Verontrust keek iedereen elkaar aan.

'Dat is niet minder dan een oorlogsverklaring,' zei Fernando. 'De emir weet dat we dit niet zullen accepteren.'

'Het ís een oorlogsverklaring, Majesteit,' zei De Quintanilla. 'Ik vrees dat dit de eerste stap naar grote problemen is.'

'Wat kunnen we doen?' vroeg ik.

'Niet veel,' zei de graaf. 'We hebben te weinig financiële middelen en manschappen om een oorlog met Granada te beginnen. Veel soldaten hebben zich in het buitenland laten inhuren. Ze kunnen wel weer worden verzameld, maar ze moeten ook betaald worden.'

'De Portugezen houden zich nu rustig, maar officieel zijn

we nog met hen in oorlog en het zou een groot risico zijn om ons leger naar Granada te sturen. Laten we hopen dat de emir geen vijandige bedoelingen heeft,' zei kardinaal De Mendoza.

Ik had daar weinig vertrouwen in, maar voorlopig moest ik me wel bij de provocatie van de emir neerleggen. Hassan was een machtig vorst die trots was op zijn volk, dat al eeuwenlang op het Iberisch schiereiland leefde. Granada was vruchtbaar en rijk. De emir regeerde vanaf de hoge heuveltop in het Alhambra, een complex van Moorse paleizen dat zijn voorvaderen vanaf de zevende eeuw stukje bij beetje hadden gebouwd. Hij scheen één grote droom te hebben: het land heroveren dat hem door de christenen ontnomen was. Zijn brief leek inderdaad een aankondiging dat dat moment was aangebroken.

'Misschien probeert hij ons uit de tent te lokken,' zei Fernando. 'Zoekt hij een aanleiding om ons aan te vallen. Als we die belasting afschaffen, nemen we de reden om een oorlog te beginnen weg.'

'Dus we geven hem zomaar zijn zin?' zei ik.

'Voorlopig,' zei Fernando. 'Eerst moet er vrede met Portugal komen. Daarna zullen we emir Hassan aan zijn verplichtingen houden.'

De ware bedoelingen van Hassan werden een paar dagen later duidelijk, toen hij de Castiliaanse stad Murcia binnenviel. Hij verwoestte de oogst, slachtte alle inwoners af, mannen, vrouwen en kinderen, en reed op zijn gemak terug naar Granada.

Hoe graag we ook vergelding wilden, Fernando en ik konden niets doen. We bezwoeren elkaar dat we later met de emir zouden afrekenen.

'God vergeet niet,' zei Fernando grimmig. 'En wij al helemaal niet.'

25

God vergat evenmin hoe intens we hadden gebeden voor een zoon. Op 30 juni 1478 ging onze diepste wens in vervulling. Tijdens de bevalling werd ik bijgestaan door een vroedvrouw, en de kamer stond vol edelen, als getuigen dat het kind uit mij geboren werd.

De bevalling ging snel deze keer, alsof God iets goed te maken had. En dat deed Hij. Fernando en ik huilden van geluk toen onze zoon ter wereld kwam. We noemden hem Juan, naar zijn beide grootvaders, die hij niet alleen in naam opvolgde maar ook, op een dag, als koning van Castilië en Aragón.

Het was ontroerend om te zien hoe blij Ysabel was met haar broertje. Acht jaar was lang voor een kind om alleen op te groeien, en het speet me dat ik haar niet eerder een broertje of zusje had kunnen geven. Ik hoopte dat er snel meer kinderen zouden komen, want ik was inmiddels zevenentwintig en mijn meest vruchtbare jaren lagen achter me.

Ik noemde mijn zoon Angel, omdat hij precies op een engeltje leek met zijn roodblonde haar en blauwe ogen. Dat zijn geboorte zoveel gemakkelijker was gegaan dan bij mijn dochter kwam doordat Juan veel kleiner was. Ik maakte me zorgen over zijn gezondheid en hield mijn zoon voortdurend bij me. Alleen het voeden liet ik over aan een min, Doña Maria de Guzmán.

In heel Castilië en Aragón barstte de feestvreugde los toen de geboorte van de kroonprins bekend werd gemaakt. Dankgebeden stegen op in de kerken en kathedralen, klokken werden geluid en in zowel Castilië als Aragón was het drie dagen lang feest.

Fernando wilde graag naar Barcelona om onze zoon aan zijn vader te laten zien, maar Juan bleek een zwakke gezondheid te hebben. Bij het minste of geringste was hij verkouden of koortsig.

'Hij blijft thuis. We nemen geen enkel risico,' zei Fernando.

Ik was het met hem eens, al was ik me ervan bewust dat koning Juan zijn kleinzoon dan waarschijnlijk nooit te zien zou krijgen. Hij was inmiddels de tachtig gepasseerd en van een sterke, gezonde vorst die het eeuwige leven leek te hebben was hij in korte tijd veranderd in een oude man met steeds ernstigere gezondheidsproblemen. Helaas kreeg ik gelijk: op 19 januari 1479 stierf mijn schoonvader.

Omdat onze kleine Juan weer zwaar verkouden was kon hij niet mee naar Aragón voor de begrafenis en voor Fernando's kroning, en ik durfde mijn zoon ook niet achter te laten. We besloten dat ik in Castilië zou blijven.

Het zat me dwars dat ik mijn man niet kon vergezellen bij dit dieptepunt in zijn leven, dat tegelijkertijd een hoogtepunt was. Ik stelde voor dat ik hem in een rustiger tempo achterna zou reizen met Ysabel en Juan, maar Fernando wilde er niets van horen. Hij vertrok met Gonzalo en een groot gevolg. Twee weken later kwam hij terug als koning van Aragón, Valencia, Catalonië en Sicilië.

Fernando's eerste regeringsdaad was vrede sluiten met Frankrijk.

'Europa moet geen oorlog voeren maar zich verenigen,' zei hij tijdens de raadsvergadering. 'Als de Ottomanen komen, hebben we elkaar hard nodig.'

'Het zou prettig zijn als koning Afonso bereid was af te zien van zijn plannen om Castilië in te lijven, zodat we ons samen tegen de Ottomanen kunnen verweren,' merkte De Quintanilla op.

'Ik zou mijn neef nooit vertrouwen,' zei ik. 'Hij zou in staat zijn om ons in de rug aan te vallen, Castilië te veroveren en ons leger te gebruiken tegen de Ottomanen.'

'Precies,' zei Fernando. 'Volgens de laatste berichten mobiliseert Afonso troepen voor een nieuwe aanval op Castilië. Je sluit geen vredesakkoord met iemand die jou als prooi ziet. Ik zal de Franse koning schrijven en hém een alliantie voorstellen.'

Een paar dagen later, op 24 februari 1479, viel mijn neef inderdaad Castilië binnen, maar Fernando versloeg hem, geassisteerd door Gonzalo, voor de poorten van Badajoz.

'Uw echtgenoot is een geweldige legeraanvoerder,' zei Gonzalo vol bewondering. 'Hij is natuurlijk goed opgeleid door zijn vader, maar hij heeft ook een groot strategisch inzicht.'

'Hij is ook heel tevreden over jou,' zei ik. 'Hij heeft grote plannen met je. Maar het leger is een zwaar bestaan. Zou je niet liever willen trouwen en een gezin stichten?'

'En u en de koning in de steek laten?' Gonzalo schudde zijn hoofd. 'Nooit.'

Fernando's prestaties vervulden me met trots en gaven me vertrouwen voor de toekomst. Een derde invasie van Afonso in april liep wederom op niets uit, en toen bleek dat ik weer in verwachting was, was mijn geluk compleet. Het was wel snel, Juan was nog geen jaar oud, maar ik was intens dankbaar voor mijn zwangerschap.

De eerste weken was ik misselijk, maar in de middelste maanden voelde ik me uitstekend. Het leven zou volmaakt zijn geweest als Fernando niet voortdurend weg moest, maar als koning van Aragón was hij genoodzaakt om af en toe naar zijn vaderland terug te keren. Hij bleef daar elke keer lange tijd. Zo lang dat ik me afvroeg waar hij het precies zo druk mee had.

Ik had echter besloten om die kant van zijn leven te negeren. Op Castiliaanse bodem was hij trouw aan mij, wat in Aragón gebeurde wilde ik niet weten.

Ik concentreerde me op de problemen waar Castilië nog steeds onder te lijden had, zoals armoede en gebrek aan rechtspraak. In Sevilla had ik orde op zaken gesteld, maar in de rest van mijn koninkrijk moest nog veel gebeuren.

Voor de maatregelen die ik wilde nemen had ik echter veel meer macht nodig dan ik nu had. Ik geloofde niet in een regering waarin edelen bij alles inspraak hadden, ik had bij Enrique gezien dat dit leidde tot een halfhartig bestuur. Als koningin van Castilië en León moest ik geheel zelfstandig beslissingen kunnen nemen, zonder elk besluit te hoeven voorleggen aan de Cortes, de volksvertegenwoordiging.

Het zou moeilijk worden om zo'n ingrijpende hervorming erdoor te krijgen, maar nu ik de edelen in Andalusië onder controle had en Castilië werd bedreigd meende ik een kans van slagen te hebben.

De hele zomer van 1479 dacht ik na over mijn plan, en in september vertrok ik met mijn kinderen en hofhouding naar

Toledo, waar de Cortes bijeen zou komen.

Hoewel ik al zeven maanden in verwachting was, reisde ik te paard. Het was te warm om in een rijtuig te zitten, en ik wilde het prachtige landschap van mijn geliefde Castilië niet van achter een raamwerk zien. Liever bewonderde ik het vanaf het zadel van mijn paard, met de zon in mijn gezicht. Ik wilde zien hoe tijdens de dagenlange tocht het landschap van velden en boomgaarden overging in het bergachtige gebied van de Sierra Guadarrama, met zijn wouden en hellingen vol rotsblokken. Ik wilde voelen hoe mijn paard zich inspande als de weg omhoogliep. Ik wilde in de diepte kunnen kijken, naar de schoonheid van de dalen, en omhoog, naar de bergtoppen en het blauw van de hemel.

Reizen door de bergen was niet zonder gevaar, maar ik hield ervan en was altijd een beetje teleurgesteld als de afdaling begon. Deze keer was dat anders.

Hoewel ik me bij vertrek goed had gevoeld, raakte ik al snel vermoeid, en de tocht door de bergen was ronduit zwaar. Ik herinnerde me die andere reis, die was uitgelopen op een miskraam, en ik bad om vergeving dat ik zo ver in mijn zwangerschap nog op reis was gegaan.

Gonzalo en Mencia hielden me voortdurend in de gaten. Ze konden de reis niet korter maken, maar wel comfortabeler, en hun aandacht en attenties hielpen.

'Fernando zou woedend zijn als hij wist dat ik de hele dag op een paard zit in plaats van in een rijtuig,' zei ik, terwijl we in de brandende zon over de vlakte trokken.

'Dan is het maar goed dat de koning dat niet te horen krijgt,' zei Mencia. 'In ieder geval niet van mij.'

'We zijn er bijna,' zei Gonzalo. 'Kijk, de torens van het alcazar.'

Ik volgde zijn blik en zag een berg waar het kasteel vanaf de top boven het vlakke land verrees.

We moesten nog een halve dag rijden voor we de weg omhoog konden inslaan, en daarna nog een uur voor we eindelijk door de poort Toledo in reden. Uitgeput liet ik me op de binnenplaats van het alcazar door Gonzalo van mijn paard helpen. Mencia begeleidde me naar binnen en gaf de bedienden opdracht een bad voor me klaar te maken.

Nadat ik wat gegeten en gedronken had, hielpen mijn hofdames me uit mijn jurk en stapte ik in het lauwe water, waar heerlijk geurende kruiden in dreven. Mencia waste me uitgebreid, droogde me af en hielp me naar mijn bed.

'Vanaf nu moet u echt rust houden, Majesteit,' zei ze. 'U bent sterk en u hebt de tocht goed doorstaan, maar het kind heeft rust nodig.'

'Je hebt gelijk, dit was geen goed idee. Ik blijf de eerste dagen in bed.'

'Heel verstandig. Ik zal de kok opdracht geven een versterkende soep te maken.' Zorgzaam als een moeder dekte Mencia me toe. Ze sloot de luiken en liep weg. Ik sliep al voor ze het vertrek verlaten had.

De bijeenkomst van de Cortes zou moeten wachten tot na de bevalling. De dagenlange reis had me van mijn krachten beroofd en mijn buik voelde erg gespannen aan. Mijn artsen waarschuwden me dat het kind weleens te vroeg zou kunnen komen en ze schreven me strikte bedrust voor.

Het leek me wat overdreven om wekenlang in bed te blijven liggen, maar ik bleef wel zo veel mogelijk in mijn vertrekken.

Ysabel was gefascineerd door mijn buik. Toen de dag van de bevalling naderde, kon ze niet ophouden over het broertje of zusje dat eraan kwam.

'Er komt een kindje,' zei ze tegen Juan, terwijl ze zijn looprekje heen en weer bewoog. 'Een broertje of een zusje, dat weten we nog niet. Ik hoop dat het een zusje is.'

Juan lachte, zoals altijd wanneer Ysabel zich met hem bezighield, en kraaide iets onverstaanbaars.

'Jij ook?' zei Ysabel. 'Wil je ook een zusje? Maar een broertje is ook leuk, hè?'

Ik keek vertederd naar mijn kinderen, blij dat Juan het gevaarlijke eerste jaar van zijn kindertijd goed was doorgekomen. Een broertje zou natuurlijk het meest wenselijke zijn, maar ik had geleerd om dankbaar te zijn voor wat God me schonk.

Twee dagen later begonnen de weeën en de volgende dag, op 6 november 1479, beviel ik van een dochter. Ze was prachtig. Ysabel en Juan hadden bij de geboorte meteen een flinke bos haar, en mijn derde kind was geen uitzondering. Ana was een duplicaat van haar oudere zus.

Ysabel kon haar geluk niet op toen ze aan de hand van Mencia mijn slaapkamer binnenkwam om kennis te maken met haar zusje. Langzaam, bijna verlegen, liep ze naar het bed. Ik schoof het gordijn van de hemel wat verder opzij en verplaatste de kleine naar mijn andere arm, zodat Ysabel haar beter kon zien. Ze bekeek haar zusje ademloos.

'Hoe heet ze?' vroeg ze.

'Juana, maar we noemen haar Ana.'

'Waarom?'

'Omdat ik Ana mooier vind.'

'Waarom heet ze dan Juana?'

Ik lachte. 'Omdat het traditie is om kinderen te vernoemen naar hun ouders of grootouders. Dat hoort zo.'

Ysabel knikte en streelde voorzichtig Ana's hoofdje. Opeens

keek ze op. ‘Wanneer komt papa? Weet hij wel dat Ana er is?’

‘Ja, ik heb hem geschreven. Hij komt eraan.’

‘Gaat hij dan niet meer weg?’

‘Jawel, maar ik denk dat hij wel even bij ons zal blijven. Maar niet heel lang.’

Ysabel knikte berustend. Ze wist niet beter.

Fernando kwam inderdaad meteen naar huis, opgelucht dat de bevalling goed was verlopen, en tot mijn verrassing en blijdschap beloofde hij de hele winter in Castilië te blijven. We lieten Ana dopen in de kathedraal van Toledo, en daarna gaf Fernando zich over aan toernooien en dansfeesten.

Ik was elke keer maar korte tijd aanwezig. De bevalling was niet heel zwaar geweest, maar ik had evengoed geen zin in dansavonden en banketten. Terwijl ik in bed lag dacht ik na over mijn hervormingsplannen, en toen ik met Fernando een wandeling maakte besprak ik ze met hem.

‘De meeste edelen zijn alleen uit op het vergroten van hun macht en rijkdom, zonder ook maar één keer na te denken over het landsbelang,’ zei ik. ‘Dat hebben we gezien toen de oorlog met Portugal begon: vanuit het zuiden van Castilië kwam geen enkele steun. Sterker nog, een groot aantal steden, Sevilla voorop, koos de kant van Afonso en Juanita. Hoe kan ik het land regeren als mijn eigen edelen liever de vijand op de troon zien? En waarom willen ze dat?’

‘Omdat je een vrouw bent,’ zei Fernando. ‘Mannen worden liever geregeerd door een man, zelfs als hij eigenlijk de vijand is. Maar zo zien ze Afonso niet. Hij is per slot van rekening familie van ons.’

‘Ja, en ze zijn Enrique gewend. Maar mijn beleid zal veel krachtiger zijn dan het zijne. Ik wil een bestuur waarbij de Kroon het laatste woord heeft.’

'Dat is wel een vergaande verandering,' zei Fernando met een bedenkelijk gezicht. 'Om dat voor elkaar te krijgen zullen de wetten van de rechtbank aangepast moeten worden, en dat gaat niet zonder instemming van de volksvertegenwoordiging. Je zou in feite alleen regeren, zonder de Cortes te hoeven raadplegen. Dat zal op heel wat weerstand stuiten.'

'Dat weet ik, en daarom moeten we de presentatie ervan goed voorbereiden. De Cortes moet inzien dat dit een noodtoestand is en dat we geen tijd hebben om eindeloos te delibereren.'

De volgende dag legde ik mijn plannen voor aan de raad, die met veel bezwaren kwam maar die ik uiteindelijk kon overtuigen.

Het was inmiddels december, geen goede maand om de Cortes bijeen te roepen, en ik besloot de vergadering uit te stellen tot het voorjaar.

We brachten de winter door in Toledo. Vroeger had ik een hekel aan die sombere, koude maanden, maar deze keer, zo samen met mijn gezin, konden ze me niet lang genoeg duren.

Ik keek graag naar Ysabel als ze met haar broertje en zusje speelde. Het was ontroerend om te zien hoeveel ze van hen hield. Ze bouwde blokkentorens voor Juan, die hij om mocht gooien, ze zong liedjes voor Ana en praatte onafgebroken tegen hen.

Intussen verliepen de vredesonderhandelingen met Portugal traag. De besprekingen duurden al zes maanden, en tot nu toe waren Afonso en ik alleen overeengekomen dat we elkaars grenzen zouden respecteren. Aan het begin van het nieuwe jaar werden we het ook eens over de verdeling van overzeese gebieden. Ik erkende Afonso's recht op de Azoren, Kaapverdië, Madeira en een aantal gebieden in Afrika, en in ruil daarvoor bleven de Canarische Eilanden mijn eigendom. Maar ik had nog een harde eis, een waarover we de hele winter onderhandelden. Afonso was intussen met Juanita getrouwd, maar hij bleek bereid om hun huwelijk ongeldig te laten verklaren op voorwaarde dat zijn kleinzoon, de vierjarige kroonprins Afonso, zou trouwen met mijn Ysabel. Zodra de vrede was getekend zou Ysabel in Portugal moeten gaan wonen, ter voorbereiding op haar rol van koningin in de verre toekomst. Ze zou opgroeien met de kleine Afonso, zodat ze elkaar goed konden leren kennen, en beide kinderen zouden onder toezicht komen te staan van mijn oudtante, Beatriz de Braganza.

Het was de moeilijkste beslissing van mijn leven, maar ik had geen keus. Ik stemde in, al brak het mijn hart. Fernando ging er wat pragmatischer mee om.

'We kunnen haar toch bezoeken?' zei hij. 'Je kunt niet verwachten dat ze voor altijd bij ons blijft, Isabel.'

Ik wist dat dat het lot van een prinses was – het was ook bijna mijn lot geweest – maar daardoor deed het niet minder pijn. In de beslotenheid van mijn kamer zat ik lange tijd te huilen. Maar de beloning voor het offer dat we brachten was groot: Afonso tekende een overeenkomst waarin stond dat hij van Juanita zou scheiden en dat ze in een klooster zou worden opgenomen, zodat ze niet zou kunnen hertrouwen. Op die manier zou er ook geen nieuwe echtgenoot komen die haar recht op de troon kon opeisen. Het speet me voor mijn nichtje, het speet me nog meer voor mijn dochter, maar ik móést handelen als een koningin. Het belang van Castilië en het behoud van mijn troon gingen voor mijn persoonlijke wensen.

Gelukkig hoefden we voorlopig nog geen afscheid te nemen van Ysabel, want zoals ik wel verwacht had liet de dispensatie van de paus waardoor Afonso van Juanita kon scheiden lang op zich wachten. Terwijl de lente verstreek liet Afonso de besprekingen steeds vaker over aan zijn grootmoeder, Beatriz de Braganza, de zus van mijn lieve grootmoeder. Het scheelde dat Ysabel bij familie terecht zou komen, en bij elke ontmoeting met Beatriz nam ik haar mee. Mijn oudtante nam de kleine Afonso mee, zodat de kinderen aan elkaar konden wennen. Na een aantal ontmoetingen vertelde ik Ysabel dat ze op een dag met Afonso zou trouwen.

'Met hém? Maar ik ben al negen en hij is pas vier!' riep ze uit.

'Hij blijft geen vier. Het duurt nog heel lang voor jullie gaan trouwen.'

'Wanneer dan?'

'Op z'n vroegst als Afonso twaalf is.'

'Dan ben ik...'

'Zeventien.'

'O, dan pas,' zei Ysabel opgelucht.

Waarschijnlijk was ze in de veronderstelling dat het ook nog jaren zou duren voor ze naar Portugal zou gaan, en dat liet ik maar zo. Er was nog steeds geen reactie van de paus gekomen, dus er was geen reden om Ysabel overstuur te maken. Ze vond mijn oudtante erg aardig, maar ze voelde er vast niets voor om bij haar te gaan wonen.

Mijn eigen gevoelens waren ambivalent. Aan de ene kant was ik blij met elke dag dat ik mijn dochter bij me had, maar aan de andere kant zou ik pas rust hebben als de vrede met Portugal echt gesloten was.

Eind mei zat ik in mijn werkkamer brieven te schrijven. Door het boogvormige venster dreef de geur van seringen binnen, begeleid door zonnestralen die uitnodigden voor een wandeling, maar ik liet me niet afleiden. Ik keek pas op toen

De Quintanilla binnenkwam, en aan zijn gezicht zag ik meteen dat er iets mis was. Gealarmeerd keek ik hem aan.

'Wat is er gebeurd? Heeft mijn neef zijn beloftes verbroken?'

'Nee, Majesteit, het gaat om de Ottomaanse invasie. Het leek er even op dat ze op de Balkan zouden blijven, maar ze zijn nu onder leiding van sultan Mehmet uiteindelijk toch Griekenland verder binnengetrokken. Een enorme invasievloot is naar de Griekse eilanden gevaren en heeft daar het beleg voor Rhodos geslagen. De stad is meermalen met bombaarden onder vuur genomen.'

'O nee, wat verschrikkelijk.' Ik was even stil en vroeg toen: 'Wat zijn bombaarden?'

'Schietbussen, Majesteit. Dat is de nieuwste artillerie. Het zijn apparaten die gevuld worden met grote stenen kogels, die gelanceerd worden door middel van buskruit; een zeer explosieve materie. Gelukkig hadden de Ottomanen er niet zoveel van en wordt de stad extra beschermd door een binnenmuur. Het laatste bericht is dat de stad standhoudt.'

'Goddank. Hoe oud is dit nieuws?'

'Een paar dagen, Majesteit. De aanval is op 23 mei begonnen.'

'Dus Rhodos kan inmiddels ingenomen zijn.'

'Dat is mogelijk.'

'Weet de koning het al?'

'Hij is gaan jagen, maar een boodschapper is hem achterna gereden.'

'Ik hoef u niet te vertellen hoe groot de dreiging voor ons is als Rhodos valt. Om nog maar te zwijgen van Sicilië, dat eigendom is van mijn echtgenoot. We kunnen niet rustig gaan zitten afwachten wat er gebeurt.'

'Dat ben ik met u eens. Wat wilt u doen?'

'Ik wil dat u in alle steden heffingen instelt om een oorlogsvloot te financieren, Don De Quintanilla,' zei ik. 'We gaan ons voorbereiden op oorlog.'

Hoe vreselijk ook, de aanval op Rhodos zou het een stuk gemakkelijker maken om mijn hervormingsplannen erdoor te krijgen bij de Cortes. Eind mei 1480 riep ik de volksvertegenwoordigers bijeen. Het gerucht dat ik hun een belangrijk voorstel wilde doen deed al weken de ronde, en de edelen, bisschoppen en abten stonden lang voor aanvang van de vergadering klaar bij de ingang van het alcazar.

Terwijl ze naar binnen gingen en hun plaatsen in de zaal innamen, speculeerden ze mompelend over wat ik te vertellen zou hebben.

Even later maakte ik mijn entree, in een gewaad van rood brokaat, mijn haar bijeengebonden in een net.

Trompetgeschal galmde door de ruimte, en de kamerheer riep: 'Doña Isabel, koningin van Castilië en León!'

Alle aanwezigen stonden op en maakten een buiging, terwijl ik met zelfverzekerde stappen naar mijn troon liep. Niemand hoefde te weten dat mijn hart zo snel klopte dat ik bijna geen adem kreeg, dat de baleinen van mijn korset me pijn deden en dat de robijnen en parels die mijn kapsel sierden zo zwaar waren dat ze me nekpijn bezorgden.

Ik besteeg de drie treden van de met goudlaken bedekte estrade, nam plaats op de troon en opende de vergadering.

'Geachte leden van de Cortes,' zei ik. 'De oorlog met Portugal is nog maar net voorbij of ons koninkrijk wordt opnieuw bedreigd. Deze keer komt de dreiging uit het Ottomaanse Rijk, en ik hoef u niet uit te leggen hoe groot het gevaar is, en hoeveel wij, de christelijke wereld, te verliezen hebben. Vooral Castilië, waar de Moren in Granada zich tegen ons kunnen keren zodra de Ottomanen hier binnenvallen. Om te voorkomen dat onze christelijke normen en waarden moeten wijken voor die van de islam, zullen we één front moeten vormen. Het is daarbij van groot belang dat de Kroon te allen tijde onafhankelijk van de Cortes kan optreden en de koers bepaalt. Een koers waarbij het advies van de koninklijke raad zeer wordt gewaardeerd, maar die niet tot tweespalt kan leiden omdat het de Kroon is die uiteindelijk beslist.'

Een schokgolf ging door de zaal. De aanwezigen keken elkaar aan, sommigen vertwijfeld, anderen verontwaardigd.

Ik gunde hun even de tijd om te herstellen en gaf toen het woord aan kardinaal De Mendoza, die met een vlammend betoog de Cortes wees op het enorme gevaar dat ons land liep.

'Dat edelen en geestelijken er privélegers op nahouden die ze kunnen inzetten tegen hun eigen koning of koningin moet afgelopen zijn!' bulderde hij. 'Vanaf nu is er maar één leger en dat is het Castiliaanse, dat alleen optrekt tegen vijanden die onze landsgrenzen, ons geloof en onze waarden bedreigen.'

Het gemompelde protest nam af, hier en daar werd instemmend geknikt.

Ik nam het woord weer en liet in een lange monoloog weten wat mijn visie voor de toekomst van Castilië was. Stap voor stap ontvouwde ik mijn plannen, die rust en eenheid moesten brengen. Toen ik uitgesproken was ging er een voorzichtig applaus op, dat steeds luider bijval kreeg, tot het de protesten geheel overstemde. Mijn hervormingsplannen werden met grote meerderheid aangenomen. Slechts een paar maanden later kwam het nieuws dat iedereen al lang verwachtte en vreesde.

26

'Spreek,' zei Fernando tegen de bode die bedekt met geel stof voor ons stond en een buiging maakte.

'Ik heb vreselijk nieuws, Uwe Majesteit,' zei de man, terwijl hij zich weer oprichtte. 'Het gaat over de Ottomanen. Ze zijn op 11 augustus de Italiaanse stad Otranto binnengevallen.'

We hadden heel ander nieuws verwacht. De Ottomanen hadden het beleg van Rhodos opgegeven, en natuurlijk was de kans groot dat ze daarna een andere stad zouden kiezen om aan te vallen, maar we hadden gehoopt dat ze de aftocht zouden blazen.

Op het moment dat de bode in vliegende haast naar de troonzaal werd begeleid wisten we echter al wat we te horen zouden krijgen. Evengoed was de klap enorm. Sprakeloos van ontzetting keken Fernando en ik elkaar aan.

'Wat is de situatie nu? Vertel op!' zei Fernando.

'De stad is geplunderd en platgebrand, Uwe Koninklijke Hoogheden. De Ottomanen hebben alle mannen en jongens die zich niet tot de islam wilden bekeren naar de kathedraal gedreven en onthoofd. De priesters zijn afgeslacht en de aartsbisschop van Otranto, die bij het altaar zat te bidden, is ook onthoofd. Zijn hoofd is op een spies gezet en op een kar door de stad gereden. Zo'n vijfduizend vrouwen en kinderen zijn als slaven weggevoerd, en de kathedraal doet nu dienst als paardenstal. De wanhoop in Italië is onbeschrijfelijk. In Rome is groot alarm geslagen en de paus is naar Avignon gevlucht.'

Vol afschuw sloot ik even mijn ogen. 'Waarom is de Venetiaanse vloot Otranto niet te hulp geschoten?'

'Waarschijnlijk omdat Venetië geen goede betrekkingen onderhoudt met koning Ferrante van Napels, Majesteit.'

'En de Venetianen denken dat sultan Mehmet wél van plan is om goede betrekkingen met hen te onderhouden?' Fernando sloeg met zijn vuist op de leuning van zijn troon. 'Ze begrijpen toch wel dat ze de Ottomanen alleen kunnen verslaan als ze hun onderlinge ruzietjes staken en als één front optreden? Zijn er plannen voor een gezamenlijke tegenaanval?'

'Daarvan is mij niets bekend, Majesteit.'

'Komt het dan bij geen enkele vorst op dat als Italië islamitisch wordt, de Ottomanen een prachtige uitvalsbasis naar de rest van Europa hebben?' Ik wendde me tot mijn echtgenoot. 'We moeten iets doen! We kunnen niet rustig wachten tot die barbaren Sicilië en vervolgens Aragón en Catalonië binnenvallen.'

'Dat gaan we ook niet doen,' zei Fernando grimmig. 'We sturen de hele Castiliaanse en Aragonese vloot op ze af.'

's Avonds laat liep ik de slaapkamer van Ysabel in en keek naar haar slapende gezichtje. Ik veegde een lok haar, die onder haar slaapmuts vandaan kwam, van haar wang. Ze opende haar ogen en zei slaperig: 'Mama?'

'Er is niets. Slaap maar lekker verder.' Ik gaf haar een kus en liep toen door naar de kamer waar mijn twee jongsten lagen.

Ana lag op haar buik, met opgetrokken knietjes. Ik legde haar op haar zij en glimlachte toen ze even zuchtte. Juan sliep zoals gewoonlijk op zijn rug, met zijn armpjes boven zijn hoofd en zijn vuistjes gebald. Zijn ademhaling ging wat hortend, hij was weer verkouden, en ik stond een tijdje bezorgd te luisteren.

Achter me ging de deur open. Ik keek opzij toen Mencia naast me kwam staan.

'Wat zijn ze lief, hè?' zei ze met een glimlach.

'En zo klein en onschuldig. In wat voor wereld zullen ze opgroeien? Hoe zal hun toekomst eruitzien?' Mijn stem trilde licht.

'Met een moeder als u? U zult er wel voor zorgen dat ze veilig zijn.'

'Dat ben ik zeker van plan,' zei ik, en ik streelde het wangetje van mijn zoon.

Begin september kwam er nog meer slecht nieuws: de Ottomanen waren naar de Italiaanse kustplaats Vieste gevaren en hadden de stad veroverd. Daarna zetten ze koers naar Brindisi.

Niet alleen in Italië was de paniek groot, de hele christelijke wereld schudde op haar grondvesten. Paus Sixtus riep op tot een kruistocht. Hongarije, Frankrijk en Portugal verklaarden zich bereid, en ook Fernando en ik rustten een oorlogsvloot uit. Omdat hij geen ervaring had met zeeslagen ging Fernando zelf niet mee, maar op de dag van vertrek waren we wel aanwezig op de kade van Laredo, waar een heilige mis werd gehouden. Kardinaal De Mendoza zegende de ridders, de grauwwitte zeilen met bloedrode kruisen werden gehesen. Zeventig schepen lichtten het anker en voeren weg onder bazuingeschal.

Een week later kregen we het bericht dat onze vloot die van Portugal was tegengekomen en dat ze als één armada verder voeren. Het offer dat mijn dochter ging brengen was niet voor niets.

Godzijdank slaagden de Ottomanen er niet in om Brindisi in te nemen, en ook de aanval op Lecce en Tarente liep op niets uit. De Ottomaanse vloot ging de zee weer op, terug naar huis. De vloten van Aragón en Portugal bleven voor de zekerheid nog een paar weken voor de kust van Sicilië liggen, maar toen alles rustig bleef en de eerste herfststorm zich aankondigde, zeilden ook die terug.

Vanuit Avignon had de paus Juanita's huwelijk met Afonso ongeldig verklaard op grond van te nauwe bloedverwantschap, en nu Castilië en Portugal samenwerkten konden we Ysabels vertrek niet langer uitstellen. Het viel me ontzettend zwaar om mijn dochter in dit soort tijden te moeten laten gaan, maar de gedachte dat ze in Portugal waarschijnlijk veiliger was dan in Castilië sterkte me. Koning Afonso had een groot leger en zijn koninkrijk lag niet op de route van de Ottomanen.

Ysabel leek zich erbij neergelegd te hebben dat ze naar Portugal zou gaan, maar toen het nieuwe jaar aanbrak en het bijna zover was, verzette ze zich opeens hevig.

'Ik wil niet! Ik wil hier blijven!' riep ze huilend.

Ik trok haar in mijn armen. 'Dat begrijp ik, lieverd, maar je bent een prinses, en prinsessen hebben verantwoordelijkheden. Dankzij jou komt er vrede. Ik moest ook weg bij mijn moeder toen ik tien was en ik kreeg haar amper meer te zien. We hebben met koning Afonso afgesproken dat we je zo vaak mogen bezoeken als we maar willen. En ik beloof je dat dat heel vaak zal zijn.'

‘Je bent daar bij familie,’ zei Fernando. ‘Doña Beatriz zal goed voor je zorgen. En je bent niet alleen, Afonso is er ook.’

Met een betraand gezicht keek Ysabel naar haar vader op. ‘Als ik met kleine kinderen wil spelen, blijf ik liever bij Juan en Ana. Ik zal ze zó missen. En zij zullen me vergeten!’

‘Juan en Ana krijgen op een dag hun eigen taak en die zal ook offers van hen vragen. Jij hebt geluk dat je bij familie terechtkomt, in een buurland waar we gemakkelijk naartoe kunnen. Ana zal waarschijnlijk een stuk verder weg gaan, dus hou op met huilen.’

Ysabel bleef protesteren, en daarna liep ze dagenlang te mokken. Op 11 januari, de dag van vertrek, knuffelde ze haar broer en zusje. Ze omhelsde Fernando en mij en stapte rustig en beheerst in de reiswagen. Zonder ook maar één keer naar buiten te kijken reed ze weg, begeleid door een escorte. We zwaaiden, maar ze bleef strak voor zich uit kijken, en toen de wagen onder de poort door reed en in de verte verdween, keek ik hem verstijfd van verdriet na.

De eerste dagen miste ik mijn dochter ontzettend, maar er waren zoveel andere zaken die mijn aandacht vroegen dat ik niet lang stil kon blijven staan bij de leegte die ze achterliet.

Eind maart reisden Fernando en ik met de kinderen naar Aragón om Juan te laten inhuldigen als troonopvolger. Het was prachtig weer. Een rechte zandweg, die door een vlakte vol jong groen liep, strekte zich voor ons uit, om na een paar mijl plaats te maken voor boomgaarden vol bloeiende amandelen. Het vlakke terrein ging langzaam maar zeker over in bleekgroene heuvels, waarachter hoge bergkammen zowel een belofte als een dreiging inhielden. We hoefden het gebergte niet te trotseren, er liep een weg tussendoor, maar het terrein werd wel steeds ruiger.

De schoonheid van het landschap leidde me af van mijn gepieker over Ysabel. Fernando was zichtbaar blij dat we naar zijn vaderland gingen, en eenmaal over de grens haalde hij onophoudelijk herinneringen op aan zijn jeugd.

Ik genoot van die gesprekken en van ons samenzijn. Aragón was prachtig, ik begreep waarom Fernando er zo van hield.

Omgekeerd hield Aragón van hem. Overal waar we kwamen werden we toegejuicht. De ontvangsten in Calatayud, Zaragoza, Barcelona en Valencia brachten de hele stadsbevolking op de been. Satijnen doeken met onze wapens erop geborduurd sierden de gevels van grote huizen, de wegen waren bedekt met een tapijt van groen en bloemen, en overal wapperden vlaggen. In alle steden zwoeren de edelen trouw aan Juan, wat elke keer groots gevierd werd.

Tussen alle plechtigheden en feestelijkheden door was er nieuws over de toestand in Italië. De Quintanilla kwam het me brengen toen ik in mijn werkkamer brieven zat te schrijven.

'Koning Ferrante is met het Italiaanse leger naar Otranto getrokken en heeft het beleg rond de stad geslagen, Majesteit,' zei hij.

Ik legde mijn ganzenveer, die ik net in de inkt had gedoopt, terug en luisterde.

'De Ottomanen kunnen de stad niet in of uit,' zei de graaf. 'Als er genoeg voedsel binnen de muren is houden ze het wel een tijdje vol, maar uiteindelijk zullen er toch tekorten ontstaan. En dat zal de inwoners treffen, niet de Ottomanen.'

'Uiteindelijk de Ottomanen ook, maar dan zijn de burgers al verhongerd. De kans is groot dat de Ottomanen hulp krijgen vanuit hun eigen land. Stuur onze vloot eropuit om dat te voorkomen. Ik zal koning Afonso vragen de Portugese vloot ook uit te laten zeilen.' Ik pakte mijn ganzenveer weer op.

'Er is nog iets anders wat uw aandacht nodig heeft, Majesteit.'

'En dat is?'

'Sevilla. De ketterij in die stad begint uit de hand te lopen.'

Ik fronste. 'Kardinaal De Mendoza heeft een catechismus met de regels van de Kerk voor de inwoners opgesteld. Heeft dat heropvoedingsplan niet gewerkt?'

'Ik ben bang van niet, Majesteit. De ketterij breidt zich steeds verder uit, en de Moren en de Joden steunen elkaar. Ik hoef u niet te vertellen hoe gevaarlijk dat is nu de Ottomanen de christelijke wereld bedreigen.'

Nee, dat hoefde hij me inderdaad niet te vertellen. Ik was hier vanaf mijn tiende al voor gewaarschuwd door mijn goede vriend Tomás, die ik helaas al veel te lang niet gesproken had. Opeens voelde ik een diepe behoefte om hem te zien en met hem te overleggen.

'Laat prior De Torquemada komen,' zei ik.

'Tomás de Torquemada, Majesteit? Uit Segovia?'

'Is er nog een andere prior De Torquemada? Ja, ik bedoel broeder Tomás. Ik weet dat het een hele reis is, maar het is belangrijk. De koning en ik zullen hem ontvangen in Calatayud, we waren toch al van plan om daarnaartoe te gaan.'

'Heel goed, Majesteit. Ik zal een bode naar Segovia sturen.' De Quintanilla boog en verliet het vertrek.

Broeder Tomás had drie dagen nodig om naar Calatayud te komen en hij had zich duidelijk gehaast. Zichtbaar vermoeid arriveerde hij met zijn begeleiders op de binnenplaats van het Moorse kasteel.

Ik verheugde me erop mijn oude vriend te zien en het liefst had ik hem meteen ontboden, maar ik gunde hem even de tijd om uit te rusten en zich op te frissen.

Daarna ontving ik hem in een zijvertrek van de zaal, waar we ongestoord konden praten. We begroetten elkaar hartelijk, en zodra een dienaar iets te drinken en een schaal met dadels, olijven en meloen had neergezet, kwam ik ter zake.

'Het was een lange reis, maar u weet waarom ik u gevraagd heb te komen. De toestand is heel ernstig,' zei ik.

'Zeker, Majesteit. Het doet me verdriet dat het zover gekomen is. Ik heb er altijd bij uw broer Enrique op aangedrongen om de christenen niet bloot te stellen aan de verderfelijke invloed van de Joden en de Moren. Nu heeft de ketterij zich door heel Castilië verspreid en sympathiseren de converso's in Sevilla met de islam.'

'Echt waar?'

'Ja, omdat die hun meer geloofsvrijheid geeft. De islam tolereert andere religies zolang die niet zichtbaar beleden worden. Wij christenen willen kerken bouwen en processies houden, maar de Joden houden hun rituelen grotendeels thuis, en de Moren vinden dat prima. Veel Joden schijnen geheime bondgenoten van de Moren te zijn. Dat is heel zorgwekkend, Majesteit.'

'Ja. Als de Ottomanen besluiten om naar Aragón en Castilië te komen, en de Moren en Joden vallen ons vanuit het koninkrijk Granada aan, dan zitten we in de val.'

'Dat is precies waar ik bang voor ben, Majesteit.'

Er viel een stilte waarin we wat aten, maar het fruit smaakte me niet en ik schoof het weg.

'Wat moeten we doen, broeder Tomás? Wat kúnnen we doen?'

'U zou een groot onderzoek kunnen instellen om uit te zoeken wie zich in Sevilla aan ketterij schuldig heeft gemaakt. In stilte, zodat niemand gealarmeerd wordt en zich opeens volgens de regels van de Kerk gaat gedragen.'

'Een onopvallend onderzoek.'

'Ja. En als u genoeg bewijzen heeft verzameld zou u tot vervolging kunnen overgaan.'

'Ik zal het met de koning bespreken. Voorlopig kunnen we niet weg uit Aragón, dus ik zal het onderzoek vanuit hier moeten aansturen.'

'Ik zou graag de leiding op me willen nemen, Majesteit.'

'Nee, het lijkt me beter om inquisiteurs aan te stellen die geen rechtstreekse banden met het hof hebben.'

Broeder Tomás keek wat teleurgesteld, maar hij accepteerde mijn beslissing zonder tegenspreken.

'Een uitstekend idee, Majesteit,' zei hij, terwijl hij nog een stukje meloen pakte.

Ik schreef de bisschop van Sevilla en gaf hem opdracht de zaak voorzichtig maar gedegen te onderzoeken. Broeder Tomás kon erg fanatiek uit de hoek komen als het om de Moren ging, en ik hoopte dat hij had overdreven. Het heropvoedingsplan van kardinaal De Mendoza kon toch niet helemaal zonder resultaat zijn gebleven?

Maar tot mijn schrik kreeg ik een verontrustend verslag terug van de bisschop, die al begonnen was een lijst samen te stellen van verdachte Sevillianen. De lijst was lang. Heel lang. De ketterij beperkte zich niet tot Sevilla maar had zich verspreid over heel Castilië. Er zou in heel mijn koninkrijk een onderzoek moeten worden ingesteld. De kwestie hield Fernando en mij dag en nacht bezig.

'Het zal niet gemakkelijk worden om dit aan te pakken,' zei ik tijdens een rit te paard in de bossen rond Calatayud. 'Veel families in Castilië hebben Joodse voorouders, en veel converso's zijn getrouwd met christenen. Beatriz en Andrés zijn converso's. Veel van onze hovelingen en adviseurs ook, en ik ben bang dat we er niet onderuit komen om familieleden van ze te vervolgen.'

'Of henzelf,' zei Fernando met een zucht. 'Maar we kunnen niet anders. Het is onze plicht om de Katholieke Kerk te beschermen. God heeft ons een taak gegeven en die moeten we uitvoeren. Het is goed dat we de paus twee jaar geleden al toestemming hebben gevraagd een inquisitie te starten, maar ik had gehoopt dat het niet nodig zou zijn.'

In stilte reden we verder. Na enige tijd reikte ik naar Fernando en hij pakte mijn hand.

'Hoe is het mogelijk dat er zoveel ketters in Castilië zijn?' zei ik. 'Hoe is het zover gekomen? Ik dacht dat mijn koninkrijk uit goede christenen bestond. Het bevalt me niets dat we mensen moeten laten terechtstellen. Levend verbranden nog wel.'

Fernando kneep troostend in mijn hand. 'Dat is het gevolg van hun eigen daden, Isabel. Het staat mij ook niet aan, maar we móéten de inquisitie instellen. Het is onze plicht.'

Ik knikte, en de rest van de rit legden we grotendeels zwijgend af.

Fernando en ik stelden twee dominicaanse monniken aan, Juan de San Martín en Miguel de Morillo, die de opdracht kregen om de ketters in Sevilla op te sporen.

'Het zal moeilijk worden om hard bewijs te vinden,' zei Fernando tegen de twee geestelijken. 'Als bekend wordt dat er een inquisitie is gestart, zal dat grote onrust veroorzaken. De schuldigen zullen zichzelf verraden door op de vlucht te slaan. Arresteer die mensen en zet ze gevangen.'

Begin oktober 1481 reisden Morillo en San Martín af naar Sevilla, en aan het einde van de maand waren ze terug en presenteerden ze hun bewijzen. Ze waren op de zaterdagen in elke wijk op de daken geklommen en hadden gekeken in welke huizen schoorstenen rookten.

'De converso's die stiekem joods zijn gebleven houden op zaterdag sabbat en mogen dan geen vuur ontsteken,' verduidelijkte San Martín. 'We hebben genoteerd in welke woningen geen kookvuur brandde. Verder hebben we bij slagerijen navraag gedaan naar mensen die nooit varkensvlees kopen en die niet eten op joodse feestdagen. Het waren er veel, Uwe Koninklijke Hoogheden. Heel veel.'

Er was nooit een inquisitie geweest in Castilië, maar het leek onvermijdelijk dat er brandstapels op de pleinen zouden verschijnen. Fernando drong erop aan om broeder Tomás de leiding te geven over de inquisitie, met het argument dat het onderzoek dan zeker grondig zou verlopen, en uiteindelijk zwichtte ik. Broeder Tomás vertrok meteen naar Sevilla, van waaruit hij ons op de hoogte zou houden.

Al snel na zijn aankomst ontvingen we zijn eerste verslag. Zijn inquisiteurs hadden inderdaad veel bewijzen van ketterij gevonden, maar zonder een bekentenis konden ze de verdachten niet veroordelen, dus waren ze genoodzaakt die door middel van tortuur te verkrijgen. Het duurde niet heel lang voor de converso's toegaven dat ze thuis de sabbat waren blijven houden en dat ze hun overleden verwanten in gewijde aarde hadden laten begraven. Een paar dagen later vonden er massa-arrestaties plaats.

Een enorme paniek brak uit in Sevilla. Honderden mensen probeerden de stad uit te komen, maar de poorten werden streng bewaakt en iedereen die met bagage reisde werd overgebracht naar het klooster van San Pablo.

Tot mijn opluchting waren kardinaal De Mendoza en broeder Talavera erop tegen om de schuldigen meteen te laten verbranden.

'Ook zij zijn Gods kinderen, Majesteit,' zei de kardinaal terwijl we met z'n drieën om de vijver in de palmentuin wandelden. 'De veroordeelden hebben recht op een kans om zich te verzoenen met de Kerk. Ketters die oprecht berouw tonen over hun dwalingen zouden een lichte straf moeten krijgen, als u het daarmee eens bent.'

'Aan wat voor straf dacht u, Excellentie?' vroeg ik.

'Om te beginnen zouden ze een paar uur in een zondaarshemd door de stad moeten lopen, en vervolgens moeten ze de rest van hun leven boetekleding dragen, met daarop duivels en vlammen geborduurd. Op die manier kan iedereen hen goed in de gaten houden.'

'Het lijkt me lastig om zo een normaal leven op te bouwen,' zei broeder Talavera voorzichtig.

'Inderdaad, Eerwaarde, maar ze hebben dan in ieder geval een leven. En het gaat per slot van rekening om het redden van hun ziel.'

'En wat stelt u voor als de schuldige weigert zich te verzoenen met de Kerk?' vroeg ik.

'In dat geval kunnen we zijn aardse leven niet meer redden, maar zijn ziel nog wel: door zijn zonden te wissen met vuur.'

Ik bleef staan en keek naar de oranje vissen die zich rustig over de bodem van de vijver voortbewogen. De zon deed het water schitteren en ik voelde hoofdpijn opkomen.

'Ik blijf het moeilijk vinden om uit naam van het geloof mensen op de brandstapel te zetten,' zei ik.

‘Daar is ook geen sprake van, Majesteit. Zowel de wet als de kerkelijke regels staan de Kerk niet toe om iemand ter dood te veroordelen,’ zei kardinaal De Mendoza. ‘Dat doet de Staat, nadat de veroordeelde aan het civiele hof is overgedragen. De Kerk zal nóóit een doodvonnis uitspreken.’

‘Dat is mooi,’ zei ik, ‘maar het resultaat blijft hetzelfde.’

27

Fernando bleef voorlopig in Aragón om een aantal vergaderingen van de Cortes bij te wonen, terwijl ik met de kinderen afreisde naar Córdoba om toezicht te houden op een juist verloop van de inquisitie.

Bij aankomst in Córdoba vernam ik dat de cellen van het San Pablooklooster in Sevilla zo vol zaten dat het kasteel aan de overkant van de rivier ook in gebruik was genomen. De meeste veroordeelden kregen lichte straffen, maar voor degenen die halsstarrig weigerden zich te bekeren gold geen genade. Een enkeling werd gewurgd voordat het vuur van de brandstapel werd aangestoken, maar de meesten werden levend verbrand.

Ik probeerde niet te veel stil te staan bij hun lijden, en evenmin bij de manier waarop de inquisiteurs een bekentenis van hen hadden weten los te krijgen. Broeder Tomás verzekerde me dat de onschuldigen tijdens de tortuur werden bijgestaan door God, waardoor ze de pijn beter konden verdragen.

Desondanks bracht ik dagelijks vele uren op mijn knieën door, biddend voor al die verdoemde zielen. Ik was nooit bij een foltering of verbranding aanwezig, maar ik zag elk huiveringwekkend detail in mijn dromen, ik hoorde het gehuil en geschreeuw, rook de geur van vuur, bloed en verbrand vlees.

Er bereikten me een stroom van brieven van mensen die hun onschuld probeerden te bewijzen en die me smeekten hun zaak te herzien. Veel hovelingen verzochten me om hun familieleden gratie te verlenen, en als hun verwanten duidelijk schuldig waren, probeerden ze me ervan te overtuigen dat zijzelf wél goede christenen waren. Ik begreep hun ongerustheid, maar ik kon onmogelijk op al die gratieverzoeken ingaan. Ik kon evenmin elke veroordeling persoonlijk beoordelen, het waren er te veel. Alleen degenen die eruit sprongen bekeek ik wat beter, en bij twijfel verleende ik gratie.

In de zomer van 1481 kondigde ik een periode van genade af. De inquisiteurs maakten bekend dat iedere ketter die zich uit eigen beweging meldde en een bekentenis aflegde, een lichte straf zou krijgen en verzoend zou worden met de Kerk.

Honderden converso's meldden zich. Als bewijs voor hun vroomheid en berouw vroegen de inquisiteurs hun de namen te noemen van andere ketters. Het aantal beschuldigingen was onthutsend. Familieleden, vrienden en kennissen gaven elkaar aan, en ook zij noemden weer namen. Elke dag trokken groepen spijtoptanten blootsvoets en in zondaarshemd onder klokgelui door de straten, voorafgegaan door priesters die kruisen voor hen omhooghielden.

Ik was verbijsterd door het aantal ketters in Sevilla. Het waren er te veel om te kunnen verbranden, de gevangenissen puilden nog steeds uit en hele straten in de ooit zo drukke Joodse wijk stonden leeg.

'Die mensen kunnen toch niet allemáál schuldig zijn?' riep ik vertwijfeld uit.

'Als ouders geen goede christenen zijn, kun je van hun kinderen niet verwachten dat zij dat wél worden, en van hún nageslacht evenmin,' zei broeder Tomás. 'Het kwaad moet met wortel en tak worden uitgeroeid. Veel boetelingen hebben de namen genoemd van inwoners uit andere steden, vooral Córdoba. Ik stel voor om de inquisitie uit te breiden.'

Ik zuchtte diep. 'Goed, breidt u de inquisitie maar uit. Het is inderdaad naïef om te denken dat alleen in Sevilla ketterij heerst.'

Broeder Tomás knikte me goedkeurend toe. 'Ik ga er meteen werk van maken, Majesteit.'

In Córdoba, Toledo, Burgos en Segovia, overal bleken ketters te zitten. Ongetwijfeld zaten ze ook in Aragón.

Ik reisde met de kinderen naar Fernando, die in Calatayud verbleef, en hij stelde voor om ook een onderzoek in te stellen in zijn koninkrijk.

Ik was juist zo blij dat ik even weg was uit Castilië, weg van de drama's die zich daar afspeelden, maar hij had gelijk. Ongetwijfeld was er ook in Aragón veel verborgen ketterij. Sowieso kon ik me niet afsluiten voor wat er in mijn koninkrijk gaande was door de decreten die ik moest ondertekenen, de smeekbrieven van familieleden van veroordeelden die ik dagelijks ontving en door de afschuwelijke beelden van mensen op brandstapels die me 's nachts uit mijn slaap hielden.

Het nieuws dat koning Afonso van Portugal overleden was schokte me dan ook minder dan anders het geval zou zijn geweest. Wat ik ook van mijn achterneef vond, hij was een goed christen geweest. Een kleine drie jaar geleden waren we vijanden geweest, maar door Ysabel aan Portugal te verbinden en door onze gemeenschappelijke strijd tegen de Ottomanen, die zich op dat moment even rustig hielden, hadden we elkaar weer gevonden. Desondanks kon ik niet beweren dat ik om Afonso treurde, daarvoor zag ik de voordelen van zijn dood te goed in. Hij werd opgevolgd door zijn zoon, prins João, van wie bekend was dat hij niets zag in oorlog tussen onze landen.

Castilië was veilig! Misschien kon Ysabel wel weer thuiskomen. Het zou nog jaren duren voor ze met Afonso's kleinzoon zou trouwen, en nu de koning dood was zag ik geen reden om mijn dochter in Portugal te laten.

's Avonds, in de slaapkamer, sprak ik erover met Fernando en hij was het met mij eens.

'We laten haar terugkomen,' zei hij. 'Afonso vertrouwde ons niet, maar João wel en hij wil net zo graag vrede als wij.'

'Ik denk ook dat João er geen bezwaar tegen zal hebben om Ysabel nog een paar jaar bij ons te laten wonen. Ik ga hem morgen schrijven.'

Er werd op de deur geklopt en op mijn 'ja' liet de schildwacht graaf De Quintanilla binnen.

'Het spijt me dat ik Uwe Koninklijke Hoogheden op dit uur nog stoor, maar ik heb nieuws dat u vast meteen wilt horen,' zei hij. 'Sultan Mehmet is dood.'

Fernando slaakte een kreet en ik sloeg een hand voor mijn mond.

'Echt waar?' riep ik.

'Ja, Majesteit. De Ottomanen hebben zijn dood een paar weken stil weten te houden, maar het nieuws is toch uitgelekt. Hij schijnt begin mei al te zijn overleden.'

'Zo lang geleden al! Vandaar dat ze er de laatste weken zo'n puinhoop van maken,' zei Fernando met een brede lach. 'Is er al een opvolger?'

'Nee, Majesteit, daar schijnt onenigheid over te zijn.'

'Hoe meer onenigheid hoe beter,' zei ik. 'Wie het ook wordt, hij kan nooit zo'n gevaar voor ons zijn als Mehmet. Vanaf het moment dat hij Italië aanviel heb ik om zijn dood gebeden.'

Fernando keek me opmerkzaam aan. 'Het is opvallend dat jouw vijanden allemaal de gewoonte hebben om op het juiste moment dood te gaan.'

'Wat mijn vijanden niet lijken te beseffen,' zei ik, 'is dat God aan mijn kant staat.'

Aragón was in feeststemming, en vooral in Catalonië, dat zich het ergst bedreigd had gevoeld, waren de mensen uitgelaten van vreugde. De Kerk liet dankprocessies door de steden trekken, en Fernando en ik organiseerden een week lang feesten in het hele koninkrijk.

Met de dood van Mehmet stierf ook het offensief tegen Italië, en op 10 september 1481 heroverde koning Ferrante zonder al te veel moeite Otranto.

De rust keerde weer, maar mijn innerlijke rust was nog steeds ver te zoeken. Het was alsof God me wilde waarschuwen voor wat ons te wachten stond als we geen maatregelen zouden nemen. Mijn voorvaderen hadden Castilië grotendeels van de Moren bevrijd en nu was alleen het zuidelijke deel, Granada, met de gelijknamige hoofdstad, nog in Moorse handen. Tijdens de opmars van de Ottomanen hadden de Moren zich op de achtergrond gehouden, maar de vraag wie ze zouden steunen als hun geloofsgenoten Castilië binnenvielen hield me voortdurend bezig. Het hield me uit mijn slaap, bezorgde me nachtmerries. Ik wist dat die dromen door God gezonden werden omdat Hij niet wilde dat ik mijn angsten suste. Hij waarschuwde me, eiste dat ik tot handelen overging.

Tijdens zo'n slapeloze nacht liep ik de donkere kapel van het alcazar in en ontstak een paar kaarsen. Ik zakte op mijn knieen en zwoer dat ik alle Moren uit Castilië zou verdrijven. Vanaf dat moment sliep ik 's nachts als een roos.

In december 1481 keerden Fernando en ik terug naar Castilië. Het weer was eigenlijk te slecht om te reizen, maar ik wilde per se naar Medina del Campo om mijn moeder te bezoeken. We namen onze intrek in het bescheiden stadspaleis aan het Plaza Mayor. Juan en Ana waren daar niet vaak geweest, te weinig om er herinneringen aan te hebben. Juan was pas drie, Ana twee.

Alleen Ysabel kende het paleis goed, en ik wilde haar daar zo snel mogelijk weer zien rondlopen. Ik had koning João geschreven maar nog geen antwoord gekregen. Dat viel me tegen. Ik had verwacht dat hij meer begrip zou tonen voor ons verlangen om haar weer thuis te hebben.

Ik besloot om mijn oudtante, Beatriz de Braganza, te schrijven, als moeders onder elkaar. Ik nam plaats achter mijn schrijftafel, schreef een lange, hartelijke brief en gaf hem aan de bode. Toen ik opstond draaide de wereld om me heen, en haastig pakte ik de rand van de tafel vast.

Mencia haastte zich naar me toe. 'Gaat het, Majesteit?'

'Ja, ik werd opeens wat draaierig.'

'U ziet ook een beetje bleek. Gaat u even liggen.'

Ik knikte en liet me door haar naar mijn bed helpen. Dankbaar sloot ik mijn ogen.

'Als u maar niet ziek wordt. U hebt vandaag ook niet veel gegeten,' zei Mencia.

'Nee, ik heb niet veel trek. Ik word misselijk als ik eet.'

'Is dat zo? U bent ook laat deze maand,' zei Mencia met een blik van verstandhouding. 'Niet heel laat, maar toch.'

We keken elkaar aan en glimlachten.

Fernando en ik waren dolblij. We rekenden terug en kwamen tot de conclusie dat we ons kind in juli of augustus konden verwachten. Mijn echtgenoot omringde me met goede zorgen en attenties. Het liefst zag hij dat ik al mijn activiteiten neerlegde en volledige rust nam, maar dat was onmogelijk. Drie dagen na kerst deelde een zeer ongeruste De Quintanilla ons mede dat het ernaar uitzag dat de Moren in Granada zich voorbereidden op oorlog. Er was een oproep tot jihad gedaan en in Almería, Málaga, Marbella, Ronda, Alhama en de hoofdstad Granada werden in alle smederijen wapens gemaakt. De oorlog kon elk moment uitbreken.

Ik luisterde naar zijn verontrustende verslag, zag hoe Fernando's hand de leuning van de troon omklemde en hoorde de angstige kreten van de hovelingen. Zelf voelde ik geen angst. Integendeel, een grote innerlijke rust daalde in mij neer.

Het was zover. Dit was waar Tomás me altijd voor had gewaarschuwd. Dit was de taak die God op mijn schouders had gelegd en ik was er klaar voor.

'Roep iedereen bij elkaar voor spoedberaad,' zei ik. 'We zullen zorgen dat ons leger klaarstaat als de troepen van de emir de grens over durven te steken. God was met ons tijdens de oorlog met Portugal, Hij zal ook deze keer met ons zijn.'

Een paar dagen later, op 26 december 1481, trok het leger van emir Hassan in het holst van de nacht, midden in een storm, naar Zahara. De stad lag op een grote, abrupt oprijzende rots in het midden van een vallei die toegang gaf tot het koninkrijk Granada. Andere routes waren door het ruige landschap uitgesloten voor een opmars. Alleen vanuit het westen, waar de bergen overgingen in heuvels, kon een leger zich gemakkelijk voortbewegen, maar die weg werd van beide kanten goed bewaakt door Hassans mannen. Door Zahara in te nemen hadden de Moren een machtige basis in handen gekregen. Ze waren simpelweg in het holst van de nacht tegen de rotswand geklauterd, hadden zich over de muren heen laten vallen en het fort veroverd. Vervolgens doodden ze het militaire garnizoen en trokken ze de stad in, waar ze iedereen die zich verzette onthoofdden, en de mannen, vrouwen en kinderen die het hadden overleefd werden geketend en als slaaf afgevoerd naar Ronda.

Fernando en ik kwamen net terug uit Valencia en hadden ons in het stadspaleis van Medina del Campo geïnstalleerd toen we het bericht ontvingen. In eerste instantie waren we vol ongeloof, meteen daarna kwam de woede.

'Dit kunnen we niet accepteren,' zei ik tijdens het spoedberaad met onze legerleiders. 'Dat geldt voor elke aanval op onze bodem, maar Zahara is té belangrijk.'

'Absoluut,' zei Gonzalo. 'Vanuit Zahara kunnen de Moren alle kanten op: naar Jaén, Córdoba, Sevilla en Murcia.'

'Dat mag niet gebeuren.' Fernando liet zijn blik indringend de tafel langs gaan. 'We móéten de stad terugkrijgen. Mijn grootvader, Fernando I, heeft hem heroverd op de Moren, en al is het het laatste wat ik doe, ik zal Zahara weer bevrijden. Deze oorlog gaat niet alleen Castilië aan, maar ook Aragón. We voegen het Castiliaanse en Aragonese leger samen en verpletteren de Moren!' Bij die laatste woorden sloeg hij met zijn vuist op tafel, zijn gezicht vertrokken tot een grimmig masker.

Tot nu toe had de emir geen pogingen gedaan om verder op te rukken, maar we verwachtten dat dat een kwestie van tijd was. Terwijl we ons voorbereidden op het ergste, ontvingen we een brief van de paus. Enige honderden vervolgde converso's waren naar Vaticaanstad gevlucht en hadden zich met veel tranen aan zijn voeten geworpen. Na hun verhalen en smeekbeden te hebben aangehoord was de paus tot de conclusie gekomen dat er te veel onschuldigen werden vervolgd, en hij eiste dat de inquisitie zich matigde. Ook verbood hij ons er een in Aragón in te stellen.

Twee weken eerder zou ik me daarover hebben opgewonden, maar op dat moment had ik wel iets anders aan mijn hoofd. Castilië was grotendeels gezuiverd van ketters en hun geconfisqueerde bezittingen hadden de schatkist tot over de rand gevuld, kapitaal dat Fernando en ik goed konden gebruiken voor de strijd die ons te wachten stond. Vanuit Medina del Campo riepen we de Heilige Oorlog uit. Het was tijd om onze droom van een volledig christelijk koninkrijk te verwezenlijken, tijd om terug te nemen wat van ons was, tijd voor de *Reconquista*.

DEEL III

28

Fernando en ik hadden dan wel de Heilige Oorlog uitgeroepen, maar om de Moren te kunnen verslaan moesten we het koninkrijk Granada binnenvallen en de gelijknamige Moorse hoofdstad veroveren, wat zo goed als onmogelijk was. Granada lag hoog op een heuveltop, omringd door forten die de stad beschermden als een adelaar die haar vleugels over haar jong uitstrekt. De strijd zou een enorme krachtmeting worden, een waar we al onze tijd en al ons kapitaal in zouden moeten steken.

Ik gaf opdracht aan de Andalusische steden om zich te versterken en beval de Castiliaanse vloot om de Straat van Gibraltar te blokkeren, zodat emir Hassan geen troepen uit Noord-Afrika kon laten komen. Fernando bestelde artillerie in Italië en vroeg Frankrijk, Italië, Engeland en het Duitse Roomse Rijk om ons te steunen in de strijd tegen de Moren.

Ik sliep slecht. De ene keer lag ik uren wakker voor ik in slaap viel, een andere keer ontwaakte ik uit verschrikkelijke nachtmerries. Dat ik in verwachting was maakte het er niet beter op; ik was nog vermoeider en misselijker dan tijdens mijn eerdere zwangerschappen. Uitgerekend in een tijd waarin ik sterk en scherp moest zijn, kreeg ik geen hap naar binnen en kon ik mijn ogen overdag bijna niet openhouden.

Half januari 1482 kwam er een brief van Rodrigo van Cádiz, wiens landerijen aan het koninkrijk Granada grensden. Hij schreef dat hij al langere tijd last had van de Moren, die snelle overvallen op zijn grond uitvoerden en zijn gewassen en vee stalen. Er was hem veel aan gelegen dat ze aangepakt werden, en om die reden had hij een aantal tot het christendom bekeerde islamieten in dienst genomen die hij inzette als spionnen, waardoor hij goed op de hoogte was van de plannen van de vijand. Een van die informanten wist te vertellen dat in de Moorse stad Alhama slechts een klein garnizoen soldaten aanwezig was. Een aanval op die plaats zou een grote kans van slagen hebben. Rodrigo liet ons weten dat hij een leger van vijfduizend man tot zijn beschikking had, en hij vroeg of hij mocht proberen de stad te veroveren.

'Ik weet het niet,' zei Fernando tegen mij. 'Alhama ligt in het hart van Granada, en ook nog eens op een rots. Het lijkt mij een kansloze onderneming.'

'Rodrigo is niet iemand die lichtvaardig beslissingen neemt,' zei ik. 'Als hij zegt dat zijn spionnen te vertrouwen zijn, dan geloof ik dat.'

'Die spionnen zijn misschien wel betrouwbaar, maar dat wil niet zeggen dat je een stad die zó ongunstig ligt zomaar verovert. En hoe wil hij ongezien dwars door Granada trekken?'

'Waarschijnlijk 's nachts. Dat zou ík doen. Ook dan is het niet gemakkelijk om met een heel leger door vijandelijk gebied te trekken, maar wel veiliger dan overdag.'

'Dus jij vindt dat we toestemming moeten geven?'

Ik knikte. 'De Moren verwachten dit nooit. Stel je voor dat we Alhama in handen krijgen! Dan zouden we een geweldige basis in Granada hebben. Soms moet je in oorlogvoering van de voorspelbare paden afwijken.'

Fernando knikte langzaam. 'Het is een enorm risico, maar je hebt gelijk, Rodrigo is intelligent en bedachtzaam. Als hij denkt dat die aanval kans van slagen heeft, dan moet hij het proberen.'

Nog dezelfde dag schreef ik Rodrigo dat hij onze toestemming had, en daarna was het wachten op nieuws. Tot veel meer was ik toch niet in staat. Liggend op bed, spugend boven een bak, liet ik de oorlog even aan mijn echtgenoot over.

Een paar weken later ontvingen we een brief van Rodrigo. Hij had gebruikgemaakt van de dekking van de nacht om door Granada te reizen en toen hij bij Alhama aankwam, bleken de muren en poorten net zo slecht bewaakt te zijn als zijn informant had gezegd. Zonder veel moeite had hij het fort veroverd en daarna, na een hevige strijd, had hij ook de stad ingenomen. Alhama was van ons! Het was ongelooflijk. Fernando en ik waren dolgelukkig en vielen op onze knieën om God te danken.

Niet lang daarna volgde echter minder goed nieuws: emir Hassan was met een leger van drieduizend cavaleristen en vijfduizend infanteristen onder de muren van Alhama verschenen. Hij had het riviertje waar de inwoners altijd hun water vandaan haalden geblokkeerd. Tegen de tijd dat dat bericht ons bereikte zaten Rodrigo en zijn mannen al een week in de stad opgesloten.

'Ze kunnen zich wel even redden met wijn en vruchtensap, maar daar komt ook een einde aan,' zei Fernando. 'Ik moet de stad ontzetten, ik heb geen andere keus.'

Zodra hij genoeg manschappen had verzameld vertrok hij vanuit Medina del Campo naar Alhama. Ik volgde in een rustiger tempo, dodelijk bezorgd over de afloop van de strijd. Ongetwijfeld verwachtte emir Hassan dat er hulptroepen op komst waren en zou hij Fernando in een hinderlaag proberen te lokken.

Na een week kwam ik eindelijk met de kinderen en mijn hofhouding aan in Córdoba, de laatste grote stad voor de grens met Granada. Ik had gehoopt dat er onderweg bericht zou komen, maar dat was niet gebeurd en de spanning was zo groot dat het me moeite kostte om rustig uit de reiswagen te stappen.

'En?' zei ik tegen de bediende. 'Is er nieuws?'

'Dat kan de koning u het beste zelf vertellen, Majesteit.' De bediende wees naar de openstaande poort van het alcazar, waar Fernando met lange passen uit kwam lopen.

Haastig liep ik op hem af. 'Wat doe jij hier? Ik dacht dat je in Alhama was! Hoe is het afgelopen?'

'Rustig maar, het is goed gegaan. Ik zal zo alles vertellen.' Fernando sloeg zijn arm om me heen en begeleidde me naar binnen.

De hofdames volgden met Juan en Ana, die meteen werden weggeleid om te baden.

Fernando en ik liepen het woonvertrek binnen en ik installeerde me op een comfortabele bank met kussens. Een bediende reikte me een beker mispelsap aan, maar ik schudde mijn hoofd en keek gespannen naar mijn echtgenoot, die wijdbeens in de kamer stond.

'Vertel! Heb je emir Hassan kunnen verdrijven?'

'Ik hoefde er helemaal niet aan te pas te komen. Toen ik in Córdoba aankwam, bleek dat de hertog van Medina Sidonia Rodrigo al te hulp geschoten was. Zodra hij met zijn leger arriveerde, trok Hassan zich haastig terug. Alhama is nog steeds van ons en Rodrigo is ongedeerd.' Fernando glimlachte breed.

Ik slaakte een zucht van opluchting en verbazing. 'De hertog van Medina Sidonia heeft zijn oude vijand gered?'

'Wie had dat kunnen denken, hè?' zei Fernando geamuseerd. 'Rodrigo's vrouw heeft de hertog gesmeekt om haar man te helpen, en hij heeft meteen een leger opgetrommeld en is naar Alhama vertrokken.'

'Dwars door vijandelijk gebied, op klaarlichte dag? Dat is een heldendaad!'

'Ze zijn allebei helden. En ze schijnen nu ook vrienden te zijn. Ze hebben elkaar lange tijd omhelsd toen emir Hassan en zijn troepen waren vertrokken. Dat is wat een gemeenschappelijke vijand met mensen doet. Ze vergeten hun geschillen en worden bondgenoten.'

'Ben je helemaal niet in Alhama geweest?' vroeg ik.

'Jawel, ik ben net terug. Ik heb nieuwe voorraden in de stad laten opslaan en een flink garnizoen achtergelaten. Ik heb ook bevel gegeven om alle moskeeën om te laten bouwen tot kerken. De emir zal razend zijn als hij dat hoort.'

'Hij kan er maar beter aan wennen.' Ik leunde tevreden achterover in de kussens. 'Dit is nog maar het begin.'

We lieten de verbouwde moskeeën in Alhama uitrusten met altaren en heiligenbeelden, en zorgden ervoor dat op de torens grote zilveren kruisen kwamen te staan. Rodrigo kwam ons bezoeken in Córdoba en we bedankten hem uitvoerig en overlaadden hem met geschenken.

Fernando wilde meteen doorstoten naar Loja, een van de machtigste vestingen van het Moorse koninkrijk, maar Rodrigo raadde hem dat af.

'Loja is goed versterkt en wordt streng bewaakt, Majesteit,' zei hij tijdens de raadsvergadering. 'Het is een militaire basis die in een ontoegankelijke bergpas ligt. Dat zal het moeilijk maken om de stad te naderen. We kunnen beter proberen Málaga in te nemen, dat is even ver vanuit Alhama.'

Fernando schudde zijn hoofd. 'Málaga is nu niet belangrijk. Het is weliswaar een havenstad, maar door de blokkade op zee ligt de doorvoer toch al stil. Loja ligt veel dichter bij de Castiliaanse grens, dus we hoeven niet per se vanuit Alhama op te trekken. Ik zeg: Loja.'

Iedereen keek naar mij en ik knikte langzaam. Niet omdat ik dacht dat Fernando's idee zoveel beter was dan dat van Rodrigo, maar we hadden afgesproken elkaar niet publiekelijk af te vallen, en wat hij zei klonk niet onverstandig.

'Denk je echt dat Loja een beter doel is?' vroeg ik, toen we samen naar onze privévertrekken liepen.

'Ja, natuurlijk. Rodrigo heeft gelijk dat we Alhama als uitvalsbasis kunnen gebruiken, maar waarom risico's nemen als we vanuit Castilië ook Loja kunnen innemen?'

'Omdat Málaga belangrijker is. Voorlopig houdt de zeeblokkade stand, maar als er versterking komt uit Afrika...'

'Dan breiden we de oorlogsvloot uit,' zei Fernando.

Ik was geneigd het met hem eens te zijn, maar ik stelde ook veel vertrouwen in het tactische inzicht van Rodrigo.

Fernando keek me van opzij aan. 'Dat klinkt toch logisch?'

Na enig nadenken knikte ik. 'Als jij denkt dat dat het beste is, dan doen we dat. We vallen Loja aan.'

Hoewel ik door mijn enorme buik bijna niet meer kon lopen, was ik bij alle beraadslagingen aanwezig. Tegen het einde van juni verzamelde zich een leger van achtduizend ruiters en tienduizend voetsoldaten op de oever van de Guadalquivir bij

Córdoba. Op de dag voor vertrek namen we het plan van aanpak nog één keer door met onze legerleiders. Halverwege de vergadering voelde ik een felle steek in mijn buik. En nog een.

Ik keek op van de landkaart die op tafel lag uitgespreid, en mijn blik zocht die van Fernando.

'Heren, helaas moet ik deze bijeenkomst verlaten,' zei ik, en zo rustig mogelijk verliet ik het vertrek. Alle aanwezigen stonden op en keken me na.

Op de gang zocht ik steun bij de muur, en mijn hofdames schoten toe.

'Is het begonnen, Majesteit?' vroeg Mencia.

'Daar lijkt het wel op. Een maand te vroeg.'

'Misschien stoppen de weeën als u even rustig gaat liggen.' Mencia begeleidde me naar mijn kamer, hielp me in bed en liet vroedvrouw Donna halen.

Na een kort onderzoek richtte de vroedvrouw zich op en knikte. 'Het zijn weeën, Majesteit, maar misschien houden ze weer op. Ik raad u aan om in bed te blijven.'

Op dat moment kwam Fernando haastig aanlopen.

'Komt het kind?' vroeg hij gespannen.

'Het lijkt er wel op. Daarnet voelde ik een steek in mijn buik, maar nu doet vooral mijn rug zeer.' Ik schoof de deken van me af en probeerde een houding te vinden die mijn pijnlijke rug ontlastte.

'Ik blijf bij je.'

'Nee, ga door met de vergadering. Je hoorde het, misschien houden de weeën wel op, en als de bevalling toch begonnen is komt het kind niet meteen. De oorlog moet doorgaan, alles moet gewoon doorgaan.'

Fernando boog zich over me heen en kuste mijn voorhoofd. 'Goed, dan kom ik zo nog wel even bij je kijken.'

Hij was net weg of de weeën zetten door, met een snelheid die me totaal overviel. Ik verzocht met klem om Fernando niet uit de vergadering te halen en liet alles over me heen komen. Te vroeg bevallen was niet goed voor het kind, maar had als voordeel dat het een stuk sneller ging. De lange, moeizame strijd waar ik me op voorbereid had werd kort en gemakkelijk.

Aan het einde van de middag, op 29 juni 1482, bracht ik een dochter ter wereld. Ze was erg klein, maar ze schreeuwde zo hard dat er duidelijk niets aan haar longen mankeerde. Tijdens de laatste fase van de bevalling was Fernando gewaarschuwd, en hij kwam meteen aanrennen. Hij was net op tijd om zijn dochter geboren te zien worden.

Terwijl ze huilend bij me werd gelegd, keken we elkaar glimlachend aan.

'Weer een meisje!' zei hij.

'De volgende keer wordt het een jongen, dat zul je zien.'

'Ze is prachtig.' Fernando streelde zijn dochters wangetje. 'Dag lieve Maria, welkom.'

Een pijnscheut ging door mijn buik en ik kreunde. Ik wist dat de moederkoek nog moest komen, en ik zette me schrap voor de laatste loodjes. Donna betastte mijn buik aan alle kanten, en toen ze zich oprichtte, fronste ze.

'Is er iets mis?' vroeg ik ongerust.

'Nee, Majesteit,' zei ze, 'maar ik kan duidelijk een hoofdje voelen. Er komt er nóg een.'

Zo snel als Maria's geboorte was gegaan, zo langzaam ging die van het tweede kindje.

Aan het einde van de dag was het er nog steeds niet, en toen het daglicht afnam en er lange schaduwen de kamer in vielen, namen mijn krachten af. Ik begreep niet waarom het kind niet kwam, en Donna evenmin. Ze duwde hardhandig op mijn buik, maar dat had geen resultaat.

Langzaam gleden de uren van de nacht voorbij terwijl ik perste, steeds maar weer perste, zonder dat ik verlost werd. Tegen de ochtend was ik volledig uitgeput en liet ik de weeënstorm over me heen gaan zonder erop te reageren. Nog maar half bij bewustzijn staarde ik omhoog, naar de geborduurde engelen en rozen op de hemel van mijn bed. Verontrust gemompel drong bij vlagen tot me door. Ik hoorde Fernando's stem, was me vaag bewust van zijn aanrakingen, hoorde hem bidden.

Het werd licht. De luiken stonden open, en ik richtte mijn blik op de blauwe hemel. Daar ging ik zo naartoe. Ik wist het en had er vrede mee. Alles was beter dan dat deze marteling maar voortduurde.

'Majesteit? Ik ga nog één ding proberen.' Donna's stem klonk heel dichtbij. 'Ik wil dat u dadelijk, op mijn teken, zo hard mogelijk perst.'

Ik reageerde niet, zelfs niet toen Fernando de opdracht herhaalde. Ik had de kracht niet meer om te persen, het kostte me al moeite om adem te halen.

'Daar komt de wee.' Donna duwde zo hard op mijn buik dat ik een schreeuw niet binnen kon houden. Ze negeerde het, bleef duwen, met haar handen en met haar elleboog. Ik wist niet waar ik het zoeken moest van de pijn, zag het schemeren voor mijn ogen. De instructies die Donna me toeriep bereikten me niet meer, haar stem klonk vervormd, het was alsof ik wegdreef.

Een paar tikken tegen mijn wang en iets kouds op mijn voorhoofd brachten me bij mijn positieven en ik was terug, in die benauwde kamer waar het rook naar zweet en bloed. Een holle stem zei: 'Daar komt het.' Opnieuw pijn, toen de verlichting van iets wat uit me gleed. Ik raakte weer even weg, en toen ik bijkwam wist ik meteen dat er iets mis was. Er klonk geen kindergehuil. De kamer stond vol mensen en iemand snikte.

Fernando kwam op de rand van het bed zitten en kuste mijn hand.

'Je leeft,' zei hij schor. 'Goddank, je leeft.'

Ik probeerde iets te zeggen, maar mijn keel voelde rauw en mijn mond was uitgedroogd. Het enige wat ik kon doen was mijn man aankijken. Mijn lippen vormden een woord: wáár?

'Het spijt me zo,' fluisterde Fernando. 'Ze heeft maar heel even geleefd. De artsen konden niets voor haar doen.'

29

De eerste dagen was ik te verzwakt door bloedverlies om te kunnen rouwen. Koortsaanvallen teisterden mijn lichaam, en toen ik door het ergste heen was, was Maria al gedoopt in de kathedraal van Córdoba. Tegen die tijd was mijn kleine Teresa begraven, zonder dat ik de kans had gekregen om haar goed te bekijken en afscheid te nemen. De bevalling had meer dan vijfendertig uur geduurd, en volgens de artsen was het een wonder dat ik zelf nog leefde.

'Donna heeft goed voor me gezorgd,' zei ik, terwijl ik met een huilende Maria in mijn armen in bed lag.

'Niet alleen uw vroedvrouw, Majesteit. De koning is niet van uw zijde geweken,' merkte Mencia op. 'Het leger staat al een paar dagen klaar, maar hij wil niet vertrekken.'

Ze verliet de kamer, en even later kwam Fernando binnen met Juan en Ana.

De kinderen klommen op het hemelbed en kwamen bij me zitten om naar Maria te kijken. Juan was vier, Ana pas tweeënhalf, maar vooral zij was niet weg te slaan bij haar zusje. Terwijl zij in haar eigen taaltje tegen de huilende Maria praatte, keek ik Fernando aan.

'Je moet naar Loja. Straks trekken de edelen hun troepen nog terug. Ga maar, het is belangrijk.'

'Jij bent belangrijk.' Fernando nam me bezorgd op. 'Dokter Badoc zei dat het goed gaat met je, maar ik weet het niet. Je ziet zo wit, ik heb je nog nooit zo bleek gezien.'

'De koorts is weg, ik moet alleen nog aansterken. Neem Loja voor me in, dan voel ik me vast snel weer de oude.'

Fernando keek vragend naar Llorenc Badoc, die ook binnengekomen was. 'Is de koningin buiten levensgevaar?'

'Zeker, Majesteit,' zei dokter Badoc. 'Ze zal zich nog wel een tijdje verzwakt voelen, maar haar leven loopt geen gevaar meer.'

'Goed, dan vertrek ik morgen.' Fernando kuste me en boog zich over Maria heen. 'Ze huilt wel erg veel, hè? Zou er iets aan de hand zijn?'

Ik hield Maria tegen me aan en maakte sussende geluidjes, maar ze huilde klaaglijk door.

'Ik denk dat ze haar zusje mist,' zei ik zacht.

Een bedroefde uitdrukking verscheen op Fernando's gezicht. Mijn ogen werden ook vochtig, maar we hadden afgesproken niet te veel over Teresa te praten in het bijzijn van de kinderen.

Ana klauterde over het bed naar mij toe en stak haar handen uit naar Maria. 'Vasthouden,' zei ze.

Ik legde Maria in haar armen, en tot mijn verrassing stopte ze met huilen en sloeg ze haar ogen op naar haar zus.

'Niet meer huilen,' zei Ana tevreden.

Bij zonsopkomst was het al warm. Het beloofde een hete dag te worden, en daarom vertrok het leger in alle vroegte naar Loja.

Ik liet me uit bed helpen en naar de Mezquita brengen om

te bidden voor de veiligheid van mijn man en voor de overwinning. Ik had ook in de kapel van het alcazar om Gods zegen kunnen vragen, maar de eeuwenoude moskee was vlakbij.

Mijn voorvader Fernando III had in 1236, nadat hij de stad op de Moren had veroverd, een kerk in de moskee laten bouwen. Terwijl ik tussen de roodbruine en witte bogen door liep, zwoer ik dat ik alle moskeeën in Granada zou laten ombouwen, tot er geen minaret meer te vinden was. Ik wist niet waarom God mij weer een kind ontnomen had, maar terwijl ik neerknielde voor het altaar voelde ik dat Hij op mijn hand was en dat Hij me de overwinning zou bezorgen.

Maar God heeft geen medelijden met dwazen. Overwinningen worden niet geschonken, ze moeten worden verdiend. Op 9 juli arriveerde Fernando met zijn leger in de bergpas van Loja, en een week later kreeg ik te horen hoe de aanval was verlopen.

Het ruige terrein had de mannen al meteen voor problemen gesteld. Er was niet genoeg ruimte om het kamp op te slaan en Fernando moest verschillende kleinere kampen opzetten, die ver bij elkaar uit de buurt lagen. Ali Atar, de Moorse commandant van Loja, viel ze een voor een aan, wat paniek en chaos onder de Castilianen veroorzaakte. Het was onmogelijk om een linie te vormen, om te hergroeperen of een charge uit te voeren. Kamp na kamp werd uitgemoord, en toen de aanval voorbij was, waren de verliezen zo groot dat Fernando de aftocht beval.

Het was nog geen drie weken geleden dat ik een dochter had gekregen en er een had verloren, en geen bode durfde me het nieuws over de nederlaag te vertellen. Uiteindelijk bracht Gonzalo, die een dag eerder dan Fernando in Córdoba was gearriveerd, me op de hoogte. Normaal gesproken zou het bericht dat mijn leger zich had teruggetrokken me woedend hebben gemaakt, maar door de beproeving in het kraambed en het verlies van Teresa had ik de kracht niet om me op te winden.

Het had ook geen zin om Fernando de schuld te geven van het debacle. Ik was het immers met hem eens geweest dat we Loja moesten aanvallen. We hadden beter moeten nadenken.

'Rodrigo had gelijk,' zei ik. 'De volgende keer moeten we naar hem luisteren. Hij kent het zuiden.'

Gonzalo keek me onderzoekend aan. 'Je ziet erg bleek. Hoe gaat het?'

'Niet zo goed, maar ik kom er wel weer bovenop.'

'Daar ben ik van overtuigd.'

We stonden even in stilte tegenover elkaar, toen vroeg ik: 'Wil je mijn dochter zien?'

'Heel graag.'

Ik gaf Mencia een teken en even later kwam ze met Maria in haar armen aanlopen. Gonzalo boog zich over het kind heen en bekeek haar aandachtig.

'Ze is prachtig,' zei hij ten slotte. 'Net als al je andere kinderen. Ze lijken allemaal op je, met dat mooie roodblonde haar.'

'Teresa ook. Kijk.' Ik haalde een haarlokje uit het beursje aan mijn gordel en hield het in mijn handpalm. 'Ze was het evenbeeld van Maria.'

Gonzalo keek naar het lokje en toen naar mij, met een gezicht vol mededogen.

'Mag ik je omhelzen, Isabel?' vroeg hij zacht.

Ik verlangde met heel mijn wezen naar zijn armen om me heen. Mencia zou het niet doorvertellen, maar ik schudde mijn hoofd.

'Beter van niet,' fluisterde ik.

Hij knikte begrijpend, pakte mijn hand en kuste die. 'Dan laat ik het hierbij,' zei hij.

Ik maakte Fernando geen verwijten toen hij thuiskwam. Die ochtend had ik een brief van koning João ontvangen die me zo uit mijn humeur had gebracht dat mijn toon wellicht scherper zou zijn geweest dan ik wilde. Zwijgend luisterde ik naar het verhaal over de mislukte aanval op Loja.

'We moeten ons voortaan goed voorbereiden, een strategie uitdenken,' zei Fernando. 'Ik heb wat plannen bedacht die ik aan de raad wil voorleggen, maar eerst wil ik ze met jou doornemen.'

'Straks. Er is een brief gekomen.' Ik pakte het perkament van tafel en gaf het aan hem.

Fernando bestudeerde het verbroken zegel. 'Van koning João. Gaat het over Ysabel?'

'Ja, hij schrijft dat hij het geen goed idee vindt om zijn toekomstige schoondochter terug naar huis te laten gaan nu Castilië in oorlog is met Granada. Alsof wij risico's met haar veiligheid zouden nemen!'

'Helemaal ongelijk heeft hij niet. We zitten nu eenmaal dicht bij het strijdtoneel.'

'Jij, ík niet! En we houden Juan, Ana en Maria toch ook uit de buurt ervan. Ik denk dat João onze dochter gijzelt, net als zijn vader deed.'

'Dat denk ik niet. João is gewoon erg gebrand op een verbintenis met het Castiliaanse koningshuis. Hij wil niet het risico lopen dat we Ysabel aan een andere partij uithuwelijken.'

'Dat doen we niet, we hebben een huwelijksovereenkomst met Portugal en daar houden we ons aan. Toen we die sloten waren onze landen in oorlog, maar nu niet meer. Het is toch niet redelijk dat Ysabel in Portugal moet blijven tot Alfonso oud genoeg is om te trouwen? De prins is pas zes jaar!'

'Ik zal João schrijven en erop aandringen dat hij haar naar huis stuurt.' Fernando vouwde de brief op en legde hem weg. 'Maar ik denk dat hij pas instemt als we een einde aan de oorlog hebben gemaakt.'

Koning João was inderdaad niet te vermurwen. Beleefd maar beslist hield hij vol dat Ysabel volgens de afspraak tot aan haar huwelijk in Portugal zou wonen, en dat ze daar, gezien de oorlog in haar thuisland, veel veiliger was. Fernando had daar niet veel moeite mee, maar voor mij was het een extra motivatie om snel met Granada af te rekenen.

Ook al was de aanval op Loja mislukt, Alhama vormde een belangrijke uitvalbasis voor andere veldtochten en dat begrepen de Moren ook. Zowel in augustus als in september vielen ze Alhama aan, maar het garnizoen dat de stad bewaakte sloeg de stormlopen af.

In oktober reisden Fernando en ik met onze kinderen en hovelingen naar Madrid om nieuwe troepen en munitie te verzamelen. We bestelden manshoge katapulten, dozijnen donderbussen, duizenden stenen ballen en grote voorraden buskruit.

Die herfst nam ik ook een beslissing over een kwestie waar ik de hele zomer over had nagedacht. Broeder Tomás had me er lang geleden al op gewezen dat de Joden aan de kant van de Moren stonden, en nu schreef hij dat hij vreesde dat zij hen zouden steunen. Volgens hem koesterden de Joden veel wrok tegen ons vanwege de dood van hun familieleden en vrienden tijdens de inquisitie.

'Ze vormen een groot gevaar, Majesteit,' schreef broeder Tomás. 'Ik ben me ervan bewust dat het een ingrijpende maatregel is, maar als u Castilië wilt beschermen moet u alle Joden gebieden om Andalusië te verlaten.'

Ik had daar zelf ook weleens aan gedacht, maar ik had dat idee als te hardvochtig verworpen. Nu besprak ik het met Fernando.

'Broeder Tomás heeft gelijk,' zei mijn echtgenoot. 'De Joodse gemeenschap is bang en haat ons. Emir Hassan biedt hun bescherming, wij bieden brandstapels. Als het erop aankomt, zullen ze de kant van de Moren kiezen.'

'Maar ze uit Andalusië wegsturen? Waar moeten ze naartoe?' riep ik uit.

'Naar het noorden van Castilië, naar Aragón desnoods. Als ze maar weg zijn uit het zuiden.'

Ik zuchtte diep. 'Ik moet erover nadenken. Ik vind het een heel vervelende maatregel. Lang niet alle Joden zijn tegen ons. Integendeel, ze hebben ons vanaf het begin van de oorlog financieel gesteund.'

'En nu zijn ze blut, en de Moren hebben geld genoeg. Nog even en de Joden vestigen zich allemaal in Granada. Bedenk eens wat een formidabel leger El Zagal dan zal hebben. Ik ben het met je eens dat het een vervelende maatregel is, en dat de goeden onder de kwaden zullen lijden, maar de veiligheid van Castilië komt op de eerste plaats.'

Hoewel mijn hart brak voor de Joden die altijd goede onderdanen waren geweest, kon ik niet anders dan het met mijn echtgenoot eens zijn. Castilië kwam op de eerste plaats, het was mijn plicht om mijn koninkrijk te behoeden voor gevaar.

Op 1 januari 1483 lieten Fernando en ik per decreet bekendmaken dat alle Joden binnen een maand Andalusië moesten verlaten. Er ging een schok door het land. Aanvankelijk leek niemand te reageren, maar na een paar dagen pakten de eerste families hun spullen en vervolgens ontstond er een ware exodus. Zo'n vijfduizend Joden verkochten hun huizen, wijngaarden en vee en trokken weg. De uittocht ging snel, en in februari stonden de Joodse wijken in Córdoba, Sevilla en Cádiz leeg. Sommige Joden verhuisden naar het noorden van Castilië, andere naar Portugal en de meeste naar Granada.

Broeder Tomás had gelijk gehad, besefte ik. Ze kozen de kant van de Moren. Het verminderde mijn schuldgevoel enigszins, maar ik bleef me onprettig voelen, tot koning João begin maart opnieuw schreef en ons complimenteerde met onze aanpak. Hij liet weten dat hij nog eens goed had nagedacht over ons verzoek, en dat de vriendschap tussen onze landen hem veel waard was. Om die reden had hij besloten dat Ysabel naar huis kon gaan in afwachting van haar huwelijk met zijn zoon.

Twee jaar lang hadden we onze dochter niet gezien. We hadden haar geschreven, maar er was geen tijd geweest om haar te bezoeken. Ik was dolgelukkig dat ze terugkwam en kon niet wachten om haar in mijn armen te sluiten.

Natuurlijk besefte ik dat twee jaar een lange tijd is op die leeftijd, dat ze niet meer het kind van tien was van wie ik afscheid had genomen, maar ik was ook niet voorbereid op de bedaarde twaalfjarige die twee weken later uit de reiswagen stapte. Ik had verwacht dat Ysabel op me af zou rennen, haar armen om me heen zou slaan en dat er tranen zouden vloeien, maar ik herkende het meisje dat kaarsrecht op me afliep amper. Haar verblijf in Portugal had een kleine dame van haar gemaakt, gekleed in een uiterst formeel gewaad van brokaat, en met keurige maar stijve manieren.

'Dag, moeder.' Ysabel maakte een lichte reverence en kuste me op de wang. Daarna begroette ze haar vader op dezelfde vormelijke manier.

Verbaasd keek ik haar aan, maar ik besloot om niets te laten merken van mijn teleurstelling. Het kind moest even wennen, ze zou vanzelf wel wat losser worden.

'Laten we naar binnen gaan. Je vader en ik willen alles horen over wat je hebt meegemaakt,' zei ik opgewekt.

We gingen naar de zitkamer, waar Ysabels lievelingstaart, tarta de Santiago, klaarstond.

'Ga zitten en eet wat,' zei ik. 'Ik heb amandeltaart voor je laten maken. Daar houd je toch zo van?'

'Eigenlijk houd ik nu meer van pastel de nata. Maar amandeltaart is ook lekker.' Ysabel nam plaats op een met houtsnijwerk versierde stoel, keurig rechtop, als een gast die zich niet helemaal op haar gemak voelt.

Fernando en ik gingen ook zitten, en even bleef het stil.

'Vertel!' zei ik. 'Hoe was het in Portugal? Kun je het goed vinden met Afonso?'

'Jawel. Het is een aardig jongetje.'

'Fijn. Dus jullie hebben veel tijd samen doorgebracht.'

'Heel veel tijd. Ik had niemand anders.'

Fernando zat wat ongemakkelijk naar zijn dochter te kijken, en ik gaf hem een seintje dat hij iets moest zeggen. Hij kuchte en zei: 'Dan zal het afscheid wel moeilijk zijn geweest.'

'Ja.' Ysabel nam een hapje van haar taart. Opeens keek ze op en vroeg: 'Waar zijn Juan en Ana? En Maria?'

Op dat moment vulden stemmetjes de gang en kwamen mijn jongste kinderen binnen aan de hand van Mencia. Maria werd gedragen door haar voedster.

Ysabel knipperde met haar ogen toen ze hen zag.

'Juan, Ana, wat zijn jullie groot geworden! Ik heb cadeautjes voor jullie meegenomen.' Ze lachte naar haar broertje en zusje, maar die bleven verlegen naast Mencia staan.

'Ze moeten even wennen. Ze komen straks wel naar je toe.' Ik nam Maria van haar voedster over en hield haar zo vast dat Ysabel haar gezichtje kon zien. 'En dit is je nieuwe zusje. Is ze niet lief?'

Ysabel keek lange tijd naar Maria, die bedenkelijk terugkeek. 'Heel lief.'

Op de vraag of ze haar even wilde vasthouden schudde ze haar hoofd. Haar ogen volgden iedere beweging van Juan en Ana, die door Mencia op kleinere stoelen werden neergezet. Mencia hielp Ana met haar taart. Juan at hem zonder hulp op, starend naar zijn oudste zus

'Ik weet het,' zei hij opeens. 'Jij bent Ysa.'

Getroffen keek Ysabel hem aan. 'Ja, ik speelde altijd met jou. Weet je dat nog?'

'Met de blokken.'

'Ja, met de blokken.'

'Ga je nu niet meer weg?'

De glimlach op Ysabels gezicht verdween. Ze gaf het bordje met de taartkruimels aan een bediende en wendde zich tot Fernando en mij. 'Ik heb een beetje hoofdpijn.'

'Ga maar even rusten. Het was een lange reis. Ik loop met je mee naar je kamer,' zei ik, terwijl ik opstond.

In stilzwijgen liepen we de trap op, naar de kamer waar Ysabel vroeger ook sliep, die ik had laten inrichten met een nieuw hemelbed met roze gebloemde gordijnen, en een zitje in de vensterbank met kussens van dezelfde stof.

Ysabel keek om zich heen maar zei niets, en opeens werd het

me te veel. Ik had zo uitgekeken naar het moment waarop we elkaar weer zouden zien. Ik had er zelfs over gedroomd, maar ik had me nooit voorgesteld dat het zo zou gaan.

In een opwelling trok ik haar tegen me aan. 'Ysa, ik ben zó blij dat je weer thuis bent. Ik heb je ontzettend gemist.'

'Ik heb u ook gemist, moeder.' Ze maakte zich voorzichtig van me los. 'Bedankt voor de mooie kamer.'

30

In de dagen die volgden hield Ysabel zowel Fernando als mij op afstand. Ze besteedde evenmin veel aandacht aan haar broertje en zusjes, maar zat uren in haar kamer te lezen en brieven te schrijven. Zelfs als ze in ons gezelschap was leek ze er nooit volledig bij te zijn.

'Laat haar maar,' zei Fernando. 'Ze moet gewoon haar draai weer even vinden. Waarschijnlijk mist ze Afonso en zijn grootmoeder. Ze zal in die twee jaar een band met hen hebben opgebouwd.'

De gedachte dat Ysabel het gezelschap van anderen verkoos boven dat van ons deed pijn, maar was wel voorstelbaar.

'Was je liever in Portugal gebleven?' vroeg ik, toen ik op een zonnige voorjaarsmiddag met haar door de palmentuin van het alcazar wandelde.

'Nee, niet echt,' antwoordde ze.

'Niet echt?'

'Ik weet het eigenlijk niet. Toen ik daar was miste ik jullie verschrikkelijk, en nu mis ik Afonso en oudtante Beatriz. Zij werden mijn familie. Ze zíjn natuurlijk ook verre familie van me. Op een gegeven moment legde ik me erbij neer dat ik alleen hen nog had en dat Portugal mijn nieuwe thuisland was. Zo noemde tante Beatriz het, mijn nieuwe thuisland, en ze had gelijk. Maar opeens kreeg ik te horen dat ik weer naar huis moest en dat ik Afonso pas weer zou zien als we gaan trouwen.'

'Omdat het nog zo lang duurde voor het zover was. We dachten dat je liever thuis was.'

'Niemand heeft me anders gevraagd wat ik wilde.'

'Nee, dat leek me vanzelfsprekend. Natuurlijk heb je een band gekregen met je familie daar, maar wij zijn je ouders. Verlangde je er dan niet naar om ons weer te zien?'

'Natuurlijk wel. Daar heb ik twee jaar lang naar verlangd, vanaf het moment dat ik in Portugal aankwam. De eerste dagen kon ik alleen maar huilen. Daarna wachtte ik tot jullie op bezoek zouden komen, maar jullie kwamen niet. Niet één keer. Net als toen jullie me "voor een tijdje" bij Doña Beatriz en Don Andrés achterlieten. Ik heb daar tien maanden gewoond en jullie hebben me nooit opgezocht.'

Ontsteld door haar boze toon bleef ik staan. 'We hadden graag willen komen, maar zoals je weet was er toen veel aan de hand, en de afgelopen twee jaar ook. Je vader en ik hadden geen tijd om je te bezoeken, maar dat betekent niet dat we je niet gemist hebben. We hebben toch geschreven?'

'U wel. Papa niet.'

'Ik schreef ook namens hem,' zei ik. 'Luister Ysa, ik begrijp dat je je eenzaam hebt gevoeld. Echt, ik begrijp je beter dan je denkt, maar behalve jouw moeder ben ik ook de moeder van mijn volk. Een prinses heeft verplichtingen, maar een koningin draagt de volle verantwoordelijkheid voor het land. Dat ik niet naar Portugal kon komen heeft niets te maken met mijn liefde voor jou. Ik had werk te doen, belangrijk werk. Castilië zal altijd op de eerste plaats komen, en dat is geen keus maar noodzaak. Op een dag, als je koningin van Portugal bent, zul je dat begrijpen.'

'Niet één keer,' zei Ysabel zacht. 'Ik had naar een plaats aan de grens kunnen komen, dan was het wat minder ver geweest.'

Er viel een stilte. We stonden op twee passen afstand tegenover elkaar, maar het leek alsof een metersdiepe kloof ons scheidde. Ik wist even niet meer wat ik moest zeggen, en toen de stilte aanhield draaide Ysabel zich om en maakte ze aanstalten om weg te lopen. Voor ze dat kon doen pakte ik haar arm. Ze keerde zich half naar me toe.

'We hebben je tekortgedaan,' zei ik zacht. 'Dat kon niet anders, maar dat wil niet zeggen dat ik er geen verdriet van had. Dat had ik wel, veel verdriet. En nu ik je terug heb laat ik je ook niet zomaar meer gaan. Het duurt nog wel een paar jaar voor Afonso oud genoeg is om met je te trouwen, en ik beloof dat je geen dag eerder terug hoeft naar Portugal. Tenzij je dat zelf wilt, natuurlijk. Maar zo niet, dan wil ik je vanaf nu altijd bij me hebben.'

'Altijd?'

'Altijd. Ik laat je nooit meer achter. Dat beloof ik.' Ik keek mijn dochter, die bewegingloos voor me stond, indringend aan.

Ze keek terug en zei: 'U hebt wel vaker iets beloofd, moeder. We zullen zien.'

Tegen het einde van de winter namen mijn verplichtingen me weer in beslag. Ik deed mijn best om Ysabel overal zoveel mogelijk bij te betrekken, en op die manier groeiden we langzaam weer naar elkaar toe.

In het vroege voorjaar werd het oorlogsmaterieel dat

Fernando en ik in het buitenland hadden besteld afgeleverd in de haven van Barcelona. We lieten alles naar Castilië brengen en overlegden met onze raad over de volgende stap. Om een herhaling van het debacle bij Loja te voorkomen bespraken we alle risico's uitgebreid.

Ik stelde aan Fernando voor om Ysabel aanwezig te laten zijn bij die bijeenkomsten, als voorbereiding op haar toekomst. Ze had in Portugal maar weinig onderwijs genoten, voornamelijk dans, omgangsvormen en een beetje Frans. Typisch het soort onderwijs dat meisjes kregen. Van wiskunde begreep ze niets en haar Latijn was ronduit slecht. Ik had besloten om daar verandering in te brengen en had een hele rits leraren voor haar aangenomen.

'Waar is dat voor nodig? Ze is een meisje!' zei Fernando verbaasd.

'En op een dag is ze koningin van Portugal en zal ze strijden tegen de Moren in de Algarve, of tegen de Ottomanen als die weer deze kant op komen. Dan zal ze haar echtgenoot moeten bijstaan. Misschien wordt ze wel regent, als haar man overlijdt en hun kind nog te jong is om zelfstandig te regeren.'

'Je denkt wel erg ver vooruit.'

'Ik denk zo ver vooruit als nodig is. Onze dochters krijgen dezelfde opleiding als onze zoon. Ik wil dat ze zich aan elk hof kunnen vertonen, dat ze voor niemand onder hoeven te doen qua kennis en dat Europa straks versteld staat van hun goede opvoeding.'

Vanaf dat moment was Ysabel bij elke raadsvergadering aanwezig.

'Er is nieuws,' zei Fernando. 'Verschrikkelijk nieuws.'

Het was eind maart, en ik wandelde met Ysabel door de tuin

toen Fernando zich bij ons voegde. We bleven staan en keken hem ongerust aan.

'Wat is er gebeurd, papa?' vroeg Ysabel.

'Een grote groep Andalusische edelen heeft besloten om hun legers samen te voegen, en ze zijn naar Málaga opgetrokken.'

'Wát? Zonder onze toestemming?' riep ik.

'Ja. De weg die ze namen voerde dwars door de Axarquía, een gebied vol steile hellingen en diepe ravijnen. De idioten! De Moren zagen hen natuurlijk al lang van tevoren aankomen. Onder leiding van El Zagal, de broer van emir Hassan, hebben ze hen hoog op de rotsen opgewacht.'

'O nee,' fluisterde ik.

'Op het moment dat het Andalusische leger bij Antequera door een kloof trok, daalde een regen van giftige pijlen op hen neer. Er brak paniek uit, de voetsoldaten en ridders probeerden weg te komen, maar ze konden geen kant op. Vierduizend mannen zijn afgeslacht, Isabel. Vierduizend man! Slechts een paar honderd konden via een smalle bergpas ontkomen.' Fernando zag er totaal ontredderd uit.

Ik kon geen woord uitbrengen, Ysabel had haar hand voor haar mond geslagen.

'Wat bezielde ze ook!' riep Fernando, opeens woedend. 'Wie gaat er nou met een leger een kloof in? Iedere idioot kan toch bedenken dat de vijand dan ergens in een hinderlaag ligt!'

'En Rodrigo? Was hij er ook bij?' vroeg ik ongerust.

'Ja, maar blijkbaar tegen zijn zin. Hij schijnt de andere edelen op de gevaren te hebben gewezen, maar ze wilden niet luisteren. Toen is hij toch meegegaan. Hij is op de bodem van de kloof ineengedoken en heeft hij zich verborgen gehouden tot de avond viel. Tegen de ochtend kon hij wegkomen.'

Ik slaakte een zucht van verlichting.

'Hoe kon Rodrigo zo stom zijn om toch mee te gaan?' riep Fernando. 'Ik had hem slimmer ingeschat.'

Blijkbaar was hij zijn eigen stommiteit bij Loja al vergeten, maar ik besloot hem daar maar niet op wijzen.

'En de andere edelen?' vroeg Ysabel.

'Een aantal heeft de aanval overleefd en is naar Antequera teruggekeerd. Een paar edelen zijn gevangengenomen en naar de kerkers van Ronda overgebracht.'

'We zullen ze bevrijden,' zei ik. 'Vanaf nu gaan we het heel anders aanpakken.'

'Geen eigen initiatieven meer,' zei Fernando. 'Er wordt geen aanval meer gedaan zonder dat wij daar toestemming voor hebben gegeven.'

'En we vallen niet meer lukraak aan. We nemen eerst alle plaatsen rond de hoofdstad in zodat er een verstikkende lus omheen ligt. En als we het hele gebied rond Granada in handen hebben, halen we die lus aan. De Moren zullen schreeuwen als duivels in een wijwatervat.'

Niet alleen Fernando en ik bereidden ons voor op oorlog, heel Europa deed dat. De paus riep de christelijke wereld op om Castilië te steunen en stelde aflaten beschikbaar. Wie in de strijd tegen Granada sneuvelde, of dat nou een rechtschapen soldaat of een misdadiger was, was verzekerd van een plek in de hemel. Dat was een belangrijke maar niet de enige reden voor de massale opkomst. Iedereen begreep dat als Castilië door de Moren werd overlopen, de rest van Europa daarna aan de beurt zou komen, en dus stroomden de soldaten uit Engeland, Frankrijk, het Duitse Roomse Rijk, Portugal en de Nederlanden toe om zich aan te sluiten bij ons leger.

Maar oorlogen worden niet alleen gewonnen door veldslagen of belegeringen. Soms heb je gewoon geluk. Een maand na de nederlaag in de kloof bij Antequera bezorgde God ons een belangrijke bondgenoot.

Prins Boabdil, de negentienjarige zoon van emir Hassan, had op eigen houtje besloten om op te trekken tegen de stad Lucena, maar de aanval mislukte en hij werd gevangengenomen door de graaf van Cabra. Toen de graaf ontdekte met wie hij te maken had, droeg hij Boabdil over aan Fernando, die in Córdoba zat.

Ik was een paar weken met de kinderen in Valladolid geweest en hoorde op de terugweg over de gevangenneming van de prins.

Toen we in Córdoba aankwamen was Fernando in vergadering met de raad, maar hij maakte een einde aan de bespreking om mij te begroeten.

'Waar is de kroonprins?' vroeg ik, terwijl ik me uit zijn omhelzing losmaakte.

'Hier, in het alcazar. Ik heb hem luxe vertrekken gegeven, maar hij wordt streng bewaakt.'

'Hoe verliep jullie gesprek?'

'Goed, de prins is dankbaar dat ik hem naar zijn stand behandel. Hij heeft me verteld dat emir Hassan geen hoge dunk van hem heeft, en dat zijn vader niet van plan is om de troon aan hem na te laten. Die twee zijn op voet van oorlog met elkaar.'

'Dus er is ruzie in de familie. Interessant.'

'Heel interessant. Voor zover ik begrepen heb is het Moorse koningshuis verdeeld in twee kampen: Hassan en zijn broer, Abdalah El Zagal, staan tegenover Boabdil en diens moeder, sultane Aeysha. De sultane wil haar zoon terug en heeft een losgeld van twaalfduizend goudstukken voor hem geboden.'

'Twaalfduizend?' Ik dacht even dat ik het niet goed gehoord had.

'Ik weet het, het is een fabelachtig bedrag, maar de meerderheid van de raad is erop tegen om de prins vrij te laten. Er gaan echter ook stemmen op om dat juist wél te doen. We kunnen het geld goed gebruiken om de oorlog mee te financieren.'

'Maar een gijzelaar en een vijand minder kunnen we ook goed gebruiken.'

'Het geld is nog niet alles. Sultane Aeysha heeft aangeboden om vierhonderd christelijke gevangenen uit de kerkers van Granada vrij te laten.'

Mijn adem stokte. Sprakeloos keek ik Fernando aan.

'Vierhonderd christenen, Isabel. Dat zijn de edelen die gevangengenomen zijn bij de aanval op Zahara en Alhama, en bij de afslachting in de kloof bij Antequera.'

'Dat aanbod kunnen we niet afslaan,' zei ik. 'Het geld interesseert me minder dan de gevangenen. We mogen ze niet in die kerkers laten zitten.'

'Nee, maar ben je echt bereid om daarvoor een van onze ergste vijanden te laten gaan?'

Ik wenkte een bediende, die vruchtensap voor me inschonk. Met de beker in mijn hand liep ik langzaam heen en weer, de opties overwegend. 'We zouden de prins zelf ook een voorstel kunnen doen.'

'Wat voor voorstel?'

'Een dat hij niet kan afslaan,' zei ik.

Kroonprins Boabdil was een aantrekkelijke jongeman van negentien jaar, met donkere ogen, donker haar, een lichtgetinte huid en innemende manieren. Ik wist dat zijn moeder, sultane Aeysha, van Griekse afkomst was en dat ze zijn naam, Mohammed Abu Abdallah, liefkozend had verbasterd tot Boabdil.

Ik begreep niet goed waarom Boabdil Lucena had aangevallen terwijl hij ruzie had met zijn vader. Hadden emir Hassan en hij het bijgelegd en trokken ze weer samen op? Of konden we gebruikmaken van hun onderlinge strijd? Ik moest eerst met Boabdil praten voor ik plannen kon maken. Fernando liet dat gesprek aan mij over.

De volgende ochtend liet ik de prins naar mij toe brengen. Vol belangstelling bekeek ik de jongeman die, gekleed in een rood hemd versierd met gouddraad en een lange witte broek, voor me neerknielde. De kaftan die hij droeg toen hij gevangengenomen werd was gescheurd, en Fernando had hem van nieuwe Moorse kleding voorzien.

'Sta op, edele prins,' zei ik, terwijl ik zelf ook overeind kwam. 'We zijn vorsten onder elkaar, het is niet nodig om te knielen.'

Boabdil richtte zich op en streek zijn halflange donkere haar uit zijn gezicht.

'Dank u, Uwe Majesteit. Zowel voor de vriendelijke ontvangst als voor mijn comfortabele verblijf. Daar ben ik de koning en u zeer erkentelijk voor.'

Met rechte rug stond de prins voor me, respectvol maar met een zelfbewuste uitdrukking op zijn gezicht. Voor ik iets terug kon zeggen ging hij verder: 'Weet dat ik u zeer hoog acht, en dat ik het Castiliaanse volk geen kwaad toewens. Sterker nog, ik sta aan uw kant. Om eerlijk te zijn liep ik er al enige tijd over na te denken om me bij u aan te sluiten.'

Ik trok mijn wenkbrauwen op. 'Maar in plaats daarvan besloot u om Lucena aan te vallen.'

'Alleen omdat ik wilde bewijzen dat ik een betere leider ben dan mijn vader, al is dat helaas niet gelukt. Mijn vader heeft al jaren de gewoonte om me te kleineren, het liefst voor het voltallige hof. Elke keer als ik hem tijdens beraadslagingen tactisch advies wil geven zet hij me voor gek. Toen hij ernstig ziek werd, dacht ik dat hij de troon wel aan mij móést overdragen, maar hij heeft in zijn testament zijn broer El Zagal als erfgenaam aangewezen.'

'Is emir Hassan ziek?'

'Het gaat intussen alweer wat beter. Maar of hij sterft of blijft leven maakt voor mij geen verschil; ik volg hem toch niet op. Daarom heb ik zelf een leger verzameld en ben ik op Lucena afgegaan. Bij een overwinning wilde ik de troon opeisen.'

'Maar u verloor de strijd.'

'En nu ben ik in uw handen, waar ik toch al wilde zijn. Mijn vader haat mij, en mijn moeder en ik haten hem. Hij is ongetwijfeld blij dat ik gevangengenomen ben, want nu is hij van mij af. Als ik terugkeer naar Granada loop ik het risico dat hij me laat onthoofden.'

'Dus u kúnt niet meer terug.'

'Nee, maar als het kon zou ik dat ook niet willen.'

'Maar uw moeder steunt u wel.'

'Ja, ze is bang dat een van mijn vaders bastaardzonen op de troon zal komen.'

'U zegt net dat emir Hassan zijn broer, El Zagal, als troonopvolger heeft aangewezen.'

'Dat klopt, maar mijn oom raakt, net als mijn vader, op leeftijd. Na zijn dood zou íк de rechtmatige erfgenaam moeten zijn, maar mijn vader heeft nog twee zonen bij zijn concubine Zoraya. Hij is stapelverliefd op haar en houdt veel van die kinderen.'

Ik kende dat verhaal. Zoraya's echte naam luidde Isabel de

Solís en ze kwam uit een dorp bij Jaén. Als jong meisje was ze tijdens een Moorse overval op haar dorp buitgemaakt en in de harem van Hassan terechtgekomen. De emir werd zo verliefd op haar dat hij haar als bijvrouw nam en haar een Moorse naam gaf: Zoraya. Ik begreep heel goed hoe sultane Aeysha zich daarbij moest voelen.

'Mijn vader heeft mijn moeder en mij laten opsluiten,' zei Boabdil, 'maar we zijn ontsnapt en naar Almería gevlucht. Als kroonprins ben ik geliefd onder de inwoners, edele koningin, geliefder dan mijn vader. Ik zou veel voor u kunnen betekenen.'

'Dat klinkt alsof u mij iets aanbiedt.'

'Dat doe ik ook,' zei Boabdil. 'Ik bied u Oost-Granada aan in ruil voor mijn vrijheid.'

Ik bestudeerde de prins langdurig. Zijn aanbod klonk te mooi om waar te zijn. Ik was van plan geweest om hém een bondgenootschap voor te stellen, en dat hij daar nu zelf mee kwam paste precies in mijn plan. Maar kon ik hem vertrouwen?

'Hoe wilt u ons Oost-Granada bezorgen?' vroeg ik.

'Door de steden die aan mijn kant staan, Almería en Guadix, aan u over te dragen.'

'Twee steden? Dat is niet veel. Ik dacht dat u het hele oosten bedoelde.'

'Het zijn belangrijke steden, en ze zijn loyaal aan mij. Mijn aanhang zit daar, en die zal me beschermen tegen mijn vader tot u hem uit Granada verdreven hebt. Guadix en Almería zouden een uitstekende uitvalsbasis voor u kunnen vormen om Oost-Granada te veroveren.'

'Dat is waar.' Ik keek even peinzend voor me uit en zei toen: 'Dus twee steden in ruil voor uw vrijheid.'

'En het koningschap over Oost-Granada, edele koningin. Ik stel voor dat we het koninkrijk verdelen: u het westen, met de hoofdstad, en ik het oosten.'

'Nee,' zei ik. 'Mijn echtgenoot en ik zullen over heel Granada heersen, maar als u ons behalve Guadix en Almería de hoofdstad bezorgt mag u zich onderkoning noemen, met al het eerbetoon en de privileges die daarbij horen.'

'U stelt voor dat Granada een vazalstaat van Castilië wordt, en ik een koning die niet echt regeert?' Boabdils blik was sceptisch.

'U zou wel degelijk regeren, maar bij grote zaken zou u verantwoording moeten afleggen aan de Kroon.'

Boabdil dacht even na en knikte toen langzaam. 'Daar kan ik wel mee leven. Ik heb weinig keus.'

'Er is altijd een keus. Maar ik heb wel een garantie nodig dat u zich aan uw woord zult houden.'

'Mijn woord is...'

'U hebt toch een zoon?'

'Ja, Ahmed is twee.'

'Als u hem aan ons overdraagt, hebben wij een afspraak.'

Vol ongeloof keek Boabdil mij aan. 'U wilt mijn zoon als gijzelaar?'

'We zullen voor hem zorgen als voor een eigen zoon. U kunt hem natuurlijk bezoeken wanneer u maar wilt.'

De innerlijke strijd die in de prins omging was duidelijk zichtbaar, en het viel me niet mee om hem dat aan te doen. Ik wist hoe het voelde om te moeten kiezen tussen de liefde voor je kind en die voor je land.

'U hebt mijn woord, prins Boabdil,' zei ik zacht. 'Ahmed zal alle respect en liefde krijgen die hij nodig heeft. Ik weet dat het moeilijk is om je kind als onderpand te moeten geven, maar er zal hem niets overkomen.'

Boabdil knikte. 'Ik vrees dat ik op dat punt ook niets te kiezen heb,' zei hij verslagen.

31

‘Dat heb je goed afgehandeld,’ zei Fernando, nadat ik verslag had uitgebracht over het onderhoud met Boabdil. ‘Als de prins verstandig is houdt hij zich aan de afspraken, anders ziet hij zijn zoon nooit meer terug.’

‘Ik ben niet van plan om hem helemaal van Ahmed gescheiden te houden. Hij mag hem bezoeken zo vaak hij wil,’ zei ik. ‘En we zullen dat kind niets aandoen, ook niet als Boabdil ons verraadt.’

‘Maar dat hoeft *híj* niet te weten. Laat hem zich maar een beetje zorgen maken.’

‘Ik denk dat het beter is om vriendelijk te blijven en de prins met respect te behandelen. Die jongen is pas negentien, en hij is ernstig vernederd en gekwetst door zijn vader. Op die leeftijd slaat dat diepe wonden. Ik denk dat wij moeten proberen die wonden een beetje te helen.’

Met opgetrokken wenkbrauwen keek mijn echtgenoot me aan. ‘Dat lijkt me niet onze taak.’

‘Nee, maar het kan wel in ons voordeel werken als Boabdil ons niet als vijanden ziet. Wat hij niet van zijn familie krijgt, krijgt hij van ons: respect.’

'En in ruil daarvoor...'

'Krijgen wij Guadix en Almería,' zei ik, 'en als het meezit ook de hoofdstad.'

We sloten een verdrag met Boabdil en zijn moeder, die naar voren was getreden nu emir Hassan ziek was, en we spraken af dat zij vierhonderd christengevangenen onmiddellijk zou vrijlaten wanneer dat mogelijk was. Sultane Aeysha stuurde een gezant met het losgeld en zodra we de goudstukken in handen hadden lieten we Boabdil gaan.

Het afscheid verliep hartelijk. Boabdil bedankte ons voor onze steun en vriendelijkheid, en voor het prachtige paard dat we hem schonken om zijn reis naar huis te maken. Op 2 september begeleidden Fernando en zijn ridders hem naar de grens, waar de prins werd opgewacht door zijn mannen, die prins Ahmed hadden meegenomen. Het jongetje werd overgedragen aan de graaf van Cabra, in wiens kasteel hij zou verblijven.

Ik was daar niet bij aanwezig, en dat speet me niets. Op het moment dat de overdracht zo ongeveer moest plaatsvinden liep ik de kinderkamer in, tilde Maria uit haar ledikant en hield haar dicht tegen me aan.

Lange tijd hoorden we niets van Boabdil, maar dat had ik verwacht. De spionnen van Rodrigo wisten te vertellen dat de prins niet bepaald met open armen ontvangen was in Granada, zelfs niet in Guadix en Almería. De bevolking wantrouwde hem na zijn plotselinge vrijlating en ik begreep dat de prins voorlopig weinig voor ons kon doen. De vierhonderd gevangen werden niet vrijgelaten, maar toch had ik geen spijt dat ik hem had laten gaan. Als Boabdil zijn zoontje Ahmed terug wilde, zou hij zijn beloften wel móéten houden.

In september trok Fernando met zijn troepen het Moorse koninkrijk binnen om Alhama te bevoorraden. Vanuit die stad liet hij alle gewassen in het ommeland vernielen, de olijf- en wijngaarden in brand steken en de fruitbomen omhakken. Daarna vertrokken ze weer, de Moren achterlatend met lege boomgaarden en met velden waar niets meer op te oogsten viel. Daarna vertrok Fernando naar Alhama voor bestuurskwesties en reisde ik met mijn kinderen en hofhouding door Castilië om mijn eigen regeringszaken af te handelen.

Juan had het er moeilijk mee dat hij zo lang van zijn vader gescheiden was.

Overdag vroeg hij voortdurend naar hem, en op een avond had hij zo'n hevige nachtmerrie dat Mencia me kwam halen. Ik ging op de rand van het bed zitten en mijn zoon klampte zich aan me vast.

'Heb je zo akelig gedroomd?' vroeg ik, terwijl ik het haar van zijn bezwete voorhoofd veegde.

'Ja, over oorlog,' fluisterde hij.

Ik fronste. Juan was onlangs vijf geworden, groot genoeg om van alles op te vangen. We moesten voorzichtiger zijn met wat we in zijn nabijheid bespraken.

'Hier is geen oorlog. Je bent veilig,' zei ik.

'Maar papa niet. Hij is wel in de oorlog.' Hij zweeg even en vroeg toen: 'Als ik later koning ben, moet ik dan ook vechten?'

'Nee hoor, dat hoeft niet. Maak je maar geen zorgen.'

'Koningen moeten toch naar de oorlog?'

'Ze hoeven niet zélf te gaan. Ze kunnen ook andere mensen sturen.'

'Kan papa goed vechten? Kan niemand hem verslaan?'

'Wees maar niet bang, papa loopt geen gevaar. Hij geeft de

soldaten orders en zij vechten voor hem.'

'Maar de Moren schieten met giftige pijlen. Die kunnen hem toch raken?'

'Als hij te dichtbij komt wel, maar dat doet hij niet. Je hoeft je echt geen zorgen te maken, lieverd.'

Gerustgesteld liet Juan zich instoppen. Ik gaf hem een kus en hij sloeg zijn armen om me heen.

'Ik wil geen koning worden, mama,' zei hij zacht.

'Dat begrijp ik, want je bent nu nog klein.' Ik streelde hem over zijn hoofd. 'Maar op een dag ben je groot en dan zul je zien dat het ook heel leuk kan zijn. En dat je niet zelf oorlog hoeft te voeren als je dat niet wilt.'

Hij glimlachte opgelucht. 'Ik hoop dat papa snel thuiskomt,' zei hij, terwijl hij het laken wat verder over zich heen trok.

'Vast wel,' zei ik. 'Ga nu maar lekker slapen.'

Aan het einde van de maand voegde Fernando zich bij ons in Bilbao. Juan en Ana renden juichend op hem af. Hij greep hen beurtelings vast, slingerde ze een eindje de lucht in en knuffelde hen daarna.

'Heb je gevochten met de Moren, papa?' riep Juan. 'Heb je gewonnen?'

'Natuurlijk heb ik gewonnen!' Lachend tikte Fernando zijn zoon op de neus. 'Wat is dat nou voor een vraag!'

'Hij heeft er slecht van geslapen. Laten we de details straks maar bespreken. Ik denk niet dat het verstandig is dat hij die te horen krijgt,' zei ik.

'Natuurlijk wel, hij is geen kleuter meer. Het wordt zo langzamerhand tijd dat hij les krijgt in boogschieten en zwaardvechten.'

In de gang klonken voetstappen en Fernando keek om.

Ysabel kwam het woonvertrek binnen en omhelsde haar vader onstuimig.

'Ik ben zo blij dat je weer thuis bent,' zei ze opgelucht.

Fernando stak zijn handen omhoog. 'Waarom denken mijn kinderen dat ik niet meer terugkom? Hebben jullie zo weinig vertrouwen in me?'

'Je bleef wel erg lang weg deze keer,' zei Ysabel.

Ze ging zitten en we praatten bij tot de kinderen werden opgehaald voor hun lessen.

'Ik heb nieuws,' zei Fernando zodra de deur achter hen dichtging. 'Ik had het je meteen willen vertellen, maar het leek me beter om daar even mee te wachten tot we alleen waren.'

'Wat voor nieuws?' Ik schonk een beker wijn voor hem in.

'Koning Louis is gestorven. Charles is nu koning van Frankrijk.'

Ik sloeg een kruis. 'God hebbe zijn ziel. We hebben onze problemen gehad met Louis, maar hij was geen slecht mens. Is Charles alleen niet erg jong om hem op te volgen? Hoe oud is hij?'

'Dertien. Louis heeft bepaald dat Charles onder toezicht komt te staan van zijn oudere zus, Anne. Blijkbaar had de koning veel vertrouwen in haar.'

'Dan zou *zíj* moeten regeren. Ik begrijp niet waarom het buitenland rigide vasthoudt aan ongeschikte mannelijke troonopvolgers terwijl er zo vaak vrouwen klaarstaan die die taak heel goed op zich kunnen nemen.'

'We weten helemaal niet of Charles ongeschikt is, en het kan me niet schelen ook. Wat mij interesseert is wat Louis op zijn sterfbed heeft gezegd: dat hij niet wil dat er in de toekomst opnieuw oorlog uitbreekt om Roussillon en Cerdagne, en dat hij daarom die gebieden aan Aragón teruggeeft.'

Verrast hield ik mijn adem even in. 'Heeft hij dat echt gezegd? Maar dat is geweldig!'

'Ja, het is prachtig nieuws. Als Louis begraven is, stuur ik mijn ambassadeurs naar Frankrijk om de zaak te regelen. Maar wij gaan het alvast vieren! Mag ik u uitnodigen voor een privédiner, schone vrouwe?' Fernando stond op en maakte een zwierige buiging.

Ik lachte. 'Heel graag, mijn edele heer. Het hof moet het maar even zonder ons doen.'

Een paar weken later, toen onze ambassadeurs terugkeerden van het Franse hof, was er weinig reden meer om feest te vieren. Prinses Anne had onze afgezanten met alle egards ontvangen, maar ze had hun algauw duidelijk gemaakt dat Charles nog te jong was om zijn vaders wil uit te voeren. De kwestie Roussillon en Cerdagne moest wachten tot haar broer oud genoeg was om daar zelf een beslissing over te nemen.

Fernando was razend en riep de raad bijeen.

'Die heks denkt dat ze mij in de maling kan nemen! Ze is helemaal niet van plan om die gebieden terug te geven, ze houdt ze gewoon. Maar dat pik ik niet! Dit wordt oorlog!'

De edelen keken elkaar bezorgd aan.

'U wilt Frankrijk toch niet de oorlog verklaren? We hebben onze handen al vol aan Granada,' zei Gonzalo.

'Wat denk je nou? Natuurlijk verklaar ik Frankrijk de oorlog! Granada kan wachten!' riep Fernando.

'Ik begrijp dat je woedend bent, maar dit kun je niet menen,' zei ik na een korte, doodse stilte.

'Nou en óf ik dat meen. We kunnen het leger best een paar weken naar Frankrijk sturen.'

'Dat lijkt mij geen goed idee, Majesteit,' zei Rodrigo voorzichtig. 'We moeten niet verslappen in Granada.'

'Precies,' zei ik.

Fernando keek ons geërgerd aan. 'Die strijd kan nog jaren duren. De Moren zitten daar al eeuwen, er kan best nog een jaartje bij. Maar dat geldt niet voor Roussillon en Cerdagne. We moeten nu toeslaan!'

Ik sloot mijn ogen en probeerde ergens diep in mijn binnenste geduld en begrip te vinden. Er was niets.

'Denk je dat de Moren rustig wachten tot wij terugkomen?' zei ik, eveneens geïrriteerd. 'Die gaan onmiddellijk proberen Alhama te heroveren. En ga nu niet zeggen dat je een divisie van het leger achterlaat, want dat is niet genoeg. We hebben het héle leger nodig om de situatie onder controle te houden.'

Iedereen knikte instemmend.

Fernando keek de tafel rond. 'Goed,' zei hij op ijzige toon. 'Ik zie dat ik hier geen steun voor mijn plannen krijg. Geen probleem, ik regel het wel in Aragón.'

Met grote stappen liep hij weg. De dienaren haastten zich de deuren voor hem te openen. Ze bogen en durfden amper op te kijken toen hij het vertrek uit beende.

Mijn blik ging naar Rodrigo, die me bemoedigend toeknikte.

'U hebt de juiste beslissing genomen, Majesteit,' zei hij. 'We kunnen nu echt niet stoppen met de strijd.'

'Nee, en als de boosheid van de koning gezakt is, zal hij dat ook inzien,' zei ik.

Fernando's woede zakte wel, maar in de dagen die volgden maakte die plaats voor een grimmige vastberadenheid om zijn plannen door te drijven.

Ik was verbijsterd. 'Waarom wil je per se nú naar Frankrijk?

We voeren een Heilige Oorlog! We hebben God een belofte gedaan. Als we ons aan ons woord houden, zal Hij je die gebieden in Frankrijk echt wel geven.'

'Daar ga ik niet op wachten,' zei Fernando met een strak gezicht. 'Ik heb jaren gevochten om Roussillon en Cerdagne, koning Louis wilde ze aan mij teruggeven en ik laat me niet bedonderen door een verwaande prinses die denkt dat ze ze kan inpikken.'

'Dat begrijp ik, echt waar. En je hebt gelijk dat we Frankrijk de oorlog moeten verklaren, maar niet nu. Wacht een paar jaar, die gebieden lopen niet weg, maar we zullen dat wat we gewonnen hebben in Granada weer verliezen als we ons nu terugtrekken.'

'Nee. Ik heb de belangen van Castilië lang genoeg voor laten gaan, in mijn eigen koninkrijk weten ze amper wie ik ben. Deze keer kies ik voor Aragón.'

'Het is ook in het belang van Aragón dat we Granada veroveren! Of denk je dat de Moren aan de grens blijven staan als ze Castilië in handen hebben?' Ik greep mijn man bij zijn arm. 'Weet je nog wat onze droom was? Een verenigd land, Hispanië, zoals de Romeinen het noemden. We zijn er zo dichtbij, laten we eerst voor die droom gaan!'

Fernando schudde mijn hand af en keek op me neer. 'Isabel, ik hou van je en ik bewonder je. Castilië komt voor jou op de eerste plaats, en daar heb ik je altijd in gesteund. Ik hoop dat je mij nu ook steunt. Ik ben niet alleen jouw gemaal maar ook koning van Aragón, en het is mijn plicht om voor de belangen van mijn koninkrijk op te komen.'

'Dat doe je ook, door je land te beschermen tegen de Moren! Ik begrijp niet waarom je dat niet inziet!'

'Dat zie ik wel in, maar er is momenteel geen gevaar. De Heilige Oorlog is niet de enige strijd die uitgevochten moet worden, dat zal de Heer echt wel begrijpen.'

Ik deed een stap naar achteren en vouwde mijn armen voor mijn borst. 'Dat vraag ik me af. Maar goed, ga naar Frankrijk en neem die gebieden in. Maar zonder mijn leger, want dat neem ik mee naar Granada.'

Met een gezicht alsof hij me voor het eerst echt zag keek Fernando me aan. 'Je geeft me geen manschappen mee, na alles wat ik voor Castilië heb gedaan?'

'Je kunt één divisie krijgen, meer niet.'

We staarden elkaar aan, wedijverend in kracht. Toen draaide Fernando zich om, liep weg en gooide de deur achter zich dicht.

Verslagen liet ik me op een stoel zakken. Had ik het verkeerd aangepakt? Had ik langer en geduldiger op mijn man moeten inpraten, in plaats van hem botweg de hulp van het Castiliaanse leger te weigeren? Maar nee, ik had elke man nodig in Granada. Die ene divisie kon ik eigenlijk al niet missen.

De deur ging een stukje open en Ysabel glipte naar binnen. Ze kwam naast me zitten en pakte mijn hand.

'Ik vind dat je gelijk hebt, mama. Granada is veel belangrijker dan Frankrijk.'

'Kon ik je vader dat maar aan het verstand brengen. Waarom zie jij dat wel in en hij niet?' vroeg ik met een zucht.

'Hij wil dat het ook een keer om hém gaat, dat iedereen naar hém luistert. Maar misschien is het niet zo'n verkeerd idee om papa naar Roussillon en Cerdagne te laten gaan. Wie weet verovert hij ze heel snel, en dan kunnen jullie daar ook soldaten rekruteren.'

Verbaasd luisterde ik naar haar. Nog geen dertien jaar, en dan al zo wijs. Ik streelde haar wang en zei: 'Ik wist wel dat het een goed idee was om jou de raadsvergaderingen te laten bijwonen.'

Ik besloot om me bij Fernando's beslissing neer te leggen en stemde in toen hij vroeg of ik hem met de kinderen wilde vergezellen naar Aragón. Ik had weinig keus; het was mijn plicht als koningin om me nu en dan in Aragón te laten zien en de Cortes bij te wonen.

Terwijl we voorbereidingen voor de reis troffen, kwam er eindelijk eens goed nieuws. In de nacht van 28 op 29 oktober waren Rodrigo en Gonzalo erin geslaagd om Zahara, de stad die emir Hassan op ons had veroverd en waarmee de Reconquista was begonnen, met een verrassingsaanval terug te krijgen. Dat onverwachte succes sterkte Fernando in zijn overtuiging dat God aan onze kant stond en dat we het ons best konden veroorloven om de oorlog tijdelijk naar Frankrijk te verplaatsen.

Midden december zouden we afreizen naar Aragón. De kinderen verheugden zich op de reis, vooral Ana. Ze wilde een deel van de tocht afleggen op haar pony en niet in de reiswagen, wat ik heel goed begreep. Maar Fernando verbood het haar.

'Het wordt een lange rit en die is niet zonder gevaar,' zei hij. 'Je kunt getroffen worden door vallende stenen, of aangevallen worden door wilde dieren. In de wagen ben je veilig.'

'Dat is niet eerlijk! Juan mag wel zelf rijden, en hij is maar een jaar ouder dan ik!' riep Ana.

'Juan is een jongen.'

'Nou en? Ik kan veel beter paardrijden dan hij en ik houd het ook veel langer vol! Hij wordt heel snel moe, ik niet!'

'Je hebt me gehoord, Ana.'

De huilbui die volgde was hevig, en de driftaanval daarna nog erger.

'Het is niet eerlijk!' gilde Ana.

Fernando liet haar wegvoeren door twee dienaren en in haar kamer opsluiten, waar ze tegen de deur aan trapte tot ze van pure vermoeidheid uiteindelijk ophield. Toen ik bij haar ging kijken had ze zich uitgekleed, haar jurk verscheurd en een stuk van haar haren afgeknipt.

'Nu ben ik een jongen!' schreeuwde ze.

Sprakeloos keek ik mijn dochter aan. 'Ana, wat heb je gedaan! Ben je gek geworden?'

Ze zakte op de grond ineen en begon weer te huilen, maar nu zacht en verslagen. Ik ging naast haar zitten en legde mijn hand op haar schouder.

'Dit kan zo niet,' zei ik zacht. 'Je kunt niet met dit soort gedrag proberen je zin te krijgen.'

'Maar het ís toch ook niet eerlijk?' snikte ze.

'Het leven is sowieso niet eerlijk, en zeker niet voor meisjes. Daar moet je maar heel snel aan wennen, lieverd.'

'Ik ben echt wel groot genoeg om zelf te rijden. Ik wil niet in die stomme wagen, dan verveel ik me en word ik misselijk.'

Ik dacht even na. 'Weet je wat, ik zal met je vader praten en kijken of je een stukje op je pony kunt afleggen en verder bij mij voorop op mijn paard. Laat jij je intussen door je hofdames opknappen en doe een lange hoofdtooi om. En daarna bied je je vader je excuses aan.'

Ana knikte en veegde haar tranen weg. 'Het spijt me, mama.'

'Je moet echt leren om je te beheersen, Ana.'

'Dat weet ik, maar soms lukt het niet. Dan is het alsof ik opeens iemand anders word.'

'Ja, ik kan me voorstellen dat het zo voelt,' zei ik. 'Maar je wordt niet iemand anders, je bent jezelf, en jij bepaalt hoe je je gedraagt. De volgende keer moet je rustig blijven en zéggen wat je denkt, in plaats van te schreeuwen.'

In een nieuwe jurk en met haar verknipte haren verborgen onder een met parels bestikt net bood Ana deemoedig haar verontschuldigingen aan. Fernando was niet van plan om haar er zo gemakkelijk mee te laten wegkomen. Hij zei dat hij over een straf ging nadenken, maar toen Ana weg was probeerde ik hem op andere gedachten te brengen.

'Ik maak me zorgen om haar. Ze is of heel blij, of heel boos, of heel verdrietig. Mijn moeder had ook van die wisselende stemmingen. Ik heb haar alleen neerslachtig gekend, maar mijn grootmoeder heeft me ooit verteld dat ze als kind ook heel driftig kon worden.'

'Er is zéker iets met Ana, maar dat wil niet zeggen dat we die buien moeten tolereren. Ze heeft een harde hand nodig,' zei Fernando.

'Nee, ze heeft liefde en begrip nodig. En ik ben het met haar eens dat het niet eerlijk is dat Juan wel mag paardrijden en dat zij in de wagen moet zitten. Wat mij betreft mag zij ook rijden.'

'Waarom zouden we haar hetzelfde moeten behandelen als Juan? Ze is een meisje!'

'Van dat argument heb ik schoon genoeg!' zei ik geërgerd. 'Ik hoor het heel mijn leven al. Als ik me daar iets van aangetrokken had, zou ik nu niet op de troon zitten. Ik ben niet van plan om onze dochters anders te behandelen dan onze zoon. Ik wil sterke, weerbare vrouwen van ze maken, die de hele dag op een paard kunnen zitten als dat nodig is, die niet schrikken van een wild dier op de weg, zeker niet als ze omringd worden door soldaten. Ik wil dat ze opgewassen zijn tegen het leven en niet opgroeien als verwende prinsessen die nergens tegen kunnen.'

De diepe frons in Fernando's voorhoofd verdween niet, maar ik zag dat hij over mijn woorden nadacht, en uiteindelijk gaf hij toe.

'Goed, maar ik waarschuw je: geef Ana niet te veel ruimte. Als vrouw zal ze later níét gelijk behandeld worden en daar zal ze zich naar moeten voegen. Maak dat heel duidelijk.'

Ik knikte, vast van plan om Ana precies het tegenovergestelde te leren.

32

Ana bloeide helemaal op tijdens de reis naar Aragón. Ze was levendig, enthousiast en vol interesse in alles om haar heen. Fernando had gelijk toen hij zei dat we moesten voorkomen dat ze met wangedrag haar zin kreeg, maar het was heerlijk om haar zo te zien genieten.

Aangekomen in Tarazona riep Fernando meteen de volgende dag de Cortes bijeen, want er moesten heel wat staatszaken besproken worden. Aan het einde van de bijeenkomst presenteerde hij zijn plannen voor de oorlog tegen Frankrijk en vroeg hij de edelen en geestelijken om hun troepen beschikbaar te stellen. Niemand stond te springen om Aragón opnieuw in een oorlog met Frankrijk te storten en de volksvertegenwoordigers gaven aan dat ze erover na moesten denken. Na drie weken delibereren waren ze er nog niet uit.

Ondanks Fernando's toenemende slechte humeur hoopte ik dat de Cortes zou weigeren en dat mijn echtgenoot toch naar Granada mee zou gaan.

Terwijl we wachtten op duidelijkheid bestudeerde ik de laatste ontwikkelingen op wapengebied. Ik nodigde Franse en Duitse experts uit aan het hof en liet hen urenlang vertellen over de nieuwste artillerie, donderbussen, en hoe die ingezet konden worden.

Zonder te overleggen met Fernando, die zich alleen maar liep te ergeren aan de besluiteloosheid van de Cortes, plaatste ik grote bestellingen die in maart geleverd zouden worden. De winter kroop voorbij, het werd februari en de Cortes was nog steeds niet tot een besluit gekomen. Ik brandde van verlangen om naar Andalusië te gaan, en in maart was mijn geduld op.

'Ik ga terug,' zei ik. 'Ik weet niet wanneer de Cortes van plan is een beslissing te nemen, maar daar ga ik niet langer op wachten.'

We zaten aan het diner en aan de andere kant van de tafel keek Fernando verstoord op.

'Kun je echt niet nog een beetje geduld opbrengen?'

'Waarvoor? Als de edelen je hun troepen geven, vertrek je naar Frankrijk en ik ga niet mee. Het is inmiddels maart, ik moet de veldtocht naar Granada voorbereiden.'

'Ik zal je niet tegenhouden.'

'Nee, dat kun je ook niet.'

Fernando's gezicht verstrakte. 'Wanneer vertrek je?'

'Morgen,' zei ik.

Ons afscheid was kort en koel, de reis naar Córdoba lang en eenzaam. De kinderen gingen met mij mee, net zo verdrietig als ik omdat Fernando in Aragón achterbleef.

De weg voerde door zacht glooiende velden vol bloemen en langs witte stadjes die zich op de hellingen uitstrekten. Normaal gesproken zou ik genoten hebben van de tocht, maar deze keer had ik weinig belangstelling voor de schoonheid van het landschap. Ik piekerde de hele dag over de omslag in Fernando's houding. Hoe had dat kunnen gebeuren? Waarom vond hij de Heilige Oorlog niet meer net zo belangrijk als ik?

Lange tijd hoopte ik dat een bode me zou inhalen met het bericht dat Fernando zich had bedacht, dat hij zich bij me zou voegen, maar dat gebeurde niet. Uiteindelijk, toen ik begreep dat mijn echtgenoot niet van gedachten zou veranderen, schudde ik mijn teleurstelling en boosheid van me af en concentreerde ik me op mijn taken. Tijdens de lange uren te paard voerde ik besprekingen met mijn generaals. In de stille uren waren mijn gedachten bij de soldaten die op dat moment onderweg waren naar Córdoba. Jonge mannen die bereid waren hun leven te wagen voor Castilië, die gewond zouden raken of zouden sneuvelen. Voor een goede zaak, maar het drukte toch zwaar op me.

'Alles in orde, Majesteit?' Graaf De Quintanilla kwam naast me rijden.

Ik schrok op uit mijn overpeinzingen en keek om me heen, naar de drooggevallen rivierbedding waar we doorheen trokken. 'Jazeker, waarom?'

'U keek zo bezorgd.'

'Ik was in gedachten.' Ik zweeg even en zei toen: 'Als we in Madrid zijn, wil ik dat u niet alleen voedsel en munitie inslaat, maar ook verband en medicijnen, draagbaren, beddengoed en grote tenten.'

De graaf keek vragend.

'Ik wil een hospitaal in het kamp beginnen,' zei ik. 'Het lijkt me beter om de gewonden ter plekke te behandelen in plaats van ze over hobbelige wegen naar de dichtstbijzijnde stad te vervoeren.'

'Een hospitaal bij het slagveld? Maar...'

'En neem ook artsen, chirurgijns en verzorgers in dienst. Zo veel mogelijk.'

'Ik heb nog nooit gehoord van een hospitaal ín een legerkamp. Dat zal veel geld gaan kosten, Majesteit, en de bodem van de oorlogskas is al in zicht. Ik weet niet of...'

'Ik betaal alles zelf,' zei ik. 'Met de juwelen die ik van de koning heb gekregen.'

In Madrid, Toledo en Jaén liet ik voedsel, wijn en munitie inslaan, en deze keer ook de benodigdheden voor een hospitaal. Hoewel de kosten hoog waren, vooral die voor de artsen die ik in dienst nam, vonden al mijn generaals het een goed idee.

Aangekomen in Córdoba nam ik mijn intrek in het alcazar, en in de dagen die volgden bracht ik vele uren in mijn werkkamer door. Ik schreef de edelen in Sevilla en beval ze om manschappen te leveren voor de nieuwe veldtocht.

Eind april 1484 stroomden de eerste troepen toe, zowel uit Castilië als uit het buitenland. Begin mei bivakkeerde er een leger van honderdtwintigduizend cavaleristen en zesduizend infanteristen op de oever van de Guadalquivir, de rivier bij Córdoba. In hun spoor kwamen karren vol wapens, donderbussen en stenen ballen aan. Honderden ezels droegen zakken meel en gedroogd vlees het kamp binnen.

Als vrouw kon ik niet zelf de troepen leiden, dus gaf ik Rodrigo van Cádiz het commando.

In de laatste dagen voor vertrek arriveerde Gonzalo in het alcazar. Ik had hem niet meer gezien sinds hij het bevel was gaan voeren over het garnizoen in Íllora, en ik had hem gemist. Hij was onlangs getrouwd met Maria de Sotomayor, een aantrekkelijke jongedame uit een oud adellijk geslacht. Ik was blij voor mijn vriend dat hij eindelijk het geluk had gevonden. Onze begroeting was hartelijk maar ook wat formeel, aangezien we ons in de drukke ontvangstzaal van het alcazar bevonden.

'Gelukgewenst met uw huwelijk, Don De Córdoba,' zei ik, terwijl ik mijn hand naar hem uitstak. 'Ik ben heel blij voor u.'

'Dank u, Majesteit.' Gonzalo boog zich over mijn hand en kuste die. 'Mijn vrouw vroeg me u te bedanken voor de mooie zilveren schalen die de koning en u ons hebben gestuurd.'

'Dat is wel het minste wat we konden doen als dank voor uw trouwe diensten. Het moet niet gemakkelijk zijn om in een op de Moren veroverde stad te wonen.'

'Er vestigen zich steeds meer Castilianen, en er zijn ook een paar familieleden van mijn vrouw komen wonen, dus dat valt erg mee. Het belangrijkste is dat ik de stad voor Uwe Majesteit kan behouden.'

'Als iemand dat kan, dan bent u dat wel. Uw vrouw komt toch uit Salamanca? Ik zal haar een mooi wandtapijt van het zicht op die stad sturen.'

'Dat is heel vriendelijk.' Gonzalo glimlachte. 'Echt heel vriendelijk.'

We keken elkaar even in de ogen, meer hadden we niet nodig om te weten dat het veel meer was dan alleen een vriendelijk gebaar.

Eind mei stond ik voor het venster van het alcazar naar buiten te kijken. De Guadalquivir stroomde onverstoorbaar tussen de dikke steunberen van de stenen brug door, en de wieken van de watermolens langs de oever draaiden onverschillig rond. Van waar ik stond kon ik een deel van het kamp zien liggen, en de geur van geroosterd varken drong door in mijn kamer.

Ik had Boabdil niet op de hoogte gesteld van mijn oorlogsstrategie nu ik niet zeker was van zijn plannen. Ahmed verbleef nog steeds in het kasteel van de graaf van Cabra, maar zijn vader had nog niet één keer de moeite genomen om hem te bezoeken. Wat betekende dat? Offerde Boabdil zijn zoon op of had hij echt nog geen kans gezien om mij Guadix en Almería toe te spelen en de vierhonderd christelijke gevangenen vrij te laten?

Ik had besloten om niet op de prins te rekenen en mijn eigen plan te trekken. Over drie dagen zou ik mijn leger naar Sevilla leiden, waar de troepen van de hertog van Medina Sidonia en de graaf van Cabra zich verzamelden. Het plan was om vanuit Sevilla Granada binnen te vallen en dan op te trekken naar Álora, een stad die dicht bij mijn basis Alhama lag.

Ik zou opgetogen moeten zijn dat het eindelijk zover was, maar in plaats daarvan had een neerslachtige stemming bezit van me genomen. Fernando hoorde nu naast me te staan, of hij zou in het kamp moeten rondlopen om inspectie te houden. Als ik mijn ogen sloot, kon ik zijn aanwezigheid bijna voelen en leek ik zijn stem te horen. De harde werkelijkheid was dat ik sinds mijn vertrek uit Aragón geen woord van hem had vernomen. Ik kon de veldtocht leiden zonder mijn echtgenoot, natuurlijk kon ik dat. Ik had genoeg ervaren generaals tot mijn beschikking. Heel Castilië stond achter me, heel Europa zelfs, en toch had ik het gevoel dat ik er helemaal alleen voor stond.

'Majesteit?' klonk een stem bij de deur.

Ik draaide me om. 'Wat is er, Don De Quintanilla? Toch geen problemen?'

'Nee, Majesteit. Integendeel, zou ik zeggen. U hebt een bezoeker.'

Vragend keek ik de graaf aan en hij glimlachte breed.

'De koning is zojuist gearriveerd, Majesteit.'

Eén ogenblik begreep ik niet wat hij bedoelde, dacht ik dat hij emir Hassan bedoelde, toen vlamde de hoop in me op.

'Mijn echtgenoot?' vroeg ik voor de zekerheid.

'Ja, Majesteit. Hij is zojuist aangekomen.'

Zonder een woord te zeggen liep ik langs de graaf en haastte me de gangen door, de trappen af, tot ik op de binnenplaats Fernando's stem hoorde. Ik liep onder de booggalerij door en zag de lange rug van mijn echtgenoot. Toen hij zich omdraaide hield ik mijn pas in, en over een afstand van tien meter keken we elkaar aan.

Langzaam liep ik naar hem toe. 'Je bent terug.'

Fernando deed een paar stappen in mijn richting, zichtbaar vermoeid door de lange reis. Hij was overdekt met een waas van rossig stof, dat zich in de lijnen in zijn gezicht had genesteld, maar ik vond hem aantrekkelijker dan ooit.

'Ja, ik heb flink doorgereden. Ik hoopte dat ik nog op tijd zou zijn.'

'Op tijd waarvoor?'

'Om het leger naar Granada te voeren natuurlijk.'

Een glimlach trok over mijn gezicht. 'Je bent ruim op tijd. We vertrekken over een paar dagen.'

'Mooi zo.' Hij trok zijn handschoenen uit. 'Dan zal ik maar even een bad nemen voor ik de edelen bijeenroep.'

'Dat lijkt me een goed idee. Maar eerst dit.' Ik trok zijn gezicht naar me toe en kuste hem voor het oog van de toegestroomde hovelingen.

In eerste instantie was Fernando niet erg mededeelzaam over de aanleiding van zijn komst. Hij deed het voorkomen alsof hij er spijt van had dat hij me in de steek had gelaten, maar De Quintanilla fluisterde me in dat de Aragonese Cortes hem niet van een leger wilde voorzien. Niemand was bereid om manschappen te leveren voor een nieuwe uitzichtloze strijd tegen Frankrijk. De Cortes steunde *míj* liever.

Ik was niet van plan om Fernando verder te vernederen door hem dat te laten toegeven, en onze edelen evenmin. Iedereen verwelkomde hem dankbaar, en de kinderen waren dolblij dat hun vader zo onverwacht weer bij hen was.

Hij nam meteen de leiding over, zonder ook maar iets te zeggen over alle voorbereidingen die ik had getroffen, of over de artillerie die ik had besteld, terwijl de donderbussen het nieuwste van het nieuwste waren. Zijn gezicht vertrok alleen even toen hij erachter kwam dat ik alles had gefinancierd met de juwelen die hij mij geschonken had, maar hij zei niets. Ik evenmin. Ik deed een stapje terug, liet hem de verdere organisatie op zich nemen en hem de eer van mijn inspanningen opstrijken. Als er al eens ergernis in me opwelde, bracht ik mezelf in herinnering dat ik Fernando nodig had als oppergeneraal. Rodrigo zou een goede plaatsvervanger voor hem zijn geweest met zijn ervaring en tactisch inzicht, maar van de markies aan het hoofd van het Castiliaanse leger ging niet dezelfde symboolwaarde uit als van de koning.

In de ochtend van 1 juni leidden Fernando en ik onze troepen naar Sevilla, waar die van de hertog van Medina Sidonia en de graaf van Cabra zich al hadden verzameld.

Binnen een dag liep Sevilla voller dan vol met soldaten, wagens en paarden. Hele wijken hadden leeggestaan door de inquisitie en het vertrek van de Joden, en die waren in gebruik genomen door de troepen. De komst van mijn leger maakte dat er geen doorkomen meer aan was in de straten. De soldaten die geen huis konden vinden sliepen in stallen of tenten op het plein voor het alcazar.

Twee dagen voordat het leger naar Granada vertrok zat ik achter mijn bureau, verdiept in de lijst van voorraden die nog afgeleverd moesten worden, maar ik kon het niet laten om steeds even op te kijken. Door het venster kon ik de tenten op het plein zien staan, en ik zag de soldaten heen en weer lopen onder de sinaasappelbomen. Hun gepraat en geroep en het gestamp van hun laarzen drongen door tot in mijn werkkamer.

Een kriebel van opwinding ging door me heen, het kostte me moeite om me te concentreren op mijn werk. Ik stond op, ging voor het venster staan en ademde diep de warme lucht in, die doortrokken was van de geur van leer en mest.

Wat Fernando en ik de afgelopen twee jaar hadden gedaan was kinderspel vergeleken bij wat we nog van plan waren. Ik had me er de hele winter op voorbereid, en nu was het zover. De Moren zouden niet weten wat hun overkwam.

Op 10 juni 1484 kuste Fernando de kinderen en mij gedag en nam hij zijn plaats in aan het hoofd van het duizelingwekkend grote leger. Vanuit de hoogste toren keek ik het lint van ridders, soldaten en wagens na. De donderbussen en andere artillerie werden op karren voortgetrokken door ossen, een lange stoet die traag door de glooiende velden bewoog.

Ik zou trots en blij moeten zijn, maar in plaats daarvan voelde ik me in de steek gelaten. Zo had ik me altijd gevoeld als het leger zonder mij vertrok, maar deze keer kostte het me de grootste moeite om mijn frustratie niet de overhand te laten krijgen. Waarom had God mij als vrouw geboren laten worden? Waarom kon *ík* de troepen niet naar Granada leiden? Waarom moest ik er elke keer genoegen mee nemen om, na al die voorbereidingen, achter te blijven en te wachten, altijd maar te wachten? Jeanne d'Arc was niet achtergebleven. Zij had zich een harnas laten aanmeten en het opperbevel op zich genomen. Maar zij was een uitzondering.

Vrouwen voerden geen legers aan, en zij die dat wel deden

betaalden er net als Jeanne een hoge prijs voor.

Op de wenteltrap klonken voetstappen, begeleid door lichte stemmen. In gezelschap van Mencia klommen mijn kinderen naar boven om hun vader na te kijken. Ze kwamen om mij heen staan, Juan vlak naast me.

'Over een paar jaar ga ik met papa mee,' zei hij.

Het klonk niet alsof hij zich daar erg op verheugde.

'Dat duurt nog wel even, je bent pas vijf,' zei ik.

'Ik word deze maand al zes.'

Ik keek naar de stoet, naar de wapperende banieren en de glans van harnassen en wapens in de zomerzon, en ik sloeg mijn arm om Juans smalle schouders.

'Tegen die tijd is Granada allang veroverd,' zei ik.

Twee weken later kreeg ik te horen hoe de aanval op Álora verlopen was. De stad lag goed versterkt op een klif boven de rivier de Guadalhorce. Het landschap eromheen was ruig en ontoegankelijk, en daarom gingen er wegenbouwers mee om de paden vrij te maken voor de lastwagens.

Bij nadering van Álora werd het christenleger verwelkomd door een regen van giftige pijlen. Buiten het bereik van de Moorse boogschutters liet Fernando de donderbussen en blijden met grote nauwgezetheid in stelling brengen. Daarna gaf hij het bevel tot afvuren. Enorme stenen kogels vlogen op de stad af en verpulverden de weergangen, terwijl de blijden vuurballen de stad in slingerden. Brand brak uit, de muren scheurden als perkament en overal ontstonden bressen.

Uiteindelijk stortte de hele stadsmuur in, en daarmee het verzet van de Moren. Zwaaiend met witte vlaggen verschenen ze op de puinhopen: Álora gaf zich over.

Ik was dolgelukkig en diep opgelucht toen ik het goede nieuws ontving. De inname van de stad was niet alleen belangrijk voor het verloop van de veldtocht, maar ook voor Fernando's eergevoel en voor ons huwelijk. Na zijn vernederende aftocht uit Aragón kon hij zich als de grote generaal van de Heilige Oorlog laten toejuichen, en dat gebeurde volop. Ook ik prees mijn echtgenoot uitbundig toen hij terug was in Córdoba. We gaven een feest, waarbij Fernando een lang applaus van de edelen ontving.

'Het is de koning gegund, maar ik vind het niet helemaal terecht, Majesteit,' zei Mencia, toen ze me die avond hielp met uitkleden. 'Natuurlijk is het een mooie overwinning, maar veel meer dan het geschut neerzetten heeft hij niet gedaan. Het is aan uw inspanningen te danken dat hij geschut hád, anders had het leger nu nog voor de muren van Álora gestaan.'

Ik zei niets.

'En ik ben niet de enige die er zo over denkt.' Mencia vouwde de losse mouwen van mijn jurk op en legde ze in een kist. 'Ik hoor het overal fluisteren, zowel in de stad als in het alcazar.'

'Het zou je sieren als je daar geen aandacht aan besteedt,' zei ik. 'En ik wens ook geen beschuldigingen of verwijten aan het adres van de koning meer van je te horen. Het maakt me helemaal niet uit wiens verdienste het is. Het enige waar ik in geïnteresseerd ben is het resultaat.'

Fernando en ik lieten de stadsmuren van Álora repareren, de moskeeën tot kerken ombouwen en we plaatsten een garnizoen in de stad. Daarna trok Fernando met zijn troepen dieper Granada in en raasden ze over de zonovergoten landerijen en door boomgaarden, alles verwoestend. In de hele omgeving zou geen Moor nog iets te eten hebben, wat hun geen andere keus liet dan wegtrekken, dieper Granada in. En ook daar zouden we komen, om de bevolking op te jagen en uiteindelijk tot overgave te dwingen.

Terwijl Fernando de vruchtbare velden afbrandde, bezocht ik het legerkamp om mijn hospitaal te inspecteren. Ik bedankte de gewonden voor hun moed en inzet, ik sprak met de artsen en daarna met de vrouwen die verantwoordelijk waren voor het verwisselen van de windsels en het leeggooien van po's. Of iemand een hoge of lage positie had maakte mij niet uit. In mijn kamp vormde iedere man en iedere vrouw een schakel die niet gemist kon worden.

Het plan was om die zomer nog meer steden aan te vallen, maar een plotseling opkomende pestepidemie betekende een vroegtijdig einde van onze veldtocht. Ook in het kamp brak de gevreesde ziekte uit. We ontbonden het leger en ik vluchtte met mijn kinderen en hovelingen naar Córdoba, Fernando volgde wat later. Toen de pest eindelijk uitdoofde was het volop herfst: nog warm, maar te nat om aan een nieuwe veldtocht te kunnen beginnen. Ik was teleurgesteld.

'We hebben veel minder bereikt dan ik had gedacht,' zei ik tijdens een bespreking. 'Alleen Álora is gevallen.'

'En een groot deel van de omgeving is verwoest,' zei Fernando. 'Volgend jaar slaan we harder toe.'

'Dat had deze zomer al moeten gebeuren. Nu kunnen de Moren terugkeren en hun velden opnieuw inzaaien.'

'Dan brand ik ze volgend jaar weer plat.'

'De pest heeft veel slachtoffers gemaakt onder de Moren, Majesteit,' zei kardinaal De Mendoza. 'De ziekte heeft de bevolking uitgedund en verzwakt. U hoeft niet alles zelf te doen, God is aan uw zijde.'

Ik knikte en sloeg een kruis. De kardinaal had gelijk, God had de pest met een reden gestuurd. Mij ging het te langzaam, maar Hij had de tijd. Het drong tot me door dat we Granada niet in één of twee zomers konden veroveren maar dat het met kleine stappen zou gaan, waarbij we elk jaar dichter bij ons doel zouden komen. Ik moest geduld hebben, maar dat was nooit mijn sterkste kant geweest.

33

We overwinterden in Córdoba en vierden daar ook de kerstdagen. Op kerstavond woonden we de hoogmis bij in de kathedraal, waar we luisterden naar de engelachtige stemmen van het jongenskoor, die zo hoog waren dat ze naar de hemel leken op te stijgen. Ik keek af en toe opzij naar Juan, die naast mij ademloos zat te luisteren. Met zijn roodblonde haar, grote blauwe ogen en tengere gestalte had hij zelf wel iets weg van een engel, en ik streelde even zijn hand.

Mijn kinderen werden groot. Ysabel was alweer veertien, Juan was zes, Ana net vijf en Maria ruim twee. Ik liet ze slingers van wintergroen maken, zoals mijn broertje Alfonso en ik vroeger ook deden met onze grootmoeder. Met Driekoningen mochten ze *roscón de reyes* bakken en kregen ze geschenken. Fernando en ik genoten van hun verraste, blije uitroepen.

Ik had graag nog meer tijd met de kinderen doorgebracht, maar na de feestdagen namen het bestuur van mijn koninkrijk en de organisatie van de nieuwe veldtocht me volledig in beslag.

Met de komst van de lente arriveerden er verse troepen en werden er nieuwe stenen kogels, blijden en donderbussen aangevoerd. Fernando riep het leger op, dat zich in Córdoba meldde, en voerde zijn mannen en de nieuwe artillerie naar Coín. Onder het donderend geweld van de bombaarden gaf de stad zich over, en Cártama volgde.

Ik wilde niets liever dan aan de zijde van mijn echtgenoot de intocht in de overwonnen plaatsen meemaken, maar ik was te moe en te misselijk. We begrepen meteen wat dat betekende.

'Jij gaat helemaal nergens naartoe,' zei Fernando. 'Je moet rust houden tot aan de bevalling.'

Het was natuurlijk een zegen dat ik weer in verwachting was, maar na die lange stille winter was het een schrikbeeld om in het voorjaar en de zomer opnieuw thuis te zitten.

'De eerste maanden zijn het ergst. Na de derde maand kan ik wel met je mee,' zei ik.

'Geen sprake van. Wil je soms weer een kind verliezen? Jij blijft in Córdoba.'

Het ontbrak me aan kracht om in discussie te gaan. Terwijl ik spugend boven een bak in mijn slaapkamer zat, vertrok Fernando opnieuw naar Granada.

Na lange vergaderingen met de raad waren we overeengekomen dat Ronda het volgende doelwit zou worden. Het was een belangrijke stad die hoog op een rotsplateau lag, achter een diepe kloof, en die goed verdedigd werd. Hij leek onmogelijk om te veroveren, maar Fernando, Gonzalo en Rodrigo hadden een list bedacht. Fernando zou proberen de Moren op het verkeerde been te zetten door te doen alsof hij op Málaga afging. Ik was benieuwd naar Boabdils reactie, of hij hem te hulp zou komen of aanvallen, maar de prins reageerde niet en de zieke emir Hassan evenmin.

El Zagal wél. Hij trommelde troepen op waarmee hij gehaast naar Málaga trok, waardoor Rodrigo en Gonzalo ongehinderd het beleg om Ronda konden slaan. Fernando boog halverwege Málaga af en bracht zijn leger onder de dekking van de nacht eveneens naar Ronda.

Op het bericht hoe dat was afgelopen moest ik lang wachten, maar goddank bracht de boodschapper goed nieuws. De donderbussen hadden twee weken lang stenen ballen op Ronda afgevuurd, en op 22 mei had de zwaargehavende stad zich overgegeven.

Fernando bevrijdde vierhonderd christelijke gevangenen uit de kerkers, onder wie vele edelen die tijdens de aanval op Zahara en in de kloof bij Antequera gevangengenomen waren. Bleek en vermagerd, knipperend tegen het zonlicht kwamen ze naar buiten, met verwondingen aan hun enkels waar zware ketenen omheen hadden gezeten.

Toen ik dat hoorde, nam ik plaats aan mijn schrijftafel en vroeg ik mijn echtgenoot de ketenen naar Toledo te laten brengen en ze op te hangen aan de buitenmuren van de kerk van San Juan de los Reyes, als eerbetoon aan Hem en als herinnering aan de verschrikkingen die de gevangenen hadden moeten doorstaan.

Ondanks de slechte behandeling van de gevangenen toonden we ons genadig naar de inwoners van Ronda. We gaven ze toestemming om hun dagelijks leven weer op te pakken en om de islam te blijven praktiseren.

Kort daarna marcheerde Fernando naar Marbella. De Moorse leiders reden hem tegemoet en beloofden vazallen van Castilië te worden als ze, net als de inwoners van Ronda, hun godsdienst mochten blijven belijden. Fernando zegde dat toe, waarop Marbella zich overgaf. Doodop keerde Fernando terug naar Córdoba. Het beleg van Ronda had veel munitie gekost, meer dan hij verwacht had, en het had geen zin om tegen nog een stad op te trekken.

Ik was blij dat hij terug was. De proviandering van dertigduizend man was een hele organisatie, die me zwaarder viel dan anders. In tegenstelling tot wat ik had verwacht voelde ik me niet beter gedurende de middelste maanden van mijn zwangerschap, en ik was bang dat ook dit kind te vroeg geboren zou worden. Mijn artsen hielden me goed in de gaten, en ook Fernando stond erop dat we verhuisden naar het paleis van Alcalá de Henares, omdat het comfortabeler was dan het oude, tochtige alcazar van Córdoba. Daar had hij gelijk in, maar ik had geen goede herinneringen aan het paleis, dat ooit eigendom was geweest van aartsbisschop Carrillo en waar ik me had schuilgehouden toen Enrique me wilde arresteren. Het was ook het paleis waar ik me aan Carrillo's verstikkende greep had moeten ontworstelen, waar hij me verraden had en waar hij zich had teruggetrokken toen hij in ongenade viel. Maar inmiddels was de aartsbisschop overleden en nu was zijn paleis mijn eigendom. Ik maakte er niet veel gebruik van, maar daar moest maar eens verandering in komen.

We reisden af naar Alcalá de Henares, waar ik op 16 december 1485 mijn kind ter wereld bracht. Het was een gezond meisje dat we de naam Catalina gaven. Ze was prachtig, met blauwe ogen en een haardos die nog roder was dan die van haar broer en zusjes. Fernando kwam met de kinderen mijn kamer in om hun pasgeboren zusje te begroeten. Ysabel was verrukt van haar, en ook Ana was blij.

Ze klom op mijn bed en streelde vertederd Catalina's hoofdje.

Juan keek met de armen over elkaar geslagen toe, een boze uitdrukking op zijn gezicht.

'Alweer een meisje,' zei hij. 'Ik wilde een broertje.'

'Een zusje is toch ook leuk? Ana en jij spelen altijd met elkaar,' zei ik.

'Niet waar. Zij wil alleen maar met poppen spelen!'

'Dan gaan wij zo zwaardvechten,' beloofde Fernando.

Juan keek niet erg enthousiast, maar na het kraambezoek ging hij toch met zijn vader mee. Even later klonk vanaf de binnenplaats het geluid van houten zwaarden die elkaar raakten, gevolgd door geklaag en gekerm van Juan en de steeds geïrriteerdere aanmoedigingen van Fernando.

Ongerust luisterde ik ernaar. Tot nu toe had ik bij mijn zoon weinig interesse voor de gevechtskunst bespeurd. Het werd hoog tijd dat hij zich in zwaardvechten en boogschieten ging bekwamen, maar hij leek er niet veel aanleg voor te hebben en dat was zorgwekkend.

Ik keek naar het gezichtje van mijn jongste dochter, kuste haar neusje en voelde een diepe liefde in me opwellen. De lichte teleurstelling dat ik mijn echtgenoot niet de tweede zoon had kunnen geven waarop hij had gehoopt, smolt weg.

'Het is niet jouw schuld,' fluisterde ik tegen Catalina. 'Jij bent mijn mooie meisje en ik hou van je.'

Mencia kwam mijn slaapkamer binnen met een gevouwen perkament in haar hand. 'Deze brief is voor u gekomen, Majesteit. De koning heeft hem gelezen en zei dat het geen haast had, maar ik weet dat u het niet prettig vindt als brieven te lang blijven liggen.'

'Van wie is hij?'

'Van een zeeman die zich Columbus noemt. Dat hoorde ik de koning zeggen.'

'Columbus? Wat een vreemde naam.'

'Zijn echte naam is Cristóbal Colón. Misschien denkt hij dat een Latijnse naam hem meer status geeft.'

'Wat een onzin.' Ik nam de brief van haar aan en las hem door. 'Hij schrijft dat hij op zoek wil naar een andere route naar Indië, een die niet langs het Ottomaanse Rijk voert, zodat we veilig handel kunnen drijven.'

'Een andere route? Over land?'

'Nee, via het westen, over de Atlantische Oceaan.'

Mencia trok een bedenkelijk gezicht.

'Dat lijkt mij ook onmogelijk. De oceaan is veel te groot om te kunnen oversteken.' Ik las de in een keurig handschrift geschreven brief nogmaals. 'Don Colón zegt dat hij oude kaarten in zijn bezit heeft die aantonen dat Indië veel dichterbij is dan we denken. Hij wil ze aan me laten zien.'

'Wie is die Cristóbal Colón? Hebt u weleens van hem gehoord?' vroeg Mencia.

'Zijn naam komt me bekend voor, maar ik weet niet waarvan,' zei ik. 'Laat De Quintanilla dat voor me uitzoeken.'

De brief intrigeerde me, en de informatie waar De Quintanilla een paar dagen later mee kwam nog meer. Ik zat in mijn werkkamer documenten te ondertekenen toen de graaf werd aangediend.

'Ik heb inlichtingen ingewonnen over Don Cristóbal Colón, Majesteit,' zei hij. 'Hij is van geboorte Castiliaans, maar hij heeft een groot deel van zijn jeugd doorgebracht in Italië, in Genua. Hij is getrouwd met Filipa Moniz Perestrelo. Haar vader is Bartolomeu Perestrelo, een Portugese ontdekkingsreiziger en de gouverneur van Porto Santo, een eiland in de Atlantische Oceaan dat de Portugezen onlangs hebben ontdekt. Perestrelo schijnt een enorme verzameling oude scheepskaarten en logboeken in zijn bezit te hebben. Hij is door een eerder huwelijk verbonden aan koning João.'

'Zo zo,' zei ik. 'Vandaar dat Don Colón zichzelf zo'n deftige Latijnse naam heeft aangemeten. En wat weet u over zijn staat van dienst?'

'Hij staat bekend als een ervaren zeeman. Door een schipbreuk voor de kust van Portugal is hij op jonge leeftijd in Lissabon terechtgekomen, waar hij zijn vrouw Filipa heeft leren kennen. Hij heeft verschillende grote reizen gemaakt, maar hij is nooit ver de Atlantische Oceaan opgegaan.'

'Zo'n expeditie is duur, daar heeft hij waarschijnlijk de middelen niet voor,' zei ik.

'Precies, Majesteit. Hij hoopt dat ú de reis wilt financieren.'

'Waarom heeft hij dat niet aan koning João gevraagd?'

'Dat heeft hij wél gedaan, maar de koning heeft geweigerd omdat hij onlangs al een expeditie, onder leiding van Diogo Cão, de zee op heeft gestuurd om de route naar Indië te vinden. Een tweede ontdekkingsreiziger, Bartolomeu Días, bereidt zich momenteel voor om uit te zeilen.'

Ik leunde achterover in mijn stoel. 'Koning João zou geen dure schepen de oceaan op sturen als hij daar geen goede redenen voor had. Zo twijfelachtig zal die hele onderneming dus niet zijn. Ik wil Don Colón spreken.'

'Waar en wanneer, Majesteit? Tegen de tijd dat hij hier aankomt, bent u al naar Córdoba vertrokken. Zal ik hem vragen daarnaartoe te gaan?'

Ik dacht even na en knikte toen. 'Dat is een goed idee, doet u dat.'

Fernando toonde weinig interesse in de brief van Cristóbal Colón. Hij had net bericht gekregen dat Boabdil zich had verzoend met zijn vader en zijn oom, en daar maakte hij zich grote zorgen over. Emir Hassan was te ziek om nog een rol te spelen in de strijd, maar Boabdil en El Zagal zouden van plan zijn om gezamenlijk een offensief tegen Castilië te beginnen.

Zodra ik dat hoorde verdwenen Colóns plannen ook bij mij naar de achtergrond.

Fernando en ik riepen de raad bijeen voor een spoedvergadering.

'We kunnen niet wachten tot het voorjaar, we moeten nú iets doen,' zei Fernando toen iedereen zich had verzameld. 'Wat is uw advies, heren?'

Hij keek vragend de tafel rond, en zijn blik bleef rusten op Rodrigo.

De markies aarzelde geen moment. 'Prins Boabdil heeft zich verschanst in Loja, dus we hebben geen andere keus dan die stad veroveren.'

'Vier jaar geleden is dat niet gelukt,' zei kardinaal De Mendoza sceptisch.

'Loja is niet moeilijker dan Alhama en Ronda. Als we ons goed voorbereiden slagen we zeker,' merkte Gonzalo op.

'Werkelijk? En waaruit zouden die voorbereidingen moeten bestaan?' vroeg de kardinaal. 'Alhama hebben we ingenomen met een nachtelijke verrassingsaanval, Ronda door middel van een list, maar daar trappen de Moren geen tweede keer in.'

'We hebben geen verrassingen en listen nodig. We hoeven Loja alleen maar te isoleren door de naburige steden in te nemen. Dan is de stad afgesneden van hulp en toevoerwegen,' zei Gonzalo.

'Daar ben ik het mee eens.' Rodrigo stond op en tikte op de kaart die op de tafel lag uitgespreid. 'Als we Íllora, Moclín, Colomera en Montefrío in handen hebben, kunnen we Loja belegeren zonder dat er enige hulp van de Moren die kant op kan komen. Het zijn allemaal vrij kleine stadjes die weinig problemen zullen opleveren. Als we de omgeving hermetisch afsluiten kan prins Boabdil geen kant op.' Vragend keek hij naar Fernando.

Fernando wierp een zijdelingse blik naar mij en ik knikte.

Een maand later verzamelde zich een leger van meer dan tweeenvijftigduizend man op de rivieroever bij Córdoba. Het was het grootste leger dat Fernando en ik tot dan toe op de been hadden gebracht. Alle soldaten droegen een stukje stof op de borst met een rood kruis, het symbool van de christelijke kruistocht. Ook hoge geestelijken die eigenlijk te oud waren om te vechten meldden zich met hun troepen, naar het voorbeeld van de inmiddels vijfenzeventigjarige kardinaal De Mendoza.

Het was nog winter, maar warm en droog toen Fernando met het leger Granada binnentrok. Ik bleef met de kinderen in Córdoba achter.

Opnieuw was ik gedwongen om te wachten op nieuws, en zoals altijd duurde het tergend lang voor ik iets vernam, maar mijn ergernis verdween snel toen ik hoorde dat Montefrío, Colomera en Moclín waren ingenomen.

Inmiddels was het leger op weg gegaan voor de hoofdprijs, Loja, en daardoor werd het wachten nog spannender. Op een ochtend begin juni zat ik met Ysabel te borduren in een vensternis toen zij naar buiten keek en rechtop ging zitten.

'Er komt een boodschapper aan, mama,' zei ze.

We legden onze borduurramen weg en liepen snel naar de ontvangstzaal.

'Ik breng goed nieuws, Uwe Koninklijke Hoogheden,' zei de bode na een diepe buiging. 'De koning is erin geslaagd Loja te veroveren. De donderbussen hebben de stad één dag en twee nachten lang beschoten en daarna heeft prins Boabdil zich overgegeven. Hij is opnieuw uw gevangene, Majesteit.'

Opluchting golfde door mij heen. 'Goddank!'

Ysabel klapte in haar handen en keek mij verheugd aan. 'Dat is héél goed nieuws.'

'Neemt mijn echtgenoot de prins mee terug naar Córdoba?' vroeg ik.

'Niet meteen, Majesteit. De koning is verder Granada ingetrokken, richting Íllora, en hij heeft prins Boabdil meegenomen.'

'Dank u,' zei ik, en nadat ik de bode een zilverstuk had gegeven om hem te belonen voor het goede nieuws, vertrok hij buigend.

Zodra we alleen waren omhelsde Ysabel mij uitgelaten. 'Ik ben zo blij! Papa is onoverwinnelijk!'

'Dat hoop ik,' zei ik. 'We hebben nog een lange weg te gaan.'

Er leek inderdaad geen einde te komen aan Fernando's zegetocht. Na Loja voerde hij het leger naar Íllora, verpulverde de muren en nam de stad in. Hij schreef dat Gonzalo zich tijdens die aanval buitengewoon verdienstelijk had gemaakt met zijn moed en tactisch inzicht, en dat hij hem om die reden had benoemd tot militair gouverneur van Íllora. Ik was blij voor mijn oude vriend, hij had het verdiend.

Door al die successen kon ik het niet langer opbrengen om in het alcazar te blijven. Ik schreef Fernando dat ik naar het legerkamp bij Moclín zou komen, en dat ik Ysabel meenam. Ik wist dat hij het fijn zou vinden als Juan, die net acht was geworden, ook meekwam, maar onze zoon was te verkouden om de reis te maken. Ana en Maria vond ik met zes en vier jaar nog te jong, en dus liet ik ook hen achter bij hun gouvernantes in Córdoba.

Het afscheid van mijn kinderen viel me zwaar. Vooral dat van Catalina, die nog maar vijf maanden was en altijd stralend lachte als ze me zag. Ik hoopte maar dat ze dat nog steeds zou doen als ik terugkwam. Aan mijn nichtje Juanita, die op die leeftijd weinig aandacht had gekregen van haar moeder, had ik gezien hoe snel een kind eenkennig werd.

'Ik blijf niet lang weg,' zei ik zachtjes tegen mijn jongste. 'Niet te snel groot worden, alsjeblieft.'

Na een reis van twee dagen door ruig berglandschap naderde ik met Ysabel en mijn gevolg Moclín. Vanaf een bergpad keek ik naar het witte stadje dat over een steile helling was verspreid, en naar de kapotgeschoten muren en de Moorse burcht. De christelijke kruisen op de overgebleven torens schitterden in het zonlicht, als bakens boven een zee van witte tenten en banieren met rode kruisen. Op het glooiende veld voor het kamp stonden duizenden soldaten in het gelid om ons te verwelkomen.

'Kijk nou toch,' zei Ysabel onder de indruk.

Getroffen liet ik mijn blik over de gelederen glijden. 'Onze mannen,' zei ik zacht. 'Ons leger, dat Granada zal bevrijden. Kom, we gaan.'

Toen we de troepen naderden, lieten de mannen hun wapens en banieren zakken als eresaluut. Ze keken allemaal strak voor zich uit, maar ik wist dat geen beweging hun ontging. Niet van mij, en zeker niet van Ysabel.

Ik was trots op mijn mooie vijftienjarige dochter, die fier te paard zat, haar roodblonde haar tot een waar kunstwerk opgestoken, en ik was blij dat ze kon delen in de aandacht en glorie. Hoe anders was mijn leven op mijn vijftiende, toen ik aan de een na de ander uitgehuwelijkt dreigde te worden. Maar nu was ik vijfendertig en staarde een gigantisch leger mij vol bewondering en ontzag aan.

Helemaal vooraan zaten de edelen en geestelijken te paard, uitgedost in hun mooiste kleding. Mijn echtgenoot bevond zich in het midden, gekleed in wit brokaat, met Gonzalo en Rodrigo aan weerszijden. Ze glimlachten alle drie naar me. Om mijn opkomende ontroering de baas te blijven verplaatste ik mijn blik naar de banieren met het wapen van Castilië, die zachtjes bewogen in een opstekende bries, en opeens besefte ik hoeveel ik had bereikt. Minstens zoveel als Jeanne d'Arc.

34

'Vergeef me, edele koningin.' Boabdil knielde neer in het koninklijk paviljoen en boog zijn hoofd, een en al nederigheid en berouw. 'Mijn volk vertrouwde me niet meer en mijn oom zette me onder druk. Ik wilde Uwe Koninklijke Hoogheden niet verraden, maar ik zag geen uitweg.'

Fernando had de prins na zijn gevangenneming in Loja opnieuw hoffelijk en respectvol behandeld, maar hij had hem wel onder strenge bewaking in het kamp bij Moclín geplaatst. We geloofden nog steeds dat Boabdil van grote waarde voor ons kon zijn, als we hem maar konden overhalen om onze kant te kiezen. Desondanks vond ik het moeilijk om hem zijn verraad zomaar te vergeven, zeker nu ik wist dat ik hem niet kon vertrouwen.

'U had uw problemen met mij kunnen delen,' zei ik streng. 'Samen zouden we ongetwijfeld een oplossing hebben gevonden. Ik begrijp het niet, Hoogheid. Was u vergeten dat u uw zoon Ahmed aan ons had overgedragen als garantie dat u woord zou houden?'

'Nee, Majesteit, ik was Ahmed niet vergeten, maar ik hoopte op uw begrip en vergevingsgezindheid. Ik zag u niet aan voor iemand die zich zou wreken op een klein kind,' zei de prins.

Ik keek neer op Boabdils gebogen hoofd en vroeg me af wat ik met hem aan moest. Hij mocht dan een verbond hebben gesloten met zijn oom, maar El Zagal was duidelijk de sterkste partij. Als die twee opnieuw slaags raakten om de troon, wist ik wel wie die strijd zou winnen.

'Natuurlijk wreek ik me niet op een kind, maar mijn vergevingsgezindheid is niet eindeloos,' zei ik. 'Als u zich niet aan de afspraken houdt, riskeert u dat u Ahmed nooit meer terugziet. Dat wilt u niet, en ik evenmin, maar we hadden een afspraak. U zou de christelijke gevangenen vrijlaten en ons helpen met de verovering van Granada.'

'Daar slaagt u zelf anders behoorlijk goed in,' zei Boabdil niet zonder bewondering.

'De hoofdstad is een ander verhaal. Granada en het Alhambra zijn onneembaar, tenzij we alles kapotschieten en dat wil ik niet.'

'Ik ben blij dat te horen. Het Alhambra is paradijselijk mooi, en ik hoop dat u nog steeds mijn hulp wilt aanvaarden. Om eerlijk te zijn maakt het mij niet veel uit wie over Granada heerst als ik zelf geen koning kan zijn. Mijn oom en u hebben evenveel aanspraak op de troon. Het liefst zou ik er zelf op zitten, maar mijn aanhang is flink afgenomen.'

'Ik begrijp dat de mensen u niet meer vertrouwen, maar dat wordt er niet beter op als ik u opnieuw vrijlaat.'

'U wilt me gevangenhouden?' Boabdil sloeg zijn grote bruine ogen naar me op.

Ik liet een stilte vallen en voelde de spanning groeien bij de jongeman die geknield voor me zat. Ik had er niets aan om hem gevangen te zetten. Boabdil was van grotere waarde voor me als hij onrust en instabiliteit veroorzaakte in Granada, en van nóg grotere waarde als hij erin zou slagen koning te worden. Maar dat zag ik hem niet op eigen kracht bereiken. Ik moest hem een handje helpen.

'Ik heb een ander idee,' zei ik op wat vriendelijkere toon. 'U slaagt er zogenaamd in om te ontsnappen en geeft El Zagal een geloofwaardig verhaal, zodat hij u blijft vertrouwen. En als u terug bent in Granada help ik u met een coup tegen uw oom.'

Boabdil knikte en sloeg zijn ogen neer. 'Met alle plezier, Majesteit. Ik ben uw nederige dienaar.'

Het nieuws over de overwinningen die Fernando en ik behaalden had zich razendsnel door Granada verspreid en grote angst onder de Moren veroorzaakt. Boabdil was een en al bereidwilligheid om ons te dienen en zwoer dat hij deze keer woord zou houden. In het pact dat we met hem sloten beloofde hij Guadix en Almería aan ons over te dragen en ons geen strobreed in de weg te leggen bij de verdere verovering van Granada. In ruil daarvoor zou hij zich na de eindoverwinning koning mogen noemen over het oostelijk deel van Granada, als vazal van de Castiliaanse Kroon.

Vervolgens stelden we hem op vrije voeten en wachtten we gespannen af of we iets van hem zouden horen. Deze keer was dat wel het geval. Wat voor verhaal Boabdil aan El Zagal had verteld om zijn ontsnapping te verklaren wisten we niet, maar hij liet weten dat zijn oom zich in Guadix had gevestigd en dat het voor hem voorlopig onmogelijk was om ons de stad toe te spelen.

'Dan nemen we hem zelf wel in,' zei Fernando.

Het werd zomer, en op de vruchtbare hellingen van Granada lagen de olijf- en wijngaarden dag na dag in de volle zon, terwijl in de valleien het graan in een warme bries zacht heen en weer bewoog. Fernando gaf bevel om alles te vernietigen en raasde er met zijn troepen overheen. In de winter zou een groot deel van de bevolking niets te eten hebben. Dat vooruitzicht deed me geen plezier, zeker niet als ik aan hongerlijdende kinderen dacht, maar de Moren hadden die repercussie over zichzelf afgeroepen. El Zagal probeerde een einde te maken aan de vernielingen, maar hij kwam elke keer te laat.

We waren daarna graag tegen Málaga opgetrokken, maar het werd zo heet dat dat onmogelijk was. De zon brandde op het tentenkamp, veranderde het meegebrachte bier in warm, groezelig vocht en bedierf zelfs het gedroogde vlees. Er was geen plekje schaduw te vinden in het uitgestrekte veld waar het kamp stond, en wie zich bij de nabijgelegen rivier waagde werd beschoten door Moorse boogschutters.

'Ik wil terug naar Córdoba,' zei Ysabel na een nacht waarin we van de hitte niet hadden kunnen slapen. 'Het is hier niet om uit te houden. In het alcazar is het een stuk koeler.'

Fernando fronste. 'Je kunt niet zomaar teruggaan, niet zonder een groot escorte, en dat kan ik je niet geven.'

'Waarom niet? We zitten alleen maar in het kamp,' zei Ysabel.

'Ik heb alle mannen nodig om Málaga in te nemen. Zodra het wat koeler wordt gaan we op weg.'

'Het wordt niet koeler,' zei ik. 'Om eerlijk te zijn vraag ik me ook af of het zin heeft om hier te blijven. De hitte kan nog weken duren, dat houden onze mannen nooit vol. In het hospitaal zijn de eersten met buikloop al opgenomen.'

Met opgetrokken wenkbrauwen keek Fernando me aan. 'Wil je ópgeven?'

'Ik wil onze soldaten niet verliezen door ziektes die wij kunnen voorkomen. Met verzwakte mannen gaan we Málaga zeker niet veroveren. We kunnen beter teruggaan naar Córdoba, het leger daar op krachten laten komen en aan het einde van de zomer terugkeren.'

Fernando keek lange tijd voor zich uit. Het was duidelijk dat het hem moeite kostte om zijn plannen bij te stellen, maar die middag, toen we siësta hielden en van de warmte bijna geen adem kregen, zei hij: 'Je hebt gelijk. We gaan terug.'

Half juli 1486 voerden Fernando en ik het leger naar Córdoba. Ik was opgelucht, want ik had niet alleen last van de hitte maar ook van het gemis van mijn kinderen. Ik had me erbij neergelegd dat de verovering van Granada vele zomers zou duren en ik wilde niet meer van ze missen dan noodzakelijk was.

Juan begroette ons met een stralend gezicht, Ana was aanvankelijk een beetje bokkig omdat ze mee had gewild. Maria kwam juichend aanrennen en Fernando ving haar op in zijn armen.

Een van de hofdames kwam aanlopen met Catalina en legde haar in mijn armen. Ontroerd hield ik mijn kleine meisje tegen me aan, kuste haar wangetjes en ademde de geur van rozenolie in. Zes maanden was ze pas, en in de vier weken die ik van haar leventje had gemist was ze alweer veranderd. Ze keek me peinzend aan met haar grote blauwe ogen, alsof ze zich afvroeg wie ik was, maar ze begon gelukkig niet te huilen.

'Nu ga ik voorlopig niet meer weg, lieverdje,' zei ik zacht. 'Niet voor je kunt kruipen en je je eerste stapje hebt gezet. Dat beloof ik.'

Er was nog iemand die ongeduldig op onze terugkomst had gewacht, en die we, op aandringen van De Quintanilla, meteen de volgende dag audiëntie verleenden.

Ik was niet vrij van vooroordelen tegen Cristóbal Colón, of Columbus. Mensen die hun naam latiniseerden vertrouwde ik niet erg. Ik verwachtte een opschepper met praatjes, maar Colón kwam rustig en bescheiden de troonkamer binnenlopen. Hij was van onze leeftijd, vijfendertig, klein van stuk maar breedgeschouderd, en hij had donker, kort gesneden haar. Hij droeg een kniebroek en leren laarzen, en een eenvoudig gebleekt linnen hemd. Hij boog zo lang dat Fernando hem verzocht zich op te richten.

'Dank u dat u mij wilt ontvangen, Koninklijke Hoogheden. Dat is een grote eer,' zei Don Colón.

Fernando knikte en trommelde met zijn vingers op de leuning van zijn troon. Hij had veel te doen en had eigenlijk weinig zin in de audiëntie. Het verbaasde me dan ook niet dat hij meteen ter zake kwam.

'Ik heb begrepen dat u een nieuwe route naar Indië wilt zoeken,' zei hij.

'Die heb ik al gevonden, Majesteit. Het is mijn stelligste overtuiging dat als ik via het westen zeil, over de Atlantische Oceaan, ik er zonder problemen kan komen.'

'Zonder problemen nog wel. Wat maakt dat u daar zo van overtuigd bent, als we niet eens weten hoe groot de aarde is?' vroeg Fernando.

'Dat weten we wél, Majesteit. Op basis van oude geschriften en recente berekeningen weet ik dat Indië op niet meer dan enkele duizenden mijlen afstand van ons ligt. En door die oude geschriften weet ik ook dat er onderweg land is waar proviand kan worden ingeslagen. Het is echt mogelijk om via de westelijke vaarroute Indië te bereiken.'

'Hoe weet u zo zeker dat die berekeningen kloppen, Don Colón?' vroeg ik.

'Majesteit, ik bestudeer de omvang van de aarde al járen, en daarbij maak ik niet alleen gebruik van mijn eigen verstand maar ook van dat van de grootste geografen uit de geschiedenis. Nog niet zo lang geleden geloofde men in Europa dat de aarde plat was, maar inmiddels is het wel tot iedereen doorgedrongen dat we op een bol leven. Oude volkeren, die eeuwen vóór ons leefden, wisten dat ook, omdat zij verder gezeild hebben dan wij nu voor mogelijk houden. Zij hebben een groot deel van de wereld in kaart gebracht, en delen van die kaarten zijn bewaard gebleven en gekopieerd. Een aantal daarvan heb ik aangetroffen in de bibliotheek van mijn schoonvader, Bartolomeu Perestrelo. Het kan niet anders dan dat ik onderweg naar Indië nieuw land zal ontdekken, en dat zal dan natuurlijk eigendom worden van de Castiliaanse Kroon. Maar de Portugezen zijn ook van plan die landen te vinden.'

'En toch heeft koning João geweigerd om uw expeditie te financieren,' zei Fernando.

'Omdat hij al schepen heeft uitgezonden, Majesteit, niet omdat hij mij niet gelooft. De koning heeft er de financiële middelen niet voor.'

'Wij ook niet,' zei Fernando. 'We hebben ons geld nodig voor de oorlog met Granada, dus ik vrees dat wij niets voor u kunnen betekenen, Don Colón.'

Colóns teleurstelling was duidelijk zichtbaar. 'Maar misschien wel in de toekomst, Majesteit? Als u Granada veroverd heeft?'

Fernando haalde zijn schouders op. 'Ik moet eerlijk bekennen dat ik grote twijfels heb over de haalbaarheid van uw plannen.'

Ik voelde dat hij op het punt stond om Colón weg te wuiven, en ik stak mijn hand op om dat te verhinderen.

'Wat niet wil zeggen dat we niet geïnteresseerd zijn,' zei ik. 'Mijn echtgenoot heeft gelijk als hij zegt dat de oorlog tegen de Moren voorgaat, maar als die beëindigd is kunnen we verder praten. In de tussentijd zou ik die oude kaarten en geschriften uit de bibliotheek van uw schoonvader graag eens willen zien.'

Colón glimlachte dankbaar. 'Ik heb ze bij me, Majesteit.'

Fernando zag niets in de plannen van Colón, zelfs niet nadat we zijn kaarten en geschriften hadden bestudeerd. Ze waren afkomstig van oude Griekse filosofen, zoals Ptolemaeus, en van de ontdekkingsreiziger Marco Polo, maar dat maakte weinig indruk op mijn echtgenoot.

'Dat ze oud zijn wil niet zeggen dat het waar is wat erin staat,' zei hij.

Zelf vond ik het ook moeilijk om de geloofwaardigheid van de documenten te beoordelen, maar ze fascineerden me wel. Geboeid volgde ik met mijn blik de lijnen en kleuren die nieuw land aanduidden. Wat als Colón gelijk had? Wat als er een compleet nieuwe wereld op ons wachtte aan de andere kant van de oceaan? Die kon bewoond zijn door volkeren die geen weet hadden van ons bestaan. We zouden handel met ze kunnen drijven. En als die landen onbewoond waren, zou ik ze kunnen toevoegen aan mijn koninkrijk.

Ik besloot een commissie in te stellen om de zaak te onderzoeken. Om te voorkomen dat Colón zijn plannen zou voorleggen aan buitenlandse hoven nodigde ik hem uit om aan mijn hof te komen wonen tot Fernando en ik Granada hadden ingenomen.

Daarna verlegde ik mijn aandacht naar de volgende veldtocht. Deze keer was ik vast van plan om Fernando te vergezellen, en ik wilde Ysabel meenemen. Nu we het westen van het Moorse koninkrijk in handen hadden leek het me veilig genoeg.

Tot mijn verrassing maakte Fernando geen bezwaar. Zelf wilde hij Juan meenemen om hem te onderrichten in oorlogvoering, maar we besloten toch om onze drie jongste kinderen bij hun gouvernantes in Córdoba achter te laten.

Op een ochtend, toen ik net gekleed was door mijn hofdames, kwam Ana's gouvernante naar mijn vertrekken en vroeg of ze me even kon spreken.

'Majesteit, de prinses is vanochtend ontzettend boos geworden. Ze gooide met haar spullen en daarbij is een ruit in haar venster stukgegaan.' Sonia friemelde nerveus aan haar ring.

'Waarom? Was er iets gebeurd?' vroeg ik.

'Nee, Majesteit, niet echt. Ze wilde haar haren niet laten borstelen en toen ik zei dat dat moest, begon ze met haar spullen te gooien. Dat doet ze wel vaker als iets haar niet zint, maar nu was het wel heel erg. Alles ligt overhoop en er is heel veel stukgegaan.'

Ik fronste. Als ze haar zin niet kreeg, kon Ana zich erg slecht gedragen en de laatste tijd kwam dat steeds vaker voor. Fernando begon zijn geduld met haar te verliezen, en ik besloot om zelf met Ana te gaan praten. Ik liep naar haar kamer, waar ze huilend op bed lag, omringd door hulpeloos kijkende hofdames.

'Laat ons alleen,' zei ik, en ze haastten zich de kamer uit.

'Wat is er aan de hand? Waarom gedraag je je zo?' Ik nam plaats op de rand van het bed en streelde de roodblonde krullen van mijn dochter.

Ana verborg haar gezicht in het kussen. 'Niemand houdt van mij,' klonk het gesmoord.

'Hoe kom je daar nou bij? Je vader en ik houden heel veel van jou.'

'Papa kijkt altijd boos naar mij.'

'Hij wordt boos als je je niet goed gedraagt, maar dat wil niet zeggen dat hij niet van je houdt.'

'Waarom gaan jullie dan steeds weg en mag ik niet mee?' Ana richtte zich op, haar gezicht rood en nat van het huilen.

Ik zuchtte en veegde de haarlokken die aan haar wang plakten weg. 'Je weet dat we oorlog voeren tegen de Moren. Dat hebben we verteld.'

'Ik wil mee.'

'Dat kan echt niet.'

'Ysabel en Juan mogen wel mee. Waarom mogen zij wel en ik niet?' Ze wierp zich weer op haar bed en begon opnieuw te huilen.

'Ysabel is een stuk ouder dan jij, en Juan moet opgeleid worden om later te kunnen vechten. Maria en Catalina blijven ook thuis.'

'Ik wil mee!' gilde Ana. 'Ik wil mee, ik wil mee!'

'Houd daarmee op,' zei ik streng. 'Ik begrijp dat je verdrietig bent, maar ik sta niet toe dat je tegen me schreeuwt. Gedraag je.'

Ana rolde op haar rug en zette het op een schreeuwen, zo hevig dat ze rood aanliep. Een paar hartslagen lang keek ik verbijsterd op haar neer, toen stond ik op en liep weg.

'Blijf bij de prinses in de buurt. Zorg dat ze in haar kamer blijft tot ze weer rustig is,' zei ik tegen de hofdames, die verschrikt bijeen stonden in de gang.

Ze bogen en ik liep de gang in, achtervolgd door het hysterische gegil van mijn dochter.

Er was iets in Ana wat ik niet begreep en wat mij angst aanjoeg. Ze had niets van het gelijkmatige karakter van haar broer en zusjes, en de kleinste voorvallen konden bij haar uitlopen op grote drama's. Ze deed me steeds sterker denken aan mijn moeder, en de angst welde in me op. Het was jaren geleden dat ik haar een bezoek had gebracht. Strafte God me daarvoor? Had ik vaker naar haar toe moeten gaan? Maar nee, mijn moeder raakte van streek als er onbekenden in haar kamer kwamen, en in haar wereld was iedereen een onbekende. Ze had een moeilijk leven gehad en nu had ze eindelijk rust in het vertrouwde paleis in Arévalo. Ik kon niets voor haar doen. Voor Ana wel, als zij door diezelfde geestelijke instabiliteit geplaagd werd. Geduld en begrip, dat was de remedie, wist ik uit ervaring.

Later op de middag kwam Ana met een schuldbewust gezicht naar me toe.

'Het spijt me, mama,' zei ze met een zacht stemmetje. 'Het spijt me echt.'

Ik opende mijn armen en ze vloog erin.

'Wat was er nou aan de hand?' vroeg ik.

'Ik wil niet dat jullie steeds weggaan. Dan voel ik me zo alleen.'

Als iemand reden had gehad om zich alleen te voelen was het Ysabel, die het op die leeftijd veel langer zonder onze aanwezigheid had moeten doen. Het had me destijds wel bijna de liefde van mijn dochter gekost, en die fout wilde ik niet nogmaals maken.

Nadat ik haar geknuffeld en gerustgesteld had liet ik Ana over aan haar gouvernante en liep ik naar Fernando's werkkamer.

'Ik wil Ana meenemen naar Granada,' zei ik. 'Als het veilig genoeg is voor Juan en Ysabel, dan is het ook veilig voor haar.'

Fernando keek op van een document dat hij zat te lezen.

'Het gaat niet alleen om haar veiligheid, ze is te jong om tussen dat soldatenvolk te zitten.'

'Ze is maar een jaar jonger dan Juan.'

'En een meisje.'

'Dat is geen reden. Je wilt Juan meenemen om hem te onderrichten in oorlogvoering, maar dat is voor onze dochters even noodzakelijk. Ik wil dat de meisjes zich realiseren dat oorlog om mensenlevens gaat. Ik wil dat ze met de gewonde soldaten praten en begrijpen dat zij voor hun veiligheid zorgen.'

'Daarvoor hoeven ze niet per se geconfronteerd te worden met oorlogsellende.'

'Juist wel. Ze moeten beseffen dat beslissingen consequenties hebben, en dat ze daarom goed moeten nadenken voor ze een besluit nemen.'

'Dat zullen hun echtgenoten wel voor hen doen.' Fernando boog zich weer over het document en ondertekende het.

'Zo dachten mijn ouders ook. Ik hoefde geen buitenlandse talen te leren, zelfs geen Latijn, en ook geen geschiedenis of rekenen. Ik was immers maar een meisje. Ik ging wel elke dag naar een klooster voor onderwijs, maar daar deed ik niets anders dan bidden, lezen en borduren.'

'Maar dat heeft je er niet van weerhouden om koningin te worden. Ana is net zeven. Ze zal donderbussen horen bulderen, doden en gewonden zien. Wil je haar daar echt aan blootstellen?'

'Voor het bezoeken van gewonde soldaten is ze misschien nog te jong, maar ik denk wel dat het verstandig is om haar mee te nemen.'

'Waarom?' Fernando leunde naar achteren en keek me onderzoekend aan. 'We hebben Ysabel ook nooit meegenomen op die leeftijd.'

'Ana is anders. Ze is...' Ik aarzelde even, kreeg de woorden bijna niet over mijn lippen. 'Ze lijkt op mijn moeder,' zei ik uiteindelijk. 'Ze lijkt angstaanjagend veel op haar. De woedeaanvallen, de huilbuien. Zelf herinner ik me die niet, maar mijn grootmoeder heeft erover verteld. Ik maak me zorgen, Fernando, ik maak me zóveel zorgen.'

Fernando legde zijn schrijfveer neer en keek peinzend voor zich uit. 'Op die manier. Maar denk je dat het iets uitmaakt als we haar meenemen?'

'Het helpt zéker niet als we haar achterlaten. Mijn moeder raakte helemaal de weg kwijt toen ze door mijn vader in de steek werd gelaten, en ze herstelde daar niet meer van. Bij de minste tegenslag ging het telkens weer mis. Daarom kwam mijn grootmoeder bij ons wonen.'

'We laten Ana niet in de steek.'

'Maar zo voelt zij het wel.'

Na enig nadenken knikte Fernando. 'Goed,' zei hij, 'doe maar wat jij denkt dat het beste is.'

Ana was dolblij toen ze hoorde dat ze het komend voorjaar mee mocht naar Granada. Haar nukkige gedrag en huilbuien maakten plaats voor uitgelaten vrolijkheid. Ze was zo druk dat Ysabel tijdens het diner geërgerd zei: 'Wees alsjeblieft een tijdje stil, Ana. Mama, ze krijgt toch wel een eigen tent, hoop ik?'

Ana gooide een stuk brood naar haar hoofd, waarop Juan in lachen uitbarstte.

'Fijn dat je meegaat,' zei hij. 'Samen is het veel leuker.'

Ik keek van de een naar de ander. Het was me al eerder opgevallen dat Ana in Juans gezelschap veel evenwichtiger was, alsof zijn rustige karakter een kalmerende invloed op haar had. Misschien waren het niet zozeer Fernando en ik die ze niet kon missen, maar was het haar broer. Uit ervaring wist ik hoe sterk de band tussen broer en zus kon zijn. Opeens zag ik Alfonso voor me, jong en lachend, en zo levensecht dat de pijn die ik dacht overwonnen te hebben me de adem benam. Even snel als de herinnering gekomen was, vervaagde ze weer en ik ademde een paar keer diep in en uit. Mijn blik gleed liefdevol naar Juan en Ana, en ik vermaande hen niet toen ze elkaar begonnen te kietelen.

Het staartje van de winter brachten we door in Salamanca, waar we het bericht ontvingen dat emir Hassan overleden was. Door zijn ziekte had hij het bestuur van zijn koninkrijk al langere tijd overgelaten aan zijn broer, El Zagal, maar de inwoners van Granada wisten nog steeds niet of ze hem moesten volgen of Boabdil.

Fernando en ik realiseerden ons dat de strijd om de opvolging tussen Boabdil en El Zagal nu pas echt begon en dat we daar gebruik van moesten maken. Maar nog voor we contact konden leggen met Boabdil schreef hij ons dat hij een mogelijkheid zag om zijn oom af te zetten, maar dat hij daarvoor troepen, wapens en munitie nodig had. We stuurden Gonzalo met alle benodigdheden naar hem toe, en zodra ons leger compleet was trok Fernando naar Vélez-Málaga om El Zagal uit het Alhambra te lokken.

Zoals gehoopt verliet El Zagal het paleis en haastte hij zich met zijn troepen naar het stadje waar Fernando bezig was de muren aan stukken te schieten. Intussen viel Boabdil, met de hulp van Gonzalo en zijn troepen, het Alhambra binnen en doodden ze de aanhangers van El Zagal. Toen er niemand meer in leven was, nam Boabdil plaats op de troon in de met bloed besmeurde zaal en riep zichzelf uit tot koning.

35

Het legerkamp in de velden rond Málaga leek op een felgekleurde stad. Verspreid over de heuvels stonden gele, blauwe en rode tenten, met spits oplopende daken waar vaandels aan wapperden in de lentebries.

In het midden van het kamp bevonden zich de tenten van de edelen, die in een ring om het koninklijk paviljoen stonden. Dat bestond uit meerdere grote compartimenten om in te vergaderen en te wonen. Alle ruimtes waren ingericht met kostbare tapijten en meubels, en elke doorloop was voorzien van sierlijke voorhangen met koorden en kwasten.

Fernando had na de inname van Vélez-Málaga geen tijd verspild. Meteen na de val van het stadje had hij ons leger naar Málaga, de grootste havenstad van Granada, gevoerd. We vreesden dat El Zagal, ondanks de zeeblokkades die we hadden opgeworpen, hulp zou inroepen van zijn moslimbroeders in Noord-Afrika, dus moesten we Málaga snel in handen zien te krijgen.

Kort na onze aankomst namen Fernando en ik de kinderen mee om het kamp te bezichtigen. Ysabel was moe van de reis en trok zich terug in het koninklijk paviljoen, maar Juan en Ana wilden graag mee.

Omgeven door soldaten van de koninklijke garde liepen we langs de rijen tenten en de bouwsels van hout en klei waarin de lager geplaatste soldaten sliepen. Ze maakten muziek en zongen, of zaten op een strobaal hun wapens te slijpen.

Kookvuren rookten, varkens draaiden rond aan het spit, en de geuren mengden zich met de penetrante lucht die te veel mensen op een kluitje altijd voortbrengen.

Aan de rand van het kamp, omgeven door een streng bewaakte houten palissade, stond de nieuwe artillerie opgesteld: grote slingerwerktuigen, stormrammen en zeven enorme donderbussen. De wachters openden het hek en de kinderen renden naar binnen.

Fernando volgde hen en wees naar de slingerwerktuigen. 'Hiermee kunnen we van alles de stad in werpen. Stenen, fakkels, vuurtonnen, noem maar op. Wat je daarnaast ziet zijn katapulten. Die doen hetzelfde, maar sneller en met kleinere projectielen.'

'En wat zijn dat?' Ana holde naar de bombaarden.

Juan ging naast haar staan en vol ontzag bekeken ze de acht meter lange gevaarten, die op onderstellen van zware houten balken met wielen stonden.

'Dit zijn bombaarden, of donderbussen. Onze belangrijkste wapens,' zei Fernando trots.

'Wat zijn ze groot!' Juan liet zijn hand over het brons van de loop glijden.

'Groot, en ontzettend zwaar. Er zijn zestig ossen en tweehonderd mannen nodig om er een in beweging te krijgen, dus je kunt ze niet zomaar verplaatsen. Je moet goed nadenken waar je ze wilt neerzetten.'

'Maar daarna kun je er de hele stad mee platschieten, toch?' Ana keek naar mij, maar ik knikte slechts. Ik wist er genoeg vanaf, maar ik wilde Fernando dit moment met zijn kinderen niet afnemen.

'Dat kan, maar niet op één dag,' zei Fernando. 'Het duurt minstens twee uur voor de loop is afgekoeld en je hem weer kunt gebruiken, dus je kunt er hoogstens zeven keer per dag mee schieten.'

'Zeven keer? Wat heb je er dan aan?' vroeg Ana.

'Dat zul je nog wel zien. Ze richten een enorme ravage aan.'

Ana liep om de donderbus heen en wierp een blik in de loop. 'Moeten daar de stenen in?'

Fernando begon een verhaal over hoe buskruit in de donderbus moest worden ingebracht en aangestampt. Hij liet een soldaat voordoen hoe je een stenen bal in de loop schoof en vertelde dat je daarna het kruit met een gloeiende staaf moest ontsteken.

Het was vooral Ana die geïnteresseerd luisterde. Juans aandacht verslapte al snel, en toen hij vroeg of hij terug mocht naar de tent om te lezen, voer Fernando tegen hem uit.

'Hij is nog jong,' zei ik tegen mijn echtgenoot toen we terugliepen. 'Zijn belangstelling voor krijgskunde komt nog wel.'

'Dat is te hopen,' zei Fernando humeurig. 'Of hij het leuk vindt of niet, vanaf nu is hij bij alle beraadslagingen en inspectierondes aanwezig. Hij moet leren van dit beleg. Morgen gaat hij met mij mee. De hele dag.'

Veel steden hadden zich bij de nadering van het Castiliaanse leger zonder strijd overgegeven, maar we hadden weinig hoop dat Málaga dat voorbeeld zou volgen. Spionnen van Boabdil wisten te vertellen dat Hamete Zegri, de stadscommandant, van plan was om Málaga koste wat kost te behouden. Het antwoord op ons voorstel tot een vreedzame overgave was dan ook een resoluut 'nee'.

Een dag na die afwijzing reden Fernando en ik met Gonzalo, Rodrigo en Gutierre naar een heuveltop vanwaar we goed zicht hadden op Málaga.

De eerste tijd zeiden we geen woord. We keken naar de stad, die als een glinsterend juweel, omzoomd door palmbomen, aan onze voeten lag. Achter de witte huizen ruiste de zee, fonkelend en azuurblauw. Het leek het paradijs wel, en een gevoel van diepe spijt dat we die schitterende stad moesten beschieten nam bezit van me. Een lichte wanhoop ook, bij de aanblik van de dikke omwalling, voorzien van honderden torens, en het machtige alcazaba, het fort, dat ook omringd was door dikke wallen. Vanuit het alcazaba voerde een weg naar het kasteel, het Gibralfaro, dat zich hoog boven de stad verhief en een belangrijke verdedigingspost vormde.

'Dit wordt moeilijk,' zei Rodrigo na een lange stilte. 'Ik weet niet of we genoeg munitie hebben om al die muren en torens te slopen. Misschien is het beter om de stad gewoon uit te hongeren.'

'Dat gaat maanden duren. Misschien wel een jaar,' merkte Gonzalo op. 'Door al die hellingen zal het moeilijk worden om een goed gesloten kordon te vormen. Ik stel voor dat we de stad op een paar plekken beschieten. Zodra de bressen groot genoeg zijn, rollen we er gevechtstorens naartoe en springen we over de muren.'

'Dan moeten we eerst torens bouwen. Dat gaat veel tijd kosten,' zei Rodrigo.

Er viel opnieuw een stilte. Ik bleef naar de stad staren, en pas toen ik om me heen keek merkte ik dat alle ogen op mij gericht waren.

‘We hebben tijd,’ zei ik. ‘Het voorjaar is nog niet eens begonnen. Laat de mannen zo snel mogelijk met de bouw van de torens beginnen. Málaga krijgt de volle laag.’

Terwijl de winter plaatsmaakte voor de lente, de lucht steeds vaker blauw was en de zon het kamp verwarmde, werden er dagelijks karrenvrachten hout aangevoerd. De timmerlieden zetten zich vol ijver aan de bouw van de gevechtstorens. Ik hield er regelmatig inspectie, en toen ik daar op een dag van terugkeerde lag er een brief van Beatriz op me te wachten. Andrés en zij logeerden bij familie in Jaén en nu ze zo dichtbij was wilde ze mij graag bezoeken.

‘Ik hoop dat het veilig genoeg is om door het veroverde gebied van Granada te reizen en wat tijd met jou door te brengen,’ schreef ze.

‘Je bent van harte welkom,’ schreef ik terug. ‘Zorg voor een goed escorte en blijf op de hoofdwegen.’

Een paar dagen later arriveerde mijn vriendin, begeleid door een groot aantal ruiters. We vlogen elkaar in de armen.

‘Wat heerlijk om je weer te zien, Isabel! Je ziet er stralend uit,’ zei Beatriz.

‘Jij ook! Wat dapper van je om te komen.’

‘Andrés liet me met moeite gaan. Hij was bang dat de Moren het kamp zouden overvallen.’

‘Ze zouden niet ver komen,’ zei ik. ‘Als het niet veilig was, zou ik hier niet zijn en mijn kinderen al helemaal niet. Het kamp wordt goed bewaakt.’

Gearmd liepen we het koninklijk paviljoen in, waar we ons in het woongedeelte installeerden. Dienaren serveerden koude kruidendranken, pasteitjes, kaas en een schaal met noten.

Fernando en Juan maakten net een inspectierit te paard

rond het kamp, maar Ysabel en Ana kwamen binnen om Beatriz te begroeten. Vooral Ysabel was blij haar te zien. Ze was pas vijf toen ze tijdens de oorlog met Portugal bij Beatriz en Andrés in huis was opgevangen, maar ze herinnerde zich die tijd nog goed. Nadat ze even bijgepraat hadden trokken de meisjes zich terug en hervatten Beatriz en ik ons gesprek.

'Normaal gesproken laat je de kinderen toch in Castilië achter?' Beatriz nam een slokje van haar kruidendrank. 'Waarom zijn ze nu wel meegekomen?'

'Het leek Fernando en mij leerzaam om ze kennis te laten maken met het leven in een legerkamp,' zei ik. 'Voor Juans opvoeding is dat natuurlijk noodzakelijk, maar voor Ysabel en Ana is het ook nuttig. Op een dag zullen zij koningin zijn, van welk land dan ook, en ik wil dat mijn dochters goed voorbereid zijn op hun taak. Maar Maria en Catalina zijn in Córdoba achtergebleven. Zij zijn nog wel erg jong.'

'Ach, zijn de kleintjes er niet bij? Wat jammer. Je zult ze wel missen.'

De gedachte aan mijn jongste dochtertjes deed me opeens zo sterk naar hen verlangen dat het pijn deed.

'Elke dag,' zei ik zacht. 'Maar je weet hoe kwetsbaar kinderen van die leeftijd zijn. De omstandigheden in een legerkamp zijn niet ideaal. Voor je het weet zijn ze ziek.'

Beatriz knikte begrijpend. 'Gelukkig heb je de oudsten bij je. Hoe vinden ze het hier?'

'Ysabel woont liever in het alcazar, maar ze wil graag bij Fernando en mij zijn. Ana geniet echt van het kampleven. En Juan vindt alles goed, als hij zijn boeken maar heeft.'

'Leest hij zo graag?'

'Hij doet niet anders. Hij toonde even belangstelling voor zwaardvechten, maar hij bleek er weinig talent voor te hebben.

Voor boogschieten en jagen evenmin.'

'Dat zal wel een grote teleurstelling zijn voor Fernando.'

'Voor mij ook, eerlijk gezegd. Ik maak me er zorgen over dat hij zo graag op zichzelf is en alleen maar wil lezen.'

'Daar zou ik maar niet over in zitten,' zei Beatriz. 'Lezen geeft kennis, en kennis is macht.'

In de loop van de week kwamen de voedselvoorraden aan, deze keer over zee. Ze werden uitgeladen in de haven van Marbella en over de kustweg naar het kamp gebracht. Er arriveerden ook nog steeds nieuwe manschappen en artillerie, uit alle hoeken van Castilië en West-Europa. Twee schepen uit de Nederlanden brachten donderbussen en hout voor de gevechtstorens, en een schip uit Portugal was volgeladen met vaten buskruit. De hertog van Medina Sidonia legde in Marbella aan met een oorlogsvloot om de zeeblokkade te ondersteunen.

In een uiterste poging om Málaga te ontzetten trok El Zagal vanuit Baza op met zijn leger, maar vanuit het Alhambra stuurde Boabdil troepen die hem de pas afsneden. Daarna gebeurde er heel lang niets. Alle partijen hadden zich ingegraven, wachtend tot de ander in beweging kwam. Het werd juni en het was bloedheet, de donderbussen zwegen en in het kamp hing een lusteloze stemming. Iedereen bleef zo veel mogelijk uit de zon, maar in de tenten was het bijna nog warmer.

Op weer zo'n warme dag hadden we net het middagmaal gebruikt toen Rodrigo en Gonzalo aangediend werden. Fernando had zich teruggetrokken voor de siësta en de tafel stond nog vol schalen met botten van de lamsbouten, met eierschalen en restanten kaas. Het was ongebruikelijk dat we op dat moment gestoord werden, dus er moest iets gebeurd zijn. Terwijl de bedienden alles snel opruimden, ontving ik mijn vrienden.

‘We hebben net, tijdens een verkenningstocht in de omgeving, een zonderling aangehouden, Majesteit,’ zei Rodrigo. ‘Hij zat in de bloedhitte te mediteren, met zijn blik op het kamp gericht. Toen we hem aanspraken zei hij dat hij belangrijke informatie voor u heeft, dus we hebben hem meegenomen.’

‘Wat voor informatie?’ vroeg ik.

‘Die wil hij alleen met de koning en u delen, Majesteit.’

‘Denkt u dat het haast heeft? Wie is die man?’

‘Zijn naam is Ibrahim Algerbi. In Íllora wordt veel over hem gesproken,’ zei Gonzalo. ‘Hij is een kluizenaar die in een grot in de bergen leeft. De Moren noemen hem De Heilige, omdat hij de hele dag mediteert. Ze hechten grote waarde aan zijn uitspraken en voorspellingen. Volgens hen staat hij in contact met Allah.’

‘Met Allah,’ zei ik. ‘Toe maar. Goed, we zullen hem ontvangen zodra de koning wakker is. Breng hem naar het paviljoen voor de gasten en geef hem iets te eten en te drinken. En houd hem in de gaten.’

Mijn vrienden bogen en ik liep naar het woongedeelte van het paviljoen. Ysabel zat te lezen, Ana hing verveeld in een stoel.

‘Is er iets gebeurd?’ vroeg Ysabel terwijl ze opkeek van haar boek.

‘Nee, er is iemand die je vader en mij wil spreken, maar dat kan wachten. Waar is Juan?’

‘Hij houdt siësta,’ zei Ana. ‘Ik wil niet slapen, ik wil naar buiten. Het is zó warm hier. Zullen we een wandelingetje gaan maken?’

‘Buiten is het nog warmer,’ merkte Ysabel op.

‘Maar ik verveel me zo!’

‘Jij verveelt je altijd. Ik ken niemand die zich zo slecht kan vermaken en zoveel zeurt als jij,' zei Ysabel.

Ana liep langs haar zus en sloeg met een snelle beweging het boek uit haar handen, wat Ysabel een verontwaardigde kreet ontlokte.

'Geen ruzie maken, dames,' zei ik. 'Een wandelingetje is een goed idee. Ysabel, jij gaat mee. Je zit veel te veel met je neus in de boeken.'

'Daar heeft toch niemand last van,' zei Ysabel, maar ze legde het boek, dat ze van de grond had geraapt, toch weg. 'Zal ik vragen of Juan meegaat? Hij is nog maar net weggegaan.'

'Nee, laat hem maar even slapen. Hij kan slecht tegen de warmte,' zei ik. 'Maar ik kan Beatriz vragen of ze zin heeft om mee te gaan.'

We verlieten het koninklijk paviljoen en liepen naar de naastgelegen tent, waar Beatriz verbleef. Ze zat in de voortent, gebogen over een schaakbord. Tegenover haar zat graaf Alvaro de Braganza, en beiden hadden een kleur van inspanning.

'Ik ga winnen,' zei Beatriz zonder op te kijken. 'Als je het niet erg vindt, deel ik nog even de genadeslag uit aan Don Alvaro.'

Ze verplaatste een stuk en de graaf slaakte een kreet van frustratie.

Met een glimlach draaide ik me om en verliet de tent.

'We wandelen vandaag met z'n drieën, meisjes,' zei ik. 'Kom, ik wil jullie iets laten zien.'

Omgeven door soldaten van de koninklijke garde, van wie vier man een baldakijn boven ons hoofd hield, liepen we door het kamp. De soldaten gingen opzij, juichten en klapten. Ik liep glimlachend en knikkend door naar een wat hoger gelegen plek waar ik die ochtend een metershoog zilveren kruis had laten plaatsen. Het edelmetaal blikkerde in de zon, alsof het met zijn weerkaatsing de hele omgeving van een waarschuwing wilde voorzien.

Ysabel en Ana keken vol ontzag omhoog.

'Waarom staat dat hier?' vroeg Ana.

'Zodat de Moren het goed kunnen zien,' zei ik. 'Als ze op de stadsmuren in onze richting kijken, worden ze verblind door de reflectie. Zo herinneren we ze eraan dat wij onder Gods bescherming staan. Ik laat ook klokken en bellen ophangen.'

'Klokken en bellen?' zei Ysabel verbaasd.

'Om de wissel van de wacht mee aan te kondigen, en om de vijand mee op de zenuwen te werken.'

'Ook 's nachts?' vroeg Ana verschrikt.

'Ja.'

'Maar dan kan ik niet slapen!'

'Op een gegeven moment slaap je er wel doorheen. Het is belangrijk dat de vijand weet dat ons kamp ook 's nachts goed bewaakt wordt.'

'Dat vind ik inderdaad een heel geruststellend idee,' zei Ysabel. 'Ik vind het niet erg als we er af en toe wakker van worden.'

We liepen door. Kleine hagedissen schoten voor onze voeten weg en verdwenen onder stenen en in het zand. De vaandels op de tentdaken hingen slap naar beneden en de soldaten hadden de spaarzame schaduwplekken opgezocht.

Aan de rand van het kamp werd onder overspanningen van tentdoek hout gezaagd voor de gevechtstorens. Alleen de arbeiders die de planken in de torens bevestigden werkten in de volle zon. Overal klonk getimmer, en de geur van vers geschaafd hout mengde zich met die van het zweet van de arbeiders.

Tot mijn genoegen vorderde de bouw goed. Als we de torens nu naar de muren rolden, zouden ze in hoogte tot halverwege komen.

'Ik denk dat ze over een paar dagen wel klaar zijn,' zei ik.

‘We gingen toch met de donderbussen schieten?’ vroeg Ana.

‘Eerst moeten die torens af zijn, dan kunnen de soldaten gemakkelijker over het restant van de muren heen klimmen. We hebben te weinig donderbussen om alles plat te schieten,’ zei ik.

‘Ik wil het zien als ze worden aangestoken. Wil je me dan waarschuwen, mama?’

Ysabel schoot in de lach. ‘Dat hoor je vanzelf wel.’

In de schaduw van een groepje bomen keken we nog een tijdje naar de werkzaamheden, maar toen het te warm werd in onze brokaten jurken wandelden we terug.

Bij het gastenpaviljoen was opschudding ontstaan. Geschreeuw drong tot me door, en een aantal edelen liep geagiteerd heen en weer.

‘Waar is de koningin? Zoek de koningin!’ hoorde ik roepen.

Ik wilde mijn pas versnellen, maar de commandant hield me tegen en keek waakzaam naar het paviljoen.

‘Wat is daar aan de hand?’ vroeg hij.

Een groep soldaten had er een kordon omheen gelegd, en mijn hart stond bijna stil. Juan, Fernando!

‘Ga vragen wat er gebeurd is,’ zei ik tegen de commandant.

Hij gaf zijn mannen bevel om mijn dochters en mij te beschermen en liep weg, maar halverwege kwam Gonzalo aanlopen. De soldaten lieten hem door en hij bleef met een spierwit gezicht voor me staan.

‘Goddank, u bent ongedeerd. Ik was zó ongerust toen u en de prinsessen niet terugkwamen,’ zei hij.

‘Is er iets met Fernando of Juan?’

Gonzalo schudde zijn hoofd. ‘Nee, wees maar niet bang. Maar er is wel een aanslag gepleegd op markiezin De Bobadilla en graaf De Braganza.’

Ysabel en Ana, die naast me waren gaan staan, slaakten een kreet.

Vol ontzetting keek ik Gonzalo aan. 'Ze zijn toch niet...'

'Ze leven nog. De man die op u wachtte, Ibrahim Algerbi, heeft hen aangevallen. Eerst de graaf en toen de markiezin. Gelukkig mankeert zij niets. De graaf wel, hij heeft een flinke hoofdwond.'

'Breng me naar hen toe.'

'De graaf is naar het hospitaal gebracht, de markiezin is nog in het gastenpaviljoen. Ik moet u waarschuwen dat Algerbi zijn straf al heeft gehad en dat het geen prettig gezicht is. Misschien kunt u beter...'

'Jullie blijven hier,' zei ik tegen mijn dochters. 'Soldaten, bescherm de prinsessen.' Vervolgens liep ik met Gonzalo naar de tent.

Het lijk van Ibrahim Algerbi lag tussen de voorhang. Er was weinig van hem over: zijn lichaam was in stukken gehakt en zijn hoofd lag een eindje verderop. Ik stapte over het lijk heen, ging de tent in en daar zat Beatriz op een stoeltje, trillend en doodsbleek. Het schaakspel op tafel zat onder het bloed.

Zodra Beatriz me zag stond ze op, en we vlogen elkaar in de armen.

'Goddank dat je nog leeft! Ben je niet gewond?' Ik liet haar los om haar te bekijken.

'Nee, gelukkig niet, maar het scheelde niet veel. Die man, Algerbi, viel eerst Don Alvaro aan, waardoor ik weg kon komen.'

'Maar waarom deed hij dat? Wat is er precies gebeurd?'

'Ik denk dat hij ons voor Fernando en jou aanzag. Ik zat te schaken met de graaf toen Algerbi vanuit een ander deel van de tent binnenkwam. Hij vroeg om een beetje water en op het moment dat de wachter zich omdraaide, haalde Algerbi een kromzwaard onder zijn mantel vandaan en kwam hij op ons af. Hij schreeuwde iets in het Arabisch, haalde uit naar de graaf en raakte zijn hoofd. Ik vluchtte, maar hij kwam achter me aan met dat vreselijke zwaard. Toen hij weer uithaalde, bukte ik snel en het lemmet ketste af op de juwelen in mijn hoofdtooi. Daarna probeerde hij het nog een keer, maar het zwaard raakte verstrikt in de draperieën van de tent. Op dat moment sprongen de wachters op hem af en staken hem neer. Het ging allemaal heel snel.' Beatriz sloot haar ogen en werd nog bleker dan ze al was.

'Ga even zitten, straks val je nog flauw. Wat een verschrikkelijk verhaal!' Ik keerde me naar Gonzalo toe. 'Hoe kon dit gebeuren? Hoe kon die man een zwaard bij zich hebben?'

'Dat vraag ik me ook af.' Fernando kwam binnen. Hij had zich duidelijk met grote haast laten aankleden, want zijn wambuis zat scheef. Achter hem verscheen Juan, met grote ogen. Hij vloog naar me toe en ik sloeg een arm om hem heen.

Fernando liep naar Beatriz en nam haar handen in de zijne. 'Beatriz, ik ben zó blij dat je ongedeerd bent. Het spijt me vreselijk dat je dit hebt moeten meemaken.'

'De aanslag was waarschijnlijk voor de koningin en u bedoeld, Majesteit,' zei Beatriz.

'Dat weet ik wel zeker.' Fernando liep naar de ingang van de tent en keek naar het lijk van Algerbi.

Gonzalo ging naast hem staan. 'Jammer dat die ellendeling zo'n snelle dood heeft gekregen, maar hij is in ieder geval op weg naar de hel.'

'Ik betwijfel of ze hem daar willen hebben,' zei Fernando grimmig.

36

God had ons met Zijn tussenkomst bewaard, en daar bedankten we Hem voor met een speciale mis. Wat er over was van Algerbi lieten we, ledemaat voor ledemaat, met een katapult over de muren van Málaga schieten. Fernando gaf opdracht de bewaking rond het koninklijk paviljoen uit te breiden tot tweehonderd soldaten. Niemand mocht de tent betreden zonder uitgebreid te zijn onderzocht op verborgen wapens, en geen vreemdeling kreeg nog toegang tot Fernando, mij en de kinderen.

Don Alvaro overleefde de aanslag, maar de wond in zijn gezicht was zo diep dat hij er hoogstwaarschijnlijk een flink litteken aan over zou houden.

Samen met Beatriz bezocht ik hem in het hospitaal.

'Ik ben dankbaar omdat hij mij als eerste aanviel, Doña De Bobadilla,' zei hij. 'Daardoor kon u ontsnappen. En ik ben zeer dankbaar omdat hij niet in de buurt van de koning en de koningin is gekomen. We hadden er rekening mee moeten houden dat de Moren hun toevlucht zouden nemen tot een list.'

'Als Fernando geen siësta had gehouden, zouden we Algerbi gewoon ontvangen hebben,' zei ik. 'Niemand van de bewaking had in de gaten dat hij een zwaard bij zich had. De soldaten die dienst hadden zijn streng gestraft.'

'Ik ga morgen terug naar huis,' zei Beatriz. 'Ik wil niet dat Andrés van iemand anders hoort dat ik ben aangevallen. Bovendien zal hij dan willen dat ik terugkom, en hij heeft gelijk. Het was dom van me om hiernaartoe te komen.'

'Denkt u dat?' zei Don Alvaro. 'Ik denk eerder dat het Gods plan was.'

Het afscheid van Beatriz was kort maar intens. Ik was me er zeer van bewust dat we van geluk mochten spreken dat we afscheid kónden nemen.

'Het spijt me zo dat je gevaar hebt gelopen,' zei ik. 'Ik had gezegd dat het hier veilig was. Ik voel me schuldig.'

'Dat hoeft niet.' Beatriz kuste me op de wang. 'Don Alvaro heeft gelijk, het was voorbestemd. Als ik niet gekomen was, had die Moor zich niet vergist en dan had hij jou gedood. Dag lieve Isabel. Pas goed op jezelf.'

Ze stapte in de reiswagen en wuifde toen die zich in beweging zette. Ik keek hem na tot hij achter een heuvel verdween en liep toen langzaam terug naar het paviljoen.

'Ik denk dat de kinderen en jij beter met Beatriz mee hadden kunnen gaan,' zei Fernando 's avonds tijdens het diner. 'Ik zou me een stuk geruster voelen als ik wist dat jullie veilig waren.'

'We zíjn veilig,' zei ik. 'De bewaking is flink aangescherpt en we zijn allemaal voorzichtiger geworden. Er komt geen tweede aanslag.'

'Dat weet je niet. Ik wil dat jullie teruggaan.'

'We kunnen niet terug.' Ik knikte naar de bediende, die me een schotel gebraden pauw met perziken voorhield. 'Wat denk je dat het met het moreel van de soldaten doet als ik vertrek? Ze zullen denken dat we er niet meer in geloven, en dan kun je moeilijk verwachten dat zij zich nog inzetten. Nee, ik blijf hier tot Málaga zich overgeeft.'

'Dat kan nog maanden duren.' Fernando nam een slok wijn en zette zijn beker terug op tafel. 'Er wordt nog steeds voedsel de stad binnengehaald, via sluiproutes. Waarom zijn die verdraaide gevechtstorens ook nog niet af. Ik wil vergelding! We kunnen die aanslag niet over onze kant laten gaan. Ik wil Málaga bombarderen.'

'Dan doen we dat,' zei ik.

Ik had veel gehoord over de kracht van de donderbussen, maar toch was ik niet voorbereid op het spektakel dat ze veroorzaakten. De volgende ochtend, toen ze in stelling waren gebracht en de eerste werd afgevuurd, klonk er een klap zoals ik nooit eerder had gehoord. Tot in de verre omtrek beefde de aarde, de paarden in het kamp hinnikten angstig en mijn kinderen doken ontzet ineen. We stonden op een helling even buiten het kamp, zodat we de aanval op Málaga goed konden zien. De klap werd gevolgd door een enorme vlam, waarop de stenen bal wegschoot, recht op de stadsmuur af. Met een verschrikkelijke dreun trof hij doel. Het bovenste deel van de muur brak in stukken, in het onderste deel verschenen grillige barsten.

'Nog een keer!' riep Ana.

'Dat kan niet. Niet op dezelfde plek in ieder geval. De loop moet eerst afkoelen,' zei ik. 'Het oostelijke deel wordt nu onder vuur genomen.'

Weer klonk er een gigantische klap. De kinderen drukten hun handen tegen hun oren en krompen opnieuw ineen toen de donderbus zijn lading uitspuwde. Deze keer bevatte die een vuurbal, bestaande uit hennep, pek, zwavel en buskruit, die tijdens zijn val vlammen verspreidde alsof God zelf Zijn toorn over de stad uitstortte. Op verschillende plekken in de stad brak brand uit, en terwijl de rook opsteeg kreeg de westelijke muur het zwaar te verduren door het geweld van de donderbus.

Aan het einde van de dag lag Málaga er zwaargehavend bij, maar de muren stonden er nog wel. Ik was teleurgesteld.

'Als de torens klaar waren geweest, hadden we over de muren kunnen komen. Nu hebben de Moren tijd om de schade te herstellen.'

'Die ingestorte stukken repareer je niet zomaar. Ze kunnen hoogstens de ergste bressen opvullen,' zei Fernando. 'De volgende keer schieten we de muur helemaal in puin.'

Een kleine week later waren de torens klaar. Om bloedvergieten te voorkomen deden Fernando en ik Hamete Zegri opnieuw een voorstel: als hij Málaga aan ons overdroeg, zouden de inwoners de stad kunnen verlaten met behoud van al hun eigendommen, maar als hij ons dwong Castiliaans bloed te verspillen, zou er geen genade zijn.

De commandant weigerde, ook al moest de honger inmiddels groot zijn, en dus liet Fernando de houten torens naar de muren rollen. Vanaf de afgebrokkelde weergangen keken de Moren toe, de handbogen in de aanslag. Zodra Fernando en zijn mannen binnen schootsafstand kwamen, vuurden ze een regen van brandende pijlen op hen af. Desondanks beklommen mijn mannen de torens met ware doodsverachting en probeerden ze over de muren te komen, die fel verdedigd werden.

Vier dagen lang duurde de strijd, en aan beide kanten vielen zoveel slachtoffers dat ik niet meer naar de aantallen durfde te informeren. Samen met mijn kinderen bezocht ik het hospitaal, dat uitgebreid werd van zes middelgrote tenten naar twee enorme paviljoens.

Ik verwachtte dat Ysabel wat om zich heen zou kijken, maar tot mijn aangename verrassing nam ze plaats naast de veldbedden, hield ze handen vast en sprak ze de gewonde soldaten moed in. Ik deed hetzelfde, met Juan en Ana in mijn kielzog. Zij waren met hun zeven en negen jaar nog iets te jong om de soldaten bij te staan, en ze stonden stokstijf naar hun verwondingen te kijken. Na het bezoek aan het hospitaal spraken ze de hele verdere dag geen woord meer.

Málaga hield stand. Hamete Zegri dreigde alle zeshonderd christelijke gevangenen die in het alcazaba vastgeketend zaten te doden, waarop Fernando liet weten dat hij geen Moor in Castilië in leven zou laten als dat gebeurde. Vervolgens liet Fernando alle donderbussen naar één plek verslepen en opende hij het vuur op het meest gehavende deel van de stadsmuur. Tegen dat bombardement was de omwalling niet bestand en de stenen verkruimelden voor onze ogen. Niet lang daarna, toen het stof opgetrokken was, klom een kleine delegatie inwoners op de puinhoop, zwaaiend met witte vlaggen ten teken van overgave.

Maar er was geen genade voor Málaga, niet nadat onze vredesvoorstellen zo vaak waren afgeslagen. De Moren stuurden een boodschapper met het bericht dat ze akkoord gingen met ons voorstel, waarbij iedereen met behoud van eigendommen de stad mocht verlaten, maar voor Fernando en mij kwam die knieval te laat, nadat zoveel Castiliaans bloed was vergoten.

'Ze kunnen naar de duivel lopen,' zei Fernando grimmig. 'Ik

sleep ze allemaal naar de slavenmarkt.'

Op 18 augustus 1487, na een beleg van ruim drie maanden, reden we Málaga binnen. De straten waren bedekt met puin, en de verschrikkelijke stank van de honderden lijken die eronder lagen benam me de adem.

Ik was me er pijnlijk van bewust dat er ook vrouwen en kinderen onder de ingestorte huizen lagen, maar ik probeerde daar niet te veel bij stil te staan. De inwoners hadden de verwoesting van hun stad en hun gang naar de slavenmarkt kunnen voorkomen, dit was het gevolg van hun eigen keus.

Uiterlijk onbewogen reed ik door de straat die langzaam omhoogvoerde naar het alcazaba, waar de christelijke gevangenen opgesloten zaten.

Rodrigo en Gonzalo waren vooruitgegaan om ze te bevrijden, en halverwege kwam de stoet ons tegemoet. Vol ontzetting zag ik ze naderen: een lange rij mannen, vrouwen en kinderen met ijzeren kettingen om hun enkels. Velen konden amper op hun benen staan. Ze sleepten zich voort, droegen gerafelde hemden en waren zo mager dat hun botten zichtbaar waren.

Fernando en ik wisselden een blik. Hij zag er ontdaan uit en ook mijn ogen werden vochtig.

Ik gaf een kort bevel en een van de soldaten tilde een groot zilveren kruis van de wagen achter ons. Hij overhandigde het aan de aartsbisschop van Sevilla, die het kruis omhooghield en voor de bevrijde gevangenen uit ging lopen.

Fernando en ik keerden onze paarden, namen onze plek achter de aartsbisschop in en leidden in processie de zeshonderd christenen naar het kamp.

Met de val van Málaga leek Granada's lot bezegeld. Het verlies van de grootste havenstad van het koninkrijk was een enorme dreun voor de Moren, een die ze niet meer te boven konden komen.

De vreugde over onze zege galmde door de kerken en kathedralen in heel Europa, overal werden de klokken geluid. Processies trokken door de steden en er werden missen gehouden om God te danken voor de overwinning.

Boabdil stuurde ons zijn gelukwensen.

Maar we waren nog niet klaar. Het oosten van Granada, met de goed versterkte steden Guadix en Baza, was stevig in handen van El Zagal, en nog belangrijker, hij had de beschikking over de haven van Almería. Onze zeeblokkade voorkwam dat hij versterkingen uit Afrika aanvoerde, maar het zou veel beter zijn om de stad snel te veroveren. Helaas was dat onmogelijk. De aanhoudende hitte had ons leger verzwakt, en we waren door onze munitie heen. De confiscatie van de rijkdommen in Málaga was een welkome aanvulling voor de schatkist, maar we hadden gebrek aan mankracht. Castilië kon nauwelijks nog soldaten leveren, dus verhoogden we de soldij en deden we een oproep aan het buitenland. Het enige koninkrijk dat nog niets had bijgedragen aan de Heilige Oorlog was Aragón. Leeggezogen door de jarenlange strijd met Frankrijk weigerde de Cortes geld of soldaten beschikbaar te stellen. Er wás ook niet veel geld meer, maar Fernando vond toch dat Aragón zijn verantwoordelijkheid moest nemen.

'Als ik net als jij de Cortes buitenspel had gezet, dan had ik die bijdrage gewoon kunnen eisen in plaats van als een bedelaar toestemming te moeten vragen,' zei hij.

'De Cortes mag niet weigeren. Het is ook in hun belang dat we de oorlog winnen. Er zit misschien niet veel meer in de schatkist, maar manschappen kunnen ze toch wel leveren?'

'Zeker, en ik zal zorgen dat ze dat doen ook,' zei Fernando grimmig.

Juan was die zomer tien jaar geworden, de leeftijd waarop de edelen hem als kroonprins trouw hoorden te zweren, en we besloten dat dat een goede aanleiding was om naar Aragón te gaan. Aansluitend konden we het dan over financiering van de Heilige Oorlog hebben.

Eind 1487 reisden we met de kinderen en hovelingen naar Zaragoza, waar de eedaflegging plaats zou vinden.

'Waarom moet iedereen mij trouw zweren? Ik ben toch geen koning,' zei Juan terwijl hij zichzelf in de spiegel bekeek. Twee kleermakers controleerden of zijn kleding, die speciaal voor de gelegenheid voor hem gemaakt was, goed paste.

'Nog niet, maar het is belangrijk dat de edelen je nu al als troonopvolger erkennen,' antwoordde Fernando.

'Maar wat moet ik dan tegen ze zeggen?'

'Niet veel,' zei ik geruststellend. 'Elke edelman zweert dat hij je trouw zal dienen, en dan zeg jij: "Dank u, daar ben ik u zeer erkentelijk voor." Graaf De Quintanilla fluistert je hun namen wel in.'

Juan keek niet alsof hij zich verheugde op de ceremonie. Ik trok hem naar me toe en gaf hem een kus.

'We helpen je,' zei ik met een glimlach. 'Je staat er niet alleen voor.'

Op de vierde dag van het nieuwe jaar werd Juan plechtig ingehuldigd als troonopvolger, en tot onze opluchting was de Cortes bereid om niet alleen soldaten maar ook geld beschikbaar te stellen voor de oorlog tegen Granada.

Hoe belangrijk die beslissing was werd duidelijk toen El Zagal in het voorjaar van 1488 met zijn troepen Guadix verliet, de Castiliaanse grens overstak en verschillende stadjes in de omgeving van Jaén innam. Onmiddellijk trok Fernando vanuit Aragón met een vers leger naar Castilië en heroverde die plaatsen. Het liefst was hij meteen Granada ingetrokken, maar voor een grote aanval was het leger te klein. Hoe frustrerend ook, we moesten pas op de plaats maken en wachten op versterking uit het buitenland.

De noodgedwongen pauze gaf ons tijd om plannen te maken voor de toekomst van twee van onze kinderen. Vanuit Zaragoza startten we huwelijksonderhandelingen voor Ana, en we kwamen tot overeenstemming met Maximiliaan, aartshertog van Oostenrijk, de Nederlanden en Bourgondië. Zodra Ana oud genoeg was, zou ze trouwen met zijn zoon Filips, die bijna even oud was als zij. Catalina huwelijkten we uit aan Arthur, de oudste zoon van de Engelse koning.

Nadat de huwelijkscontracten gesloten waren bleef Fernando in Aragón om staatszaken af te handelen, en ik vertrok met de kinderen naar Jaén om de oorlogscampagne van 1489 voor te bereiden.

Het was slecht weer, het stormde en de vele plensbuien maakten de reis zwaarder dan anders. Ook toen we ons in het paleis van Jaén geïnstalleerd hadden bleef het koud en regenachtig.

Juan was veel ziek die winter. In de dagen dat hij met koorts in bed lag waakte ik zo vaak mogelijk bij hem. De staatszaken gingen door, maar zodra een vergadering was afgelopen of een audiëntie beëindigd haastte ik me terug naar mijn zoon. Met de komst van het voorjaar knapte hij op, en tegen die tijd keerde Fernando terug naar Jaén. Eind mei 1489 konden we eindelijk naar Córdoba, waar ons leger zich verzamelde.

Vanuit het alcazar keek ik toe hoe een enorme troepenmacht van veertigduizend infanteristen en dertienduizend cavaleristen op de rivieroever hun kamp opsloeg.

Een golf van ongeduld en opwinding ging door me heen. Het werd tijd om eindelijk het oostelijk deel van Granada aan mijn koninkrijk toe te voegen.

Deze keer was het doel Baza, een belangrijke vestingplaats in het hart van Oost-Granada. Dankzij Boabdil wisten we dat El Zagal naar het nabijgelegen Guadix was gevlucht en dat hij de verdediging van de stad overliet aan Cidi Yahye, de stadscommandant. We wisten ook dat de inwoners hun kelders en opslaggebouwen hadden volgestouwd met voedsel en munitie. Het zou moeilijk worden om de stad in te nemen, maar het was geen grotere uitdaging dan Málaga.

Begin juni trok Fernando met zijn leger naar Baza en omsingelde hij de stad.

Ik volgde het beleg noodgedwongen vanuit Jaén. Juan kwakkelde nog steeds met zijn gezondheid en hoewel het niet levensbedreigend leek, peinsde ik er niet over om hem achter te laten.

Terwijl ik mijn zoon in de gaten hield, zorgde ik ervoor dat het leger op tijd werd bevoorraad en overlegde ik via koeriers met mijn echtgenoot over de te nemen stappen tegen Baza. Hij stuurde een vredesvoorstel naar Cidi Yahye, maar dat werd resoluut afgewezen.

Helaas hadden we niet genoeg munitie voor de donderbussen, dus had Fernando geen andere keus dan de stad uithongeren.

'Waarschijnlijk houden ze het wel even vol,' schreef hij,

'maar op een gegeven moment zullen ze door hun voedsel heen zijn. Hopelijk nog vóór de herfst.'

Eind september sloeg het weer om. Fernando liet hutten van klei bouwen, voorzien van pannendaken. Ze waren net klaar toen een zware storm met plensbuien over het kamp trok. Vanaf de omringende bergen stroomde het water met grote snelheid het dal in waar het Castiliaanse kamp stond. Het grootste deel van de kleihutten en tenten spoelde weg, het terrein veranderde in een modderpoel en de soldaten smeekten Fernando om het beleg op te geven.

'Alles is doorweekt en het halve leger dreigt te deserteren,' schreef hij. 'Stuur alsjeblieft snel nieuwe tenten en voedselvoorraden.'

Dat was gemakkelijk gezegd, maar niet zo gemakkelijk gedaan. Jaén en Baza werden van elkaar gescheiden door een hoog en ruig gebergte dat met mooi weer al moeilijk te doorkruisen was. Het was onmogelijk om een groot konvooi via glibberige geitenpaadjes het legerkamp in te krijgen.

Ik zond een koerier naar Fernando met de boodschap dat ze moesten volhouden, en ik liet een leger van zesduizend werklieden de slecht begaanbare paden van planken voorzien. Ik liet bruggen bouwen om de route te verkorten, rotsblokken verwijderen om gevaarlijke passen te omzeilen en afzettingen neerzetten langs diepe kloven. Eind oktober lag er een goed begaanbare weg en ging ik op pad, gevolgd door veertienduizend ezels bepakt met voedsel en tenten.

Aan het hoofd van een leger werklieden reed ik een paar dagen later, gekleed in het blauw en met een zilveren kruis in mijn hand, het dal bij Baza in. Ik werd voorgegaan door in het wit geklede koorknapen die het Ave Maria zongen, en door priesters die met zilveren bellen klingelden. In processie schreden ze voort, als over het middenpad van een kathedraal. De Castiliaanse soldaten stroomden het kamp uit en keken met open mond toe, de Moren stonden doodstil in hun wapperende kaftans op de muren van Baza.

Dwars door het kamp reed ik op de stad af, de blauwe kap losjes over mijn hoofd, het zilveren kruis in mijn rechterhand. Op veilige afstand van de stad hield ik mijn paard in en bracht ik het kruis langzaam omhoog, om duidelijk te maken dat ik in Zijn opdracht kwam terughalen wat Hem toebehoorde.

Twee dagen later gaven de Moren zich over.

37

In tegenstelling tot hoe we de inwoners van Málaga hadden behandeld, schonken we die van Baza genade. Er had geen bloed gevloeid tijdens het beleg, dus gaven we ze de keus: de stad verlaten met behoud van hun bezittingen, of blijven als Castiliaanse onderdanen. In dat laatste geval mochten ze hun eigen religie blijven belijden.

Het was Gonzalo die ons had geadviseerd om genadig te zijn. Als militair gouverneur van Íllora wist hij dat de meerderheid van de Moren zich erbij had neergelegd dat Granada binnenkort een christelijke staat zou zijn. De Moren die daar niet mee konden leven waren al naar Afrika vertrokken, en degenen die bleven hoopten dat de islam getolereerd zou worden.

'Uwe Koninklijke Hoogheden zullen veel minder weerstand ondervinden als u de islam gedoogt,' zei hij. 'U kunt later altijd nog anders beslissen, maar voor nu is zorgen voor eenheid de beste strategie.'

Dat het een goed advies was bleek kort na de overgave van Baza. Via Boabdil kwamen we te weten dat de stadscommandant El Zagal had opgezocht om hem ervan te overtuigen dat de val van het Moorse koninkrijk onvermijdelijk was, en dat ze beter mee konden werken.

Vervolgens gebeurde het onvoorstelbare: El Zagal ging akkoord en droeg Guadix en Almería aan ons over. Fernando en ik waren dol van vreugde. Het oosten was van ons! Als dank schonken we El Zagal genade en lieten we hem met behoud van geld en goed naar Afrika vertrekken.

Ons laatste doel was de hoofdstad, Granada. Boabdil zou die volgens afspraak aan ons moeten overdragen, maar hij talmde.

'De inwoners vertrouwen me niet en houden me in de gaten. Als ik de stad nu aan Uwe Koninklijke Hoogheden geef, zullen ze me lynchen,' schreef hij.

'Wanneer kan hij het dan wél veilig doen?' vroeg Fernando zich humeurig af. 'Hij zoekt gewoon een excuus om in het Alhambra te blijven zitten en koning te spelen.'

'Schrijf hem dat we het begrijpen en erop rekenen dat hij zijn belofte nakomt zodra hij een gelegenheid ziet,' zei ik. 'Uiteindelijk zal hij dat wel moeten doen als hij zijn zoon terug wil.'

'Boabdil heeft meer zonen,' zei Fernando. 'Hij heeft Ahmed al bijna zes jaar niet gezien, hij bezoekt hem niet eens. Hij krabbelt terug, ik weet het zeker.'

Fernando kreeg gelijk. In januari 1490 verlieten Moorse soldaten de hoofdstad en namen ze het nabijgelegen fort van Padul in. Boabdil schreef dat hij geen keus had omdat zijn mensen op die aanval hadden aangedrongen, maar in mei nam zijn leger ook Alhendin en nog wat kleinere plaatsen in. Toen begrepen we dat onze zogenaamde bondgenoot helemaal niet van plan was om ons het Alhambra te bezorgen.

'Het liefst zou ik nu meteen het beleg slaan om Granada,' zei Fernando tijdens de raadsvergadering, 'maar dat heeft geen zin. De stad heeft genoeg voedselvoorraden om het een jaar mee vol te houden, en omdat ik steeds op Boabdils acties moet reageren, hebben ze de gelegenheid gehad om hun velden in te zaaien en kunnen ze tussendoor snel oogsten. Of ze halen hun voedsel uit andere steden.'

'Wat stelt u dan voor, Majesteit?' vroeg Gutierre.

'We zorgen ervoor dat er nérgens meer oogst is om binnen te halen,' zei Fernando. 'We branden nu echt alles plat.'

De zomer van 1490 stond in het teken van verwoesting. Fernando en zijn troepen raasden door Granada, vertrapten het koren, voerden het vee weg en staken de dorpen in brand. Vanaf de muren van de steden, waar de inwoners zich vol ontzetting verzamelden, was tot in de verre omtrek niets dan een landschap vol rookpluimen te zien.

Het was ook de zomer waarin Juan voor de eerste keer zijn vader vergezelde. Op 30 juni werd onze zoon twaalf en op die dag ridderde Fernando hem tijdens een ceremonie buiten, in het zicht van Granada. Daar zwoer Juan hem trouw, zoals iedere ridder aan zijn koning deed.

Vanaf dat moment mocht hij bij alle raadsvergaderingen aanwezig zijn en daar ook zijn mening geven.

In dezelfde maand werd Alfonso van Portugal vijftien. Oud genoeg om te trouwen, zoals koning João schreef. Er was geen enkele reden om het huwelijk met Ysabel nog langer uit te stellen; Portugal was klaar om zijn toekomstige koningin te ontvangen.

Lissabon was zes dagen rijden vanaf de Castiliaanse grens, geen afstand die je gemakkelijk aflegt voor een bezoek. De dag van Ysabels vertrek was dan ook een van de verdrietigste dagen van mijn leven.

Het huwelijk zou plaatsvinden in Évora. Ysabel werd naar Portugal begeleid door kardinaal De Mendoza en tientallen edelen, die allemaal bij de bruiloft zouden zijn. Volgens de regels van het protocol waren Fernando en ik niet aanwezig. Zodra onze dochter één voet op Portugese bodem had gezet, hoorde ze bij haar schoonfamilie en niet langer bij ons. En dus kusten Fernando en ik haar vaarwel en bleven we achter in Jaén.

Ik was dankbaar voor de extra tijd die ik met haar had gekregen, maar het afscheid doorboorde mijn hart.

'Dag mama,' zei Ysabel zacht. 'Niet huilen. Ik zal jullie missen, maar ik ben ook heel blij dat ik naar Portugal ga. Ik verheug me erop om Alfonso weer te zien.'

Ik knikte. Ondanks het leeftijdsverschil van vijf jaar hadden Alfonso en zij elkaar geschreven en portretten gestuurd. Voor zover ik kon beoordelen was hij van een vrolijk jongetje uitgegroeid tot een aantrekkelijke jongeman die ouder oogde dan zijn vijftien jaar.

'Maak onze geschenken pas open als je getrouwd bent,' zei ik. 'Je vader en ik hebben er een brief bij gedaan. Veel geluk, lieve kind. Ik zal je missen.'

We omhelsden elkaar nog één keer, toen nam Ysabel afscheid van haar vader, broer en zusjes en stapte in de reiswagen. Het rijtuig zette zich in beweging en opeens was het een andere winterdag, lang geleden, toen ze als tienjarig meisje boos en vol onbegrip was afgereisd naar Portugal. Toen was ze na twee jaar teruggekomen, maar deze keer was het afscheid voorgoed.

Zonen behield je na hun huwelijk, maar dochters raakte je onherroepelijk kwijt.

Dat jaar raakte ik echter niet alleen een dochter kwijt maar ook mijn zoon. Hoewel Juan nooit ver uit mijn buurt was, zag ik hem weinig. Hij vormde een twee-eenheid met Fernando, bracht het grootste deel van zijn dagen door met lessen in zwaardvechten en krijgskunde, en de tijd die overbleef ging op aan studie.

Ana was nu de oudste van de kinderen die ik dagelijks om mij heen had, maar onze verhouding miste het gemak waarmee Ysabel en ik met elkaar omgingen. Pas nu zij weg was ontdekte ik hoe ze gemoederd had over haar zusjes, en wat een rustgevende uitwerking ze had op Ana. Ook Maria, die inmiddels acht was, hield veel van haar oudste zus en had grote moeite met haar vertrek. Hoe erg ze haar miste merkte ik toen ik haar op een middag in haar kamer aantrof, waar ze verdrietig uit het raam zat te kijken.

'Maria, lieverd, wat is er?' Ik schoof naast haar in de vensternis en legde mijn hand op haar arm.

Ze haalde haar schouders op.

'Er is iets, ik zie het aan je.'

'Ik mis mijn zusje,' zei ze.

'Dat begrijp ik, we missen Ysabel allemaal.'

'Mijn andere zusje.'

Even keek ik haar niet-begrijpend aan, toen drong tot me door over wie ze het had, en een oud verdriet welde in me op. Er waren de afgelopen jaren zoveel momenten geweest waarop ik me had voorgesteld hoe het zou zijn als Teresa was blijven leven. Nog steeds zag ik in gedachten vaak twee meisjes als ik naar Maria keek. Ik wist alleen niet dat zij die leegte ook voelde.

'Ik mis haar ook,' zei ik zacht. 'Heel erg.'

'Waarom is zij doodgegaan en mocht ik blijven leven? Ik begrijp het niet.'

'Het is ook moeilijk te begrijpen, lieverd, maar ik weet zeker dat God voor haar zorgt.'

'Ze is niet helemaal weg, mama. Ik kan haar zien.'

Er viel een stilte waarin ik Maria onderzoekend aankeek. 'Hoe bedoel je, je kunt haar zien? Droom je over haar?'

'Nee, ik zie haar overdag. Soms hoor ik haar ook.'

'Lieverd, je weet dat dat niet kan. Teresa is er niet meer.'

'Het is echt zo, mama. Ik verzin het niet.'

Ik zuchtte en trok haar tegen me aan. 'Soms, als je iets heel graag wilt, kan het lijken alsof het echt is. Ik denk ook weleens dat ik mijn broertje, jouw oom Alfonso, zie.'

Maria wendde zich zwijgend van me af. Ik pakte voorzichtig haar kin en draaide haar gezicht naar me toe.

'Echt, lieverd, je haalt je maar wat in je hoofd. Maar als je Teresa erg mist, bid dan voor haar. Via God kun je dichter bij haar komen. Hij zal je steunen.'

'Dat weet ik. Daarom stuurt Hij haar af en toe naar mij toe.'

Er was geen spoortje verwarring in Maria's helderblauwe ogen te ontdekken, maar ik voelde een koude huivering over mijn huid glijden. Ik wist wat verdriet met je kon doen, hoe het je van je verstand kon beroven.

'Teresa is bij God, Maria,' zei ik, rustig maar beslist. 'Ze kan niet bij God én bij jou zijn. Je hebt Ana en Catalina nog, wees daar dankbaar voor.'

Een trek van teleurstelling gleed over Maria's gezicht. Ik wist dat ze zich onbegrepen voelde, maar ik was niet van plan om haar melancholie verder aan te wakkeren en haar te laten verdwijnen in een wereld waarin ik haar niet kon volgen. Met Ana ging het goddank beter, ik zou nu toch geen problemen met Maria krijgen?

Ik gaf mijn dochter een kus op de wang en liep naar de kinderkamer, waar Catalina onder het wakend oog van haar gouvernante aan het spelen was. Even keek ik vertederd naar mijn jongste, die over een maand alweer vijf werd. Ze was vrolijk en levendig, een echt zonnestraaltje. Van al mijn kinderen gaf zij mij de minste zorgen.

Catalina liep rond met een pop, maar opeens keek ze naar de deur en rende ze op me af. 'Kijk, mama, mijn pop heeft een nieuwe jurk!'

Ik hurkte neer en bekeek het lichtblauwe brokaten gewaad, dat ik door een kleermaker had laten maken. 'Prachtig! Gaat ze naar een feest?'

'Nee, het is haar trouwjurk.' Catalina streek een plooi in de stof recht en keek mij toen recht aan met haar helderblauwe ogen. 'Maria zegt dat ik ook ga trouwen en dat ik dan in Engeland moet wonen. Is dat waar?'

'Ja, maar pas als je groot bent.' Ik knuffelde haar.

'Maar ik wil helemaal niet naar Engeland.'

'Het duurt nog heel lang. En dan ben je koningin.'

Ze keek me nadenkend aan. 'Met een kroon? Net als papa en jij?'

Ik knikte.

'O,' zei ze. 'En komen jullie dan bij mij op bezoek als ik mijn kroon op heb?'

'Natuurlijk, die willen we graag zien.'

'Wordt Maria ook koningin?'

Dat was wel de bedoeling, maar er stond nog niets vast. Fernando en ik hadden prins James, de jonge troonopvolger van de koning van Schotland, op het oog, maar de huwelijksonderhandelingen wilden niet erg vlotten.

'Zeker,' zei ik echter, toen Catalina me vragend bleef aankijken. 'Ik ga ervoor zorgen dat jullie later allemaal een kroon dragen.'

De zorgen om mijn kinderen hielden me voornamelijk 's nachts bezig. Overdag werd ik in beslag genomen door staatszaken. Broeder Talavera had zich verdiept in de plannen van Cristóbal Colón om de Atlantische Oceaan over te steken, en na vele geleerden te hebben geraadpleegd raadde hij Fernando en mij af om een expeditie te financieren.

'Wat Don Colón wil is onmogelijk, Koninklijke Hoogheden,' zei hij. 'Zijn aannames berusten op te zwakke gronden om serieus genomen te kunnen worden. Uwe Majesteiten zouden een groot risico nemen door hem een vloot te geven. Als er inderdaad landen liggen aan de andere kant van de Atlantische Oceaan, dan zouden die allang ontdekt zijn.'

'Don Colón beweert dat dat ook het geval is,' zei ik. 'Hij heeft eeuwenoude geschriften in zijn bezit waarin zeevaarders melding doen van die landen.'

'Maar wáár liggen ze precies, Majesteit? Kan Colón ze bereiken, en als hij ze bereikt, is hij dan in staat om terug te zeilen? Zo'n reis kan jaren duren. Naar mijn mening is de kans groot dat u uw vloot nooit meer terugziet.'

Ik wierp een blik op Fernando, die peinzend voor zich uit keek.

'Koning João heeft ervan afgezien,' zei hij. 'Charles van Frankrijk eveneens. Zij zullen dezelfde conclusies hebben getrokken.'

'João heeft ervan afgezien omdat hij er al een paar zeevaarders op uit heeft gestuurd,' zei ik.

'Ja, en hij wacht nog steeds op hun terugkeer.'

'Broeder Talavera zegt net dat het jaren kan duren voor ze terugkomen. Wat als Don Colón gelijk heeft en er daar ergens landen op ons wachten? Wat als João ons voor is en ze allemaal inneemt? Portugal zou dan de grootste natie van het westen worden, groter dan Europa of het Ottomaanse Rijk.'

Fernando trommelde met zijn vingers op de leuning van zijn stoel en wendde zich tot broeder Talavera,

'Zeg tegen Don Colón dat de oorlog tegen Granada momenteel al onze tijd en middelen opeist,' zei hij, 'maar laat hem ook weten dat onze interesse groot is. Vraag hem om nog even geduld te hebben.'

Met de komst van het voorjaar van 1491 werd het tijd om Granada de genadeslag toe te brengen. Het land rondom de hoofdstad was tot in de verre omgeving verwoest en de Moren uit die gebieden waren weggetrokken, naar het Alpujarra-gebergte en naar Noord-Afrika.

Fernando had de gewassen rond de stad telkens weer vernield, maar de inwoners hadden hun voorraadkelders weten te vullen door vanuit Guadix en Baza voedsel te laten aanvoeren. Die tijd was voorbij. Onze strategie was eenvoudig: we zouden geen bloed vergieten maar Granada door middel van uithongering definitief op de knieën dwingen. In april, toen de velden bedekt waren met klaprozen, trokken Fernando en ik met de kinderen en het leger op naar de hoofdstad.

Het leek wel alsof alle inwoners waren uitgelopen om onze aankomst te zien; het zag zwart van de mensen op de muren. In doodse stilte keken ze toe hoe ons formidabele leger de stad omsloot.

'Ze zijn bang,' zei Fernando. 'En terecht. Ze verwachten donderbussen, maar ze krijgen een langzame dood. Op een gegeven moment zijn ze door hun voedselvoorraden heen.'

'En dan?' vroeg Juan. 'Wat gebeurt er dan met die mensen?'

'Wie dan nog leeft kan kiezen: zich onderwerpen aan de Castiliaanse kroon of vertrekken.'

'Maar hoe kunnen ze zich onderwerpen aan de Castiliaanse kroon als ze Allah aanbidden? Ze zouden dan toch katholiek moeten worden? Of mogen ze dat zelf beslissen?'

Er viel een korte stilte, waarin Fernando en ik een blik wisselden.

'Voorlopig wel,' zei ik. 'Mensen zijn sneller bereid zich over te geven als ze denken dat ze hun eigen religie kunnen behouden.'

'En dat mogen ze niet? Maar dat is niet eerlijk!'

'Nee,' zei Fernando. 'Dat is strategie.'

De eerste weken van het beleg gebeurde er niet veel. Ik hield me bezig met de inrichting van het koninklijk paviljoen, dat met zijn overdaad aan tapijten en meubels niet onderdeed voor de woonvertrekken van onze paleizen.

Op de wallen van Granada hielden de Moren ons kamp nauwlettend in de gaten. Aanvankelijk dag en nacht, maar toen ze doorkregen dat we van plan waren om ze uit te hongeren, probeerden ze een gevecht uit te lokken. Meerdere keren deden ze uitvallen die hen tot de rand van het kamp brachten, maar Fernando droeg onze mannen op zich niet tot een veldslag te laten verleiden. Het enige wat hij hun toestond was het kamp verdedigen.

Terwijl de weken voorbijgingen werden de Moren steeds brutaler, en op een middag waagde een van hun belangrijkste strijders, Yarfe, zich zo dicht bij het kamp dat hij een speer tussen de tenten kon werpen. Er zat een brief aan, vol beledigingen aan mij.

Ik trok me er niet veel van aan, maar het kamp gonsde van woede. Die nacht slopen vijf jonge soldaten naar Granada om mij te wreken. Ze slaagden erin om via een kleine, slecht bewaakte poort binnen te komen, slopen door de steegjes naar de moskee en nagelden een bord met de woorden AVE MARIA aan de deur. Goddank slaagden ze er allemaal in om veilig terug te keren, en in de ochtend brachten ze verslag uit. Ik was de mannen dankbaar voor hun trouw, maar gaf ze ook een uitbrander omdat ze hun leven hadden gewaagd voor zoiets onbetekenends.

'Dit is precies wat de Moren willen: ons beledigen zodat we fouten maken,' zei ik. 'Bewaar je moed en kracht voor het moment waarop het nodig is, want dat gaat zeker komen.'

38

'Mama, heb jij ook weleens het gevoel dat het allemaal geen zin heeft?' vroeg Ana.

'Dat wat geen zin heeft, lieverd?'

We deden een kaartspelletje in het woongedeelte van het paviljoen. Het was juni, en veel te warm om een wandeling te maken of paard te rijden, wat Ana zo graag deed. Maar het was ook te warm om binnen te zitten kaarten, en Ana speelde lusteloos en ongeïnteresseerd.

'Gewoon, alles. Dat we leven en op een dag doodgaan.'

Ik zweeg even en legde een kaart. De blijdschap dat het beter met Ana leek te gaan was op slag verdwenen, en ik wist dat haar opmerking, tezamen met de zorgen over Maria, me die nacht uit mijn slaap zou houden.

'Ik denk dat iedereen zich dat weleens afvraagt,' zei ik aarzelend.

'Jij denkt natuurlijk dat we naar de hemel gaan.'

'Denk jij van niet?'

Ana haalde haar schouders op. 'Waarschijnlijk wel, maar wat heb ik daar nú aan?'

'Zo'n akelig leven heb je toch niet?'

'Nee, maar soms... Ik kan het niet goed uitleggen. Ik heb vaak het gevoel dat ik opgesloten zit.'

'Je verveelt je,' constateerde ik. 'In het begin vond je het kamp spannend, maar nu ben je eraan gewend. Er gebeurt ook niet veel.'

'Er gebeurt helemaal níéts.'

Ik legde mijn kaarten neer en zei: 'Misschien wordt het tijd voor een uitstapje.'

Eigenlijk wilde ik zelf ook weleens uit het kamp weg. Ik herinnerde me het betoverende uitzicht op Málaga, en ik wilde ook Granada graag van een afstand bekijken.

Die middag besprak ik het met Fernando. Hij was geen voorstander van een uitstapje, maar hij had gemerkt dat er ook onder de soldaten onrust en verveling heerste.

'We kunnen alleen weg onder flinke bewaking,' zei hij. 'Maar dat is geen probleem, dat geeft de mannen iets te doen. Ik zal Rodrigo opdracht geven een escorte te selecteren.'

De tweeduizend man met wie Rodrigo de volgende middag kwam aanzetten vond ik erg overdreven, maar hij stond erop dat die troepenmacht ons begeleidde.

'Ik neem geen enkel risico met de veiligheid van Uwe Majesteit en uw kinderen,' zei hij. 'Op een totaal van dertigduizend man kan het kamp die soldaten wel een paar uurtjes missen.'

Halverwege de middag verlieten we het kamp en reden het gebergte in.

Maria en Catalina liet ik onder de hoede van hun gouvernantes achter, Juan en Ana reden mee.

We gingen naar La Zubia, een stadje dat op een uitloper van de machtige Sierra Nevada lag en waar enkele hoge stenen huizen stonden. Een daarvan had een dakterras dat recht uitkeek op Granada. Het hart van het legerkamp was niet zichtbaar door het gebergte, maar het kordon dat om de stad lag wel.

Terwijl Rodrigo zijn troepen op de berghelling positie liet innemen, bewonderden Fernando, Juan, Ana en ik vanaf het dakterras het uitzicht.

'Dat is het Alhambra!' Juan wees naar het paleizencomplex op de rots boven Granada.

Ik knikte en we bewonderden de roodbruine gebouwen en torens, die gloeiden in de zon. Naast me hield Fernando met argusogen de droge vlakte voor Granada in de gaten.

'Er gebeurt wat bij de stadspoort,' zei hij.

Mijn blik ging naar de hoofdpoort, waar een regiment Moorse strijders uit kwam rijden. Het zonlicht schitterde op hun kromzwaarden.

'Ze komen naar buiten,' zei ik ongerust.

'Ja. Ze begrijpen er natuurlijk niets van wat we hier komen doen. Ze vertrouwen het niet.'

'Maar komen ze naar ons toe of gaan ze naar het kamp?'

'Het ziet ernaar uit dat ze naar La Zubia komen.'

Ongerust keek ik naar de stroom Moorse krijgers die de vlakte op reed, waarbij ze zowel het kordon als ons escorte uitdaagden met strijdlustig gejoel.

Dat ze in de minderheid waren stelde me niet gerust nu mijn kinderen en ik geen kant op konden.

'Dit gaat verkeerd. Blijf hier!' Fernando draaide zich om en rende de trap af.

Ik wendde me tot Juan en Ana, die angstig naar de Moorse troepen keken.

'Naar beneden,' commandeerde ik.

'Maar papa zei...' begon Juan.

'Naar beneden. Als het misgaat, zitten we hier in de val. Snel naar beneden en blijf bij mij in de buurt.'

We haastten ons de trap af en liepen het plein op, waar Fernando in overleg was met Rodrigo. Ik ving het woord "aanvallen" op en liep naar hen toe.

'We vallen niet aan! Ik wil niet dat er ook maar één druppel Castiliaans bloed vergoten wordt vanwege een uitstapje,' zei ik beslist.

'Ik denk dat ze bang zijn voor een aanval van ónze kant.' Rodrigo beschermde zijn ogen met zijn hand tegen het felle zonlicht en tuurde naar de stad. 'Ze komen nu wel heel dichtbij. Nog even en de soldaten in het kordon grijpen in. Wat zijn uw instructies, Koninklijke Hoogheden?'

'We vallen niet aan,' zei Fernando. 'Ze zijn in de minderheid, maar toch wel met zo'n duizend man. Hier op de berg zijn we veilig. Als ze aanvallen maken onze boogschutters korte metten met ze. Ze proberen ons uit de tent te lokken, ga er niet op in.'

Rodrigo's blik ging naar mij.

'Als wij rustig terugkeren, zullen zij hetzelfde doen,' zei ik. 'Het plan was om de stad door middel van uithongering in te nemen en daar houden we ons aan.'

Rodrigo knikte, gaf zijn paard de sporen en reed terug naar zijn troepen. Ana pakte mijn hand en keek angstig naar me op.

'Wat gebeurt er, mama? Gaan ze ons aanvallen?' vroeg ze.

'Nee, dat durven ze niet. Wij zijn met veel meer.' Juan ging voor Fernando staan. 'Maar ik wil toch een zwaard. Voor het geval dat.'

Fernando keek hem even aan en knikte toen. 'Neem mijn kortzwaard maar,' zei hij, en hij overhandigde Juan het wapen.

Zijn eigen lange zwaard hield hij zelf.

Zwijgend keek ik toe hoe Juan het kortzwaard aannam en omhoogbracht, zodat het de stralen van de zon ving.

Ik verwenste mezelf omdat ik met de kinderen het kamp had verlaten. Hoe had ik zo dom kunnen zijn? Het was mijn schuld dat ze aan deze dreiging werden blootgesteld, dat mijn dertienjarige zoon zich moest bewapenen, en als hun iets overkwam zou ik mezelf dat nooit vergeven.

Fernando wierp een blik op mijn gezicht, dat ongetwijfeld diep bezorgd stond, en zei: 'Maak je geen zorgen, onze mannen vechten zich liever dood dan dat ze de vijand bij ons in de buurt laten komen.'

'Hopelijk komt het helemaal niet tot vechten.' Ik hield mijn blik gericht op de Moren, die gekleed in grijze kaftans en tulbanden verder het veld op draafden.

Halverwege het zanderige terrein hielden ze halt en begonnen ze beledigingen naar ons te roepen die we niet verstonden maar wel begrepen. Onder mijn soldaten ontstond rumoer, maar Rodrigo gaf het bevel niet te reageren op de provocatie. Bewegingloos bleven ze in de warme namiddagzon staan, hun harnassen glanzend in het licht. Ik keek naar mijn kinderen en knikte ze geruststellend toe. Juan stond met een gespannen gezicht voor Ana, zijn zwaard in de aanslag.

De Moren aarzelden. Ze galoppeerden wat heen en weer, schoten pijlen af die ver buiten het bereik van onze eerste linie in het zand ploften, en ze bleven joelen en 'Allah Akbar' roepen.

Een grote, breedgeschouderde Moor maakte zich los van de groep en reed op een zwart paard naar voren, zijn kaftan wapperend om zijn imposante lichaam.

'Dat is Yarfe, de aanvoerder,' zei Fernando.

Achter me hoorde ik Ana op angstige toon iets zeggen, maar ik keek niet om, bang dat ze de ongerustheid van mijn gezicht kon lezen.

Fernando keek strak voor zich uit, zijn hand op zijn zwaard. 'Wat is hij van plan?' vroeg hij halfluid.

Het antwoord kwam meteen. Yarfe gaf zijn paard de sporen en galoppeerde in een wolk van stof in onze richting. Toen hij dichterbij kwam werd duidelijk waarom: hij had het bord met de tekst AVE MARIA, dat mijn mannen aan de poort van de moskee in Granada hadden genageld, aan de staart van zijn paard gehangen. Het sleepte door het zand en stuiterde bij elke sprong. Toen het in stukken brak barstte er een enorm gejuich los onder de Moren. Ze staken hun kromzwaarden in de lucht, riepen Allah aan en joelden zo hard dat er een siddering door onze gelederen ging. Ik keek naar de ruggen van mijn soldaten, kon hun emoties voelen. Ook Fernando keek met een van woede vertrokken gezicht toe.

'We vallen niet aan,' zei ik. 'Ze dagen ons uit, trap er niet in.'

Onder aan de helling hield Rodrigo met moeite zijn troepen in bedwang.

'Houd de linie!' riep hij. 'Geen beweging!'

De andere Moren hadden zich bij Yarfe gevoegd en reden joelend heen en weer, om beurten spugend op de restanten van het bord. Onze soldaten keken woedend toe. Stuk voor stuk leken ze de adem in te houden, ons te smeken deze godslastering niet onbestraft te laten. Ook zonder hun gezichten te zien voelde ik hun razernij, alsof er iets tot het kookpunt werd gebracht en op het punt van uitbarsten stond.

Een van de ridders maakte zich los van de linie en draafde de berghelling op. Boven aangekomen hielt hij halt voor Fernando en mij en liet zich uit het zadel glijden. Hij was nog jong, hooguit twintig jaar. Hij knielde neer en zei: 'Koninklijke Hoogheden, mijn naam is Garcilasso de la Vega. Staat u mij toe om deze belediging aan de Heilige Maagd en aan Uwe Majesteiten te wreken. Niemand hoeft me te hulp te schieten als ik faal. Ik stel me onder Gods bescherming.'

Fernando en ik wisselden een blik. Ik aarzelde. Alles in me schreeuwde dat het dwaasheid was dat die jongen het wilde opnemen tegen de sterke, ervaren Yarfe, dat dit precies was wat de Moren wilden, maar ik voelde ook dat mijn soldaten bijna niet meer te houden waren. Straks stormden ze het veld op en dan zou het tot een veldslag komen.

Ik knikte Garcilasso toe, en Fernando gaf een teken aan Rodrigo.

Met bonzend hart, mijn arm om Ana heen geslagen, zag ik Garcilasso wegdraven. Yarfe draafde nog steeds onder luid applaus en gejoel van zijn kameraden heen en weer, maar toen hij Garcilasso in het oog kreeg reed hij hem snel tegemoet.

De mannen naderden elkaar, zwaarden in de aanslag. Yarfe dreef zijn paard naar voren en terwijl hij 'Allah Akbar!' schreeuwde reed hij op Garcilasso in. De jongen kon de aanval niet ontwijken, en Yarfes speer trof hem met volle kracht op zijn borstpantser. Garcilasso's paard steigerde, dat van Yarfe eveneens en beide mannen vielen uit het zadel. Terwijl hun rijdieren weggaloppeerden, sprongen Garcilasso en Yarfe overeind, grepen hun zwaard en zetten te voet de strijd voort.

Met toenemende ontzetting zag ik dat Garcilasso in zijn logge harnas geen partij was voor de grote, gespierde Moor. Yarfe bewoog zich lichter en sneller, en mijn jonge held werd steeds verder in het defensief gedwongen. Hij viel dapper uit, maar Yarfe werkte hem met een enorme slag tegen de grond.

Een golf van ontzetting rolde door de Castiliaanse gelederen. Ik voelde mijn bloed stollen en draaide me met een ruk om naar Fernando.

'Stuur Rodrigo!' riep ik.

'Nee,' zei hij. 'Dit is een godsgericht.'

Ik viel op mijn knieën en begon te bidden. De kinderen volgden mijn voorbeeld, maar ik wist dat Garcilasso kansloos was. Ik bad in stilte en hield mijn ogen open om niets te missen van wat er op het veld gebeurde.

'Sta op,' zei ik zacht. 'Sta alsjeblieft op, Garcilasso. God, bescherm hem!'

Langzaam liep Yarfe naar de jongen, die roerloos in zijn harnas op de grond lag. Hij zette zijn knie op Garcilasso's borst en trok de helm van zijn hoofd. Toen, met een triomfantelijk gebrul, hief hij zijn zwaard, keek omhoog naar de hemel en hief een langgerekt 'Allah!' aan.

Ik sloot mijn ogen maar opende ze meteen weer, net toen Garcilasso zijn kortzwaard greep en het recht in Yarfes hart stak. De Moor bevroor in zijn beweging, hield nog heel even zijn zwaard in de aanslag en stortte toen voorover, boven op Garcilasso. Met veel moeite duwde de jongen hem van zich af. Op het moment dat hij overeind krabbelde ging er een donderend gejuich op onder het Castiliaanse leger.

Met stomheid geslagen keken de Moren naar het lichaam van hun aanvoerder. Garcilasso maakte van de gelegenheid gebruik om zijn paard, dat naar hem was teruggekeerd, te bestijgen. Achter hem overlegden de Moren terwijl ze rusteloos heen en weer reden.

'Ga terug,' zei ik halfluid. 'Ga terug de stad in.'

In plaats daarvan namen ze positie in, en het volgende moment galoppeerden ze in volle vaart het veld over.

'Ze vallen aan!' riep Juan.

Rodrigo was te ver weg om bevelen van onze kant te kunnen horen, maar hij kon zelf ook nadenken. Nog voor Fernando of ik een commando kon doorgeven hief hij zijn zwaard en schreeuwde: 'Voor Castilië! Ten aanval!'

Dat was het moment waarop mijn soldaten hadden gewacht. Tweeduizend man kwam in beweging en stormde op de vijand af. Moorse pijlen zoefden door de lucht, ketsten af op harnassen, maar vonden ook openingen tussen de ijzeren platen. Kromzwaarden, Castiliaanse zwaarden, lansen en speren flitsten in de zon, ruiters en paarden zakten dodelijk gewond in elkaar of vielen over elkaar heen terwijl het gevecht maar doorging. De lucht was vol van geschreeuw en doodskreten, en het bloed werd in de uitgedroogde grond opgenomen.

De Moorse troepen bestonden uit meer burgers dan ervaren krijgers, en dat was te merken. De slachtoffers vielen voornamelijk aan hun kant, en mijn mannen dwongen ze al snel om zich terug te trekken. De Moren vluchtten de stad in, waar de poorten even open en dicht gingen. Degenen die de stad niet op tijd konden bereiken vluchtten het Alpujarra-gebergte in. Mijn soldaten achtervolgden hen en toonden geen genade.

Toen de zon zakte keerden ze terug naar het kamp, waar Fernando en ik hen bedankten en we vervolgens de hele avond bezig waren om Ana en Juan, die compleet overstuur waren, te troosten.

Vanaf die dag waren uitstapjes en pleziertochtjes van de baan. We trokken ons terug in het kamp en ik bad elke dag om vergeving. Ik had toegegeven aan de grillen van mijn dochter, en ook aan mijn eigen behoefte aan vertier, en dat was niet de opdracht die God me gegeven had.

'Het zal niet meer gebeuren,' fluisterde ik, knielend voor

het altaar in mijn paviljoen. 'Dank U dat het zo goed is afgelopen, dat mijn kinderen, Fernando en ik ongedeerd zijn gebleven. Vanaf nu zal onze aandacht gericht zijn op het beleg en op niets anders.'

Het speet me vooral dat Juan en Ana getuige waren geweest van de veldslag. Ik had ze willen laten zien wat oorlog voeren inhoudt, maar niet door ze in gevaar te brengen. De gebeurtenissen hadden diepe indruk op hen gemaakt.

'Als we het Alhambra hebben veroverd, gaan we daar dan wonen?' vroeg Ana op een dag tijdens het middagmaal.

'Jazeker,' zei ik.

'Hebben daar ooit christenen gewoond?'

'Nee,' zei Juan. 'Ik heb gelezen dat het door de Moren is gebouwd. Alhambra komt van Kala al-Hamra, dat "rode burcht" betekent, en het is een van de mooiste paleizen ter wereld. Ik hoop dat we het veroveren, ik wil het graag zien.'

'Dat gaat beslist gebeuren,' zei Fernando.

'Maar wat als de Moren volhouden? We kunnen hier toch niet blijven als het winter wordt?' vroeg Ana. 'Gaan we dan terug naar Córdoba?'

Over de tafel heen keken Fernando en ik elkaar aan, want dat was een probleem dat ons ook bezighield.

'We kunnen ons niet terugtrekken,' zei Juan. 'Dan bevoorraden de Moren snel de stad en moeten we er weer maanden omheen gaan liggen.'

'Precies,' zei Fernando. 'Granada móét voor de winter vallen.'

'Maar als...' begon Ana.

Ze zweeg toen De Quintanilla het paviljoen binnenkwam.

De graaf boog en zei: 'Neem me niet kwalijk, Uwe Koninklijke Hoogheden, maar er is een bode van het Portugese hof gearriveerd. Zal ik hem vragen te wachten tot u de maaltijd hebt beëindigd?'

Haastig zette ik de zilveren beker, waar ik net een slokje uit wilde nemen, terug op tafel. 'Nee, laat hem binnenkomen.'

De Quintanilla verdween, en Fernando en ik keken elkaar verheugd aan.

'Misschien heeft hij wel een brief van Ysabel bij zich,' zei ik.

De bode kwam binnen, boog diep en richtte zich toen langzaam op. Iets in zijn houding en de manier waarop hij vermeed ons aan te kijken bezorgde me een slecht voorgevoel.

'U hebt nieuws van het Portugese hof?' vroeg Fernando.

'Ja, Majesteit, maar ik vrees dat het geen goed nieuws is.'

Ik voelde mijn bloed afkoelen. Verstijfd van angst staarde ik naar de bode, terwijl steeds dezelfde gedachte door mijn hoofd hamerde: God nee, alstublieft. Niet mijn dochter!

'Wat is er aan de hand? Is er iets met de prinses gebeurd?' vroeg Fernando ongerust.

'Niet met Hare Hoogheid prinses Ysabel, maar wel met haar echtgenoot,' zei de bode, terwijl hij Fernando een brief overhandigde. 'Prins Alfonso is tijdens de jacht van zijn paard gevallen en op zijn hoofd terechtgekomen. De prins is zwaargewond naar het paleis gebracht en behandeld door de beste artsen. Het spijt me ontzettend dat ik dit moet zeggen, Uwe Majesteiten, maar hij is twee dagen na zijn val overleden.'

Mijn eerste reactie was diepe opluchting omdat mijn dochter niets mankeerde, maar meteen daarna voelde ik haar pijn in mijn eigen lichaam. Toen de bode was vertrokken, keken Fernando, de kinderen en ik elkaar verslagen aan.

'Arme Alfonso,' zei ik. 'Die jongen was net zestien geworden. Ysabel en hij waren nog geen jaar getrouwd.'

'Het is verschrikkelijk.' Fernando boog voorover, steunde met zijn ellebogen op zijn knieën en wreef in zijn gezicht. 'Arme Alfonso, arme Ysabel.'

'Komt Ysabel nu weer naar huis?' vroeg Ana zacht.

'Ja, na de begrafenis,' zei ik. 'Er is geen reden voor haar om in Portugal te blijven.'

'Dat weten we niet. Koning João zal onze alliantie niet graag in gevaar brengen, en ik ook niet, dus hopelijk heeft hij een andere huwelijkskandidaat voor Ysabel,' zei Fernando.

Langzaam draaide ik mijn hoofd in zijn richting. 'Het zou inderdaad jammer zijn als ons verbond wordt verbroken, maar voor we nieuwe afspraken gaan maken wil ik mijn dochter troosten. Laat koning João weten dat ze naar huis moet komen.'

Geheel in het zwart gekleed keerde Ysabel terug. Fernando en ik haalden haar op in Íllora en namen haar mee naar het kamp. Onderweg sprak ze amper en ze huilde evenmin, maar ze leek opeens veel ouder dan haar twintig jaar.

Ik wist niet hoe ik haar moest troosten, behalve door haar in mijn armen te houden, maar daar leek ze geen behoefte aan te hebben. Roerloos zat ze in de reiswagen voor zich uit te staren.

'Wat kunnen we voor haar doen?' vroeg ik aan Fernando toen we in het kamp aankwamen. 'Ik weet niet hoe ik haar moet helpen.'

'Dat kun je ook niet. Ze moet hier alleen doorheen,' zei Fernando, en na een blik op mijn ontredderde gezicht voegde hij eraan toe: 'We zullen een mis houden voor Alfonso's ziel. En we moeten gaan nadenken over een nieuwe echtgenoot voor haar.'

'Dat heeft geen haast.'

'Ze is twintig, ze moet trouwen en kinderen krijgen.'

'Maar niet per se dit jaar. Gun haar wat tijd,' zei ik.

In de week die volgde hielden we elke dag een mis voor Alfonso, en daarna begon Ysabel zich langzaam wat meer open te stellen.

'Alfonso en ik hadden zoveel meer tijd met elkaar kunnen hebben toen we jonger waren,' zei ze bitter. 'In plaats daarvan ben ik jaren thuisgebleven, en nu is hij dood.'

'Dit kon je niet voorzien,' zei ik terwijl ik haar hand streelde.

De heftigheid van haar verdriet trof me, maar verbaasde me ook een beetje. Ik had geen idee dat ze zoveel van Alfonso was gaan houden. Toen ik daar voorzichtig een opmerking over maakte zei ze: 'Dat is ontstaan toen we elkaar schreven. In zijn brieven was hij altijd vol belangstelling voor wat ik dacht en deed. Ik had helemaal niet het gevoel dat hij veel jonger was dan ik, en toen we elkaar vlak voor ons huwelijk weer zagen was ik meteen verliefd. Hij was aardig en knap. Het leeftijdsverschil deed er niet meer toe. Ik hield van hem, en hij van mij.'

'Ik vind het heel erg voor je,' zei ik zacht. 'Is er iets wat ik voor je kan doen?'

'Je doet al zoveel voor me door naar me te luisteren en met me te bidden. Papa begon gisteren over hertrouwen, maar daar moet ik echt niet aan denken.'

'Voorlopig hoeft dat ook niet. Je vader had niets moeten zeggen, je bent nog in de rouw.'

Ysabel keek me van opzij aan. 'Ik trouw helemaal niet meer, mama. Nooit.'

'Ik begrijp dat je daar nu niets voor voelt, maar je kunt niet de rest van je leven alleen blijven.'

'Dat kan wel. Desnoods ga ik in een klooster,' zei Ysabel. 'Ik meen het, mama. Ik zal nooit hertrouwen.'

39

Voorlopig liet ik Ysabel in de waan dat ze kon weigeren om opnieuw te trouwen, maar ze had geen koninklijke opvoeding gekregen om de rest van haar leven als weduwe of non door te brengen. Het ergerde me dat Fernando dat beladen onderwerp zo snel had aangesneden, maar hij had wel gelijk: we moesten een nieuwe echtgenoot voor onze dochter zoeken.

'Het liefst iemand van het Portugese koningshuis, zodat onze verbintenis met Portugal blijft bestaan,' zei Fernando.

Ondanks het verdriet om zijn gestorven zoon had koning João dezelfde wens, want de voorgeschreven rouwperiode van zes weken was nog niet eens voorbij toen hij al voorstelde om Ysabel in de echt te laten treden met de nieuwe troonopvolger, zijn neef Manuel. Hij was maar een jaar jonger dan Ysabel en ze kenden elkaar goed.

Ik schreef terug dat Fernando en ik zijn voorstel zorgvuldig zouden overwegen, maar dat het beleg van Granada momenteel al onze aandacht opeiste en dat we er later op terug zouden komen. Zo gaf ik Ysabel de ruimte die ze nodig had, maar het was ook echt waar dat mijn hoofd niet naar huwelijksonderhandelingen stond.

Mijn aandacht was bij Granada, waar de honger inmiddels groot moest zijn.

'Waarschijnlijk zitten er nu katten en honden in de kookpotten, maar de zomer loopt op zijn eind,' zei Fernando tijdens de raadsvergadering. 'De Moren wachten tot de herfst aanbreekt en hopen dat ons kamp wegspoelt, zoals bij Baza.'

'Dat zal niet gebeuren, Majesteit. Bij Baza stond het kamp in een dal,' merkte Gonzalo op.

'Nee, maar tegen storm en regen is het op de lange termijn ook niet bestand. Bovendien zitten we vlak bij de Sierra Nevada, wat betekent dat het hier een stuk kouder zal worden dan in Baza. Het zal 's nachts flink gaan vriezen.'

'Ik stel voor dat we het beleg opbreken en in het voorjaar terugkomen,' zei kardinaal De Mendoza. 'Alle akkers en boomgaarden in de omgeving zijn verwoest, de Moren kunnen nergens voedsel vandaan halen. En als we de bergpassen in de Alpujarras afsluiten, kunnen ze ook via die sluiproutes de stad niet bevoorraden.'

'We hebben eigenlijk geen andere keus dan het beleg opbreken,' zei Gonzalo. 'Als het gaat regenen en stormen wordt het moeilijk om de kookvuren aan te houden, en gevaarlijk bovendien, zo dicht bij de tenten.'

'Dan bouwen we een nieuw kamp. Een dat bestand is tegen slecht weer,' zei ik.

Fernando keek bedenkelijk. 'Tijdens het beleg van Baza heb ik kleihutten laten maken, maar die spoelden weg toen het flink begon te regenen.'

Juan kuchte zachtjes. Hij had zich nog nooit in de gesprekken gemengd en iedereen keek naar hem, waarop hij een beetje rood werd. Maar hij vermande zich en zei met vaste stem: 'Dan bouwen we toch met steen. Geen tentenkamp meer, geen klei, maar een echte stad, en we blijven daar tot Granada valt.'

We keken elkaar aan. Het was een geweldig idee, en voor zover ik wist was het nog nooit gedaan, maar Juan bestreed dat.

'De oude Grieken hebben het een keer zo opgelost,' zei hij. 'Dat heb ik gelezen.'

Het was ook een ambitieus plan, waar we heel snel aan moesten beginnen als we het vóór de herfst wilden realiseren. We lieten nog meer bouwkundigen uit Castilië komen en gaven hun opdracht om op een mijl afstand van het kamp stenen woningen neer te zetten. Ze namen geen halve maatregelen, legden diepe fundamenten aan en lieten vierkante stenen hakken uit de nabijgelegen Alpujarras.

Mijn soldaten, die eerst nog hadden geklaagd over verveling, kregen meer te doen dan ze lief was; iedereen die een hamer of troffel kon vasthouden werd ingezet bij de bouw.

Ongetwijfeld rekenden de Moren erop dat we met de komst van de herfst of uiterlijk de winter het beleg zouden opgeven, maar terwijl de zomer op zijn einde liep hielpen we ze uit die droom.

In drie maanden tijd verrees in het zicht van Granada een wit stenen stadje, omgeven door muren, stadspoorten en uitkijktorens. Vier lange rechte straten leidden naar een plein met een kasteelachtig gebouw dat dienstdeed als hoofdkwartier en als woning voor mijn gezin.

Begin november, toen het kouder werd en steeds meer soldaten hun tenten inruilden voor de stenen onderkomens, liep ik vervuld van trots met Fernando en de kinderen door de hoofdstraat.

'De stad moet een naam hebben,' zei Fernando. 'De raad heeft voorgesteld om hem naar jou te vernoemen.'

'Naar mij? Waarom? Het was Juans idee.'

'En een heel goed idee. Maar wil je de stad daarom naar hém noemen?'

Mijn blik gleed naar het zilveren kruis dat op de kerk stond te stralen in het zonlicht. 'Nee. Alles wat we bereikt hebben en wat we nog gaan bereiken, hebben we aan ons heilige geloof te danken. Dat wordt de naam van de stad: Santa Fe.'

Terwijl de nachten steeds korter en kouder werden en de sneeuw niet alleen op de toppen van de Sierra Nevada viel maar ook op de vlakte eronder, vestigde het hele leger zich in Santa Fe. Lang voor de stad helemaal af was waren handelaren en marskramers er al op afgekomen om hun waren aan te bieden. Vanaf de muren van Granada moesten de hongerlijdende Moren aanzien hoe wagens vol meel Santa Fe werden binnengereden. Ze roken de lucht uit onze bakkerijen en zagen de rook van onze kookvuren opstijgen. In Granada stegen alleen jammerklachten op.

Vanuit de toren van mijn hoofdkwartier hield ik de stad scherp in de gaten. Ik probeerde me een voorstelling te maken van wat zich daar binnen de muren afspeelde, en ik zag stille marktpleinen, lege voorraadkasten, kinderen die huilden van de honger, verzwakte mensen en misschien zelfs wel de eerste hongerdoden. Het deed me geen plezier, maar ik voelde me ook niet schuldig. De inwoners hadden dat alles kunnen voorkomen als ze onze vredesvoorwaarden hadden aangenomen.

'Vóór Kerstmis geven ze zich over, let maar op,' zei Fernando.

Zijn voorspelling kwam uit, ruim zelfs. Half november ging de hoofdpoort van Granada open en kwam een delegatie van vooraanstaande burgers naar buiten om namens Boabdil te onderhandelen. De prins beloofde Granada aan ons over te dragen als de inwoners in hun huizen mochten blijven wonen, hun bezittingen mochten behouden en het recht kregen hun geloof te belijden.

Fernando en ik stemden in, op voorwaarde dat Boabdil alle christengevangenen in vrijheid stelde. Hij ging akkoord.

Na tien jaar van strijd, steden belegeren, strategische plannen maken, steun zoeken en geduld uitoefenen was het zover: Granada was van ons.

Ik stond bij de kaart die uitgespreid op de vergadertafel in het hoofdkwartier lag en keek naar al die kleine en grote steden die na een eeuwenlange scheiding weer deel uitmaakten van Castilië.

Hoewel ik er nooit aan getwijfeld had dat dat Gods wil was, had ik me op het pad ernaartoe wel vaak afgevraagd of ik de juiste afslagen nam. Misschien was dat niet elke keer het geval geweest, maar ik had wel altijd een stuwende kracht gevoeld die me voortdreef. Ik had op mijn gevoel vertrouwd, me buiten de gebaande paden gewaagd, erop gerekend dat ik het juiste deed, en dit was het resultaat. Na acht eeuwen bestond het Moorse koninkrijk niet meer, Castilië en Aragón waren weer veilig.

Met het oog op de onrust in de stad besloten Fernando en ik nog even te wachten met onze entree. De eer om als eersten de hoofdstad te betreden was weggelegd voor kardinaal De Mendoza en voor Gutierre en Gonzalo met hun troepen. In de vochtige grotten onder het paleizencomplex troffen ze vijftienhonderd christenen aan, die ze onmiddellijk naar Fernando en mij in Santa Fe brachten, waar ze huilend van dankbaarheid aan onze voeten vielen. De ketenen lieten we, net als die van de gevangenen in Ronda en Málaga, naar Toledo brengen om ze aan de buitenmuren van de kerk te hangen. Er waren twee grote karren nodig om ze te vervoeren.

Op 2 januari 1492 werd de vrede getekend, en vier dagen later reden we in gezelschap van onze kinderen en hovelingen in processie naar Granada. Ook de graaf van Cabra was daarbij, met Ahmed. Nu Boabdil woord had gehouden en hij Granada aan ons had overgedragen, hielden wij ons ook aan de afspraak die we zeven jaar geleden hadden gemaakt en kreeg hij zijn zoon terug.

Bij de hoofdpoort wachtte Boabdil, helemaal in het zwart gekleed en met een tulband op, zijn blik strak op Ahmed gericht. De peuter die hij zeven jaar geleden aan ons had uitgeleverd was nu een knappe jongen van negen, een goede christen en een volslagen vreemde voor Boabdil.

Oorlog verandert je als mens. Het boort lagen aan die je tot overwinningen kunnen brengen, maar die je ook kennis laten maken met een deel van jezelf dat je liever verborgen had gehouden. De strijd had me echter niet volledig ontmenselijkt. De tranen in mijn ogen toen Boabdil huilend zijn zoon omarmde waren echt. Als dank voor zijn hulp voorafgaand aan de belegering van Granada hadden we hem een kasteel laten behouden in Mondujar, in de Alpujarras.

Met een van verdriet vertrokken gezicht dreef Boabdil zijn paard naast dat van Fernando en overhandigde hem de sleutels van de stad. Fernando bedankte hem en gaf de sleutels door aan mij, waarop ik ze aan Juan gaf. Na deze ceremonie, waarbij ieders gezag over de stad erkend was, draafden Boabdil en zijn zoon weg. Wij spoorden onze paarden aan.

Langzaam, aan het hoofd van een lange stoet schitterend uitgedoste edelen en geestelijken, trokken we door de straten. Achter de vensters gluurden de inwoners naar ons, niemand waagde zich buiten.

Op de muren van het Alhambra, dat zich hoog boven de stad verhief, hadden de vlaggen met de halve maan plaatsgemaakt voor banieren met het wapen van Castilië, en op de hoogste toren van het paleizencomplex prijkte een enorm kruis. Terwijl we de helling naar het Alhambra op reden hield ik mijn ogen gericht op het kruis, dat me met zijn glinstering leek te wenken.

Mijn hart leek te barsten van trots en ontroering. Ik herinnerde me een gesprek met Enrique toen ik een jaar of elf was, waarin hij vertelde hoe graag hij de schoonheid van het Moorse paleis zou willen bewonderen, en hoe hij het betreurde dat dat onmogelijk was. Ik had er veel voor gegeven als hij had kunnen zien dat mij was gelukt waar hij en onze voorouders niet in waren geslaagd, en dat voor het eerst sinds bijna acht eeuwen christenen op het punt stonden om het Alhambra te betreden. Het was zo'n groots moment dat ik het niet erg had gevonden als ik blootsvoets over de met stenen bezaaide weg naar boven had moeten lopen.

Na een lange tocht bereikten we een uitgestrekt terrein waar verschillende paleizen stonden. Het oudste was het alcazaba, een roodstenen vesting met een kloeke vierkante toren, waar de Castiliaanse vlag triomfantelijk wapperde. We sloegen links af naar het Koninklijk Paleis.

Bij de hoofdingang hielden we halt en mijn hart bonsde hevig terwijl ik afsteeg. Fernando hielp me galant en bood me zijn arm aan. We bleven even staan en keken elkaar aan.

'Het is zover,' zei hij zacht.

'Ja,' zei ik met een glimlach. 'En we hebben het samen gedaan. Dank je, voor alles.'

Hij kuste mijn hand en langzaam liepen we door de boogvormige ingang het paleis in. Onze kinderen en de hovelingen volgden.

Het leek een droom maar het gebeurde echt, we waren in het Alhambra, de trots van het Moorse koninkrijk. Met mijn hand op Fernando's arm keek ik om me heen, verbluft door de schoonheid van de zalen, die steeds weer overgingen in andere. Het was alsof we een woud betraden, vol ranke, met stenen kantwerk versierde pilaren die met elkaar verbonden waren door elegante bogen. De ruimtes werden steeds groter en mooier, het winterlicht dat door de hoge vensters naar binnen viel deed de kleurige mozaïeken op de muren glanzen. Een marmeren muur met zachtblauwe en goudkleurige geometrische figuren doemde op; de boogvormige doorgang leidde naar de troonzaal.

Ik kneep in Fernando's arm en hij kneep terug. Langzaam liepen we de zaal in, en in het midden bleven we staan. De kinderen volgden ons, verzamelden zich om ons heen. Sprakeloos van bewondering lieten we onze blik rondgaan, van de wanden vol Arabische inscripties naar de met goudkleurige plavuizen ingelegde vloer en het koepelvormige, met cederhout ingelegde plafond. Maar wat het meest mijn aandacht trok was de estrade met de rijkversierde notenhouten troon.

Eén troon.

Fernando en ik wisselden een blik.

'Aan jou de eer,' zei hij. 'Je hebt het verdiend.'

Ik kuste hem en zei: 'Er zullen er snel twee staan.'

Onder applaus van de hovelingen betrad ik de estrade, galant begeleid door mijn echtgenoot, en met een halve buiging liet hij mij op de troon plaatsnemen. Vervolgens kwam hij naast mij staan en namen we glimlachend het applaus en de toejuichingen in ontvangst.

'Leve de koning en de koningin!' riep De Quintanilla, en die roep werd niet drie keer maar vele malen herhaald.

Het gejuich ging maar door, en het werd pas rustig toen ik mijn hand opstak en opstond.

'Waarde edelen, vrienden,' zei ik. 'Jullie hebben tien jaar lang gestreden tegen de vijanden van de Katholieke Kerk. Vandaag vieren we onze overwinning, hier, op een plek waar mijn voorouders alleen maar van konden dromen. Een plek waar wij hard voor hebben gevochten, offers voor hebben gebracht. De koning en ik willen u daar uit het diepst van ons hart voor bedanken. U zult daar allen rijkelijk voor beloond worden.'

Opnieuw ging er een luid gejuich op, wellicht om de beloning die ik in het vooruitzicht stelde, maar aan de ontroerde uitdrukking op de gezichten zag ik dat iedereen de grootsheid van dit moment ook echt doorvoelde.

Dienaren kwamen binnen met bladen vol bekers en kruiken wijn die we hadden meegebracht, en die snel werden uitgedeeld. Muzikanten zetten een vrolijke melodie in, er werd gezongen en gedanst.

Fernando liep het trapje van de estrade af en begaf zich in de feestende, drinkende menigte, maar ik nam weer plaats op mijn troon en keek toe.

Iedereen die iets had betekend in de strijd van de afgelopen jaren, ook kardinalen en bisschoppen uit heel Castilië, was naar Granada gekomen om dit grootse moment met Fernando en mij te delen. Broeder Tomás kwam naar me toe, maakte een buiging en kuste een paar keer achter elkaar mijn hand.

'Majesteit,' zei hij.

'Ik heb mijn belofte gehouden, broeder Tomás,' zei ik.

'Meer dan dat, Majesteit. U hebt ons uiteengevallen land weer heel gemaakt.'

We glimlachten naar elkaar en hij trok zich weer terug.

Achter hem was een rij ontstaan. Om beurten bestegen de

edelen en geestelijken de verhoging om hun gelukwensen aan mij over te brengen. Gonzalo kuste mijn hand langer dan het protocol voorschreef, maar ik trok hem niet terug.

'Gelukgewenst, Isabel,' zei hij, zo zacht dat alleen ik hem kon verstaan. 'Ik heb altijd geweten dat je tot grote dingen in staat was, maar dít...' Hij schudde zijn hoofd en zijn glimlach was net zo liefdevol als toen we nog jong waren.

'Dank je,' zei ik, al even zacht. 'Dank je dat je altijd mijn vriend bent gebleven en me hebt gesteund. We hebben samen zoveel meegemaakt.'

'Alles,' zei Gonzalo. 'En het was me een eer en een groot genoegen om aan je zijde te mogen staan.'

We keken elkaar in de ogen tot de betovering werd verbroken door Alfonso Palencia, die achter Gonzalo opdoemde. Gonzalo trok zich terug en Palencia trad naar voren en boog.

'Uwe Majesteit, mijn bewondering voor u is zo groot dat ik er geen woorden voor kan vinden.'

'Dan zou ik daar maar eens goed over gaan nadenken, aangezien u mijn chroniqueur bent,' zei ik met een lach.

'Dat komt goed, Majesteit.' Palencia richtte zich op. 'Ik kan niet wachten om het laatste bedrijf vast te leggen. Wat een schitterend sluitstuk van uw kroniek zal dat worden.'

'Sluitstuk, Don Palencia? Ik ben nog lang niet klaar, ik moet ook nog afrekenen met de Ottomanen. Dit is nog maar het begin.'

'Dat geloof ik onmiddellijk, Majesteit.' Met een glimlach trok ook Palencia zich terug.

De rij was nog lang, maar ik gaf met een handgebaar aan dat de volgende onderdaan even moest wachten. Mijn blik gleed over de lachende, pratende hovelingen en bleef rusten op mijn echtgenoot, die in het midden van de zaal alle gelukwensen en loftuitingen met zichtbaar genoegen in ontvangst nam. In het naar binnen vallende winterlicht zag ik de eerste grijze strepen in zijn haar.

De afgelopen tien jaren hadden bij iedereen hun sporen achtergelaten. Rodrigo's baard was lang niet meer zo rood als in zijn jonge jaren, en de ooit zo statige kardinaal De Mendoza schuifelde als een oude man door de zaal.

Ik keek naar mijn dochters, die onder leiding van Ysabel rondwandelden en elkaar wezen op de Arabische inscripties in de muren. Ysabel, mijn trots, mijn lieve oudste dochter. Er hing nog steeds een sluier van droefheid om haar heen, maar hopelijk zou een nieuw huwelijk weer wat licht in haar bestaan brengen. Ze was sterk, ze kwam wel over het verlies van haar man heen en dan zouden we haar huwelijk met prins Manuel regelen.

Ik richtte mijn blik op mijn andere kinderen. Ana werd met haar twaalf jaar al een echte jongedame. Het rustige familieleven in Santa Fe had haar goedgedaan, ze leek een stuk evenwichtiger. Hetzelfde gold voor Maria, die niet meer zo stil en teruggetrokken was, en het gelukkig ook niet meer over haar overleden tweelingzusje had. En dan was daar Catalina, zes jaar oud, en zo vrolijk dat het leek alsof alle lichtheid in karakter alleen bij haar terechtgekomen was.

Wat hun eigenschappen en kwaliteiten ook waren, op een dag zouden alle vier mijn dochters plaatsnemen op een troon, en in hun nieuwe thuisland mijn werk voortzetten.

Juan stond wat apart, druk in gesprek met Gonzalo. Mijn rustige, tengere, gevoelige zoon. Ik had me lange tijd afgevraagd of hij het koningschap wel zou aankunnen, maar daar maakte ik me nu geen zorgen meer over. Beatriz had gelijk gehad toen ze zei dat kennis macht is.

Met zijn veertien jaar was Juan nu al een van de meest gewilde huwbare prinsen van Europa, want op een dag zou hij alles erven wat zijn vader en ik voor hem bevochten hadden. Fernando en ik heersten ieder over ons eigen koninkrijk, maar Juan zou koning van Castilië én Aragón zijn.

Maar zover was het nog niet. Ik had misschien mijn jeugd verloren, maar niet mijn ondernemingslust. Ik was bijna veertig, jong genoeg om Granada te laten opbloeien onder één geloof, om Cristóbal Colón op zoek te laten gaan naar een andere wereld, om mijn kinderen te zien plaatsnemen op de tronen van omringende landen en om Castilië, Aragón, Navarra en Granada te verenigen onder één naam: Hispanje. Ik was jong genoeg om er nog lang van te kunnen genieten dat ik de taak die een groot deel van mijn leven op mijn schouders had gerust eindelijk had volbracht.

Nawoord

Dit jaar zit ik dertig jaar in het schrijversvak en in die tijd heb ik twaalf jeugdromans, veertien thrillers, zes boeken voor jonge kinderen, twee reisboeken, twee historische non-fictieboeken en tien historische romans voor volwassenen geschreven. Heel begrijpelijk dat een van de meest gestelde vragen is hoe ik op ideeën kom.

Het antwoord is dat een verhaal meestal ontstaat uit een vraag die ik mezelf stel, zoals waarom wij in ons volkslied over de koning van Hispanje zingen. Zo is *Kruistocht van een koningin* ontstaan.

In ons volkslied, dat in de zestiende eeuw is geschreven, wordt verwezen naar Filips II, koning van Spanje en heer der Nederlanden, die zijn leger naar ons land stuurde om de reformatie de kop in te drukken. Met die inval startte de Tachtigjarige Oorlog, waarin Willem van Oranje zich onsterfelijk maakte door het tegen de Spaanse koning op te nemen. Over die tijd schreef ik de historische romans *Rode sneeuw in december* en *De bastaard van Brussel.*

Maar de Nederlanden raakten al eerder verbonden met Spanje, via de voorouders van Filips II. Over hen wist ik niet zoveel, en dus dook ik nog wat verder het verleden in. Ik was meteen gefascineerd.

De grootmoeder van Filips II was Juana van Castilië, Ana in dit boek. Zij reisde in 1496 vanuit Spanje naar Vlaanderen om te trouwen met Filips de Schone, landsheer van de Nederlanden. Dat was het moment dat Spanje en de Nederlanden met elkaar te maken kregen, en die band werd nog steviger toen Juana na de dood van haar moeder op de Spaanse troon belandde. Haar zoon, Karel V, werd keizer van een wereldrijk.

Juana's levensverhaal boeide me enorm en ik wilde er graag een historische roman over schrijven. Maar het verhaal van haar moeder was niet minder interessant en daarom ben ik bij Isabel begonnen.

Wie googelt op 'Isabel van Castilië' ziet dat ze in Nederland Isabella wordt genoemd, maar ik gebruik liever haar Spaanse naam. Dat geldt ook voor Juana, die we in Nederland als Johanna kennen. In dit boek heb ik haar Ana genoemd omdat er nogal wat Juana's in het verhaal voorbijkomen. Om dezelfde reden heb ik de vrijheid genomen om de dochter van Enrique Juanita te noemen, en voor Isabels dochter de naam Ysabel te gebruiken.

Ook bij de tweeling die Isabel kreeg moest ik me een vrijheid permitteren. We weten dat het kind dat bleef leven Maria heette, maar het is niet bekend of de overleden baby een jongen of een meisje was. De meeste historici gaan uit van een meisje, want een jongetje zou tweede in de lijn van troonopvolging zijn geweest, en dat zou zeker in de kronieken zijn opgenomen. Dat Isabels chroniqueurs het geslacht van het gestorven kind niet vermeldden wijst erop dat het een meisje moet zijn geweest. Vanzelfsprekend weten we om die reden ook niet hoe het kind heette, en daarom heb ik haar de naam Teresa gegeven.

Zonder twijfel was Isabel een van de belangrijkste middeleeuwse vorsten van haar tijd en heeft zij grote invloed gehad op de loop van de geschiedenis die letterlijk en figuurlijk nog steeds zichtbaar is. Kijk maar eens naar de buitenmuren van de kerk San Juan de los Reyes in Toledo, waar de ketenen van de christenen die ze uit de kerkers van Ronda, Málaga en Granada bevrijdde nog steeds hangen.

Maar haar invloed was niet alleen positief; de inquisitie is een zwarte bladzijde in de geschiedenis. Het is bekend dat Isabel er veel moeite mee had om tot vervolging en verbranding van ketters over te gaan, maar dat maakt het niet minder erg. Net zomin als haar besluit om na de val van Granada alle Joden uit Spanje te verdrijven.

Isabel leefde nog twaalf jaar nadat de Reconquista was voltooid, en in die jaren bekostigde ze Columbus' zeereizen, waardoor hij Amerika ontdekte en een groot deel van het Caribisch gebied in kaart bracht.

Isabels macht en prestaties hadden zelfs invloed op het van oorsprong Arabische schaakspel, dat begin vijftiende eeuw erg populair werd in Spanje. Kort nadat Fernando en Isabel de stad Baza hadden veroverd, werden de spelregels veranderd. De koningin werd verheven tot het enige stuk dat in staat was om over grote afstanden en in alle richtingen over het speelveld te bewegen. Haar taak was het beschermen van de koning, die er tot op de dag van vandaag nogal houterig bij staat.

Geen wonder dus dat ik gegrepen werd door Isabels verhaal, en door dat van haar dochter Juana (in het verhaal dus Ana), die als Johanna de Waanzinnige de geschiedenis is ingegaan. Wie dát verhaal googelt stuit op een bizar verhaal waarin Juana gek werd verklaard, iets waar tegenwoordig, zowel in Spanje als in Nederland, grote vraagtekens bij worden gezet. Was Juana echt waanzinnig of is ze slachtoffer geworden van politieke spelletjes? Eeuwenoude Spaanse brieven en documenten wijzen op het laatste, en dat verhaal vertel ik in mijn volgende historische roman: *De waanzinnige prinses*.

Bibliografie

Brans, J. *De gevangene van Tordesillas*. Leuven: Davidsfonds, 1963.

Carroll, W.H. *Isabel of Spain: The Catholic Queen*. USA: Christendom Press, 1991.

Downey, K. *Isabella, the warrior queen*. New York: Anchor Books/Penguin Random House LLC, 2015.

Frohlich, N. *1492, De droom van Columbus*. New York: Uitgeverij Areopagus/St. Martin's Press, 1990.

Heijnsbergen, P. van. *Cordoba. Een samenleving van moslims, christenen en joden in Moors Spanje*. Soesterberg: Uitgeverij Aspekt, 2017.

Irving, W. *Chronicle of the Conquest of Granada*. New York: George P. Putnam and Son, 1869.

Menocal, M.R. *De gouden eeuwen van Andalusië*. Antwerpen: Uitgeverij Bulaaq, 2006.

Lemm, R. *Geschiedenis van Spanje*. Soesterberg: Uitgeverij Aspekt BV, 2020.

Rubin, N. *Isabella of Castile: The First Renaissance Queen*. New York: St. Martin's Press, 1991.

Stallaert, Ch. *Het verdriet van Spanje*. Antwerpen: Uitgeverij Vrijdag, 2020.

Tremlett, G. *Isabella of Castile. Europe's First Great Queen*. Londen: Bloomsbury Publishing, 2017.

Wilson-Lee, E. *De gezonken verzameling van Ferdinand Columbus*. Amsterdam: Meulenhoff Boekerij BV, 2021.

Meer lezen van Simone van der Vlugt bij Ambo|Anthos *uitgevers*?

De reünie
Beste thrillerdebuut 2004 door Crimezone
Nominatie voor de NS Publieksprijs 2005

Schaduwzuster

Het laatste offer
Nominatie voor de NS Publieksprijs 2007

Blauw water
Nominatie voor de NS Publieksprijs 2008
Nominatie voor de Gouden Strop 2008
Winnaar Zilveren Vingerafdruk 2009
Herfstlied

Jacoba, Dochter van Holland

Op klaarlichte dag
Winnaar NS Publieksprijs 2010
Beste Nederlandstalige thriller 2010 door Crimezone

In mijn dromen
Nominatie voor de NS Publieksprijs 2012

Rode sneeuw in december

Aan niemand vertellen
Nominatie voor de NS Publieksprijs 2013
Beste thriller Radio Noord-Holland
Beste thriller Vrouwenthrillers.nl
Oeuvreprijs Alkmaarse Cultuurprijs

Morgen ben ik weer thuis

Vraag niet waarom

De ooggetuige & Het bosgraf

De lege stad

Nachtblauw
Nominatie Hebban Award voor Beste Roman

Toen het donker werd
Nominatie voor de Gouden Strop 2017

Ginevra

Het schaduwspel

Schilderslief

De kaasfabriek

Bloedlijn

Met Wim van der Vlugt

Fado e Festa. Een rondreis door Portugal

Friet & Folklore. Reizen door feestelijk Vlaanderen

Simone van der Vlugt ontving in 2006 de Alkmaarse Cultuurprijs voor haar tot dan toe verschenen werken.

In 2020 werd Simone van der Vlugt benoemd tot Officier in de Orde van Oranje-Nassau vanwege haar grote verdiensten voor leesbevordering in binnen- en buitenland.